우리 시대의
실수

우리 시대의 실수
만일 독일이 1차 세계대전에서 승리했다면?

초판 1쇄 발행 2023년 11월 2일

지은이 임정빈
펴낸이 장길수
펴낸곳 지식과감성#
출판등록 제2012-000081호

교정 주경민
디자인 서혜인
편집 서혜인
검수 김지원, 정윤솔
마케팅 김윤길

주소 서울시 금천구 벚꽃로298 대륭포스트타워6차 1212호
전화 070-4651-3730~4
팩스 070-4325-7006
이메일 ksbookup@naver.com
홈페이지 www.knsbookup.com

ISBN 979-11-392-1392-8(05810)
값 15,000원

- 이 책의 판권은 지은이에게 있습니다.
- 이 책 내용의 전부 또는 일부를 재사용하려면 반드시 지은이의 서면 동의를 받아야 합니다.
- 잘못된 책은 구입하신 곳에서 바꾸어 드립니다.

지식과감성#
홈페이지 바로가기

우리 시대의 실수

What if
Germany
won WW1?

만일 독일이
1차 세계대전에서
승리했다면?

임정빈 지음

작가의 말

　안녕하세요. 사학과를 나온 임정빈이라고 합니다. 먼저 이 글을 봐 주시기로 결정하신 것에 감사의 말씀을 드립니다.

　저 스스로도 부족한 면이 다소 있다고 생각하지만 다 읽으시면 분명 나름 재밌고 의미도 있었다고 생각하시리라 확신합니다. 저자 소개에도 간략하게 말씀드렸다시피 저는 따뜻함의 힘을 믿는 사람입니다. 인류애가 물욕을 이기리라고 저는 확신합니다. 물론 저도 사회생활을 하면서 세상사에 치이니 이런 가치들이 가끔씩 의미가 없게 느껴지기도 하였습니다. 그러나 그럴 때마다 제가 배운 역사의 이야기를 통해 희망을 얻었습니다.

　그렇기에 저는 해당 소설의 이야기를 역사를 기반으로 구성하였습니다. 그러면서도 대체 역사로 이야기를 구성하여 현실과 다르면서도 같은 오묘한 재미와 의미를 드리려고 노력하였습니다.

　혹자는 말합니다. 세상사 모든 것이 거기서 거기다. 어차피 역사는 반복되는 것이라고 말이죠. 제가 보기엔 요즘 세상이 가면 갈수록 염세주의적으로 흐르는 것 같아 안타깝습니다. 다들 삶에 의미를 두기 힘들어합니다. 가진 것이 없는 이들은 절망 속에 희망을 잃으며 마음을 잃어 가고 가진 것이 있는 이들은 부유함이란 테두리 안에 지나친 경쟁으로 마음을 잃어 가고 있습니다. 모두들 그저 목숨이 붙어 있으니 사는 것이라며 삶의 이유를 찾기 힘들어하는 세상입니다.

하지만 이런 상황일수록 역사는 근본적인 가치가 우리를 행복하게 해 줄 것이라고 희망을 주고 있습니다. 서로를 보듬어 주는 태도가 상실되어 가는 이 때 역사는 서로를 껴안아 주는 것이 최고라는 것을 말해 주고 있습니다. 역사란 반복되는 것처럼 보이지면 전체적으로 보면 차별과 부패를 서서히 줄여 가며 세상이 더 나아져 가는 것을 우리에게 보여 주고 있습니다. 이기기 위해 남을 짓밟는 행동이 아닌 화사한 포옹을 하였을 때 진정으로 세상이 나아져 모두가 편하다는 것을 역사는 그간 증명해 주었습니다.

그래서 저는 그러한 대표적인 사례라고 볼 수 있는 2차 세계대전을 저만의 세계로 각색하여 이야기를 꾸려 보았습니다. 아마 독일 근대사에 흥미가 있으신 분이라면 더욱 재밌게 볼 수 있으리라 자부합니다. 실제 역사 속 세계대전은 정말 끔찍하였습니다. 그래서 요즘같이 다시 세계 곳곳에 전쟁이 발발하는 이때 저는 공포에 몸을 떨기도 합니다. 그러나 역사가 선사하는 이야기를 통해 저는 이를 멋지게 극복하며 내일의 희망 속에 빠져 살아가고자 합니다. 내일이 오늘보다 나을 것이라는 희망에 삶의 의미를 부여하고자 합니다. 아름다운 미래를 전 두 눈으로 직접 보고 싶으니까요.

독자님들도 그러시길 바랍니다. 읽어 주셔서 감사합니다.

목차

작가의 말 _ 4
프롤로그 _ 잊으면 안 될 이야기 7

1장 _ 고요 속 폭풍 12
2장 _ 베를린 레이스 70
3장 _ 전환점 188
4장 _ 카이저의 무릎 꿇기(Kaiser Kniefall) 258

에필로그 _ 우리가 가야 할 길 284

프롤로그

: 잊으면 안 될 이야기

천하가 비록 편안하더라도, 전쟁을 잊으면 반드시 위태로워진다.

— 사마양저

21세기 초, 독일 수도 베를린의 훔볼트 대학교의 한 강의실. 그곳에서 한 늙은 교수가 학생들을 상대로 독일의 과거에 대해 교육하고 있다. 그의 이름은 크리스토퍼 랑케로 오랜 기간 무명이었다가 전후 유명해진 인물이었다. 이제 수십 년도 더 된 지난 일이지만, 교수는 10대 시절 자신이 경험한 이야기를 최대한 열심히 설명하고 있었다. 경험하지 못한 이들에게 기억을 완전히 계승시키기 위해 자신의 모든 역량을 투하하고 있는 것이었다. 교수는 생동감 있게 그날의 일들을 이야기하며 판서해 갔다.

"우린 잊지 말아야 합니다. 그들이 우리에게 한 것도, 우리가 그들에게 한 것도 말이죠."

교수는 계속해서 판서해 갔다. 그는 연이어 20세기 초반부터 지금까지의 주요 사건을 전부 판서하고 잠시 학생들이 필기하는 것을 기다렸다.

그리고 맨 위에 적은 사건을 지목하였다. 그 사건은 1906년 모로코 위기, 스페인에서 있었던 알헤시라스 회담이었다. 교수는 그 사건을 모든 것이 엉킨 비스마르크의 예언이 실현된 사건이라고 언급하였다.

"아까도 말했듯, 우리는 우리 모두의 행동을 잊으면 안 됩니다. 왜 그러한 수단이 멍청한지 잊으면 안 됩니다. 그렇다면 20세기의 비극이, 우리 시대의 비극이 어디서 시작한 것일까요? 바로 1906년 스페인 알헤시라스입니다. 이곳에서 모든 것이 시작했습니다."

교수는 당시 카이저였던 빌헬름 2세와 그의 친우이자 군사내각장인 모리츠 린커, 제국 수상이었던 베른하르트 폰 뷜로우, 그리고 해군 원수 티르피츠 제독을 언급하였다. 교수는 이들이 다른 판단을 했어도 역사는 달리 흐를 것이라고 말하였다. 누군가는 역사에 가정은 의미 없다고 말한다. 맞는 말이지만 교수는 안타까워하여 다른 길을 걸었더라면 좋았을 것이라고 말하였다.

하지만 역사는 바꿀 수 없는 법. 교수는 그들의 선택을 학생들에게 말하였다.

"모로코 위기에서 카이저는 깨닫습니다. 아! 우리의 친구가 없구나! 그렇다면 어찌할까? 카이저와 대신들은 자연스럽게 독일의 교훈을 떠올렸습니다. 프리드리히 정신을 말이죠. 조금 있다가 이어 말할 슐리펜 계획에서 알 수 있듯이 독일은 항상 불완전하지만 적극적 돌파를 추구했습니다. 독일이 나아가야 할 방향은 가만히 때를 기다리는 것이 아니라 때를 만드는 것에 있다고 믿었습니다. 이러한 행동 방식은 여전히 우리의 삶에 교훈을 주고 영향을 끼치고 있지요. 그러나 모든 이념이 그러하듯 이러한 정신은 좋게 발현될 때도 나쁘게 발현될 때도 있습니다. 그리고 그때의 판단은 후자였죠."

| 잊으면 안 될 이야기 |

교수는 그 당시 빌헬름 2세 카이저의 판단에 대해 말하였다. 당시 카이저였던 빌헬름 2세는 세계 정책을 주장하며 적극적 팽창 정책을 주장하던 인물이었다. 그런 면모에서 나온 결과였을까? 빌헬름 2세는 이번에도 적극적인 판단을 추구하였고 그것은 전쟁이었다.

"우리 독일인들은 30년 전쟁을 기억합니다. 그리고 나폴레옹 시대를 기억합니다. 강대국이 되기 이선 우리는 항상 짓밟히는 것이 일상이었죠. 다시는 그러면 안 된다, 가족을 지켜야 한다는 생각이 항상 우리 모두에게 있었습니다. 지키는 것, 나쁘지 않고 좋은 생각이죠. 그러나 역설적이게도 그 지점에서 시작되었습니다. 지키기 위해 먼저 움직이자는 것이었고 독일 제국은 계획적으로 전쟁을 준비했으며 1910년 우발적으로 보이지만 사실 계획적인 전쟁이었던 제1차 세계대전이 일어납니다."

교수는 오스트리아-세르비아 분쟁에 대해 언급하며 세계대전의 시작에 대해 판서하였다. 당시 세르비아는 오스트리아-헝가리 이중 제국 내부의 세르비아인들을 꾸준히 지원하였고 오스트리아는 이에 대해 불간섭을 엄중 요청하였다. 그러나 두 민족이 합의될 리가 없었고 결국 오스트리아의 최후통첩으로 전쟁이 발발하였다. 독일은 러시아가 슬라브주의에 의한 독립 보장에 따라 오스트리아에 선전 포고를 하자마자 프랑스와 러시아에 선전 포고를 하였다.

그 후 결과는 강의실에 있는 학생들 모두가 아는 바였다. 독일의 예상대로 러시아의 1910년 당시 동원력은 처참한 수준으로 몇 주가 지나서도 동부 전선에 병력을 보내는 것이 힘들었다. 프랑스가 러시아의 재무장을 꾸준히 지원하였으나 그들의 예상보다 이른 전쟁은 러시아에게 치명적이었다. 이를 예측한 독일 제국은 거의 모든 병력을 '수정되지 않은 기존 슐리펜 계획'에 따라 서부로 보냈고 가까스로 파리를 점령하는 데 성공하였다. 그 뒤론 시간문제였을 뿐 결과론적으론 일사천리였다. 프랑스의 공업력은 파리와 그 주변부 북부에 집중되어 있었기 때문에 영국의 도움으로도 사실상 프랑스는 끝난 상황이었다. 몇 년간의 꾸준한 밀고 당기기가 이어져 갔고 미국의 불참과 러시아 혁명으로 결국 독일은 승전하였다.

하지만 그 뒤가 문제였다. 독일은 유럽의 지배자가 된 것이 이번이 처음이었기 때문에 너무나도 전간기 동안 미숙한 행보를 보였다. 승리에 취해 과거를 떠올리며 막돼먹은 행동을 일삼았다. 아이러니하게도 그런 모습은 완전히 자신의 과거를 잊은 것에서 비롯될 수 있었다.

"전간기 독일은 그간 바랐던 위대한 사업들을 이룩하였습니다. 드넓은 식민지와 강대한 제국을 가지게 되었습니다. 하지만 망각은 사람을 위태롭게 하는 것이죠. 이제부터 무슨 문제가 발생하였고 왜 그것이 문제인지 제2차 세계대전 발발 1년 전부터 차근차근 살펴보겠습니다."

교수는 강의서의 페이지를 넘기며 말을 이어 갔다. 교수는 '보복주의와 그 여파에 관하여: 차별적 대우의 결말'이라는 챕터를 편 뒤 강의를 이어 갔다.

1장

: 고요 속 폭풍

평화란 전쟁 사이의 전간기에 불과하다.

— 에리히 루덴도르프

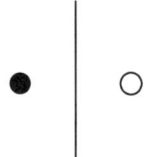

"그게 정말이야?"

"어, 아주 기대가 돼. 왕세자 전하의 측근이자 쾨니히스베르크 주둔군 사령관이니까."

1938년, 메클렌부르크의 한 도시. 그곳에선 독일 제국 제8군으로 발령을 받은 한 군인이 자신의 지인들과 헤어지기 전 마지막 술잔을 기울이고 있었다. 해당 육군 장교는 자신이 제국의 신임을 받는 사령관의 참모장이 된다는 것에 자부심을 느끼며 지인들에게 자신의 업적을 자랑하였다. 지인들은 아는 사람이 엘리트 코스에 무사히 안착했다는 것에 축하를 보내 주었다. 이러한 분위기에 지인들의 환호를 받고 있는 청년 장교인 요하임 슈타인은 술잔을 들어 올리며 자신이 앞으로 모실 사령관이 얼마나 대단한 인물인지 설명하였다.

"그분은 지난 대전의 참전 영웅이자 우리 독일군의 롤 모델이라 볼 수 있어. 저번 전쟁에서 제5왕세자이신 오스카 폰 호엔촐레른께서 내가 모실 사령관을 아주 좋게 평가해 주셨지. 옆에서 왕세자를 모시며 여러 전투에서 활약하셨어. 전후 프리츠 폰 로스베르크 장군 밑에서 배우면서 더더욱 능력을 뽐내어 지금의 자리에 도달하셨어. 그런 엘리트 옆으로 이젠 내가 가는 것이야. 이제 내가 능력을 뽐낼 차례랄까?"

청년 장교 요하임 슈타인은 자신에게 보내질 빛나는 앞길을 말하며 으쓱거렸다. 자신이 알아본 바로는 지금부터 모실 사령관은 엘리트 코스를 완벽히 밟은 위인이었다. 그는 자신도 그리 될 것이라고 지인들에게 말했다. 게다가 그는 자신의 상관이 왕가와 어느 정도 연줄도 있으니 상부에 자신을 적극 어필할 기회라고 생각했다. 연줄 자체는 보기 좋은 것은 아니나 독일 제국은 군부의 요직에 왕가의 사람을 두는 것으로 군부를 컨트롤하는 문화를 가진 나라였다. 어차피 만날 왕가 사람들이라면 지금 만나 미리 자신의 능력을 보여 줌으로써 승진의 기회를 잡는 것도 좋다고 그는 생각하였다.

"반드시 참모총장까지 달릴 거야. 하하. 하나님 만세! 카이저 만세!"

요하임 슈타인은 웃으며 마지막 술잔을 넘겼다. 지인들은 그의 말대로 되라며 응원해 주었다. 그리곤 얼마 후, 아쉽지만 프로이센 동부로 향할 기차에 오를 시간이 되었다. 요하임은 지인들과 작별 인사를 하고 기차에 탔다.

그는 기차에서 멀어지는 자신의 고향을 바라보며 속으로 생각했다. 지인들에게 호언장담했던 것과 달리 실패할 수도 있다고 말이다. 사실 지금의 독일 제국은 위기에 처해진 상황이었다. 단순히 승진이 안 되는 정도가 아니라 군인으로서 실패를 경험하기 딱 좋은 시기였다. 그러나 요하임 슈타인은 지금의 조국은 위기지만 자신은 그 위기를 기회 삼아 나라를 지키고 성공도 해 보이겠다고 다짐했다. 그러면서 기차 안에서 그는 베를린 주간지를 펼쳐 보았다.

주간지에는 카렐리야 분쟁에 대해 적혀 있었다. 작년 돈 공화국 합병에 이어서 러시아 연방 공화국이 핀란드의 카렐리야 지방을 요구하고 있던 것이다. 러시아가 강력히 요구하는 모습에 반해 독일 제국은 쩔쩔매고 있었다. 지난 32년 오스트리아 사태 이후로 오스트리아와의 통합을 이룬 독일은 그 여파로 여전히 힘들어하고 있었다. 그렇기에 소극적으로 대처하고 있었다. 그러나 이번 러시아의 요구 대상은 독일 제국이 저번 전쟁의 결과물로 쟁취한 동부 왕국 중 하나이므로 물러서면 안 됐었다. 그런데도 현재 제국 수상 쿠르트 폰 슐라이허는 러시아에 소극적인 자세를 취하며 시간만 허비하고 있었다.

뉴스의 내용만 봐도 확실히 지금의 독일 제국은 위기였다. 그러나 요하임 슈타인은 생각했다. 위기는 곧 기회라고 말이다. 이번 승진을 통해 단번에 좋은 자리로 가게 됐으니 나라를 구하는 공적을 세운다면 나라를 위해서도, 자신의 성공을 위해서도 좋은 결과가 다가오게 될 것이었다.

'몇 년 전부터 러시아가 급부상하여 우리를 위협하고 있지. 그러나 우리 독일이 다시 성장할 기회야. 세계대전 이후 얼마나 뚱뚱한 돼지처럼 변했던가. 다시 날씬해질 찬스야. 그리고 그 선두 주자에 내가 있을 것이야.'

요하임 슈타인은 지난 10년 동안의 국제 정세를 떠올리며 생각했다. 오스트리아 내전으로 인한 오스트리아 멸망과 트리아농 조약으로 반독일 세력의 선두 주자가 된 헝가리, 또 다른 우방이었던 오스만 제국의 몰락과 터키 공화국 수립, 초대 보즈드의 사망 이후 새로운 러시아의 리더가 된 젊은 여인으로 인한 러시아의 급부상…. 독일에 반대하는 세력이 점점 유럽을 조여 오고 있었다. 서유럽도 상황은 비슷하여 제3인터내셔널 세력들이 독일을 경계하고 있었다. 이탈리아 왕국을 제외하곤 믿을 만한 국가가 없는 상황, 그러나 독일의 국력 자체는 여전히 보존되고 있었다.

20년대의 경제 위기를 서서히 극복하여 유럽의 패자 자리를 유지하고 있었다. 요하임 슈타인은 서번 대전처럼 이번에도 이기면 된다고 생각하였다. 그것을 위한 첫걸음으로 그는 동부 프로이센 지방으로 향하고 있었다.

자신을 위해, 독일을 위해, 카이저를 위해, 신을 위해 싸우겠다고 다짐하면서.

...

이윽고 요하임 슈타인은 자신의 발령지에 도착하였다. 쾨니히스베르크 근교에 위치한 해당 보병 사단은 과거 루덴도르프 참모장과 힌덴부르크 장군의 지휘하에 몰려오는 러시아군을 상대로 열세의 병력으로 나라를 지켜 낸 바 있는 명문 사단이었다. 그렇기에 요하임 슈타인은 이러한 부대에 발령받았다는 사실에 기뻐하며 다시금 나라를 지키고 가족을 지키겠다는 일념하에 부대 안으로 들어갔다. 간단한 수속을 마치고 그는 부대 지휘관을 만나려 지휘실로 향했다. 그러나 그곳에는 사령관이 보이질 않았다. 주변 장교들에게 물어보니 지휘관은 현재 개인 숙소에 있다고 하였다.

'근무 시간에?'

요하임 슈타인은 의아해하였지만 사정이 있겠거니 생각하며 지휘관이 있는 곳으로 향했다. 일단 최고 지휘관에게 인사는 해야 수속을 끝내는 것으로 생각했기 때문이었다. 지휘관이 머무는 숙소의 방에 도착하여 노크하자 누구냐는 소리가 들렸다. 요하임 슈타인은 자신의 소속과 발령 사실을 알렸다. 이에 문이 열려 있으니 들어오라는 소리가 들렸다.

"들어가겠습니다."

요하임 슈타인은 문을 활짝 젖혔다. 방 안의 모습은 처참했다. 완전히 난장판 그 자체였다. 물건은 여기저기 널브러져 있었고 식탁은 설거지하지 않은 그릇들로 넘쳐 났다. 하수구와 같은 냄새가 방에서 흘러넘쳤다. 가장 가관은 지휘관 그 자체였다. 매트 위에 누워 있던 지휘관은 소문과 다르게 뚱뚱하고 처진 몸매의 사람이었다. 분명히 가족이 있음을 들었는데도 불구하고 가족의 흔적은 어디서도 보이지 않았다. 마치 혼자 사는 폐인의 모습이었다. 이러한 모습에 요하임은 당황했으나 방 안에 들어가 아까 전까지 누워서 자고 있던 사령관에게 인사하였다.

"그래, 이번에 새로 온 참모장이라고?"

"네. 요하임 슈타인이라고 합니다. 메클렌부르크 출신입니다."

"그래… 알겠네. 나가 보게. 난 술이나 더 먹어야겠어."

자신의 이름을 발터 모델이라고 밝힌 사령관은 주변에 널브러져 있는 술병을 들며 말했다. 그러면서 손짓으로 어서 나가라고 말하였다. 이 모습에 요하임은 한동안 움직이질 못했다. 자신이 미리 들었던 정보와는 너무 달랐기 때문이었다. 듣기로는 철두철미하면서도 자상한 사람이라 들었다. 그러면서 성실함은 누구도 따라오지 못하였다고 들었다. 그러나 지금 눈앞의 사람은 나태함의 극치를 달리고 있으니 요하임은 혼란스러웠다. 무엇보다 제국의 군인으로서 자신의 할 바를 안 하는 것은 보기가 매우 민망하면서도 부끄럽고, 동시에 화가 났다. 요하임은 최대한 부드럽게 지금 같이 지휘실로 돌아가 업무를 보자고 말했다.

"내가 왜? 아, 그런 거 하고 싶으면 자네가 하게. 권한 정도는 얼마든지 넘겨줄 수 있어."

발터 모델이란 작자는 요하임의 말에 듣는 척도 하지 않곤 술을 마시며 답했다. 요하임은 상사의 심기를 거스르지 않고 명령조로 들리지 않는 쪽으로 최대한 모델을 설득하였다. 지극히 교과서적인 말로 국가의 세금을 허투루 쓰면 안 된다는 식으로 말했다. 요하임은 이 부대에서 새로운 시작을 하고 싶었다. 상관이 저 모양이면 안 되니 부드럽게 같이 움직이기를 청하였다.

"아, 백성들을 위해? 아니야. 자네가 잘못 생각하고 있어. 이 나라 사람들을 위해서라도 루덴도르프의 자식들이 차지한 이 나라는 망하는 게 옳아. 하하."

발터 모델은 자신과 달리 늘씬하고 큰 키, 다부진 몸매로 전형적인 군인의 모습을 지니고 있는 요하임 슈타인에게 헛웃음을 치며 말했다. 그리곤 루덴도르프 파벌이 장악한 독일에 대해 언급하였다. 사실 그의 말대로 이 나라의 실권은 카이저가 아니라 루덴도르프 파벌이 차지하고 있었다. 물론 지금은 루덴도르프가 몇 년 전에 죽어 그의 양자가 최고 권력자인 상태였다. 하지만 루덴도르프가 살아 있을 때는 사퇴 협박을 일삼으며 카이저를 압박해 온갖 요직을 차지하고 전 유럽을 마음대로 쥐락펴락하였다. 그리고 그의 파벌은 여전히 살아 숨 쉬며 군부의 요직을 두루 장악하고 있었다. 그래서 확실히 과거의 독일 제국과는 달라진 상태였다. 긍정적이기보다는 부정적인 요소가 컸다.

"하지만 지금은 그의 양자이신 하인츠 페르벳 경의 시대고 그의 양부와는 다른 인물입니다."

"그렇지. 그렇다고 루덴도르프가 집권했던 게 사라지던가?"

발터 모델은 비아냥거리며 말했다. 그러나 현재 집권자에 대해 크게 부정적이지 않았던 요하임 슈타인은 그를 과거에 갇혀 버린 인물로 여길 수밖에 없었다. 그는 과거는 나쁘더라도 앞으로의 길이 더 중요하다고 보았다. 분명히 루덴도르프가 현재의 위기를 초래하긴 했으나 지금은 그가 죽은 이후였다. 이젠 위기를 기회로 바꿀 시간이라고 요하임은 생각했다. 그렇기에 자신이 여기에 온 것이라고 그는 생각했다.

그러나 상식적인 생각, 군인이면 군인답게 움직이라는 당연한 생각을 거부한 발터 모델은 요하임의 말에도 움직이지 않았다. 국가의 돈을 받는 것에 대한 양심의 가책도 사라진 것인지 발터 모델은 불뚝 나온 배를 긁으면서 꺼지라고만 말할 뿐이었다.

"루덴도르프한테 붙어 있던 놈들이 알아서 해결하겠지! 하하!! 난 할 거 없어! 정 무언갈 하고 싶거든 자네가 하게! 방해할 생각은 없으니까!"

요하임은 결국 상관을 설득하는 데 실패하고 방을 나갔다. 그리곤 부대 장교들과 교류하며 발터 모델에 대해 이야기를 들었다. 현재 가족과 별거하며 혼자 지내는 폐인이라는 소식에 요하임은 모델에게 안쓰러움을 느꼈다. 그는 분명 엘리트 그 자체라고 들었다. 어찌 저리된 것일까? 그런 생각이 그의 머릿속을 지배했다.

물론 그렇다고 포기할 생각은 없었다. 다음에 다시 와 사령관을 설득하고 함께 부대를 갈고닦아 지금 독일이 겪고 있는 위기, 제1차 세계 대전과 같이 양옆에서 다시 조여 오는 적들의 압박을 이겨 내는 데 공을 세우리라고 그는 다짐했다.

...

    요하임 슈타인의 우려대로 독일은 현재 위기에 처해 있는 상황이었다. 서쪽으론 브리튼 연방과 프랑스 코뮌이, 동쪽으로는 러시아 연방 공화국과 헝가리 왕국이 독일을 향해 칼을 갈고 있었다. 하지만 요하임 슈타인의 생각대로 위기는 곧 기회라고 생각한 사람은 많았다. 독일 내부에서 뿐만 아니라 외부에서도 말이다. 그리고 아주 먼 외부에서도 그런 생각을 지닌 사람이 있었다. 바로 캐나다 연합왕국의 총리 윈스턴 처칠이 바로 그런 사람이었다. 그는 지금 독일의 위기가 바로 자신의 기회라고 생각했다.

    "지금이야 말로 본토를 되찾을 찬스입니다. 독일이 공격당할 때 뒤를 치는 것입니다. 역겨운 생디칼리스트로부터 런던을 되찾는 것입니다!"

    윈스턴 처칠은 미국 대통령과의 접견 장소에서 그렇게 외쳤다. 두 우호국의 정상회담에서 처칠은 루스벨트 미국 대통령에게 서유럽의 상황을 언급하며 다가올 전쟁을 이용하자고 말했다. 루스벨트는 이런 내용을 흥미롭게 경청하였다. 다만 루스벨트와는 다르게 다른 미국 관료들은 이에 대해 부정적이라 루스벨트는 말을 아꼈다.

    "그거 좋겠군요. 검토해 보겠습니다."

    "검토가 아니라 지금 당장 준비해야 합니다! 내가 예견하건대 1년 뒤엔 전쟁이 날 것입니다! 러시아가 가만히 있겠습니까? 보즈드 체제가 들어서기 전까지 독일은 꾸준히 러시아를 압박했습니다. 안보적으로 생각해도 독일은 그럴 수밖에 없었고 역으로 러시아도 독일을 안보상 적대할 수밖에 없습니다. 아시지 않습니까? 지금은 전쟁을 준비할 때입니다!"

윈스턴 처칠은 강력하게 주장하였다. 그러면서 자신의 생각의 근거를 주장하려 하였다. 러시아가 왜 불안하면서도 분노하는가에 대해서 말이다. 그러나 루스벨트는 미안하다며 말을 끊었다. 외교적 결례가 될 수도 있는 순간이었으나 루스벨트는 미국 내의 상황을 언급하였다.

"미안해요, 윈스턴. 내 사랑하는 친구에게 이러기는 싫지만 여론이 좋지 않습니다. 여전히 영국… 아니 캐나다로부터 부채가 상환되지 않고 있습니다. 여전히 대공황으로 인한 경제 위기는 다 극복되지 않았고요. 오히려 사람들은 그대가 우리를 이용해서 과거의 치욕을 회복하려 한다고 생각하고 있어요."

루스벨트는 미안하다며 처칠의 과거를 언급했다. 처칠은 그 말에 과거를 떠올리지 않을 수가 없었다. 지난 대전 종료 직후, 프랑스에서는 혁명이 일어났다. 좌파들이 일어나 정부를 무너트리고 혁명 정부를 수립을 위한 내전에 돌입한 것이다. 패배의 여파로 여론이 너무 안 좋았기에 노동조합 정부는 간단하게 기존 정부를 제압할 수 있었다. 그들은 순식간에 나라를 뒤엎고 프랑스 코뮌 정부를 건국하였다. 이에 영국도 흔들릴 수밖에 없었다. 비록 독일은 영국과 평화조약을 맺으며 프랑스와 달리 영토 요구나 경제적 요구를 하지 않았다. 영국에 상륙을 하기란 어려우니 말이다. 그러나 전쟁 비용의 대가를 거두지 못한 영국은 얼마 안 가 경제 위기를 맞이하게 되었고 상이군인들은 복무의 대가를 요구하며 거리로 나왔다.

이때, 장관이던 윈스턴 처칠의 대응은 참으로도 바보 같았다. 제대로 시위를 컨트롤하지 못하고 오히려 혼란만 가중시켰다. 이러한 상황에서 경찰의 발포로 시위는 매우 격화되었고 프랑스 코뮌의 후원을 받은 생디칼리스트들이 거리로 나와 궁전을 포위하였다. 겁먹은 왕가와 정부는 에든버러로 도망갔는데 이것이 너무 큰 실수였다. 런던을 점거하고 나라의 중심을 차지한 혁명가들은 곧바로 혁명군을 조직하고 북쪽으로 진격하였다. 영국 정부군은 나라의 중심을 빼앗긴 터라 시간이 지날수록 힘을 잃어 갔다. 결국 영국 왕실은 캐나다로 도주했고 브리튼 연방국이 건립되었다.

그렇기 대영제국은 붕괴되었다. 거의 모든 식민지들은 공중분해되었다. 일부 식민지만이 캐나다를 중심으로 뭉쳐 있을 뿐이었다. 처칠은 어정쩡하게 대응하다가 모든 것을 날렸다. 이를 다시 되돌리고 싶었고 그러기 위해선 미국의 도움이 절실하였다. 하지만 그런 노력은 미국 국민들에게 부정적으로 받아들여졌다. 미국인들은 처칠을 흡혈귀라며 비난했다.

'저 인간은 자기 나라처럼 미국도 말아먹을 인간이다!'

이것이 처칠에 대한 인식이었다. 그에 대한 평판은 대단히 부정적이었다. 영국에서 도망친 왕실만이 그를 지지할 뿐이었다. 물론 루스벨트는 처칠을 좋게 봤지만 미국 국민들은 그러질 않았다. 루스벨트는 처칠에게 여론 때문에 지원은 못 하고 오히려 부채로 인해 캐나다에 대한 관세법이 신설될 수 있음을 밝혔다.

"우리 국민들은 윈스턴과 생각이 많이 달라요. 기본적으로 고립주의 성향이 크죠. 지난 대전에 많은 지원을 했지만 얻은 것은 없으니까요. 게다가 러시아가 유럽의 위협이 되어 가는 것은 사실이지만 지금 독일과 회담을 준비 중이라고 들었어요. 그래서 충분히 조율될 것이라는 의견도 많아요. 지난 대전을 생각해 봐요. 얼마나 많은 유럽 사람들이 죽었는가요? 결국 러시아는 말만 그러다 말 것이라는 의견이 커요."

루스벨트는 여론에 대해 말하였다. 확실히 미국뿐 아니라 유럽에서도 그런 의견이 크게 존재하고 있었다. 물론 요하임같이 위기의식을 크게 느끼는 사람도 있었지만 대부분 지난 대전의 충격으로 협상으로 끝내자는 사람이 많았다. 독일군부의 리더 하인츠 페르벳도 대비는 하되 평화적인 방법을 택하고자 하는 사람이었다. 그런 상황이니 다들 전쟁은 일어날 가능성이 적다고 여겼고 그렇기에 처칠을 비난했다. 흡혈귀에 전쟁광이라며 말이다.

　결국 처칠은 소득 없이 회담을 끝냈다. 상대방이 거부하니 더 이상 진행할 이야기가 없었다. 처칠은 낙담하며 자리를 떴다. 하지만 그는 언젠간 자신이 재평가받고 기회를 얻을 날이 올 것이라고 굳게 믿었다. 그는 일본 제국이 중화민국을 침략하는 아시아의 정세를 보아도 조만간 전 세계적 위기가 올 것이라고 생각했다. 그 시기를 잘 타면 다시금 날아오를 수 있으리라 판단하며 그는 내일을 다짐하였다.

…

　모델과의 첫 만남 후 다음 날. 요하임은 군복을 입고 숙소에서 나와 부대로 향하였다. 요하임은 소문 속에서의 모델과 실제 모델이 달랐기 때문에 어제는 정말로 실망스러운 날이었다. 그러나 그는 여기서 멈추면 안 된다고 생각했다. 군인으로서, 프리드리히 정신을 소유한 프로이센 군국주의자로서 오히려 적극적으로 돌파해야 한다고 여겼다. 그래야만 대왕께서 그러하듯 기적이 일어난다고 생각하였다. 운은 수시로 오지만 낚아챌 기반이 있어야 잡을 수 있는 법이었다. 그는 그리 생각하며 일단 부대를 돌아다니며 물자를 점검하였다. 그리고 지도를 보며 적의 침공 시 예상 진격 방향을 따져 가며 진지 구축에 대한 계획을 세웠다. 만일 전쟁이 나서 여기까지 적이 온다면 러시아군의 입장에선 머나먼 길을 이미 온 상태이니 지연전을 펼치는 것이 좋을 것이라고 그는 생각했다.

'도시를 가로지르는 강을 원활히 이동해야 하는데…. 공병 대대에 연락을 해 봐야겠군.'

그는 강을 바라보며 생각에 잠겼다. 그러던 도중 대대마다 한 명씩은 있는 정보 장교가 그에게 다가가 말을 걸었다.

"참모장님, 무엇을 하고 계십니까?"

"아, 작전 계획을 짜고 있는 중입니다."

요하임은 휘하 정보 장교의 말에 답했다. 그러고는 자신이 온 지 얼마 되지 않기에 협조를 요청하였다. 하지만 정보 장교에게선 예상외의 답변이 튀어나왔다.

"아직까진 전쟁 기조가 아니지 않습니까? 전쟁부 장관께서는 굳이 그러지 말라는 지시를 하셨습니다."

정보 장교는 협조보단 현재 프로이센 전쟁부 장관 하인츠 페르벳의 훈령에 관해 말했다. 하인츠 페르벳은 현재 슐라이허 수상의 설득으로 러시아를 자극하지 않기로 결정을 내린 상황이었다. 현재 물밑으로 카렐리야에 관한 협상을 진행 중인 바, 평화를 유지하기 위한 분위기 조성을 위해 군사 관련 행동은 일체 하지 말라는 지시가 있었다. 한동안은 군을 전부 정지시킨 것이었다. 물론 기본적인 업무는 유지되지만 새로운 것을 만드는 것은 허락되지 않았다. 하인츠 페르벳은 안일한 위인은 아니었지만 아직까진 다른 독일인들이 그러하듯 평화의 가능성을 믿고 있었다. 지난 대전을 경험했기에 이왕이면 좋게 좋게 가자는 것이 그의 생각이었다. 그러나 만일을 상정하고 있었던 요하임은 납득하기 어려웠다. 다른 분야, 다른 계층이면 모를까 군인은 항상 만일을 대비해야 한다고 그는 생각했다. 하인츠 페르벳이 이를 모를 정도로 무능한 인물은 아니었으나 현재 독일은 전쟁을 원치 않았다.

여하튼 루덴도르프 파벌에 속하는 해당 정보 장교는 자신이 아래 계급임에도 실세임을 은연중 강조하며 요하임을 압박하였다. 특이 상황을 만들지 말라는 것이었다. 요하임은 어처구니없었으나 루덴도르프 파벌이 장악하고 있는 독일군을 적으로 돌리긴 힘들었다. 무엇보다 그들을 제거하고 군을 개혁하기에는 요하임의 생각으론 전쟁 가능성이 너무 코앞에 있었다.

'모델 장군이 비판할 만하군.'

요하임 슈타인은 어제 모델이 말한 바를 떠올리며 속으로 생각했다. 확실히 이 나라는 카이저가 아니라 루덴도르프 파벌이 장악하고 있었다. 물론 어제의 생각처럼 하인츠 페르벳은 크게 나쁜 인물이 아니라고 생각되나 선대 루덴도르프 총참모장이 남긴 유산의 더러움이 너무 크긴 하였다. 군 내부에 루덴도르프 파벌의 영향이 없는 곳이 없었다. 해당 파벌에 잘못 보이면 바로 아웃인 상황에서 그들에게 맞서는 것은 힘들었고 새로운 것을 만들기란 더더욱 힘들었다.

대표적으로 『전차를 주목하라!』의 저자 하인츠 구데리안 장군은 파벌에 밀려 독일령 동아시아로 쫓겨나 있는 상태였다. 인맥에 밀려 새로운 것을 도입하지 못하는 형국이었다. 확실히 군대를 잠식한 루덴도르프 파벌들은 일소되어야 하였다.

그래도 요하임은 큰 걱정을 하지 않았다. 그는 너털웃음을 지으며 훈령을 따를 것이라고 말했다. 자신이 모델에게 말한 것처럼, 유능하다고는 힘들어도 양부와 같은 독재자 스타일은 아니었다. 미적지근하나 변화의 움직임이 아주 없는 인간은 아니라고 요하임은 생각했다. 그렇기에 이번 회담이 지나면 변화가 있으리라고 기대했다. 결국 국가 전체적으로 전쟁을 대비할 시기는 아주 빠르게 온다고 그는 판단하였다.

'몰래 전쟁 시 부대 후퇴 라인이나 짜야겠군. 그야 이해는 안 가지만 러시아 놈들이 우릴 그토록 싫어한다고 광고하는걸? 참으로 불평불만이 많은 놈들이야.'

요하임은 그렇게 몰래 투덜거리면서 부대의 다른 장소로 이동하였다.

...

"어쩌다 이리됐을까요?"
"그러게 말입니다. 동방의 공포라고 생각하며 그 시절을 지냈는데 정말로 공포가 되다니….“

카렐리야 회담 직전, 헬싱키의 어느 호텔 방. 이곳에서 독일을 이끄는 두 사람인 프로이센 전쟁부 장관 하인츠 페르벳과 제국 수상 쿠르트 폰 슐라이허가 대화를 나누고 있었다. 둘은 러시아의 요구를 검토하며 수용할지 말지 정하고 있었다. 요구 수준은 러시아에 일방적으로 좋은 요건으로 사실상 핀란드 왕국을 넘기는 수준이었다. 카렐리야와 일부 영토만 줄 뿐 아니라 핀란드의 경제권을 죄다 넘길 정도로 러시아만 좋은 조약이었다. 하인츠 페르벳은 지난 돈 공화국 병합 이후로 꾸준히 요구되는 러시아의 요구에 지쳐 있었다.

"끝을 모릅니다. 차라리 강경하게 나가는 게 어떨까요?"
"장관님! 그러다가 전쟁이 나면 우리의 가용 가능한 병력이 얼마 없어 동부 왕국들이 금세 상실될 것입니다. 우린 최대한 평화로 가야 합니다."

슐라이허는 평화의 중요성을 강조하며 현재 독일 제국의 문제점에 대해 언급했다. 비록 경제 상황이 좋아지고 있지만 방대해진 식민지와 오스트리아 병합의 여파로 여전히 군대에 돈을 투하하기 힘들다고 말했다. 그에 반해 러시아는 군대에 모든 것을 집중하고 있고 당장 가용 가능한 병력의 수는 독일보다 우위를 차지하고 있었다. 게다가 그간 독일은 중앙 유럽 경제 동맹을 창설하고 러시아를 철저하게 유럽 경제에서 배제한 바가 있었다. 그 덕에 미국발 대공황과 함께 찾아온 중앙 유럽의 위기를 러시아는 비껴갈 수 있었고 지금은 왕성해진 군수산업으로 대외적으로 막강한 군대를 보유하고 있었다.

"그간 우리가 욕심이 너무 많았습니다. 브리튼 쿠데타 이후 무방비 상태가 된 영국의 식민지를 차지하는 것이 어쩌면 바보 같은 처사였습니다. 그러나 이미 일어난 일, 최대한 평화를 노리는 것이 답입니다."

"하지만 현재 보즈드인 크리스티나 사빈코프는 온화하던 선대 보즈드와 달리 우리를 너무나도 노골적으로 싫어하고 있습니다. 평화가 가능할까요?"

하인츠 페르벳은 회의감이 드는 표정으로 수상의 말에 의문을 표했다. 독일의 실세의 말처럼 2대 보즈드는 연설을 할 때마다 독일에 대한 복수심을 표방하고 있었다. 러시아의 국력이 회복되기 전의 10년 동안 독일은 꾸준히 러시아를 견제한 바가 있었다. 과거 독일은 브레스트-리토프스크 조약 체결로 엄청난 동부 영토를 얻은 바가 있었다. 그리고 군대를 주둔시켜 이를 장악하고자 하였는데 너무나도 얻은 영토가 큰 나머지 전쟁 중임에도 동부 주둔군으로 100만 명을 배치해야 했다. 이때 루덴도르프는 동부의 광활함에 놀라며 러시아가 제정 말기 시절과 달리 강대해진다면 독일은 엄청난 시련에 처할 것이라고 보고 러시아를 시도 때도 없이 괴롭히며 강대국이 되는 것을 겁냈다. 그러나 오스트리아발 위기를 통해 독일이 주춤하는 틈을 타 러시아는 강해졌고 이제 독일은 러시아의 눈치를 보고 있는 형국이었다.

"그녀는 왜 그리 우리를 싫어할까요? 말하는 것을 보면 너무 심합니다. 이해가 안 될 지경이에요. 지도자가 왜 이리 감정적이기만 하는지…."

"뭐, 아마도 20년대 동부 탄압의 희생자 아니겠습니까? 돌아가신 루덴도르프 경께서 러시아를 경계하시어 러시아 본토로 군대를 보낸 적이 여러 번 있으니…. 그래도 프랑스 코뮌은 러시아같이 우릴 증오하지 않아서 다행입니다."

국가의 지도자란 이성적이어야 한다. 하인츠 페르벳은 그리 생각했다. 그러나 다르게 행동하는 적성국 지도자에 그는 한숨을 내쉬었다. 분명 이유가 있을 터였다. 그러나 정확한 이유를 모르니 그로서는 답답할 노릇이었다. 그저 소문으론 가족이 독일군에 죽었다는 이야기도 있었다만 확인된 바 없었다. 보즈드의 과거는 완전히 수수께끼 그 자체였다. 하인츠 페르벳의 시각에서는 그저 어린아이가 투정을 부리는 것 같았다. 국가 지도자로서의 이성은 보이질 않았다. 그래도 수상이 말한 것처럼 프랑스는 독일에 상대적으로 온화하여 다행이었다. 프랑스 코뮌 혁명 직후, 프랑스에는 한동안 혼란이 나라를 덮친 바가 있었다. 정권을 처음 잡아 본 극좌파들은 초창기 나라 운영을 정말 개같이 하였다. 그러나 코뮌 혁명 직후 찾아온 바이에른 혁명으로 프랑스의 운명은 달라졌다. 바이에른 쿠데타 실패 직후 극작가인 베르톨트 브레히트와 같은 수많은 좌파 독일 지식인들이 프랑스로 망명했고 그들은 프로이센 왕국 시절 프로이센이 받아들인 위그노들처럼 프랑스 발전에 기여하였다. 그들을 통해 프랑스 코뮌은 내부 투쟁을 끝내 화합하는 법, 나라를 운영하는 법을 배웠고 빠르게 나라를 발전시켜 갔다. 이 과정에서 독일 출신 지식인들이 활약하여 프랑스 내부에는 독일인에 대한 반감이 크게 낮아졌다. 그들은 나쁜 것은 독일이 아니라 카이저라고 주장하며 독일 멸망이 아닌 카이저 체제 해체를 부르짖기 시작했다. 물론 하인츠 페르벳 같은 프로이센 군인 입장에선 끔찍한 이야기인지라 수상의 말에 큰 공감은 하지 않았다.

"힘든 것은 압니다. 그래서 저도 예산을 군에 돌리는 것을 꾸준히 막고 다른 곳으로 돌리는 데 동의했습니다. 그러나 이번 회담의 요구를 보니 아연실색할 지경입니다. 우리에게 이득은 하나도 없고 전부 러시아를 위한 내용뿐입니다. 이제 군비를 증강시킬 때가 왔습니다. 힘들다고 미룬다면 위기 시에 대응을 아예 못 하겠지요. 일단 일개 군단을 키예프로 배치시켜야겠습니다."

하인츠 페르벳은 러시아의 반독 정책을 이야기하며 군비 증강을 언급하였다. 현재 러시아는 자국 내의 독일인들에게 차별적 정책을 취하고 있었다. 예카테리나 2세가 독일계이고 발트 독일인들이 러시아에 많이 살고 영향을 준 것을 생각하면 어처구니없는 일이었지만 그것을 달리 말하면 러시아는 진심이라는 것이었다. 여하튼 하인츠 페르벳은 대비를 언급했고 슐라이허는 결국 실세의 말에 따르기로 하였다. 일단 평화를 우선적으로 노리되 전쟁 준비도 시작하자는 것으로 가닥을 잡았다.

'당최 왜 이리 우릴 증오하는지…. 그렇지만 않으면 예산을 전부 동부 왕국과 식민지 안정화에 쓰고 싶거늘….'

하인츠 페르벳은 독일을 증오하는 현재 보즈드를 생각하며 혀를 찼다. 하지만 달리 생각하면 그런 사람이 보즈드가 된 것은 러시아 국내의 지지 때문일 것이다. 아까 말했듯 러시아 민중의 반독감정은 진심으로 좋지 못했다. 물론 현재까지는 전쟁보단 평화에 가능성을 더 두고 있었다. 그야 러시아의 저명한 지식인들은 전부 평화를 요구하고 있으니 말이다. 그러나 그런 자들이 보즈드 후보에서 탈락하고 현재 보즈드가 지도자가 된 것을 생각하면 안심할 수 없었다. 현재 보즈드는 명성 있는 다른 후보와의 경쟁에서 이성보다는 독일에 대한 복수를 부르짖었고 그 덕에 젊은 나이와 부족한 경력에도 민중의 지지로 보즈드가 될 수 있었다. 즉 감성이 이성을 승리한 것이다. 그렇기에 하인츠 페르벳은 잠시 이성적 판단 보단 불안함에 못 이긴 판단을 해 보자고 생각했다. 그는 군비증강 계획서를 간단하게 작성하여 본국으로 송신하였다. 러시아를 자극할 수 있음에도 이미 너무 미룬 것이라고 그는 생각하였다. 그리고 동시에 원인 모를 불안감에 사로잡혔다. 지난 대전에서 독일은 살아남았다. 과연 앞으로도 그러할까? 독일과 러시아의 관계는 회복될 수 있을까? 그런 생각에 잠기며 하인츠 페르벳은 바지 사장인 제국 수상과 회담장으로 향했다.

…

 시간을 잠시 며칠 전으로 돌려 카자흐스탄, 카렐리야 회담이 일어나기 직전 러시아 연방 공화국 2대 보즈드인 크리스티나 사빈코프는 국내 순방을 돌고 있었다. 카자흐스탄은 돈 공화국이 병합되기 반년 전, 2대 보즈드의 설득에 의해 체결된 우호조약을 통해 연방에 합류한 바가 있었다. 연방에 합류한 카자흐스탄은 제정 러시아 시절 러시아 영토였던 근방 스탄 계열 국가들을 자신들이 설득하여 그들도 합류시킨 바가 있었다. 그래서 그에 대한 보상으로 러시아 내부에서는 카자흐스탄에 대한 나름대로의 우대 정책을 펼쳤고 주기적으로 보즈드가 방문하여 민심을 살폈다. 2대 보즈드는 카자흐스탄의 아스타나에서 연방을 구성하는 여러 민족들을 초청하여 다민족 국가가 된 연방의 친목을 도모하였다.
 "러시아와 친구 민족들의 우애로운 연방 공화국의 찬란한 미래를 위해 건배합시다!"

그렇게 여러 민족 대표가 모인 아스타나의 연회장 중앙에서 군복을 입은 금색 단발머리의 젊은 여성이 술잔을 머리 위로 치켜들며 외쳤다. 그녀가 바로 2대 보즈드이자 전대 보즈드의 양녀인 크리스티나 사빈코프였다. 그녀는 자신의 뚜렷한 이목구비, 즉 미모에서 나오는 호소력을 적극 이용하며 마치 연극에 나선 배우처럼 모두에게 손짓하며 다민족 국가에서의 서로 간의 화합의 중요성을 설파하였다.

"우린 모두 평등합니다. 우린 서로를 사랑해야 합니다. 이유는 말 안 해도 아시겠죠?"

"그럼요! 안 그러면 보즈드 같은 분께서 나타나서 천벌을 주시니까요!"

보즈드의 말에 어느 인사가 맞장구를 쳐 주었다. 보즈드는 고개를 끄덕이며 자신의 정권의 당위성을 마음껏 펼쳤다. 러시아를 구성하는 여러 민족 간의 화합, 그것은 그녀의 정권에게 있어서는 정말로 중요한 것이었다. 러시아가 다시 제국으로 발돋움하기 위해선 러시아의 주변에 같이 사는 여러 민족들의 협력은 필수적이었다. 게다가 보즈드 자체의 성향이 누군가를 억압하는 것을 원하지 않았다. 그래서 자신들에게 꽃다발을 가져다주는 타민족 아이들을 사랑스럽게 껴안아 주며 웃음에서 나오는 밝은 에너지의 교환이 얼마나 소중한지를 그녀가 몸소 모두에게 보여 주었다. 그녀는 아이들의 뺨에 자신의 뺨을 비비며 정서적 교류가 무엇인지를 보여 주었다. 회장의 사람들은 그녀의 유화함에 감탄을 지었다. 지도자가 될 법한 인물이라며 박수를 보냈다.

그러나 사실 그녀가 지도자가 된 이유, 압도적인 지지를 받으며 보즈드가 된 이유는 솔직히 따로 있었다. 그녀의 친절함은 누구나 알지만 사실 그녀는 경력이 일천했고 나이가 어렸다. 이제 30대 중후반이 된 배움이 짧은 여성을 지도자로 뽑긴 힘들었다. 그러나 그녀는 단 한 가지의 의외의 면모를 가지고 있었는데 그것은 대단히 심한 반독감정이었다. 그녀는 모두의 앞에 서서 러시아 민족들의 분노를 달래 주며 공감해 주었다. 그러면서 동시에 복수를 천명하였다. 그 복수의 염원이 모두에게 닿은 탓일까? 나이 많고 경력 좋은 쟁쟁한 남성들을 밀어내고 러시아 민중들은 그녀를 지지했고 그녀는 보즈드가 될 수 있었다.

그렇게 보즈드가 된 그녀는 자신들이 당한 부당함을 세상에 알리고 그것을 끝장내기 위해 당한 바를 그대로 돌려주자고 말했다. 그대로 상대방에게 돌려주어 그것이 나쁜 짓임을 스스로 깨닫게 해 주자며 그녀는 보복주의를 택했다.

"우린 정말로 평등합니다. 이렇게나 사랑스러운 걸요. 다만… 딱 하나만 제외한다면 말이죠."

2대 보즈드는 방금 다가온 카자흐스탄과 키르기스스탄의 아이들을 껴안으며 어느 한쪽을 쳐다보곤 말했다. 그곳에는 자신이 독일인임을 증명하는 표시를 가슴팍에 붙인 여인이 있었다. 지난 1935년, 러시아 연방 내의 독일계 러시아인은 시민권을 박탈당한 바 있었다. 러시아의 역사를 이끌던 발트 독일인들은 순식간에 탄압의 대상이 되었고 본국인 독일은 전쟁을 피하기 위해 모른 척하였다. 러시아 연방은 국력이 신장되는 순간부터 역사에 증명해 보이겠다는 이유로 자신들이 당한 것을 돌려주겠다는 명분하에 자국 내 독일인들에 대해 탄압을 가하였다. 연회장의 모든 사람들은 서로에게 따뜻한 말을 건네며 친목을 하였지만 허드렛일을 하는 독일계 러시아인들에게는 못된 대우를 하며 보즈드의 말에 찬동했다.

이를 본 보즈드는 흐뭇하게 웃었다. 아이들에게 한 행동과는 완전히 대비되는 모습이었다. 그녀는 회장을 돌아다니다가 가끔 보이는 서로 싸우는 아이들을 상냥하게 말리며 싸우지 말고 그런 나쁜 행동은 독일인들에게 하라고 다그쳤다. 회장의 바닥을 닦고 있던 독일인은 아이들의 돌멩이에 피가 흐를 정도로 다쳐 갔고 보즈드는 땅바닥에 주저앉은 또래의 독일 여인을 보며 희미한 미소를 지었다.

"부르셨습니까?"

"오셨군요. 이번에 올린 보고서 봤습니다. 자리에 앉으시죠."

그렇게 연회가 무르익어 가는 도중, 보즈드의 옆으로 외무장관인 겐나디 게라시모프와 러시아 중앙은행 총재이자 재무관인 그레고리 타라소프가 다가왔다. 그들은 안내에 따라 준비된 자리에 앉았다. 그리곤 보즈드에게 평소 주장하던 자신들의 의견을 표하였다. 그것은 전쟁에 반대하는 것이었다.

"현재 겉으로 드러나 있는 우리 러시아와 실제 우리 러시아는 다릅니다. 적들을 우리를 과대평가하고 있습니다. 실제로 전쟁에 돌입한다면 우리가 성공할 가능성은 낮습니다. 엄연히 우린 패전국이고 저들은 승전국입니다. 쌓아 온 양이 다릅니다."

"그렇군요. 알겠습니다. 그렇다면 이번 회담은 평화롭게 넘어가죠."

"이번 회담은… 말입니까?"

자신들의 의견을 받으면서도 애매하게 답변하는 보즈드에게 재무관이자 그녀의 최측근인 그레고리 타라소프는 의아해하면서 답했다. 보즈드는 그저 고개를 끄덕일 뿐이었다. 당황한 그레고리 타라소프는 기존의 계획이던 동유럽 시장 개척이 아닌 전쟁 대비를 위한 경제로 가면 올 파국에 대해 보즈드에게 설명하였다. 그는 이대로 독일에 대한 복수라는 옵션을 버리지 않으면 군수산업이 비대화되어 약탈경제로 흐를 수밖에 없다고 말했다.

"독일이 우리에게 한 행동을 떠올리면 저도 분노가 들끓습니다. 그러나 지난 대전의 패전으로 상당수의 영토를 상실한 우리의 국력으로 그들을 진정으로 이기기란 힘듭니다. 이건 보즈드께서 포섭한 자도 인정한 바가 아닙니까? 이만 이대로 진정한 평화 무드로 가심이 어떨지요?"

외무장관이 이어 보즈드를 설득하기 위해 말했다. 그러면서 옆의 재무장관도 현재 자본주의와 사회주의 중간 즈음에 있는 계획경제체제를 경기부양책을 통한 시장주의로 탈바꿈하길 권유하였다. 그러나 보즈드는 지극히 현실적인 최측근들의 말에도 고개를 저었다.

"저도 그러고 싶지만 개인적 원한보다 우리의 생존을 생각하면 독일을 한번 유럽에서 밀어낼 필요가 있습니다. 강제적 수단을 사용하지 않으면 그들이 동부 왕국을 완전히 포기하겠습니까? 지금은 적극적이어야 할 때입니다."

보즈드는 지도를 펼치고 우크라이나를 지목하며 말했다. 그곳에는 대평원이 펼쳐져 있었다. 이 대평원은 프랑스와 독일 북부까지 쭉 이어져 있었다. 달리 말하면 독일이나 프랑스에서 침공하길 결정하면 우크라이나까지 무난히 진군할 수 있었다. 이 유럽대평원은 러시아까지 이어져 있으니 러시아는 자연적으로 적의 침공을 받기 무난한 지형을 갖추고 있었다. 헝가리처럼 산맥으로 둘러싸이지 않은 자연 상태는 적이 어디서든 들어올 수 있다는 것을 의미했다. 이를 최대한 막기 위해선 우크라이나를 장악하고 폴란드까지 차지하여 들어오는 입구의 폭을 줄일 필요가 있었다. 최소한 우크라이나는 장악해야지 동시다발적으로 러시아를 향해 침공해 올 수 있는 루트가 카르파티아 산맥으로 인해 폴란드 방면 정도로 간소화될 수 있었다. 그리고 무엇보다 우크라이나는 유럽의 곡창지대였다. 이곳의 중요함은 굳이 언급할 필요도 없었다.

"우리가 지난 대전으로 얻은 안보 위기는 심각합니다. 독일이 마음만 먹으면 발트에서도, 우크라이나 방면에서도 올 수 있습니다. 그리고 독일이 국력을 완전히 회복한다면 우리는 이 모든 곳을 막을 수 없을 겁니다. 이왕 전쟁을 해야 한다면 우리의 준비가 완전히 끝나는 내년에 바로 침공하여 기회가 있을 때 적을 우리의 앞마당에서 쫓아내야 합니다. 집 밖으로 무뢰한을 내보내야 문에만 집중할 수 있겠지요."

보즈드 크리스티나 사빈코프는 그러면서 자신의 반독감정을 숨기지 못했다. 이성적인 측면도 있지만 감성적인 측면도 있었고 그녀는 그것을 숨기지 않았다. 그것도 대단히 중요한 명분이고 이유라고 생각했기 때문이었다.

"저를 어린아이처럼 생각하시나요?"

"아닙니다. 저흰 이해합니다. 세르게이 이바노프 공군 원수와 함께 보즈드의 세 고리라며 놀림받는 사람입니다. 어찌 보즈드의 아픔을 모르겠습니까?"

"이해해 주시니 고마워요. 하지만 그저 복수심이 아니에요. 세상엔 교훈이 필요하답니다. 지난날 독일이 어땠습니까? 그들의 우월감에서 나오는 행동은 정말이지…."

보즈드 크리스티나 사빈코프는 고개를 조금 떨어뜨리며 새침하게 말을 줄였다. 한때 독일이 했던 행동들을 떠올렸다. 묘사하기 싫을 정도였다. 그래서 그녀는 말을 잇지 않았다. 확실한 것은 독일 제국이 대전 승리 이후 10년간 민족적 우월감에 가득 찼다는 것이었다. 루덴도르프는 인종을 구분하며 게르만 민족이 최고며 슬라브 민족은 열등하다고 설파했다. 루덴도르프와 그 앞잡이들은 우월감에 실패하여 가진 게 하나도 없어진 러시아 민족들을 못 가졌다며 무시했고 거기에 그치지 않고 거지라고 조롱하며 멸시하고 놀려 대기 바빴다. 자신들이 잘났다고 승리자와 패배자를 구분 짓고 승리자들끼리 지내는 것으로 끝나는 게 아니라 패배자들의 감정까지 건드리며 무시했던 것이다.

"그들은 화나면 노력해서 성장하고 자신들과 같은 부자가 되라고 말했었죠. 그럼 자신들이 놀릴 이유도 없다면서 말이죠. 누가 부자를 놀리겠냐고. 그러나 괄시 받으면 분노를 하는 게 당연하지 누가 내가 못사니 더 잘살아서 우대받겠다고 생각할까요? 부당함에는 분노를 해야지 그것에 순응하고 따르는 건 부당함을 것을 인정하는 것이나 다름없지요. 고로 보여 줘야 합니다. 자신들의 행동이 얼마나 멍청했는지 말이에요."

보즈드는 당장은 아니더라도 복수를 포기하지 않을 것임을 천명했다. 그러면서 외무장관 겐나디 게라시모프에게 일본과의 군사 동맹을 이번 회담에 이어 체결할 준비를 하라고 말했다. 극동의 군대까지 긁어모아 유럽을 칠 계획이라며 말이다. 보즈드의 최측근들은 자신들의 주군의 명확한 의사에 일단 알겠다 하며 자리에서 물러났다. 그들로서는 경제를 말아먹고 평화에 멀어지는 전쟁이 싫었지만 러시아 대다수의 지지를 받는 현재 지도자의 말을 받아들이지 않긴 힘들었다. 결국 그들은 일단 물러서기로 하였다. 그들은 자신들의 지도자에 인사하고 자리를 떴으며 2대 보즈드는 떠나는 최측근들에게 화사하게 작별 인사를 보냈다.

크리스티나 사빈코프는 최측근과 헤어지고 난 뒤 하늘을 바라보며 사색에 잠겼다. 과거 자신의 양부인 보리스 사빈코프가 한 말이 있었다.

"분노를 버려라. 그것이 내가 남길 마지막 말이다."

자신을 지옥에서 구해 준 양부는 그런 말을 남기고 사망하였다. 하지만 그녀는 양부의 말을 따르지 않았다. 양부가 역사를 직접 가르쳐 주며 마음을 다스리지 못한 자의 결말을 전부 알려 주었는데도 따르지 않았다.

그러나 그것은 역사를 잊어서가 아니었다. 그녀 스스로는 역으로 반드시 해야 할 과업이라고 생각했다. 사람은 충격을 주어야 인식하고 변화한다고 그녀는 느꼈다. 또한 지금은 모험을 과감히 해야 할 때라고 생각했다. 틀에 박히지 않고 행동하는 것이 자신의 정체성이라고 느끼며 그녀는 독일 방면을 바라보며 사색에 잠겼다.

...

요하임 슈타인의 예상대로 독일군부는 늦었지만 전쟁 준비를 하기 시작하였다. 이제 물자 1순위는 서부 산업지대나 오스트리아 자치구가 아닌 일선 군부대가 되었다. 비아냥댔던 루덴도르프 파벌 장교들의 갑작스러운 협력 자세는 믿음직하지 못했으나 그의 시선에서는 전쟁이 너무 코앞이었다. 자신의 생각으론 루덴도르프 파벌을 다 밀어내는 것보단 활용하는 것이 더 나은 판단으로 여겨졌다. 여하튼 요하임 슈타인은 그런 생각을 기반으로 다시 발터 모델 사령관을 설득하기로 마음먹었다. 그는 부대의 가장 꼭대기에 있는 사람이 움직이지 않으면 안 된다고 생각하였다. 물론 사령관 대리를 하면 그만이고 발터 모델은 현재 아무것도 안 하는 사람이지만 이왕 지휘관이니 방에서 나오길 바랐다.

"계십니까?"

요하임 슈타인은 다시금 발터 모델의 숙소에 방문했다. 여전히 문은 열려 있었고 안은 난장판이었다. 이 더러운 돼지우리에 8군의 지휘관은 퍼질러 자고 있었다. 요하임은 작게 목소리를 내어 발터 모델을 깨웠다. 모델은 슈타인을 보고 짜증을 내며 말했다.

"아니, 슈타인 중령. 왜 또 왔나?"

"사령관님. 전쟁부 장관께서 예산을 편성해 주셨습니다. 이제 깨어나실 때라고 판단됩니다."

독일 제국은 러시아의 거듭되는 요구에 지쳐 있었다. 과거에 강경했던 시절을 생각하며 지금은 져 주어야 할 때라고 독일 지도부는 생각했었다. 그러나 그래도 이번 러시아 연방 공화국의 요구 수준은 너무 지나쳤다. 공식적인 중앙 유럽 동맹 가맹국은 아니었지만 지난 대전의 결과물로 독일이 독립 보장을 하고 있는 나라의 이권을 홀라당 다 내놓으라는 것은 동맹을 파는 것과 진배 없었다. 그러나 당장 대항하기에는 군대의 가동률이 좋지 못하니 만일을 대비해 준비하라는 것이 하인츠 페르벳의 의견이었다.

"전쟁이 안 나면 좋겠지만 러시아의 욕심은 끝이 없습니다. 돈 공화국은 사실상 러시아의 영토이니 그렇다고 쳐도 카렐리야는 선이 넘지요. 여기서 끝나지 않을 가능성이 농후합니다. 혹시 모르니 이제 대비해야 합니다. 이제 사령관님이 필요합니다."

"아니, 자네가 다 알아서 하기로 하지 않았나?"

군인으로서 요하임 슈타인은 국가 위기 상황을 언급하였다. 그러나 발터 모델은 시큰둥한 표정을 지으며 답했다. 그의 말에 지난번 알아서 하라는 말을 떠올린 요하임은 놀라며 군인으로서의 자세를 다시 언급했다. 그것이 진심이라고 믿지 않았기 때문이었다. 프로이센 군인이라면 가져야 할 덕목이 모델의 안에도 살아 있을 것이라고 요하임은 생각했다. 적극적이고 진취적인 발상, 태도, 충성이 그래도 있으리라고 생각되었다.

"아, 러시아가 우리를 위협한다? 잘된 일이군. 알아서 하게. 애초에 권한을 넘기지 않았던가? 아, 안 넘겼나? 여하튼 부디 알아서 하게. 방해하지 않을 테니까."

발터 모델은 귀찮다는 듯이 나가라고 손짓했다. 이에 요하임은 조금 화가 났다. 군인이 아니던가? 독일 사람이 아니던가? 그는 어릴 적 읽었던 교과서의 내용을 떠올렸다. 헤르만이 토이토부르크 숲에서 로마군에 맞서는 가슴 뜨거운 이야기가 있었다. 그간 억압받는 독일 민중을 이끌며 해방자로 나서는 그의 정신은 근대에 들어 다시 독일 사회에 등장하였다. 프로이센 군국주의는 민족주의와 결합하며 적으로부터 숨는 것이 아니라 일치단결하여 적극적으로 싸우길 주창하였다. 나폴레옹 시절 전쟁을 해방 전쟁이라 부르며 프로이센 사람들은 뭉쳤고 다시는 그런 일이 없게 하리라 외쳤다. 그를 위해 사회에 절대복종하는 것이 독일 사람들의 미덕이었다. 이에 빗나가는 모델이 요하임의 눈에는 좋게 보이질 못했다. 그는 왜 모델에게 독일 사람답게 행동하지 않느냐고 물었다. 이에 모델이 답했다.

"독일 사람답게라…. 독일 사람다운 게 뭐지? 러시아에서 했던 것도 독일다운 것이었나? 좀 헷갈리는군."

"언제까지 과거에 파묻히실 겁니까? 앞으로 적극적으로 나아가는 것이 우리의 정신 아닙니까?"

"그렇지. 선취할 수 있으면 선취하는… 그런 민족이지. 그래, 그래서 러시아에서 그랬던 거야."

모델은 거듭 러시아를 언급하였다. 요하임은 그의 말에 답답했다. 동문서답처럼 느껴졌기 때문이었다. 하지만 모델의 표정은 진지했다. 이에 요하임은 정확한 답을 요구하였다. 하지만 모델은 그러지 않았다. 그저 모두가 소문으로 대충 아는 동부 탄압에 대해서 짤막하게 언급할 뿐이었다.

"우리는 참으로 러시아 사람들에게 못되게 굴었지. 우린 대전쟁에서 승리했고 그들은 패배했어. 우린 승리의 대가로 참 많은 것을 가져갔지. 그러나 경쟁의 결과란 승리자가 많이 가져가는 거고 패배자는 적게 가져가는 거지 그 이상 할 필요는 없었어. '그런 짓'은 해서는 안 되고 말이야. 그렇게 잔인한 짓은 하지 말았어야 했는데……."

발터 모델은 지난날을 떠올리며 중얼거렸다. 그의 눈동자는 무엇을 떠올리는지는 몰라도 정말 이상하게 흔들리며 굴러가고 있었다. 보는 사람이 끔찍해 보일 정도로 말이다. 요하임 슈타인이 보기에는 마치 정신병에 걸린 사람처럼 보였다.

결국 요하임은 사령관을 포기했다. 그저 자신이 이 부대를 최대한 관리하며 새로운 사령관을 기다리는 것이 좋겠다고 생각했다. 새로운 사람이 안 온다면 실질적으로 부대를 자신이 이끌어야겠다고 그는 판단하였다.

모델은 요하임이 아직 방에 나가지 않았는데도 추상적인 묘사를 하며 과거를 회상했다. 묘사가 구체적이지 않아 요하임은 그를 이해하기 힘들었다. 그가 아는 동부 탄압은 통상적인 사례에 지나지 않았다. 물론 아닐 수도 있지만 일반 국민들이나 자신에겐 그렇게 알려져 있었다. 돌이켜 보면 지난 인류의 역사가 항상 투쟁의 연속이었다. 아름답기만 할 수는 없었다. 전쟁의 참상은 항상 존재했다. 그렇지만 피하지 않고 싸워 온 것이 인류고 그것이 발전이라고 요하임은 생각했다. 그가 보기엔 모델이 과민 반응을 하고 있다고 생각했다. 그는 아쉽지만 시간이 없으니 더 이상 설득은 포기하고 모양새가 좋지 않지만 자신이 실질적으로 전면에 나서야겠다고 판단하며 밖으로 나갔다.

…

  대략 며칠 뒤, 드디어 카렐리야 회담이 본격적으로 시작되었다. 요하임 슈타인은 매일 베를린 주간지를 챙겨 보며 해당 회담의 소식을 확인하였다. 이번 회담의 내용에 따라 완전히 전쟁 준비로 갈지 아니면 평화의 희망이 보일지 결정할 수 있었다. 물론 그는 군인으로서 최악인 전쟁을 상정하고 준비하겠지만 그래도 실낱같은 희망을 걸어 보았다. 그의 생각으론 보즈드가 겉으로는 미치광이처럼 굴어도 실제론 전쟁은 안 할 가능성이 충분히 있다고 생각했다. 물론 희망 사항이지만 전쟁은 모든 것을 잃어 가는 과정이다. 보즈드도 지금껏 이루어 놓은 것을 상실하고 싶진 않을 것이다. 본디 가진 것이 많을수록 조심하는 법이다. 요하임의 시선에선 젊은 시절에 이미 꼭대기까지 간 크리스티나 사빈코프가 속으로는 내심 지금의 생활을 영위하고 싶을 것이라고 희망적인 추측을 해 보았다.

  '나라면 국가 지도자라는 자리에서 영원히 으스대면서 권력놀음이나 할 텐데. 도박은 안… 하겠지?'

  여하튼 모든 것은 희망 사항이었고 객관적인 대외 시선은 크리스티나 사빈코프는 대단히 강경한 인물이었다. 그렇기에 슐라이허 수상은 유화적인 태도를 취하며 그녀를 달래고 있었고 여기서 얼마나 잘 달래는가에 따라서 전쟁의 유무가 결정되리라고 요하임 슈타인은 생각했다.

  '아니 근데 핀란드는 왜 없는 거야?'

  요하임 슈타인은 신문을 천천히 읽어 내려가며 생각했다. 이번 회담에 독일과 러시아는 있어도 핀란드는 보이질 않았다. 자세히 보니 아예 핀란드 정부가 참가를 하지 못하였다. 핀란드 없는 핀란드 회담이라니 이게 무슨 경우란 말인가? 요하임 슈타인은 의아해하며 신문을 이리저리 다시

훑어보았다. 그리고 주변 장교들에게 의견을 구해 보았다. 루덴도르프 파벌의 어느 한 장교가 요하임에게 자신의 의견을 말했다.

"그야 이번 회담은 러시아를 달래 주기 위함이니 결과는 결정되어 있는 것이나 다름없어서 그런 거 아니겠습니까? 핀란드가 끼어들어서 억울함을 호소하는 그림은 안 되겠지요."

해당 장교는 당연하다는 듯이 말했다. 이미 결과는 정해졌고 지금은 그저 그 과정을 이행하는 중이라며 말이다. 하지만 결과를 미리 정해 두고 과정을 이행한다면 이미 정해 놓은 결과 때문에 자연스러운 진행은 힘든 법, 결국 정작 당사자가 참가하지 못하는 어처구니없는 상황에 요하임은 슐라이허 수상을 비판했다.

'역시 출세를 위해 아무거나 행동하던 양반답게 자기가 원하는 바를 이루기 위해 아무렇게나 행동하는구먼.'

물론 밖으로 표현은 안 했지만 요하임 슈타인은 지금의 상황에 어이가 없었다. 그는 이러니저러니 미사여구를 붙여도 자신들의 안위를 위해 친선관계에 있는, 사실상 군대를 주둔시키며 동맹 관계나 다름없는 나라를 팔아먹는다는 것에 역겨웠다.

그는 프리드리히 정신에 대해 떠올렸다. 불가능해도 도전하여 쟁취하는 정신을 말이다. 대왕은 간혹 운이 좋다며 놀림당하지만 그것은 단순히 운이 아니었다. 그런 상황이 만들어지게끔 조성하여 스스로 쟁취한 운이었다. 적극적으로 움직여 먼저 기반을 닦는 그 정신은 지금 보이질 않았다. 불가능해 보이지만 꾸준히 시도하여 대왕은 적들의 군주가 자신에게 취하게 만들었다. 적극적 돌파구, 그것이 프로이센의 정신 아니던가? 하지만 앞서 말했듯 지금 그 정신은 보이질 않았다. 적극적 돌파가 아닌 미룸으로써 회피하는 것만이 보였다.

'프리드리히 대왕께서는 전쟁을 피할 수 없다면 선점하였다. 그래서 신화 같은 7년 전쟁의 승리를 이룬 것이다. 쿠너스도르프 전투같이 뼈아픈 순간도 있었다. 그러나 먼저 작센을 치지 않았다면 로스바흐와 로이텐의 기적이 있었겠는가? 프랑스가 빠졌겠는가? 오스트리아와 러시아가 기진맥진해졌겠는가? 후반에 적들이 여유가 없었던 것이 종전의 크나큰 요인이었다. 이런 순간을 만든 것은 적극적으로 위기를 돌파하고자 한 대왕의 판단이었다. 최선이 아니라면 차악이라도 골라 최악을 막아야 한다. 그런데 이 정부는 친구를 팔아먹는 최악의 수를 범하고 있다. 그저 지금의 지도부는 겁쟁이에 불과하다.'

 요하임 슈타인은 고개를 떨어뜨리며 탄식했다. 지금 이 순간 이 나라에 프로이센 사상은 신기루처럼 사라진 것같이 느껴졌다. 브란덴부르크가의 기적은 가만히 기다려서 온 것이 아니었다. 적들과 꾸준히 맞서 상대하고 적들의 후계자에게 접촉하며 간신히 이루어 낸 결과였다. 적어도 사과를 먹고 싶거늘 사과나무 아래에라도 있어야 한다고 요하임은 생각했다. 지금은 무섭다며 나무 근처에도 안 가는 현재 지도부에 요하임은 실망하였다.

 '그렇다고 해도 내 할 일은 해야겠지. 일단 방어 진지 구축이 급선무야.'

 요하임은 이성적인 사내였다. 그는 일단 자신이 할 바를 정하고 그것을 먼저 처리하자고 마음먹었다. 물론 지휘관 발터 모델이 협조해 주지 않는 것이 마음에 걸렸지만 큰 문제는 없었다. 루덴도르프 파벌의 협조 시작으로 인해 자신의 뜻대로 부대가 움직여 갔기 때문이었다. 바꾸려고 시도하다가 루덴도르프 파벌 지휘관이 오면 오히려 난감하다고 그는 생각했다. 여하튼 그는 눈앞의 일에 집중하기로 했다. 요하임의 손짓에 따라 쾨니히스베르크를 가로지르는 강에 언제든지 즉시 설치 가능한 이동식 부교들이 배치되었고 도시의 외곽부에는 전쟁이 터지면 바로 진지 구축에 쓸 포대 상자가 설치되었다. 앞서 언급했듯이 나라보단 세력이 충성하는 그들이 믿음직스러운 것은 아니었지만 확실한 것은 다들 독일의 사람들이라는 것에 있었다.

'적어도 이 나라를 위해 움직이긴 할 거야. 러시아가 승리하면 자기 권력을 잃을 테니.'

그는 여러 큰 건물의 꼭대기에 대공포를 확충하고 언덕과 요충지에 미리 포대를 재배치하였다. 적들이 오면 문을 걸어 잠그고 걸림돌만 설치하면 되게끔 이곳저곳에 요하임은 군수품들을 흩뿌리고 병력과 통신 장비들을 배치하였다. 앞으로도 계속 나름의 준비를 할 것이니 요하임은 러시아군이 와도 어느 정도는 버텨 낼 수 있다고 자신하였다. 다만 가장 중요한 것은 보급, 보급을 통한 실질적 가동률에 있었다. 그의 판단으로는 더 많은 총탄과 포탄, 전투 시 먹을 통조림과 같은 보존 식량을 베를린에 청구할 필요가 있었다.

'얼른 편지나 써서 보내야겠군.'

요하임은 베를린에 보낼 문서를 작성해 갔다. 그러면서 자연스레 베를린에 있는 부모님을 떠올렸다. 그는 부모님 생각에 부모님에게도 편지를 보내야겠다고 생각했다. 그는 적당히 잘 있으며 큰 걱정 하지 말라는 내용의 편지를 쓰곤 작성한 문서와 함께 베를린으로 보냈다. 그리곤 다시 부대로 향하며 생각했다. 오늘 있었던 회담을 보아하니 나라는 소극적이었고 그 소극적인 태도 덕에 화를 부를 수도 있었다. 그렇기에 아마 전쟁은 나지 않는다고 해도 나라가 안정되는 데는 오랜 시간이 걸릴 것이었다. 그렇다면 업무를 끝내고 베를린으로 귀향하는 것은 오래 걸릴 터였다. 무너진 것을 세우는 데 시간은 오래 걸리니 말이다. 요하임은 고향으로 가는 길을 떠올리며 한 노래를 불렀다.

「Langer Weg ist`s nach Wilhelmshaven

빌헬름스하펜까진 갈 길이 멀구나

Langer Weg ist`s hier raus

참 아주 멀어

Langer Weg ist`s nach Wilhelmshaven

빌헬름스하펜까진 갈 길이 멀구나

Zu dem schönsten Schatz nach Haus

나의 아름답고 사랑스러운 여인이 사는 집까지 말이야

Leb wohl du raue Nordsee

안녕이다 북해여

Leb wohl Skagerrak

안녕이다 스카케라크여

Es ist ein langer Weg nach Wilhelmshaven

빌헬름스하펜까진 갈 길이 멀구나

Fährt heimwärts, das Wrack, Schnickschnack!

난파선은 집까지 뒤뚱뒤뚱 간다네!」

그는 영국에서 온 노래를 부르며 일할 장소로 돌아갔다. 언제 갈지 모르는 베를린을 떠올리며.

…

"전 분명하게 외칩니다. 지금 여기, 우리 시대의 평화가 바로 여기 있습니다!!"

협상 시작 후 대략 2~3달 후. 유럽에 전쟁 위기를 불러다 준 카렐리야 관련 회담이 드디어 끝났다. 기나긴 논쟁 끝에 독일 제국은 러시아 연방이 원하는 것을 대부분 들어주는 것으로 사태를 마무리 지었다. 핀란드 왕국과 러시아 연방 사이의 라도가 호수 방면에 있는 카렐리야 지방과 북동부의 살라 지방, 북부의 항구 몇 개 등등, 핀란드의 약 11%에 해당되는 영토를 러시아에 할양하였다. 이로써 핀란드는 자국의 산업 3할과 40만의 인구를 상실하였다. 그것도 자신들의 독립을 보장하던 독일 제국에 의해서 말이다. 핀란드는 공식적으로 중앙 유럽 동맹에 가맹한 국가는 아니지만 중앙 유럽 동맹의 경제 그룹에 속하여 사실상 독일이 독립을 보장하던 국가였기에 많은 이들이 이 사태에 큰 충격을 받았다. 독일이 자신을 위해 친구를 일방적으로 버린 모양새가 되었기 때문이었다. 독일로서는 대놓고 자신의 영역에 들어오려고 하는 러시아에 대항하고 싶었으나 그러기 힘들었다. 핀란드를 건드리겠다는 것은 다른 독일의 관할 구역도 건드리겠다는 것. 사실 전쟁 선포나 다름없는 행동이었다. 그래서 독일은 전쟁 준비를 안 할 수가 없었으나 그렇다고 바로 전쟁을 할 수는 없으니 핀란드를 시간을 벌기 위한 희생양으로 삼았다. 이것은 독일에게도 세상에게도 충격적이었다. 이를 지켜보던 캐나다 연합왕국의 수상 처칠은 이 사태를 논하며 이리 말했다고 한다.

"독일과 이탈리아는 불명예와 전쟁 사이에서 선택해야 했다. 그들은 불명예를 선택했다. 그리고 그들은 전쟁을 겪을 것이다."

그렇다 할지라도 대부분의 사람들에게는 이번 소식은 그리 나쁘기만 한 것은 아니었다. 그래도 표면상으로 전쟁 위기가 종식되기는 했기 때문이었다. 슐라이허 수상은 사람들이 원하는 바를 알고 있었다. 그리고 자신이 원하는 바이기도 하였다. 지난 대전을 경험한 사람들은 전쟁 따위 원하지 않았다. 피할 수만 있다면 피하고 싶었다. 그렇기에 베를린 광장에 모인 사람들은 모두들 수상을 반갑게 맞이하며 기쁨의 환호성을 질렀다. 수상은 이번 조약의 문서를 사람들 앞에서 흔들며 다시금 외쳤다.

"평화가 지금 여기에 있습니다!! 우린 전쟁에서 멀어질 것이며 러시아 연방의 보즈드는 다신 영토를 요구하지 않을 것입니다. 모두들 평화를 만끽하시길 바랍니다!!"

슐라이허 수상은 모인 사람들을 만족시키기 위해 문서를 이리저리 흔들며 외쳤다. 수상은 회담장에서 보즈드가 말한 것을 언급하며 모두에게 평화가 확실하게 다가왔다고 외쳤다. 회담장에서 보즈드 크리스티나 사빈코프는 자신의 집권기에 이루어진 일련의 조약들로 러시아의 목표들이 이루어졌으니 인정해 준 독일을 무시하지 않을 것이라고 말했다. 독일은 존중하겠다는 그 말에 슐라이허 수상은 만족했다. 그의 입장에선 보즈드는 미치광이가 아니라 말이 통하는 사람이었다. 아무런 득이 없는 행동을 할 리가 없다고 판단했고 모든 것을 잃을 수 있는 전쟁은 일으키지 않을 것이라고 수상은 판단했다. 그렇기에 그는 평화의 가능성을 믿고 독일이 이룬 것들이 유지될 것이며 제2의 벨 에포크 시대가 열렸다며 외쳤고 사람들은 이에 환호하였다. 물론 모두가 이 소식에 감동한 것은 아니었다. 쾨니히스베르크의 참모장, 요하임 슈타인은 이에 대해 동지를 팔아먹었다고 분노했다. 만족하면 다행이겠지만 여기서 끝이 아니라면 참혹한 대가를 마주할 것이라고 그는 생각했다. 이러한 의견을 가진 이가 또 있었으니 바로 해외에서 이를 주시하고 있던 캐나다 연합왕국 총리 처칠이었다.

처칠은 앞서 언급했듯 독일이 전쟁을 선택한 것이나 다름없다고 주장했다.

"생각을 해 봐요! 러시아가 만족하겠습니까? 그저 독일을 좋은 먹잇감으로 생각하겠죠. 해 달라는 대로 다 해 주니까! 오히려 벼랑 끝 전술을 익히게 해 준 것에 불과합니다!"

물론 대부분 사람들은 그래서 전쟁하자는 것이냐고 화답하며 처칠을 조롱했다. 현실적으로 독일이 바로 윽박지르며 전쟁을 해 볼 거면 해 보자는 모양새도 어울리진 않긴 하였다. 그러나 처칠은 국가 지도자라면 강경한 태도로 더 이상 선을 넘지 말 것을 요구하는 모양새를 취해야 한다고 말했다. 미국인들과 심지어 캐나다인들도 무시하였지만 그는 꿋꿋이 조만간 보즈드에 의해 전쟁이 날 것이라고 외쳤다. 그래도 군부는 처칠의 든든한 지원자였다. 해군 기지를 방문했을 때 군인들은 처칠을 응원하였다. 처칠은 두 국가의 안보 관계상 서로의 강함에 불안함을 느끼기 때문에 전쟁이 확실하게 일어날 것이라고 말했다. 그러면서 그는 국왕과 의회를 설득하여 해군 증강 예산을 통과시키는 것으로 전쟁에 대비하였다.

확실히 적은 수지만 보즈드를 꿰뚫고 있는 사람들은 존재하였다. 그중 하나는 독일의 유명인이자 루덴도르프에게 밉보여 자신의 제2의 고향에서 은거 중인 파울 에밀 폰 레토-포어베크 독일령 동아프리카 군단장이었다. 그는 현재 독일의 소극적 태도에 분노하며 동시에 전쟁을 직감하고 있었다. 자신의 예상이 틀리면 좋겠다고 생각하고 있는 사람이며 평화가 오길 원하고 있지만 아닐 것이란 불안을 감출 수가 없었다. 왜 그리 불안해하냐는 측근의 말에 그는 이리 답했다고 한다.

"우린 그들에 대해 이해가 부족하고 그들도 우리에 대한 이해가 부족해. 서로의 생각이 너무 판이하니 갑자기 틀어질 수 있어. 충분한 시나리오지. 멍청한 루덴도르프가 이끌던 지난 시절을 생각하면 더더욱 그렇지. 서로 다른 문화권이란 게 그런 거야. 그야 모두가 평화롭게 살고 싶지. 사람이 사람을 해치기 싫다는 것은 본능이야. 어느 동물이나 동족은 잘 안 건드려. 그러나 어쩔 수 없다고 생각되면? 이야기가 다르지. 상대방의 생각을 텔레파시로 바로바로 듣는 게 아니니까. 서로 불안해서 안전권은 확보하고 싶어 하는데 러시아와 우리의 안정권이라고 여기는 곳이 겹치지. 대표적으로 발트와 우크라이나. 결국 전쟁이 터질 거야. 막을 방법이 아주 없는 것은 아니겠다만 그건 우리가 할 수 있는 것이 아니지. 다음 세대가 주도할 일이랄까?"

레토-포어베크는 진정한 제2의 벨 에포크를 언급하며 말했다. 지금의 살얼음판을 걷는 정치가 아니라 보복이라는 수단을 버리고 이해라는 수단을 택한 도덕적인 관념으로 이루어진 제2의 시대를 말이다. 물론 달콤하기만 한 이야기니 현실성은 떨어졌고 그렇기에 전쟁 가능성은 현재 여전하다는 것이 모두의 당연한 생각이었다. 애당초 그런 세상을 구현할 만한 인물은 현재로선 없었다. 그리고 그것이 정말 그러한지는 현재 보즈드의 마음에 따른 것이었다. 그녀가 현재 상황에 만족하여 마음을 고쳐먹는다면 전쟁은 안 터질 것이고 만족을 못 한다면 터질 것이다.

그렇다면 비슷한 시간, 그녀는 무엇을 하고 있을까? 어떻게 생각하고 있을까? 이번 회담에 정말로 만족하고 있을까? 현재 그녀는 자신의 집무실에서 한 남자를 기다리고 있었다. 그 남자의 이름은 미하일 투하체프스키, 소위 붉은 나폴레옹이라 불리는 육군 총사령관이었다. 그를 기다리며 그녀는 자신의 소꿉친구이자 공군 원수인 세르게이 이바노프와 대화하였다.

"독일이 벨라루스까지 양보하려나?"

"안 한다고 해도 변하는 건 없을 거야. 그들은 이미 우리의 형제니."

"그럼 역시 안 들어준다면 바로 작전을 실시하면 되겠네."

"다가올 작전에 가장 중요한 것은 공군이니 물자 두둑이 지원 바랍니다, 보즈드."

"알겠어."

세르게이 이바노프는 pe- 시리즈의 급강하폭격기의 중요성을 자신의 리더에게 언급하였다. 스페인 내전에서 이미 활약한 그것들은 앞으로의 전쟁에서 독일 육군을 단단히 혼내 줄 예정이었다. 실전으로 증명된 녀석들이니 최대한 확충하기로 둘은 결정하였다. 그러면서 둘은 같이 겪은 '과거'를 언급하며 전후 독일인 수용에 관하여 이야기하였다. 둘의 입장에서는 독일에서 자신들의 역사가 반복될 필요가 있었다. 여하튼 그러면서 신변잡기의 잡다한 이야기를 이어 가던 도중, 누군가 노크를 하는 소리가 들렸다.

"들어오세요."

문이 열리자 기다리던 미하일 투하체프스키 육군 총사령관이 들어왔다. 그는 별들과 훈장이 주렁주렁 달린 외투를 문 옆의 당번병에게 맡기고 다가와 보즈드에게 경례하였다. 보즈드는 자신의 친구에게 눈짓하였고 세르게이 이바노프는 방 밖으로 나가면서 미하일 투하체프스키에게 경멸적인 표정을 지으며 말했다.

"더러운 빨갱이."

그는 미하일 투하체프스키의 별명인 붉은 나폴레옹을 언급하며 조롱하곤 나갔다. 러시아인에게 있어서는 나폴레옹이란 단어는 그리 긍정적이기만 한 것은 아니기 때문이었다. 미하일 투하체프스키는 아무런 표정을 짓지 않고 대답도 하지 않았다. 그저 그는 보즈드와의 첫 만남을 기억하며 이 순간을 넘겼다.

"오셨군요. 투하체프스키 사령관님. 이바노프는 신경 쓰지 마세요. 적백내전 때를 기억하고 있는 것뿐이니까. 병사로 참전했으니까요. 중요한 것은 앞으로의 미래지요. 그렇죠?"

보즈드는 들어오는 자신의 수하에게 악수를 건네며 말했다. 자신의 사람이 되는 대가로 그녀는 미하일에게 사회주의를 일부 용인해 주었다. 모스크바 대학 교수인 사상가 니콜라이 베르댜예프의 조언에 따라 보즈드는 사회주의와 자본주의, 진보와 보수를 적절히 혼합하고 있었다. 그 덕에 현재 러시아는 국가주의와 계획경제가 섞인 독특한 체제를 유지하고 있었다. 자본주의면서도 자본주의가 아닌 이 체제에서 미하일 투하체프스키는 자신의 사람들을 위해 보즈드에게 협력하였다. 그는 보즈드 앞에 전략 지도를 펼치면서 말했다.

"게라시모프 외무 장관의 활약으로 후방은 일본과의 동맹으로 안전해졌고 벨라루스는 사실상 우리 연방에 흡수되었습니다. 이 모두가 보즈드 덕분입니다. 그뿐만 아니라 헝가리의 구스타프 야니 장군과 합의가 완료되었습니다. 작전의 전제 조건들이 전부 완료되었습니다."

"모두가 노력해 준 덕분이죠. 이제… 중앙아시아에 이어서 동유럽의 고토도 조만간 회복되겠군요. 그럼 대충 이번 작전에 대해 설명해 주세요. 그러면서 필요한 것을 요구해 보세요."

보즈드 크리스티나 사빈코프의 말에 미하일 투하체프스키는 지도의 여러 포인트를 손으로 직접 가리키며 말을 이어 갔다. 지도에는 진격로에 따라 여러 개의 화살표가 표시되어 있었는데 그중 가장 크고 중요한 전선의 화살표는 3군데였다. 하나는 발트와 독일 본국 사이로 향하는 화살표, 하나는 우크라이나와 독일 사이로 내려가는 화살표, 그리고 헝가리에서 우크라이나와 독일 사이로 올라오는 화살표였다. 이번 작전의 가장 중요한 지점은 독일과 우크라이나 사이를 끊어 버리는 것으로 위아래에서 협공하여 독일 본국과 우크라이나의 독일 주둔군을 분리, 그대로 키예프를 향해 진격하여 단시간에 우크라이나를 러시아로 회복하는 데 있었다. 우크라이나를 빠르게 정리한다면 독일 제국 동부군의 공백이 생긴 틈을 타 빠르게 베를린으로 향할 수 있을 것이었다.

"이렇게 나아가면서도 중요한 것은 저의 종심 돌파 이론에 따라 사방 모든 곳을 전면적으로 타격하여 독일의 군대가 자기가 있는 곳에서 함부로 이동하지 못하는 데 달려 있습니다. 적을 움직이지 못하게 하고 우리가 원하는 곳을 돌파하여 적의 보급망과 지휘체계를 파괴하고 후방을 교란시킨다면 전술적 성과뿐 아니라 전략적 목적도 능히 이룰 수 있습니다. 그러나 이를 쉬이 이루기 위해서라면 많은 병력이 필요합니다. 최소한 독일이 동원할 병력보다 훨씬 많아야 합니다. 그리고 그들을 전쟁 전까지 훈련시켜야 합니다. 그를 위한 동원 계획을 작성해 왔으니 허가 부탁드립니다."

현재 독일 제국의 인구는 대략 8천만, 러시아 연방의 총인구는 벨라루스를 포함하여 대략 1억 3천만으로 인구상 우위에 있었다. 미하일 투하체프스키는 독일에 비해 많이 가진 자원을 적극적으로 활용해야 한다고 주장했다. 러시아가 지난 대전의 패전국인 이상 겉으로 보기엔 대단해 보여도 전체적인 면에서는 독일에 밀리고 있었다. 독일은 지난 대전의 결과물을 달콤하게 빨아먹고 있는지라 체급을 무시할 수 없었고 러시아가 유일하게 이길 수 있는 자원은 사람뿐이었다. 그래서 시작 시점에서 최소 450만, 작전 중반 쯤 적어도 600만에 달하는 대병력을 동원해야 한다고 미하일 투하체프스키는 건의했다.

"독일과 동부 왕국을 분단시켜 동부 왕국들에 위치한 독일의 거대한 동부 주둔군을 포위 섬멸한다면 승산은 충분합니다. 하인츠 페르벳은 영리하게도 우리의 속셈을 꿰뚫고 병력을 증강시키고 있지만 동시에 무능하게도 자신들의 본토가 아닌 곳에 병력을 주둔시키고 있습니다. 벨라루스와 헝가리의 협력 덕분에 베를린과 키예프의 중간 지점은 노리기 쉬운 곳이 되었습니다. 전부 보즈드 덕분입니다. 베를린에서의 적의 보급망은 일거에 끊을 수 있습니다. 이제 그를 위한 병력만 필요하지요."

"알겠어요. 투하체프스키의 부탁이라면."

보즈드 크리스티나 사빈코프는 별생각 없이 바로 문서에 사인을 하였다. 그만큼 그녀는 다른 측근들과 달리 눈앞의 인물을 신용하고 있었다. 단연코 믿을 수 있는 사람이라고 그녀는 생각했다. 다만 투하체프스키에게 있어서 그 신용은 조금은 무서운 것이었다.

"여전히 로코솝스키의 무덤에 찾아가고 있나요?"

"예. 가끔 가고 있습니다."

"돌이켜 보면 아쉽네요. 그 자는 기동의 대가라고 들었는데…. 그래도 투하체프스키 장군이 협력해 주니 든든합니다. 다른 이들도 그처럼 되지는 않아야겠지요? 믿습니다. 장군이 따라 준다면 저도 장군이 원하시는 대로 해 줄 것이에요."

크리스티나 사빈코프는 문서에 사인하고 일어나 투하체프스키의 어깨를 두드리며 말했다. 그녀는 지난 내전에서 죽은 투하체프스키의 사회주의자 동료를 언급하였다. 폴란드 출신의 동료는 투하체프스키와 아주 가까운 사이는 아니었지만 용맹한 사회주의의 일원이었다. 그러나 보즈드에게 대항하다 죽었고 현재 투하체프스키가 이끄는 사회주의 사람들은 전부 보즈드의 영향력 아래에 있었다. 생존한 사회주의자들의 권리는 보즈드에게, 그리고 보즈드에게 잘 보여야 하는 투하체프스키의 태도와 업무에 달려 있었다.

"저는 이미 보즈드의 사람입니다."

"하하. 알아요. 그저 장군이 원하는 바를 이루고 저도 제가 원하는 바를 이루고 싶을 따름입니다. 러시아 사회당이 연방의 일원이 되는 날이어서 와야겠지요?"

보즈드는 자신이 보호하고 있는 투하체프스키의 사람들을 언급하며 싱긋 웃곤 어서 전쟁을 준비하러 가라고 언급하였다. 투하체프스키는 고개를 숙이고 사인받은 문서를 챙겨 밖으로 향했다. 밖에는 투하체프스키의 측근인 참모장 알렉산드르 바실렙스키가 기다리고 있었다.

"허가받으셨습니까?"

"그래. 대규모 병력이 드디어 내 손안에 쥐어졌군."

"이로써 이반 그로즈니 공세 작전 준비는 완료되었군요. 독일은 멍청하게도 그 넓은 동부 영토들을 전부 지키겠다고 병력을 본토인 중앙 유럽과 동유럽 여러 국가에 분산시켜 놓으니 쉽게 이길 수 있을 것입니다. 하인츠 페르벳은 그다지 유능한 인물이 아닌 게 참으로 다행입니다."

"그래. 다행이지. 승리만 한다면 보즈드가 약속을 지킬 거야."

"그 전에 우릴 죽이지만 않으면 다행이겠죠."

바실렙스키는 담배를 물며 말했다. 그의 말대로 사회주의자인 그들은 국가주의자인 다른 사람들 사이에서 살얼음판을 걷는 형국이었다. 투하체프스키의 참모장은 보즈드를 믿지 못하였다. 그녀가 변심하면 바로 러시아의 생존한 사회주의자들을 전부 도륙할 수 있었다. 그래도 투하체프스키는 보즈드를 믿기로 하였다. 그의 눈에 보즈드는 약속을 어길 사람이 아니었다. 실로 보즈드는 자신과 친구들의 약속을 지켜 나가고 있었다. 이번 작전도 그러한 것의 일환이었다.

"그만하게. 여긴 눈이 많아. 이미 내전은 끝났어. 우리가 할 수 있는 일을 하세."

"알겠습니다, 각하. 그럼 벨라루스 쪽으로 길을 잡겠습니다."

둘은 보즈드의 명령을 묵묵히 따르기로 결정하고 다음 행선지로 향했다. 보즈드가 최근 가장 공을 들인 곳으로 헝가리의 협조에 따라 독일과 동부 왕국은 분단될 예정이었다. 이 말은 결국 보즈드의 침략 야욕은 달라지지 않았다는 것이고 평화는 머나먼 길, 그 너머에 있었다. 그래도 아직 독일에게 남은 길이 없는 것은 아니었다. 이 작전의 또 다른 포인트는 서부에서의 협조에 있었다. 사실 인터내셔널 국가와의 협력이 없다면 평화는 지켜질 수 있었다. 이를 눈치채며 평화에 희망을 건 슐라이허는 곧장 외교관을 프랑스 코뮌에 파견하였다. 사회주의자와 국가주의자의 성향은 물과 기름 같기에 잘 이용하면 두 세력의 접촉은 이루어지지 않을 것이라고 그는 생각했다. 두 세력은 이념 문제로 서로 으르렁대고 있었다. 한편, 러시아에서도 일본과의 협조를 끝내고 프랑스로 외교관을 파견하니 그곳에서 완전히 모든 것이 결정될 예정이었다.

...

1939년 초, 겨울. 요하임 슈타인은 오랜만에 베를린으로 돌아왔다. 휴가를 쓴 것이었다. 그의 생각으론 지금 휴가를 쓰지 않으면 마지막이 될 수도 있으니 시간이 허락할 때 한번 돌아와 보고 싶었다. 부모님도 뵙고 사관학교 시절 자주 들른 박물관에도 가 보고 싶었다. 특히나 독일의 역사와 시련, 그리고 영광을 테마로 한 베를린역사박물관은 그에게 있어서는 자신의 방향성을 제시해 준 곳이었다. 그는 다시 한번 그곳에 가 보고 싶었다. 일단 그는 그 전에 집으로 향했다.

"반가워요. 잠시 돌아왔어요."

"잘 왔다, 아들아."

베를린의 기술공은 자신의 군인 아들을 반갑게 맞이하였다. 요하임 슈타인은 가문의 자랑이었다. 평민 출신으로 엘리트 코스를 밟는다는 것은 상상하기 어려운데 그걸 해냈기 때문이었다. 군 장교 자체가 어려운데 쾨니히스베르크의 참모장이 되다니 인근 서민 마을 모두의 자랑이자 자존심이 되어 주었다. 그는 과분한 대우라고 생각하여 머쓱해하며 집 안으로 들어갔다. 집 안에는 평화의 메시지가 울려 퍼지고 있었다.

"다시 한번 말합니다. 전쟁은 오지 않습니다. 전 이것이 우리 시대의 평화라고 약속합니다."

"별일 없지 아들?"

라디오에서는 슐라이허 수상의 주장이 울려 퍼지고 있었다. 수상은 확신에 찬 듯 평화를 부르짖었고 사회자는 동감하며 박수갈채를 보냈다. 듣고 있던 가족들도 올해는 안심이라며 말하면서 자신들의 군인 가족을 쳐다보았다. 요하임 슈타인은 가족들을 안심시키기 위해 군대는 끄떡없다고 호언장담했다. 확실히 지난 대전의 기억을 가진 이들이 여전히 대부분 살아 있기에 다들 전쟁을 원하지 않았다. 다들 전쟁보단 평화를 위해 자국의 외교와 국방에 희망을 걸고 있었고 요하임은 가족들에게 독일 동부군의 규모를 설명하며 러시아가 와도 아무 걱정할 필요가 없다고 말했다. 확실히 150만에 이르는 대규모 병력이 동부에 주둔 중이었기에 쉽게 밀리긴 어려웠다. 그러나 또 한편으로는 완전 좋다고 보기에는 애매하였다. 군대 증강은 이루어지고 있지만 아직도 부족하고 느린 상황이었다. 게다가 자신의 부대의 경우 사령관이 파업 중이라 업무가 겨우겨우 돌아가고 있었다. 발터 모델의 일을 자신이 대신하고 부하 장교가 또 자신의 일을 대신해 주며 돌려 막기를 하고 있었다. 그는 어서 발터 모델이 제정신을 차리길 빌었다.

'왜 그는 싸우지 않는 것일까? 독일을 왜 포기한 것일까? 독일 사람들을 왜 포기한 것일까?'

요하임 슈타인은 그러면서 가족들을 쳐다보았다. 다들 선량한 시민들이었다. 아버지는 매일 새벽 공장에 나가 사람들을 이끄는 기술공이고 어머니는 교사로서 어린아이들을 이끄는 도덕적인 사람이었다. 또한 동생들은 독일이 교과서를 통해 가르쳐 준 것을 나름대로 이루기 위해 이런저런 실습을 하며 자그마한 업적을 쌓아 보려고 노력하는 아이들이었다. 이들 중 악한 마음가짐을 가지고 있는 사람은 없었다. 가족들뿐 아니라 이웃 사람들도 그의 눈에는 나쁘지 않은 사람들이었다. 엄청나게 선하다고 할 수는 없지만 그렇다고 악인들은 아니었다. 하루하루 살며 내일이 오늘과는 다를 것이라는 희망 속에서 자기 나름대로 할 수 있는 것을 하는, 주변 환경에 쉽게 휘둘리는 서민들이지만 독일인으로서 독일이 가져다준 가치를 잊지 않으며 자신도 도전하는 사람들이었다.

'스스로 다들 자신만의 혁신을 이루려고 노력하고 있어. 내일은 다를 걸 믿으면서. 오늘과 내일은 같아서는 안 돼. 더 나은 내일, 더 나은 조국을 위해 난 싸우는 거야.'

그렇게 생각하며 요하임 슈타인은 웃으며 가족들과 얼싸안고 소소한

파티를 즐기며 식사를 하였다. 그리고 다음 날, 그는 오랜만에 박물관으로 향하였다. 지난 대전의 승전 이후 확충한 박물관답게 테마는 독일의 영광적인 승리와 그 기반이 된 변화들로 이루어져 있었다. 계몽주의 시절의 코트부터 나폴레옹 시대의 군복들, 당시 전투들을 묘사한 지도와 한때 베를린 내부를 지나가던 옛날 전철들이 놓여 있었다. 그리고 따로 빼놓아진 각종 엔진들이 독일의 심장이 무엇인지를, 독일의 장점이 무엇인지를 보여 주고 있었다.

'혁신'

독일은 변화하는 것으로 성장해 왔다. 그럼 왜 변화했을까. '그럴 수밖에 없는 환경이었으니까'가 아마 정답일 것이다. 사방에서 압박해 오는 강대국들, 섬나라였다면 거대한 장벽이 자신을 보호해 주었겠다만 대륙 한복판의 독일은 한동안 강대국들에게 시달려 왔다. 그래서 변해야 했다. 새로운 체제와 기술을 개발하여 강해지거나 아니면 복속되어 멸망하거나였다. 독일처럼 환경에 영향을 받은 민족을 없을 것이다. 누군가는 노력으로 극복한 것이라 말할 것이다. 당연하다. 아무리 천재라도 공부하지 않으면 아무것도 이룰 수 없다. 하지만 그렇게 움직이는 원동력은 독일의 경우 확실히 주변 환경에서 영향 받은 것에서 나왔다. 그래서 독일은 변했고 지금의 강국이 되었다.

물론 이게 전부 좋은 것은 아니었다. 독일은 환경에 민감했고 자신에게 좋은 환경이 이루어지자 그에 따라 자신의 경쟁국들처럼 행동하기도 하였다. 요하임 슈타인이 생각하기에 모든 독일의 면모가 좋다 하면, 그것은 거짓말일 것이다.

하지만 확실한 것은 독일 사람들은 주변 환경으로부터 살아남기 위해 뛰어 왔고 여전히 주변을 바라보며 뛰고 있다는 것이었다. 발터 모델이 이제 갓 사회생활을 시작할 무렵 독일이 한창 여유로워 자신을 단단하게 묶고 있던 벨트를 몇 단 풀었던 시기가 있었다고 한다. 자신은 그 시절을 잘 모르기에 그 시절을 겪은 발터 모델의 감정을 정확하게 이해할 수 없었다. 아마 이때 독일은 기고만장하여 실수했을 것이다. 부끄러운 시절이었을 것이다.

그래도 여전히 독일은 투쟁 중이었다. 유럽의 중앙에 있다는 약점은 그대로였고 이를 타파하기 위한 노력은 여전했다. 많은 이들이 루덴도르프 파벌의 방탕함과 견제 속에 주류가 되지 못했을지언정 그런 움직임은 여전히 있었다. 구데리안 장군과 같은 몇몇은 쫓겨난 상황에서도 다들 노력해 갔다. 그런 도중 신생국 러시아의 위협으로부터 위기를 겪고 이젠 국가 전체적으로 과거처럼 트레이닝을 하는 사나이로 다시 돌아가고 있었다.

그래서 요하임 슈타인은 희망을 가졌다. 나라는 느리지만 다시 장점을 키워 나가려 하고 있고 국민들은 여전히 내일을 살아가기 위해 근면 성실했다. 분명 나름대로 좋은 점이 있는 나라였다. 그는 그것을 가족을 통해, 이웃을 통해 보았다. 박물관을 다 보고 집으로 돌아가는 길, 그는 묵묵히 일하는 어느 노동자를 보았다. 그 노동자는 가족을 위해 뜨거운 땀을 흘리면서도 버텼고 공장 입구에서 자신의 퇴근을 마중 나온 가족을 반갑게 맞이하였다. 그처럼, 길거리에 보이는 모두가 희생과 헌신을 알고 있었다. 무조건 복종만 할 줄 안다며 멍청하다고, 자유를 모른다며 욕먹는 민족이지만 누군갈 위해 버틸 줄 아는 사람들이 요하임의 눈에는 보였.

'지킬 가치가 있어.'

요하임 슈타인은 집으로 가는 길에 보이는 사람들을 보며 확신했다. 발터 모델은 틀렸다. 무슨 일을 겪었든, 아무리 불완전해 보이는 존재들

일지라도 나름대로 살아가려고 발버둥치는 이들이라면 지키는 것이 옳다고 생각했다. 다른 나라 사람들에 비해 유머 감각도 떨어지고 딱딱한 면모가 있는 사람들이지만 단점만 존재하는 것은 아니었다. 나름의 장점, 나름의 이야기, 나름의 애환이 있었다. 나름대로 다들 행복을 추구하고 있었다.

'루덴도르프 파벌이 역겹고 많은 나쁜 짓을 했을 것이다. 하지만 그게 모든 독일을 말해 주는 건 아니야. 애초에 루덴도르프 파벌이 이득을 봤지 서민들이 봤나? 다들 오늘도 힘들지만 열심히 싸워 주고 있어.'

요하임 슈타인은 그렇게 생각하며 집으로 돌아갔다. 남은 기간은 가족과 보낼 것이다. 이 사람들을 지키기 위해 군인이 되었으니 말이다. 따지려면 한없이 따질 수 있지만 그래도 좋으니까.

...

1939년 3월, 결국 러시아 연방은 모두에게 자신의 야욕을 숨기지 않기로 결정하였다. 그전까지는 어느 정도 눈치는 보았다. 립 서비스를 하고 내가 원하는 것은 여기까지라 말하며 적대국을 달래었다. 하지만 이제 그러지 않았다. 이젠 대놓고 표현하기로 마음먹었고 그 표현이 바로 핀란드 왕국을 병탄하는 것이었다. 보즈드 크리스티나 사빈코프는 핀란드 공화국과 합의문을 발표하고 평화롭게 제정 러시아 시절의 한 가족 때처럼 지낼 것이라고 공표하였다. 물론 진짜로 합의된 것은 아니고 강제로 조약에 서명하게 한 것으로 이 공표에 독일 제국은 아연실색을 금하지 않을 수 없었다. 이내 모든 언론사의 일간지에서 보즈드를 다루었으며 이제 다들 그녀를 젊고 경력이 짧은, 그저 예쁘기만 해서 인기 많은 철부지가 아

나라 무서운 여인으로 그리기 시작했다.

"슐라이허 수상님! 평화가 온다면서요?! 러시아 연방이 조약을 어겼습니다. 어찌 된 일입니까?! 핀란드는 사실상 우리 중앙 유럽 동맹의 가맹국 아니었습니까? 형제를 버리시는 겁니까?"

"괜찮습니다, 괜찮아요! 이건 다 러시아의 허장성세입니다! 러시아는 전쟁을 일으킬 정도로 바보가 아닙니다!"

제국 국회의사당에 모인 언론인들을 상대로 수상은 진땀을 빼며 말했다. 그는 핀란드가 지난 조약으로 사실상 합병된 것이나 다름없어 큰 의미를 둘 필요가 없다고 말하며 정녕 쳐들어올 생각이면 저리 대놓고 행동하겠냐고 말했다. 그러나 이것은 그냥 넘어갈 일이 아니었다. 표면적으로도 나라가 남아 있는 것과 아닌 것은 크게 달랐다. 러시아는 이제 침략 야욕을 숨기지 않았고 자국군을 대규모 훈련시키면서 전쟁을 준비해 갔다. 하인츠 페르벳 전쟁부 장관은 위기감에 동부 왕국들에 병력을 증강시켰지만 군의 요구에 비하면 부족한 수준이었다.

이렇게 독일 제국 안팎으로 혼란스러운 차, 1달 후 스페인에서 큰 일이 일어났다. 바로 3년간 이어져 온 스페인 내전이 생디칼리즘 세력에 의해 종결되었다는 것이었다. 내전에 승리한 생디칼리스트들은 이베리아 연방을 공식 선포하며 프랑스의 제3인터내셔널에 합류하였다. 독일 제국의 지원을 받던 스페인 왕국은 지리멸렬하였으며 일부 요인만이 겨우 미국이나 독일로 피신하는 데 성공할 뿐이었다.

생디칼리스트들의 세력이 증강되자 독일 제국은 위협을 느꼈고 러시아와 일본의 강철 조약은 기회라고 느꼈다. 이내 두 세력은 프랑스로 외교관을 파견하였다. 프랑스는 전쟁에 적극적이지 않았는데 그들의 움직임에 따라 전쟁이 정말로 결정될 일이었다.

"하하, 이거 갑자기 우리가 게임체인저가 되어 버렸구먼. 인기 만점이야, 아주."

두 세력의 외교관을 맞이한 직후, 프랑스 코뮌 총리 레옹 블룸은 지금의 상황에 만족하며 와인을 한잔 들이켰다. 30년대에 들어와서 독일은 20년대의 영광의 후유증으로 이리저리 힘들어하고 있었다. 20년대에 영국의 붕괴로 식민지가 확장되고 경제가 고점을 찍으며 독일은 세계에 최강국으로 위신을 떨쳤지만 30년대에 들어서 대독일 통합의 후유증과 미국발 경제 대공황의 여파로 인한 중앙 유럽 경제 동맹의 위기로 인해 독일은 대단히 힘들 나날을 보내고 있었다. 국가가 망할 수준은 아니지만 여기서 전쟁이 추가되면 대단히 힘들 것이 자명했다. 이에 반해 프랑스는 30년대에 들어 경제가 고점을 찍으며 자본주의에 맞서는 사회주의 리더로서 위신이 고점을 찍고 있었다. 제국주의 블록에 의해 처음에는 경제적인 고립을 맞이했으나 이 덕에 미국발 경제 대공황의 여파에 영향을 받지 않아 순탄하게 경제를 순항시킬 수 있었다. 그야말로 프랑스와 독일의 입지는 대전 직후와 달리 완전히 뒤바뀌어 있었다. 패전국임에도 승전국에게 큰소리칠 수 있는 상황에 레옹 블룸 총리는 대단히 만족하고 있었다.

"지금을 확실히 이용해야겠어. 어찌하는 게 좋을까. 평화? 아니면 전쟁?"

"평화가 좋지요. 전쟁은 얻을 것이 적습니다. 지금 독일에 평화의 제스처를 취하면 우리 사회주의 파벌을 공인할 수밖에 없을 것입니다."

총리의 조력자인 세바스티앙 포르가 독일의 지하정당으로 숨어든 생디칼리스트들을 언급하며 말했다. 그는 평화적인 방법으로 생디칼리스트의 세력을 전 유럽에 흩뿌리길 권했다. 하지만 이를 듣고 있던 조르주 발루아가 반대하며 말했다.

"지금이면 독일 제국을 멸망시킬 수 있습니다. 차라리 전쟁을 하여 독일 사회주의 공화국을 건립하시죠."

생디칼리스트 중에서도 급진적이고 과격한 소렐리안 일파의 거두인 그는 독일이 가장 약할 때 아니면 기회가 없을 것이라고 말했다. 총리는 고개를 끄덕이며 그것도 괜찮은 의견이라고 답했다. 그러면서 독일에서 온 사람들을 회상하며 말했다.

"생각해 보면 독일 친구들로부터 많은 도움을 받았었지요. 마치 우리 프랑스 위그노들이 독일로 가서 그들의 발전을 도왔던 것처럼 말이죠. 현재 우리 정부 요직에도 독일 망명인들이 많습니다. 그래서 알 수 있지요. 독일인이 하나같이 나쁘지는 않다는 걸. 그런데… 만일 우리가 평화를 지키면 러시아는 전쟁을 할까요? 말까요?"

"보즈드에 대한 소문, 실제로 하는 행동을 보자면 혼자서라도 독일에 도전하겠지요."

"그렇겠죠. 그러다 만일 독일이 지면?"

"아마 많은 독일인들이 러시아인의 손에 학살당할 것입니다."

세바스티앙 포르는 니즈니 노브고르드에서의 일을 언급했다. 독일인들에게는 거의 알려지지 않을 일이었고 유럽 대다수가 잘 모르고 관심 없는 일이었지만 러시아의 가슴에 불을 일으킨 일을 그는 언급했다.

"우리도 오를레앙에서 비슷한 일이 일어날 뻔했는데 그러지 않아서 다행입니다."

"그렇지요. 독일과 우리는 바로 붙어 있어 우리는 어느 정도 신경 써 주었으니…. 그러나 러시아에서는 그러지 않았습니다. 물론 독일이 부른 화지만 모든 독일인이 그것에 해당하는 것은 아닙니다. 분명 러시아는 독일인을 최대한 죽이고 살아남은 자를 노예로 만들 것이 분명한데 우리가 가만히 있으면 우리 프랑스에 있는 수십만의 독일 지식인들이, 우리의 친구들이 가만히 있겠습니까?"

"뭐 그렇겠지만 그것 때문에 전쟁을 하기에는…."

세바스티앙 포르는 조금 더듬으며 답했다. 그러나 레옹 블룸 총리는 확신에 찬 모습으로 말했다.

"해방 전쟁처럼 좋은 명분은 없지요. 우리 친구들을 구하러 가는 길입니다. 게다가 러시아가 저리 날뛰어 주니 카이서 체제를 무너트릴 순간이 지금이야말로 적기입니다. 마음을 정했습니다. 각료들을 모두 모아 주세요. 전 전쟁을 통해 카이저 체제에 신음하는 우리의 형제들을 구하고 잔학한 러시아로부터 독일의 시민들을 보호하겠습니다."

레옹 블룸 총리는 웃으며 두 사람에게 말했다. 총리의 입장에서는 카이저 체제를 무너트릴 적기가 바로 지금이었다. 동시에 독일 사람들을 구하고 인터내셔널 세력에 편입시킬 기회였다. 물론 이런 이상적인 이유보다는 다른 현실적인 이유가 있었다. 대놓고 말하지는 않았지만 프랑스 정계는 의외로 분열된 상태였다. 총리가 이끄는 프랑스 사회당을 중심으로 연립내각을 구성 중이었지만 생디칼리즘 내부의 여러 파벌들이 서로 경쟁을 하고 있는 상황이었고 인기도 어느 세력이 확고히 차지하지 못한 상황이었다. 겉으로는 말짱하고 경제도 잘 굴러가고 있었지만 근래에 권력 다툼이 심해지고 있었다. 코뮌 정부 수립 직후에는 강한 국가 건립을 위해 서로 협력했지만 국력이 어느 정도 궤도에 오르자 서로 정치 일인자가 되기 위해 다투기 시작한 것이다. 이런 순간 모두가 하나가 될 수 있는 것은 역시 외부의 적이 있을 때였고 자신이 이끄는 사회당의 인기도 폭증시킬 기회였다.

'이번 전쟁으로 우리 인터내셔널 세력도 확장하고 프랑스도 내 아래에 하나가 될 수 있다. 이 기회를 놓칠 수 없지.'

레옹 블룸은 그렇게 마음먹고 내각 회의에서 적극적으로 러시아와의 조약 체결을 주장했다. 다들 프랑스 국익이 생길 절호의 찬스라는 것에는 부정할 수 없어 이내 총리의 말에 다들 찬동하였다. 그리되자 프랑스와 러시아의 외교는 정말 신속하게 진행되었다. 두 세력 간의 불가침조약에 체결되었으며 비밀리에 독일 세력 분할 조약이 비공식적으로 체결되었다.

불가침 조약 소식이 전 세계에 퍼지자 이제 독일 정계는 전쟁을 제1순위로 둘 수밖에 없었다. 나라 안팎으로 분위기가 좋질 못하였다. 그럼에도 불구하고 슐라이허와 하인츠 페르벳은 일단은 모든 조약을 용인하고 넘어가 주는 것으로 두 세력을 달랬다. 명분을 주지 않음으로써 시간을 벌고자 하는 것이었다. 그러면서도 여전히 혹시 모를 평화를 원했다. 러시아는 시시때때로 정찰기를 동부 왕국 영공으로 보냈다가 회귀시키면서 독일을 도발하였는데 이것도 참고 넘어가면서 빌미를 주지 않으려고 노력하였다.

그러나 이러한 태도는 많은 독일인들의 반발을 불러왔다. 너무 굴욕적이었기 때문이었다. 독일 정계는 전쟁 시 장기전으로 가면 승산이 있다고 판단하여 조심스레 물자를 모으는 데 치중하는 선택지를 골랐지만 20년대와 너무 다른 모습은 국민들에게 충격을 줄 수밖에 없었다. 게다가 끊임없는 현 내각의 외교 실책은 아프리카의 한 장군을 분노에 빠지게 하였다.

"이런 멍청이들이 나라를 다스리니 이 모양 이 꼬락서니가 아닌가!"

지난 대전의 영웅이자 독일의 명예로운 노장인 레토-포어베크는 현재 독일 정부의 태도에 분노하였다. 이해 못 할 바는 아니나 강경해야 할 때 약하고 약해야 할 때 강경하다면 그것은 멍청하기만 한 행동이었다.

시기적절하게 임기응변해야 하는데 레토-포어베크가 보기엔 지금 하인츠 페르벳과 슐라이허는 완전히 거꾸로 행동하고 있었다. 지금은 강경해야 할 때였다. 그렇지 않으면 요구는 끝이 없을 것이다. 그래서 그는 직감했다. 이제 자신이 등장할 시기라고 말이다. 이제 자신의 군단과 함께 그는 베를린으로 돌아갈 것이다. 그는 그를 위한 준비를 시작하는 것으로 하루를 시작했다. 요하임 슈타인도 이 소식을 듣고 진행 중이던 시가전 대비에 한층 더 박차를 가하였다. 곳곳에 진지를 구축하고 고정 포대를 설치하였다.

'과연 괜찮을지….'

요하임 슈타인은 한숨을 내쉬며 말했다. 그래도 이번 여름은 평화로울 것이다. 그러나 다음 여름은 괜찮을까? 그래도 보즈드가 미치광이는 아닐 것이라는 희망을 가지며 그는 자신이 할 바를 해 갔다. 그러나 얼마 지나지 않아 일이 터지니, 독일인 모두의 비극이었다.

…

이윽고 반복되는 일상이 지나 그해 8월, 러시아 연방은 공식적으로 독일 제국에 벨로루시에 관한 조약을 요구하였다. 그것은 벨로루시와 러시아 연방 간 결합을 위한 국민 투표를 허가해 달라는 것이었다. 투표에서 과반을 얻으면 벨로루시는 중앙 유럽 동맹에서 탈퇴하며 러시아 연방으로 합류하게 되는데 벨로루시 국민 대다수가 러시아와 같은 슬라브 민족이라는 것을 보았을 때 사실상 영토를 달라는 것과 다를 바 없는 요구였다. 당연히 독일 제국은 경악했고 이것마저 용인할 수는 없었다. 핀란드는 그래도 경제 동맹이었지 군사 동맹은 아니었으나 군사 동맹국마저 달라는 것은 동부 전체를 달라는 것과 다를 바 없었다. 게다가 벨로루시를 양보하면 위치상 우크라이나의 안전은 도모할 수가 없었다.

이에 독일 제국은 러시아의 요구를 거절하였다. 그러나 이것은 러시아가 원하는 바였다. 러시아는 내부적으로 범슬라브주의를 내세우며 형제를 구하자고 하였고 대외적으로는 독일을 비난하며 동부 왕국들의 자결권을 가로막는 제국주의 행보를 타파하겠다고 선언하였다. 종속된 국가들이었지만 형식적으로는 원하는 탈퇴를 할 수 있기는 하였기에 러시아는 이 점을 빌미 삼아 아주 난장판을 벌여 댔다.

하지만 이것으로는 약간 전쟁 명분이 모자랐다. 이에 보즈드는 소수의 특수부대를 보내 미리 내통 중인 벨로루시를 통해 우크라이나 리비우의 한 독일 제국 공영 방송국 지부를 습격, 해당 직원들을 협박하여 러시아 연방에 대한 선전포고문을 발표하게 하였다. 공식 채널이었기에 한동안 독일 공영 방송국에서 정부의 지시인 줄 알고 이것을 퍼트렸으며 보즈드는 이를 빌미 삼아 자주권 차원에서 적에게 맞선다는 명분으로 독일 제국에 선전포고하였다.

이에 발맞춰 프랑스 코뮌이 독일 제국에게 알자스-로렌 반환을 요구하며 선전포고하니 결국 그렇게 새로운 세계대전이 시작되었다. 이 소식을 들은 독일 제국 군인들은 놀라 재빨리 자신의 자리로 돌아가 방어 태세를 갖추기 시작했다. 요하임 슈타인도 예외가 아니었다. 예외가 있다면 단 한 명, 든든한 왕족 후원자가 있어 아직도 안 잘리고 버티고 있는 발터 모델이었다. 그만이 유유자적하게 신문을 읽으며 와인을 마셔 대고 있을 뿐이었다.

"그녀가 오는구나. 드디어 그녀가 와! 그때를 기억하면서…. 아… 니즈니 노브고르드가 떠오르는구먼. 드디어 곧 죽을 수 있겠구나…."

발터 모델은 선전포고 소식을 듣고 와인을 마시며 중얼댔다. 그는 잠시 사색에 잠겼다가 이내 생각을 그만두고 평소처럼 술을 마셔 댔다. 요하임은 당최 왜 저러는지 모르겠지만 설득은 이미 포기하였다. 그저 자신을 방해하지 않으면 되었다. 요하임은 한숨을 내쉬며 도시에 내려진 동원령에 따라 병력을 배치하였다. 걱정스러운 마음과 함께 말이다.

과연 독일은 이 전쟁에서 살아남을 수 있을까?

그저 요하임은 독일이 서서히 변하고 있다는 것에 희망을 걸면서, 위기 속에 나타날 위인들이 있을 것이라고 믿고 전투태세에 나섰다.

그렇게 1939년 9월 1일, 작전명 이반 그로즈니 공세가 보즈드 크리스티나 사빈코프에 의해 최종 승인되어 러시아의 동부 침공으로 전쟁이 시작되었다.

2장

: 베를린 레이스

○   ●   ○

●   ○   ●

○   ●   ○

●   ○   ●

전쟁은 가장 승산이 있다 해도
국가적 불행임에 틀림없다.

― 헬무트 폰 몰트케

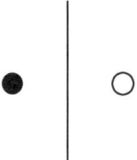

　1939년 가을, 결국 독일은 바라지 않았지만 러시아는 바라고 있었던 대규모 전쟁이 시작되었다. 아마도 천 년이 넘게 사람들의 입에 오르내리게 될 이 전쟁은 시작부터 극적으로 전개가 흘러갔다. 바로 두 복병의 존재 때문이었다. 하나는 헝가리 왕국, 하나는 벨로루시 왕국이었다. 이 두 복병으로 인해 독일 동부군은 초기에 엄청난 타격을 입게 되었다. 헝가리 왕국은 밑에서 산맥을 넘거나 우회하여 벨로루시 방면으로 진격했고 벨로루시 왕국은 러시아 군대와 함께 최단거리로 헝가리 군대를 만나기 위해 남진하였다. 여기서 독일이 크나큰 타격을 입게 된 원인은 바로 벨로루시 왕국 때문이었다. 헝가리야 트리아농 조약으로 인해 영토가 갈가리 찢김에 따라 반독정권이 들어선 것은 너무나도 유명한 이야기라 독일이 대비하고 있었다. 전쟁이 나면 헝가리가 러시아를 도울 것은 자명한 사실이었다. 헝가리는 독일의 오스트리아 통합 당시 상당히 많은 영토를

| 베를린 레이스 |

독일에 통합되는 오스트리아나 주변국에 빼앗긴 바가 있었다. 독일에 대한 증오는 러시아 못지않았다.

그러나 독일은 자신들의 군사, 경제 동맹에 속해 있는 동부 왕국들은 자신의 편이라고 굳게 믿고 있었다. 발트 연합 공국과 폴란드 대공국, 벨로루시 왕국, 우크라이나 왕국은 러시아의 지배에서 벗어났기에 독일에게 옹호적일 것이라고 판단하였다. 하지만 전쟁 전부터 이어져 온 러시아의 외교 정책으로 벨로루시 왕국은 예상과 달랐다. 그들은 보즈드와 지속적으로 접촉하고 비밀리에 회담을 거치며 러시아의 편이 되었다. 러시아와 가까운 민족이었던지라 러시아에 친근함을 느끼는 것도 있었지만 루덴도르프 파벌이 펼쳤던 독일의 동부 정책이 호감을 얻지 못한 탓이 컸었다. 러시아에 다시 들어가지 않겠다는 우크라이나 왕국과 달리 벨로루시는 자치권만 확실하다면 협조하겠다고 러시아에 의견을 밝혔고 그 덕에 러시아 군대는 이미 전쟁 전부터 벨로루시 왕국 영토 내에 존재하고 있었다.

당시 전쟁에 배치된 러시아 육군은 투하체프스키를 총사령관으로 하여 5개의 집단군을 이루고 있었다. 그중 콜리야 스피리도노프 장군이 이끄는 C집단군이 벨로루시 안으로 미리 들어왔다. 사실 이 정도 군대가 배치되면 모를 수가 없었지만 독일 정보부의 무능보다는 아직까지도 전쟁을 회피코자 한 독일 위정자들의 잘못된 판단이 참극을 만들어 냈다. 슐라이허는 카이저 빌헬름 2세를 설득하며 전쟁을 피하기 위해 적의 군대가 대놓고 활동해도 경보 하나 울리지 않고 벌벌 떨며 적들에게 기회를 주었다. 너무나도 순진한 발상, 전쟁 명분을 주지 않으면 된다는 발상에 보즈드 크리스티나 사빈코프는 비웃으며 전쟁 명분을 창조하여 침공에 들어갔다.

그렇게 벨로루시에서 진군을 시작한 러시아의 C집단군의 활약으로 독일의 동부 영역은 순식간에 격파되어 갔다. 러시아의 집단군들은 발트에서 우크라이나까지 모든 방면을 공격해 들어가는 동시에 중앙의 C집단군에 힘을 실어 주었다. 마치 침대 중심부가 무거운 몸에 눌리듯 독일 동부 왕국들의 영토 중간이 거대한 러시아의 군대에 눌리기 시작했다. 이에 호응하며 헝가리군은 북진했고 전쟁에 대한 두려움으로 초기 대응에 실패한 독일 동부군은 순식간에 중간 허리 지점을 적에게 내주게 되었다.

그야말로 순식간에 벌어진 일, 잠시의 방심으로 생긴 이 일로 인해 독일 동부군은 참극을 맞이하게 되었다. 조금이라도 냉정하게 바로 대처했으면 어땠을까? 러시아는 몰라도 헝가리의 군대는 막을 만했다. 하지만 당황함에 빠져 이리저리 빠른 대응을 못 하는 순간 허리 지점은 끊겼고 우크라이나와 그곳에 있는 독일의 동부 병력들은 고립되어 버렸다.

이런 빠른 진격에는 세르게이 이바노프 러시아 공군 원수가 이끄는 공군기의 활약이 대단히 컸다. 보즈드의 소꿉친구인 그는 지난 대전부터 사용된 공군에 지대한 관심이 있었다. 하늘에서 지상 병력의 장애물을 적극적으로 치워 줄 수 있다면 육지의 돌파력은 대단히 상승할 수 있었다. 그는 전쟁 전부터 전장 지원 교리를 진지하게 연구하였는데 이번 허리 지점 돌파에 자신의 생각을 여감 없이 투하하였다. 전간기 시절 만든 무수한 여러 종류의 근접항공지원기들이 독일의 각종 시설과 군 병력에 타격을 입혔다. 독일이 제공에 무지한 것은 아니었으나 지상군과 함께 움직이는 공군의 지원에 제대로 대처하지 못하였다. 그 덕에 러시아 육군은 신속하게 허리 지점을 돌파할 수 있었다.

그렇게 헝가리와 벨로루시 왕국 간의 영토가 연결되자 러시아 군대의 주력은 우크라이나 키이우로 향했다. 독일의 정예 동부 주둔군들은 이에 용감히 맞서 싸웠지만 역부족이었다. 루덴도르프 파벌의 대전략 교리에 따라 그들은 보병과 포병 위주의 병력이었으나 콜리아 스피리도노프의 C집단군은 기갑 위주의 병력이었기 때문이었다. 철 지난 보병 중심의 교리와 달리 스피리도노프 장군은 보즈드에게 전차를 위주로 한 기갑 교리를 적극 주장하였다. 독일의 성공 때문에 기갑보단 충격군에 대해 연구하고 시원해야 한다고 다들 생각했지만 보즈드 크리스티나 사빈코프는 스피리도노프 장군의 의견을 들어주었다. 새로운 보즈드와 측근들에겐 새로운 파벌이 필요했으니 정말 안성맞춤이었던 것이다. 여하튼 그 덕에 러시아 군대는 생각보다 많은 전차를 보유하였으며 전차의 기동성을 이용하여 적을 돌파해 갔다. 본국으로부터 보급이 끊긴 데다가 적 공군의 활약, 기갑 부대의 진격으로 인하여 순식간에 우크라이나의 여러 거점이 러시아의 손에 넘어가게 되었다. 전차의 활약으로 측면과 후방이 자주 적에게 노려지자 독일 동부군과 우크라이나군은 방어를 위해 도시 안으로 들어가는 판단을 내렸다. 중앙유럽동맹의 주력은 키이우로 들어가 농성을 시작하였다.

"도시의 장벽이 우리를 지켜 줄 것이다! 우리가 버틸수록 본국은 유리하며 러시아는 불리해진다! 다들 목숨을 버려 싸우자!"

독일 동부군은 키이우를 비롯한 우크라이나의 여러 도시에서 항쟁하였다. 그러나 본국과 단절된 탓에 우크라이나 정부의 보급을 받아야 하는데 우크라이나가 100만에 달하는 대군을 먹여 살릴 리가 없었다. 결국 투하체프스키의 소모전을 상정한 맹공에 당하자 빠르게 비축분이 소모된 독일 동부군은 결국 섬멸당하게 되고 키이우는 너무 맥없이 함락되었다. 키이우의 함락으로 사실상 우크라이나는 함락되고 만 것이다.

이러한 소식에 독일 수뇌부는 놀라 뒤로 자빠져 버렸고 러시아는 쾌재를 소리쳤다. 그야 강하디강하다고 소문난 독일이었다. 이기기 힘들 거라 생각되었지만 그들의 바보 같은 판단으로 허리 지점을 순식간에 끊고 그 덕에 보급 싸움으로 예상보다 쉽게 이기니 보즈드 크리스티나 사빈코프는 즐거워하며 소리쳤다.

"이것은 신께서 독일을 벌하시는 의도이시다! 장병 여러분, 신께서 우리 러시아와 친구 민족들을 수호하고 계십니다!!"

러시아 군대는 이것에 만족하지 않고 블라디미르 카펠 장군이 이끄는 B집단군을 메멜 방면으로 진격시켜 발트 연합 공국을 분리시키고자 하였다. 이미 독일 동부군의 주력이 키이우와 근방 도시에서 전부 소멸된 바, 100만에 달하는 병력의 공백으로 독일군은 어처구니없게 밀리고 또 밀리기를 반복하였다. 자세한 묘사가 필요 없을 정도로 도미노처럼 밀리는 독일군은 발트 지역의 통제권마저 너무 쉽게 내주고 말았다. 이에 러시아의 승전이 거의 확실시되는 분위기가 되자 러시아 수뇌부는 독일에 항복 요구를 준비할 정도로 승리의 분위기에 취하였다. 반대로 독일 수뇌부와 군대는 패배감에 젖어 낮은 사기로 제대로 된 저항 없이 계속 적에게 영토를 내주고 있었다. 그 덕에 러시아 군대는 연이어 바르샤바까지 무난하게 점령하는 데 성공하였다. 마치 오래되어 낡아 빠진 문을 쉽게 박차고 나아가는 젊은이와도 같았다. 그만큼 우크라이나에서의 성공은 동부 전선에 거대한 영향을 주었다.

러시아는 폴란드 중부까지 차지하는 데 성공하였다. 또한 공식적으로 발트와 벨로루시, 우크라이나를 합병하고 폴란드에 괴뢰 정권을 수립하였다. 승리의 분위기가 무르익자 보즈드는 싱긋 웃으며 평소 준비해 온 계획을 시행하라고 내무부에 명하였다.

"니콜라이 마클라코프 장관님. 점령지에 수용소를 설치해 주세요. 가

증스러운 독일 놈들과 앞잡이 민족들을 다 처리해야 합니다."

보즈드 크리스티나 사빈코프는 러시아의 힘이 미치는 곳이라면 주요 거점에 수용소를 설치하여 독일인들을 잡아들이라고 명했다. 보즈드는 이것이 이번 전쟁의 당위성을 설파하기 위한 중요한 포인트라고 언급하였다. 이에 대부분의 관료들은 거부 반응을 일으키진 않았다. 러시아와 형제 민족들의 여론이 이미 반영된 움직임이었기 때문이었다. 이젠 세상에서 잊혀 가나 러시아는 기억하기 위해 생각하던 바를 보즈드를 통하여 움직여 갔다. 대부분 반대하지 않았다. 그러나 투하체프스키는 탐탁지 않게 생각하였다.

"전쟁이 끝나고 하면 되지 않을까요? 저는 반대하는 것은 아닙니다만 시기는 변경할 필요가 있습니다."

투하체프스키는 전시 시찰을 나온 보즈드를 향해 그리 말했다. 보즈드는 처음으로 투하체프스키에게 표정을 찡그렸다. 물론 바로 표정이 풀리긴 했으나 투하체프스키는 물러서지 않고 자신의 생각을 말했다. 증오하는 적들을 탄압하는 것은 좋으나 전쟁에 들어가야 할 물자가 그곳으로 들어간다면 전쟁 수행의 효율이 떨어진다고 말이다. 총알 1발이라도 전선으로 향해야 하는데 그것이 후방에서 소모된다면 독일만 도와주는 꼴이라고 투하체프스키는 말했다. 지극히 이성적인 판단이나 보즈드와 수뇌부는 이제 승리를 확신하는 단계에 접어들어 지나친 걱정이라고 투하체프스키의 의견을 반려했다. 사실 보즈드의 입장에선 그리 생각할 만하였다. 독일이 저리 쉽게 동부를 내어줄 거라 누가 알았겠는가? 이제 러시아의 군대는 동부 프로이센으로 향하고 있었다. 지난 대전에서도 내어주지 않은 영토까지 진격해 가고 있는 마당에 일부 힘을 뒤에서 쓰는 것은 큰 문제로 보이질 않았다. 부메랑이 될 수도 있으나 그 전에 끝내면 그만이라고 생각했다.

　그래도 반대하는 사람이 투하체프스키만이 있는 것은 아니었다. 다른 대표적인 인물로 표트르 브란겔 명예 원수가 있었다. 그는 러시아의 보수주의자들의 원로로 이제 정치 일선에서 물러난 인물이지만 선대 보즈드인 보리스 사빈코프의 친구로 적백 내전을 승리로 이끈 장본인 중 한 명이었다. 권력 없는 뒷방 늙은이지만 명목상 2대 보즈드의 후견인으로서 정부의 존경을 받는 인물이었다. 브란겔은 크리스티나 사빈코프를 찾아가 말했다.

　"굳이 그러지 말렴. 보리스도 원치 않을 거다."

　브란겔은 전대 보즈드를 언급하며 그녀를 설득했다. 자신도 독일을 혐오하나 지나친 탄압은 원치 않았기 때문이었다. 어찌되었든 전쟁이 끝나면 같이 이 유럽대륙에서 살아가야 할 사람들이라고 브란겔은 생각했다. 전대 보즈드도 국가주의적 내셔널리스트였지만 인종적 기반까지 들어가진 않았다. 그러나 지금의 보즈드인 그녀는 전대 보즈드의 생각을 존중하여 문화적 정체성을 추구하긴 하면서도 독일인에게만큼은 인종적 잣대를 들이대었다. 다른 인종에게는 그러지 않았지만 독일에게만은 그리하였다. '모든' 독일인에게만은 엄격한 처분이 있어야 한다는 예외를 두었다. 독일에 협력한 민족을 포함하여 말이다.

　"각하께는 어린아이의 투정처럼 보이시겠지만 시대의 요구랍니다. 저는 여전히 저의 양부에게서 배운 대로 행동하고 있습니다. 누구나 러시아인이 되고 싶으면 러시아인이 될 수 있는 세상이지요. 그러나 세상에는 언제나 예외가 있는 법이죠. 그게 독일이랍니다. 각하는 벌써 지난 20년대 시절을 잊으셨습니까?"

　크리스티나 사빈코프는 차갑게 나라의 어르신의 말을 무시하였다. 물론 군부의 어르신이니 겉으로는 철저히 예를 표하며 격식을 차렸으나 말 자체는 차가웠다. 그녀에게 이것만큼은 양보할 수 없는 것이었다. 이미 실권은 없는 늙은이는 그저 과거를 회상하며 잘되길 빌 뿐이었다. 그래도 이기고 있는데 무슨 그리 큰 문제가 있겠는가. 다만 브란겔은 보리스 사빈코프가 죽기 전, 자신을 만나 언급한 그녀에 대한 말이 떠오를 뿐이었다.

"내 딸은 다 좋지만 마음속 깊은 곳에 숨겨진 것이 너무 무서울 때가 있네. 그러니 자네가 도와주게."

그는 그의 친구가 남긴 말을 되새기며 불안함을 느꼈다. 그녀의 과거를 알기에 집착을 이해할 수 있었다. 그러나 너무 지나쳐 버리면 도리어 러시아에 해를 끼칠 것이 아닌지 브란겔은 걱정하였다. 무조건 독일에 피해를 주어야 한다는 마음이 중요한 순간에 안목을 가릴지 걱정되었다. 하지만 모두의 지지를 받는 지금의 보즈드는 몇몇의 걱정 정도는 그저 지나친 걱정으로 치부하였다. 그녀는 사방에 강제 수용소를 설치하고 독일과 여러 민족, 특히 지난 대전 말기부터 독일에 붙어 독일의 지배에 앞장섰던 유대인 같은 민족들을 잡아들이기 시작했다. 공식적인 명분은 그들을 믿을 수 없기에 전쟁이 끝날 때까지 교화소에 잡아 두어 러시아 민족의 이해자로 탈바꿈시키겠다는 것이었다. 물론 진짜 목적은 그것이 아니었으나 러시아뿐만 아니라 헝가리나 불가리아 등등 독일을 마음에 들어 하지 않았던 이들은 많았기에 점령지의 많은 독일인들과 근린 민족들이 끌려갔다. 이렇게 본격적으로 러시아의 보복주의는 시작되었다.

그래도 일단은 전쟁 초엽이기도 하니 나라의 주력은 당연히 전선으로, 독일로 향했으며 이제 가장 주요한 타깃은 역시나 동부 프로이센이었다. 아직 발트나 우크라이나가 완전 정리가 된 것은 아니었으나 러시아 군대는 후방에 정리를 위한 병력만 남기고 전부 프로이센 지역으로 병력을 진군시켰다. 이 소식은 이윽고 프로이센에 주둔하고 있던 군단의 참모장 요하임 슈타인의 귀에도 들어갔다.

"정말로 우리 군대가 그리 빠르게 파괴되었단 말인가?"

"예. 그렇습니다."

"아니, 루덴도르프의 후계자란 것들은 그리 자신만만했으면서 12주 정도 흘렀을 뿐인데 그 많은 영토를 내주었다고? 참 어이가 없구먼…."

요하임은 들려오는 전선의 소식에 한탄하였다. 그러나 그렇다고 계속 한탄할 수 없었다. 조금이라도 많은 독일인을 지킬 의무가 자신에게 있었다. 분명 자신은 맹세한 바가 있었다. 사람들을 지키겠다고. 그는 두 눈 뜨고 주변을 둘러보았다. 분명히 군인들만 보여야 하는 병영임에도 불구하고 시민들의 목소리가 들리고 있었다. 병영 밖에서 도와 달라고 소리치는 소리가 여기까지 들렸다. 불안한 시민들은 자신들의 방패에게 기대려 하고 있었다. 지금은 군인들을 믿는 것밖에 다른 길은 없었으니 말이다. 다들 전선의 소식에 불안해하고 있었고 이제 자신이 나설 때였다.

"모든 장병들은 미리 계획했던 자리로 움직여라! 반드시 도시를 사수한다! 프로이센을 러시아 놈들에게 내주면 안 된다!!"

요하임 슈타인의 명령에 다들 시가전 준비에 나섰다. 그러나 요하임은 불안했다. 전황이 이리되었으니 방어 가능성이 상당히 낮았기 때문이었다. 그는 방어 명령 동시에 해군에 연락하고 상인들에게 전화를 돌리며 항구에 최대한 많은 배를 정박해 달라고 요구했다. 언제든 사람들을 대피시킬 수 있도록 말이다.

"황립 해군 제13 대양함대가 쾨니히스베르크로 오겠답니다. 에리히 레더 제독이 지금 오고 있으니 언제든지 도움을 요청하라고 전보를 보내왔습니다."

"그거 다행이군. 대부분의 함대는 프랑스와 브리튼의 함대를 막으러 북해 방면으로 가고 있는데 와 주다니. 베를린에서 공군 지원은 얼마나 해 주려나?"

요하임은 와 주겠다는 해군의 소식에 기뻐하며 다음으로 베를린에 꾸준히 지원 요청을 하였다. 전쟁 전 건물 상층부에 대공포를 설치하는 등 여러 대비를 해 왔던 그였지만 생각보다 러시아 공군의 활약이 지대하였다. 적의 공군을 내버려 두었다간 아군의 화력을 책임지는 포병들은 우크라이나에서처럼 순식간에 격파될 요량이 컸다. 적의 공군은 확보한 제공권을 통하여 지상의 방해물을 죄다 치우고 있었다. 이를 방해할 필요가 있었다. 적극적으로 지상을 돕는 공군이란 개념은 러시아가 먼저 이용했어도 지난 대전에서 독일도 공군을 잘 활용한 바가 있었다. 제공권 싸움이라면 독일은 분명 경험이 있었.

'만프레트 폰 리히트호펜 백작이 그가 기른 엘리트들을 데리고 지원 온다면 좋겠지만…. 베를린에서 이미 공중전이 시작되었다하니 와 주기는 힘들겠지. 그래도 조금이라도 와 준다면 이 도시를 지키는 게 꿈만은 아니야.'

그는 지난 대전에 붉은 남작으로 이름을 떨치고 현재 공군총감으로 활약 중인 독일의 영웅을 떠올렸다. 그는 루덴도르프 파벌들에게 살아남을 정도로 실력과 인망이 있었고 공중전에 있어서는 달인이었다. 그러나 베를린과 주요 도시들에 육군이 도달한 것은 아니지만 이미 공습이 가해지고 있어서 큰 기대를 하기 힘들었다. 그래도 그는 계속 요청하였다. 이 도시를 지키고 싶으니 말이다. 다행이도 어느 정도 전투기가 쾨니히스베르크로 오긴 하였다. 다만 붉은 남작과 그의 직속 전투비행단은 오지 못하였다. 그래도 요하임은 이 정도에 만족하였다. 지금은 다들 급하니 말이다. 이 도시가 지닌 상징성을 생각하면 다른 곳에 비하면 많이 온 편이었다. 지금 한창 타격받는 보헤미아-모라비아 공국의 도시들은 프라하 정도를 제외하면 거의 내던져진 수준이었다.

이제 준비 자체는 끝났다. 보병들은 건물과 포대, 진지 더미들을 방패 삼아 적들을 맞이할 준비를 하였고 시민들은 최대한 도시 안쪽으로 피신시켰다. 이제 도시에 적이 당도하면 맞이하기만 하면 되었다. 다만 요하임은 모델 사령관이 걸렸다. 그는 왜 아직도 싸우지 않을까. 하지만 싸움을 포기한 자를 설득할 시간은 없었다. 그는 무언가에 시각을 잃어 주변 사람이 보이지 않는 맹인이었다. 그는 그저 시각이 자연스레 돌아오길 바라며 방어군에게 명령을 하달했다.

"전투태세 돌입, 적에게 발포해라!!"

요하임의 말에 무수한 포탄이 도시를 향해 다가오는 적들의 기갑 부대를 향해 번개 줄을 내리쳤다. 이내 바글바글대며 다가오고 있는 무수한 러시아 육군들이 도시 근처에 도달하자 독일 장병들은 기관총 세례를 다가오는 적들에게 퍼부었다. 동부 전선의 소식에 다들 사기는 낮아진 상태였으나 더 이상 물러서면 안 된다는 생각에 모두들 분투를 보여 주었다. 지난 대전에서는 자국의 영토를 내어준 바가 없었다. 이번에도 그래야 한다는 생각 덕에 장병들은 자신들보다 머릿수가 많은 적들을 향해 최대한 용기를 냈다. 공중에서는 매서슈미트의 항공기들이 야크 전투기들을 상대로 온갖 기동을 보여 주며 열세에도 공중을 완전히 내어주지 않았다. 도시의 요충지에 배치된 야포들은 전쟁의 신이라는 이명을 증명하듯 적의 전차들을 이 잡듯이 보이는 족족 박살 냈다.

좋은 첫 시작, 이것에 요하임은 조금 희망을 가졌다. 그러나 동부의 상실은 너무 컸던 것일까? 아니면 습격으로 인해 우크라이나 서부에 배치되었던 수많은 공군기지가 선제 타격을 입은 것 때문일까? 너무나도 많은 적의 병력에 러시아 병력은 조금씩, 조금씩 독일의 병력을 바다를 향해 밀어내고 있었다. 미리 배치한 무수한 포격을 받으면 그대로 기갑 병력이 밀고 들어가 똑같이 퍼부어 주고, 부서지면 다른 전차가 다시 와서 자리를 금세 채우며 쾨니히스베르크 주둔군에 타격을 주었다. 요하임은 최대한 이점을 살려 해군의 지원 사격을 받았지만 충원이 힘든 자신들과 달리 적들은 좀비처럼 꾸준히 밀고 들어왔다.

처음부터 전황이 골치 아프게 돌아갔다. 그만큼 러시아의 실력과 병력은 대단했다. 제병합동이란 것이 무엇인지 독일에게 가르쳐 주며 그들은 효과적으로 미리 요하임이 배치한 시설들을 날려 버리고 있었다. 요하임은 일단 왕족부터 피신시켜야겠다고 생각했다. 아직 도시가 날아간 것이 아니지만 이러다간 이곳에 있는 왕족들이 거의 사망할 수 있었다. 쾨니히스베르크는 이름대로 프로이센 왕국의 도시기 때문에 많은 호엔촐레른 가문의 사람들이 거주하고 있었다.

거기엔 차기 카이저인 빌헬름 왕세자도 있었다. 그는 프레골랴강의 중심부의 대성당에서 장병들과 시민들을 독려하고 있었다. 이 정도 위기면 카이저가 직접 오면 좋겠지만 카이저는 동부 상실에 크나큰 충격을 받고 병석에 누워 버렸다.

"왕세자 저하. 당장 베를린으로 피하십시오. 최대한 노력하겠으나 도시가 점령되지 않는다고 해도 엄청난 피해를 입을 것입니다."

"난 괜찮네. 자네는 조금이라도 적을 막게!"

요하임의 전보에 왕세자는 정중히 거절했다. 이에 요하임은 조금 놀랐다. 이정도의 인물이었는지는 몰랐기 때문이었다. 프리드리히 빌헬름

빅토어 아우구스트 에른스트 왕세자에 대한 통상의 평판은 전형적인 보수 왕당파로 진취적인 이미지는 아니었다. 루덴도르프 파벌에 붙어 권력을 키우려는 모습을 보였고 친구인 슐라이허 수상을 통해 그리 좋은 정치적 영향력을 보여 주지 못했다. 그러나 지금만큼은 사람들을 독려했다.

'뭐 때문에 갑자기 저러시는지는 모르겠지만 그래도 사람들의 불안감이 덜하겠군.'

요하임은 왕세자의 행동에 오랜만에 프로이센 정신을 떠올리며 돌파구를 찾기 위해 고심했다. 설사 운이라 할지라도, 그것처럼 보일지라도 정해진 나아갈 방향으로 계속 도박하는 것이 독일이 걸어왔던 길이었다. 요하임은 포위된 도시에서 축차 투입하는 적들에게 피해를 강요하기 위해 아군과 거리가 멀지 않을 정도로 떨어트리는 근접 포격과 보병 진격과 복귀를 반복하였다. 지난 대전에 썼던 이 방식은 자신에게도 피해가 큰 방식이라 크게 쓸모 있다고 할 수는 없으나 적에게 강렬한 피해를 줄 수 있었다. 요하임은 적의 소모전에 자신들이 입는 피해보다 더 피해를 입게 하는 방식으로 계속 타격하고 빠지기를 반복하였다. 과연 언제까지 버틸지는 의문이었지만 그는 최대한 적들이 도시에 접근하지 못하도록 발버둥 쳤다.

"다들 이날을 위해 진지를 구축해 왔고 총알과 포탄을 수집했다. 아낌없이 날려라!"

독일 제국이 지난 대전부터 자랑하는 곡사포와 다양한 야포의 활약으로 요하임은 나름 적에게 피해를 주었다. 그러나 제공권은 가면 갈수록 빼앗겨 갔고 서서히 설치해 둔 대공포들은 유명무실해져 갔다.

'젠장, 적들의 수가 너무 많아. 이걸 어떻게 막아? 우리보다 족히 10배는 넘어 보여. 보즈드가 직접 행차라도 했나?'

여러 노력에도 꾸준히 도시로 적들은 진입해 왔고 시내까지 다가오려 하자 요하임은 주먹 쥔 손으로 탁자를 내리치며 속으로 한탄했다. 요하임의 노력이 쓸모없어질 정도로 적은 엄청난 병력을 투입하고 있었다. 정말로 적의 수장이 이곳에 와 있는 것일까?

불행하게도 그의 생각은 맞았다. 발트와 우크라이나를 수복한 러시아군은 베를린, 프라하, 비엔나로 진격하기로 결정했다. 그리고 본격적인 3도시 공세 전에 보즈드는 동부 프로이센을 먼저 함락시키라고 투하체프스키 러시아 육군 총사령관에게 요구했다. 보즈드는 직접 전선으로 와 쾨니히스베르크 공세에 관여하였다. 그녀는 직접 도시의 공세를 지켜보며 자신의 권한을 최대한 활용하여 도시에 병력을 그야말로 쏟아붓고 있었다. 그녀의 입장에선 쾨니히스베르크가 가지는 상징성은 상당히 컸다. 독일의 심장을 짓밟는 것이니 말이다. 이곳의 대성당 지하에는 호엔촐레른 왕가의 선조들이 잠들어 있었다. 이곳은 독일 제국의 발상지였다. 게다가 동부 전선 초기의 압승으로 여유가 넘쳤으니 보즈드의 관심과 여유로운 전황 덕에 엄청난 병력과 물자를 투하할 수 있었다.

이러한 보즈드의 선택으로 인하여 요하임의 노력은 서서히 물거품이 되어 가기 시작했다. 점점 도시는 적들의 손아귀에 넘어가기 시작했다. 러시아 군대는 천천히 포위하며 조이는 방식을 택하며 어느 정도 느리지만 확실하게 독일 방어 병력을 밀어내며 도시로 진입하였다. 이로 인하여 도시의 육로는 결국 완전히 외부로부터 차단되어 버렸다. 요하임은 그 소식에 다급히 레더 제독에게 지원 사격보단 항구에 어서 정박해 달라고 요청하였다. 저항하긴 하겠다만 이제 전략의 균형추가 탈출로 좀 더 기울 수밖에 없었기 때문이었다. 솔직히 이제 승리는 어려운 상황, 만일의 경우 적어도 죄 없는 백성들이라도 탈출시켜야만 하였다. 노력을 해도 서서히 밀리고 있는 형국이기에 이젠 격퇴보단 많은 인명을 구하는 것으로 서서히 초점을 바꿀 때라고 그는 느꼈다.

그야말로 절망적인 상황이었다. 이제 밀리는 것을 막기란 꿈의 영역으로 보일 지경이었다. 요하임은 계속 병력을 순환시키며 상황을 역전해 보려고 노력했지만 이 광경을 지켜보던 보즈드의 눈엔 그저 의미 없는 발악을 하는 멍청이로 보였다. 물론 그녀의 군경력은 유격대장 정도라서 사단급을 지휘한 적은 없었다. 그러나 군대에 조금이라도 일가견이 있다면 이제 다들 눈치챌 수준으로 쾨니히스베르크의 상황은 러시아에게 유리하게 돌아가고 있었다. 병력과 포탄이 침공군이 압도적이었으니 말이다. 결국 이 도시는 러시아 군대가 마음 놓고 다녀도 될 정도의 상황까지 떨어지게 되었다. 지난 대전에서도 양보하지 않았던 프로이센 왕가의 고향이요 보물이었지만 이젠 잘 차려진 러시아 군대의 먹잇감이 되었고 러시아 병사들은 매너 있는 식사 예절 따윈 지키지 않았다.

"왜 얌전히 안 있어?! 가만히 좀 있어, 이것들아!!"

러시아 병사들은 독일 민간인들에게 달려들었다. 안전 구역까지 도망친 민간인들은 이 사태를 피할 수 있었다. 운 좋은 민간인들은 요하임이 아직 간신히 방어 중인 항구와 그 주변의 안전 구역을 통해 이 도시를 떠나는 함선에 탈 수 있었다. 하지만 그 좋은 운을 가질 수 있는 사람은 정말로 극소수였다. 대부분은 그러한 운을 가질 수 없었고 그 대가는 너무나도 끔찍하였다. 러시아 병사들은 무방비 상태가 되어 버린 민간인들을 가만히 놔두질 않았다. 그들은 쓰러져 간 독일군의 시체 옆에서 미망인들을 게걸스럽게 겁탈하였다. 어린아이들은 희롱하다 죽이고 간신히 살아 있는 남자들은 전부 고문하다가 죽였다. 요하임은 이 사태에 분노를 참을 수 없었다. 그러나 어찌할 도리가 없었다. 이젠 도시가 거의 적들의 수중에 넘어가 도시의 극히 일부 지역을 제외하면 독일군이 남아 있는 곳이 없었다. 자신이 그렇게 준비하던 방어막들이 결국 적들의 물량 공세에 무너지고 도시는 겁탈당하자 요하임은 순간 절망에 휩싸였다. 러시아가 독일의 유구한 도시를 해치는 것을 보니 이것이 비단 자신의 실패가 아니라 독일 모두의 끝처럼 보였기 때문이었다. 반대로 러시아 군대는 정말로 눈치 하나 안 보겠다고 작정한 듯 도시를 털어 대고 또 털어 댔다. 이 이야기가 밖으로 새어 나가면 두려울 것임에도 불구하고 크리스티나 사빈코프는 위정자로서 그들을 막지 않았다. 오히려 적극 조장을 하며 지켜보기만 할 뿐이었다. 그녀의 그러한 태도에 도시는 순식간에 수백 년간 쌓아 두었던 것을 상실하기 시작했다. 도시의 여인들은 전부 노리개가 되었고 그나마 생존한 남성들은 피눈물을 흘리며 그 광경을 강제로 보면서 목이 베어지거나 눈이 도려내졌다. 심지어 러시아 병사들은 아이들마저 건드리며 독일의 모든 것을 유린하겠노라 천명하며 도시를 헤집고 다녔다.

정말로 끔찍함의 연속이었다. 활자로 더 이상 담는 것은 세상 모든 일들의 피해자들에 대한 모욕일 정도로 말이다. 그러나 러시아 사람들은 마치 누군가에게 복수하는 것처럼 욕설을 퍼부으며 학살하고 또 학살했다. 30년 전쟁 당시 영국 목판화의 재림 같았다. 아니, 그 이상일 것이다. 그런 광경을 보고 누군가는 분노했고 누군가는 미소를 지었다. 아이러니하게도 미소를 지은 사람 중엔 독일인도 있었다. 그는 옛 생각에 너무 잠긴 탓에 러시아 사람들의 행동에 공감하며 미친 발언들을 내뱉고 있었다.

"난 알지, 왜 이러는지! 그리고 알고 있지! 이날이 오리라는 것을! 그래 더 태워라, 더 태워!!"

그는 도시가 잘 보이는 항구의 꼭대기에서 불타는 도시를 보며 네로 황제처럼 웃어 댔다. 다른 게 있다면 로마의 네로 황제 이야기는 거짓이라는 것이고 지금 이 남자, 발터 모델의 웃음은 진실이라는 것이다. 그는 소지하고 있던 옛날 사진들을 하나하나 담뱃불로 불태우며 눈앞의 광경들을 지켜보았다. 모델은 동족들이 당하는 것에 별다른 감정을 느끼지 못하였다. 일어날 일이 일어나고 있다며 그는 어느 도시를 떠올리며 이 도시도 그 도시처럼 되는 것이 당연하다고 생각했다. 그는 웃으며 과거에 잠겼다. 그리고 현재를 통해 과거를 보며 마지막 술잔을 기울였다. 그는 불타는 도시를 바라보며 계속 술을 마셔 댔다. 그래서 그런 걸까? 그는 정상적인 생각을 전혀 하지 못했다. 눈앞의 일들은 분명히 비정상적임에도 불구하고 이상한 사념에 빠져 지금의 일들을 과거에 덮어 버렸다. 그를 변호하자면, 아마 그와 같은 처지에 처한다면 다른 이도 그리 될 것이었다. 그 점을 제외한다면 그는 전혀 옹호할 수 없는 행동을 저지르며 도시의 학살을 아무렇지도 않게 계속 구경하였다.

그러나 모델이 알고 있는 바를 아는 이가 또 있었다. 그는 모델과 달리 생각하고 행동하고 있었다. 모델과 같은 경험을 보유하고 있음에도 나름대로의 길을 걷고 있었다. 다름 아닌 보수 끝판왕이라는 호엔촐레른 가문의 차기 후계자, 차기 카이저인 빌헬름 왕세자였다. 그는 쾨니히스베르크 대성당에서 항구로 가는 것에 실패해 그나마 안전하다고 여겨지는 이곳, 대성당으로 오는 피난민들을 보살피고 있었다. 그는 사람들에게 러시아 군대가 미쳤고 크리스티나 사빈코프가 아무리 제정신이 아니더라도 성직자들이 있는 이 성스러운 장소는 건들지 않을 것이라고 모두에게 말하며 안심시켰다.

'그래, 아무리 미쳤어도 종교 시설까지 건드리겠나? 어차피 도시를 빠져나가는 것은 이 상황에서 거의 불가능하다. 그렇다면 지하 시설까지 최대한 이용해서 사람들을 구해야 한다.'

빌헬름 왕세자는 적극적으로 바다를 모험하는 항해사처럼 이리저리 거칠게 움직이며 사람들을 자신이 만든 보호 구역으로 인도하였다. 그리고 크리스티나 사빈코프에게 전보를 보내 이곳을 보호 구역으로 인정해 달라고 호소하였다. 보수적인 삶을 살았던 프로이센 왕세자의 입장에서는 모두를 죽인다는 것은 말이 안 되는 행동이었다. 전쟁의 목적은 결국 외교의 마지막 수단으로서 상대방을 굴복시켜 자신의 의견을 관철시키는 것에 있었다. 달리 생각하면 자신의 의견을 관철시켜야 하니 받아들일 상대도 있어야 했다. 모두를 죽이는 어리석은 짓을 한다면 모든 독일인을 상대해야 하는바, 그런 소모적이면서도 비윤리적이며 실질적으로 의미 없는 행동을 요 몇 년 동안 러시아를 성장시켰던 그 보즈드가 할 리 없다고 프로이센의 왕세자는 생각하였다.

하지만 보즈드는 그녀는 전보에 대답하지 않았다. 말끔하게 무시하곤 군대를 이끌고 대성당을 감싸고 있는 프레골랴강의 다리를 건너 대성당으로 군인들을 이끌고 향하였다. 그리고 그녀는 대성당에 빼곡히 모여 있는 독일 사람들을 보며 외쳤다.

"모두 죽여라. 약탈해라. 겁탈해라. 그리고 마음껏 가지고 놀아라. 그렇게 모두 돌려주어라!!"

보즈드의 명령에 대성당에 모인 러시아 군인들이 성당 안으로 돌진하였다. 성당에 모인 성직자들과 생존자들은 두려움에 떨며 간절히 기도했지만 신도 카이저도 그들을 지켜 주지 않았다. 무기를 든 자는 들어오지 못했던 공간은 순식간에 무기에 의해 유린당하고 더럽혀졌다. 수녀들의 가슴은 총칼로 도려내졌고 성직자의 목은 베어져 총 끝에 걸려 전시당했다. 러시아 병사들은 민간인들을 죽이고 옷을 벗겨 내어 집으로 챙겨 가려고 했고 빌헬름 왕세자는 소리치며 이를 저지하려 했지만 오히려 머리를 개머리판으로 맞기만 하였다.

"이러고도… 무사할 성싶은가?! 그대는 양심도 없는가?!"

머리에서 피가 흘러나오고 있는 차기 카이저는 러시아 병사들에 의해 보즈드 앞에 무릎 꿇어졌다. 그러나 그는 핏대를 세우며 눈앞의 비정한 여인을 당당히 비판하였다. 그러나 금발의 여인은 아무렇지도 않게 옆에 있던 한 민간인의 가슴을 권총으로 쏘곤 총구를 닦으면서 말했다.

"다른 사람은 몰라도 당신이 할 말은 아닌 것 같은데? 당신은 알지 않나?"

"설마… '그 일'을 언급하고 싶은 것이냐?"

"아, 알고 있는 것 같네. 그럼 이제 내가 할 일을 알고 있겠지?"

보즈드는 싱긋 웃으며 권총을 장전하곤 옆에 병사가 끌고 온 어린 독일 아이를 쏴 죽이며 말했다.

"앞으로 이런 일들이 너희 독일 전역에서 이루어질 거야. 참 기쁘지?"

"아, 아이를……. 이런 미친년을 보았나?! 죄 없는 아이들을 죽이고도 하나님께서 널 가만히 둘 것 같으냐?! 모든 것은 반드시 돌아오는 법! 하늘이 널 용서치 않을 것이다!!"

"모든 것은 돌아온다라…. 정말 잘 알고 있네. 그럼 지금 이게 다 돌아오고 있는 거란 걸 알고 있겠지?"

빌헬름 왕세자의 말에 보즈드는 조롱하고 또 조롱하였다. 러시아에서 보여 준 따스한 모습은 어디 가고 그저 광기에 사로잡힌 마녀처럼 주변의 죄 없는 민간인들을 쏴 죽이며 눈앞의 사내를 비웃었다. 이 순간만큼은 러시아를 회복시키기 위한 진취적인 모습은 없었다. 그녀는 구태의 모습을 보이며 비인간적인 자세를 취했다. 그러나 피 흘리고 있는 빌헬름 왕세자는 이것의 원인을 잘 알고 있었다. 그래서 보즈드의 마지막 말에 바로 대답하지 못했다. 그는 지난 20년대를 떠올렸다. 동부에서 있었던 일들을 떠올렸다. 독일이 승리자로서 패배자를 대했던 태도를 그는 기억하고 있었다. 독일인이 열차 내부의 의자에 앉고 러시아인들은 바닥에 앉거나 짐칸에 탈 수 있게만 했던 것 같은 기본적인 차등 대우들. 게다가 그런 단순 행위를 넘어서 독일이 저질렀던 끔찍하고 모멸적인 일을 그는 다 알고 있었다. 승리자가 더 많은 것을 가져가는 것까진 당연한 이치이나 패배자가 적게 가지고 있는 것을 조롱하고 무시하던 기억들, 굳이 행동할 필요 없는 인격 살인들의 기억을 그는 되새겼다. 유일한 정답인 도덕적 행동을 하지 않은 것을 후회하였다.

그러나 그렇다고 해도 피장파장의 오류만큼 멍청한 것이 없는 법, 그는 러시아가 이번 대전의 승리자임을 인정하고 지금의 행동을 멈추어 달라고 요청했다. 빌헬름 왕세자가 오래전부터 조금씩 생각해 오고 있었던 다른 세상을 위해서라면 반복되어서는 안 됐다. 역사는 반복이 아니라 진보이니까.

하지만 보즈드 크리스티나 사빈코프는 이를 비웃으며 그를 일으켜 세우곤 학살당하는 대성당 안을 향해 얼굴을 강제로 돌리게 한 뒤 그의 목을 허리에 차고 있던 단검으로 베며 말했다.

"지옥에서 잘 지켜보고 있어라 빌헬름. 곧 너희 민족은 이 유럽에서 사라지고… 너희들의 그 더러운 언어는 더 이상 이 유럽에서 들리지 않을 것이니까."

사빈코프는 아직 살아 있는 독일 생존자들 앞에서 그들의 우두머리의 목을 베었다. 그리곤 베어진 목을 모두에게 보이며 생존자들을 모두 죽이라고 명령하였다. 이 소리에 대성당에 모인 러시아 병사들은 크게 반기며 명령에 호응하였다. 이곳에 모인 러시아 병사들은 러시아인 중에서도 독일에 대한 적개심이 가득한 보즈드의 친위대원들이었기에 생존자들은 지옥과 같은 순간을 보내게 되었다. 활자로 적기엔 끔찍한 것들, 묘사를 하기엔 너무 비인간적인 행동들이 종교의 장에서 벌어지게 되었다. 그렇게 대성당에 있는 독일인은 얼마 안 가 모두 그 목숨이 끊겼다. 그러나 이걸로 만족할 러시아 병사들이 아니었다. 다시 도시로 나아가 눈에 보이는 족족 민간인들을 괴롭히고 죽이고를 반복했다. 유사 이래 전쟁 중 군인이 민간인을 건드리는 것은 항상 있었던 일이었으나 옳지 않다는 인식이 당연했다. 그러나 지금 전쟁이 다른 것이 있다면, 군인이 민간인을 반드시 괴롭히고 그 다음엔 무조건 죽이고 있다는 것이었다. 단 하나의 생명도 살아 도망가게 용납하지 않았다. 너무 많은 피가 왕의 도시에 흐르게 되었다.

 이러한 학살의 소식은 얼마 안 가 사방의 독일인들에게 널리 퍼졌다. 베를린에서는 동부 도시에서 학살이 일어나고 있다는 소식에 경악하였으며 베를린의 카이저는 이 소식에 충격을 받아 쓰러지고 말았다. 정부의 고관대작들과 관료들은 패배를 모르던 조국이 100년 만에 크게 패하자 당혹함에 빠져 혼비백산한 상황이 되어 버렸다. 도시의 함락은 독일 모두에게 자신들의 종말을 알리는 소식이 되어 모두의 마음을 좀먹어 갔다. 그러나 다들 아무리 충격을 받았다고 해도 도시의 생존자들보단 덜 할 것이었다. 요하임은 눈물을 흘리며 함선에 타 죽어 가는 도시를 바라보았다. 그는 한 명이라도 더 태우기 위해 발악하였다.

 "제독님! 배에 있는 무장들을 바다에 버립시다!"

 "러시아 해군이 빈약하긴 하니…. 한번 도박해 봅시다."

 에리히 레더 제독은 요하임의 요청에 버릴 수 있는 모든 무장과 선박의 화물들을 바다로 던져 버렸다. 근방에 있던 러시아 해군이 독일 해군에 비해 규모가 작아 할 수 있었던 도박이었다. 그렇게 빈자리를 만들어

요하임은 최대한 많은 이를 구출했으나 러시아의 학살은 상상을 초월했기에 결국 도시의 대부분이 사망하였다. 요하임은 그 광경에 눈물을 흘렸고 배에 탄 이들이라면 눈물을 흘리지 않은 자가 없었다. 해군들과 생존자들, 함선에 탄 육군 병사들 모두 불에 타 고통에 몸부림치고 있는 동포들을 위해 눈물을 흘리며 기도하였다.

그리고 의외로 그 사람들 중엔 발터 모델이 있었다. 이 일을 환영하던 사람이 아니었던가. 목숨이 갑자기 아까웠던 걸까? 그는 도중에 마음을 바꾸고 요하임에게 연락해 가까스로 배에 탑승하였다. 죽은 빌헬름 왕세자와 비슷한 생각을 가지고 있었기 때문이었다. 그는 기억하고 있었다. 그래서 보즈드에 대해 연민을 느끼고 그녀의 손에 죽고 싶었다. 그는 도시가 보복당할 때 절정에 달하는 순간 보즈드를 향해 달려갈 준비를 하고 있었다.

그러나 달려 나간 도시에는, 직접 목도한 광경은 자신의 예측과 조금 달랐다. 멀리서 봤을 때에는, 전쟁에서 이뤄지는 흔한 풍경이라고만 생각했었다. 하지만 직접 두 눈으로 보게 되니 너무도 충격적인 풍경이었다. 러시아 병사들은 어린아이들마저 끔찍하게 살해하고 있었다.

'그래, 사빈코프. 난 쓰레기다. 우리 또래가 전부 그렇다고 볼 수 있지. 우리 때라면 그걸 모를 수가 없으니까. 안 보이는 척하는 것뿐이지. 모두가 더러운 방관자야. 그런데… 그 이후에 태어난 아이들이 무슨 죄란 말이냐? 비록 하찮은 이유라고 할지라도, 말도 안 되는 이유라고 할지라도 네가 우리들의 목을 노린다면 이해했을 것이다. 기꺼이 목을 내주었을 것이다. 하지만 아이들은 죄가 없다. 네가 우리의 죄를 그대로 돌려주었다면 환영하며 죽었을 것이다. 그러나 넌 죄를 더 추가해서 돌려주고 있어. 그것은 용납할 수 없어.'

발터 모델은 불타고 괴성을 내지르고 있는 도시를 바라보며 생각했다. 자신은 골백번 죽어 마땅하다. 하지만 모든 독일인이 그것에 해당하는 것은 아니었다. 많은 독일인이 죄인이었지만 미래마저 제거될 순 없었다. 자신은 죽더라도 미래는 달라져야만 하였다. 그렇기 때문에 그는 새로운 희망을 위해 달리기로 마음먹었다. 죽는 것은 조금 보류해 두고 말이다.

'한때 신과 카이저를 위해 싸우기로 맹세했었지…. 그러나 그것을 버린 지는 오래다. 다시는 그런 맹세 따위 하지 않을 테다. 하지만 새로운 신념을 세우자면….'

발터 모델은 과거 사관학교에서의 맹세를 떠올렸다. 10년 전에는 버린 그 선언을 말이다. 하지만 서서히 그의 안에서 새로운 맹세가 떠오르기 시작했다. 그는 눈앞의 광경을 보며 그 맹세를 구체화시켰다.

'그래, 이젠 난 신과 카이저 따위가 아니라 국민들을 위해 싸우리라.'

그렇게 발터 모델은 아무것도 안 하던 과거를 청산하였다. 아이러니하게도 그 이유는 자신이 아무것도 안 해야겠다고 마음먹게 만든 대상, 크리스티나 사빈코프 때문이었다. 그녀의 학살은 자신에게도 모두에게도 상정 외였다. 이제 달라져야 할 순간이었다. 그렇기에 그는 주먹을 불끈 쥐며 불타는 도시를 뒤로한 채 죽는다는 선택지를 버리고 생존의 선택지를 다시 골라 생존자들과 함께 베를린으로 향하였다. 자신이 아닌 미래를 위해서.

그렇게 발터 모델은 요하임과 대강 화해의 인사를 나누며 베를린으로 향했다. 발터 모델은 어색해하며 요하임과 거의 말을 하지 않았다. 사실 화해라기에는 거의 몇 마디 언급도 하지 않았다. 그간 미안했으니 받아 달라는 정도였다. 다음 기회에 다시 말하고 싶은 모양새를 띠며 말이다. 그런 그를 요하임은 받아 주었다. 이런 일에 변화가 없으면 사람이 아니니까. 대화야 나중에 또 하면 된다. 이제 지휘관이 돌아왔으니 요하임은 자신의 역할인 참모로 돌아오게 되어 다행이라고 생각하였다. 그러면서 이번 일을 잊지 않기로 결심하였다. 여기 있는 모두가 그럴 것이다. 그는 앞으로도 더욱 가열하게 싸우리라고 다짐했다. 최후의 한 명까지.

그러한 감정은 모든 독일인에게 서서히 퍼져 갔다. 그런 일이 있었으니 당연하다. 그리고 이런 감정의 전파는 러시아인들도 느꼈다. 소식은 그들에게도 전해지니 말이다. 물론 크리스티나 사빈코프는 신경도 안 썼으나 총지휘관인 미하일 투하체프스키는 달랐다. 그는 충격을 먹으며 자신의 참모인 바실렙스키에게 말했다.

"뭐라고? 정말 다 죽였단 말이야? 도시의 사람들을 전부?"

"네. 하여간 미친 여자입니다. 설마설마했는데…. 쾨니히스베르크의 모든 사람들을 죽였습니다. 어린아이들까지요."

"이럴 수가…. 아니 왜 보즈드는 굳이 그렇게까지…."

미하일 투하체프스키는 보고서에 쓰여 있는 사망자 숫자에 오른손으로 입을 막으며 말을 더듬었다. 너무나도 미쳐 버린 숫자들이었기 때문이었다. 프랑스 혁명 이래 자유, 평등, 형제애의 가치 중 평등의 가치를 가장 사랑하던 사회주의자로서는 이 일을 그는 납득하기 어려웠다. 복수심은 이해해도 독일인들을 어느 정도 괴롭히는 수준에서 끝날 것으로 그는 생각했다. 하지만 결과는 달랐다. 괴롭히는 수준이 아니라 말살을 보여 주었다. 사실 개전 전부터 불안했던 그는 이런 일을 사전에 막으려고 했었다. 그래서 몇 번 간언을 한 적도 있었다. 한때 독일인들을 활용하는 방법을 말하며 학살을 우회적으로 막고자 하였다. 그러나 말이 총사령관이지 그는 보즈드의 충실한 종복이나 다름없었기 때문에 보즈드의 명에 위반되지 않는 한에서만 움직일 수 있었다. 자신들의 동료가 사실상 저당 잡혀 있는 사회주의자였기에 그는 평소 그의 생각을 마음껏 펼칠 수 없었다. 보즈드는 그의 군사적 의견을 존중해 주었지만 사적인 일에서만큼은 물러나지 않았다. 결국 보즈드는 자신의 총사령관과 딱히 의논을 거치지 않고 학살극을 벌였다. 이러한 대학살극에 투하체프스키는 총사령관의 직위에도 막을 수 없었다는 한탄과 향후 벌어질 독일인들의 항거에 걱정하였다. 그런 일을 당했는데 누가 항복하겠는가? 어차피 죽을 텐데 말이다. 그래서 어느 시대든지 전쟁이 나면 항복하는 이들은 섭섭지 않게 대우해 주는 것이다. 그것이 전쟁 종결의 지름길이니 말이다. 그러나 보즈드는 지름길이 아닌 험한 길을 택했다. 자기 자신의 만족을 위해서….

'이러면 독일인 모두를 죽일 때까지 전쟁이 끝나지 않을 수도 있다….'

투하체프스키는 이러한 불필요한 일로 인해 전쟁이 길어질 것이라고 생각하고 앞으로의 일을 걱정하였다. 아무리 독일인에 대한 복수심이 커도 진짜로 다 죽이는 것은 현실적으로 불가능했다. 그렇다면 전후 엄청난 대립의 원인이 될 텐데 평등의 가치가 무너지고 보복주의의 시대가 될 수 있다는 것에 그는 한탄했다.

'나라도 최대한 막고 구할 수 있는 사람들은 구해야겠군. 힘들겠지만 최대한….'

이런 일이 있었으니 그가 처음 생각한 독일과의 협상안은 무너져 버렸다. 그는 베를린을 점령하고 협상으로 빠른 종전을 원했다. 그리고 전후 독일과 화해를 하여 평등의 세상을 만드는 것에 일조하고 싶었다. 보즈드와의 약속을 통해 그는 독일과 같은 새 터전에서 해방된 동지들과 혁명의 씨앗을 키워 보고 싶었다. 그러나 일이 이리되었으니 후일을 위해서라도 자신의 힘으로 최대한 독일을 빨리 항복시키면서 동시에 독일의 인명 피해를 줄여 보자고 그는 생각했다. 잘될지는 모르지만 말이다.

여하튼 그는 그렇게 생각했다. 독일인들이 조금만 달리 생각해 주기를, 러시아인들은 조금만 진정해 주기를 바라면서 말이다. 그러나 이 전쟁은 과연 그의 기대처럼 흐를 것인가….

…

며칠 후, 베를린. 모델과 요하임은 바다를 통하여 무사히 독일 제국의 중심부로 귀환하는 것에 성공하였다. 러시아는 육군과 공군에 큰 힘을 쏟았지만 해군에는 그러지 않은 덕분이었다. 러시아에서 독일까지 유럽 대평원이 이어져 있으니 그것이 러시아에게 있어서 틀린 선택은 아니었으나 귀환자들에게는 행운으로 다가오는 요소가 되어 주었다. 여하튼 그러한 덕분에 모델과 요하임, 그리고 부대원들은 무사히 베를린에 도착할 수 있었다. 안전히 돌아온 모델과 요하임은 베를린만큼은 쾨니히스베르크와 같은 일이 일어나지 않도록 싸우자고 다짐하였다. 아직은 많이 어색하여 깊은 속내까진 언급하지 않았으나 요하임은 별말 없이 우두커니 서 있는 모델을 이해해 주었다. 물론 미안하다는 말과 마음속의 이야기를 한번 제대로 듣고 싶었지만 지금은 그럴 만한 시기가 아니었다. 무엇보다 엄청난 사건을 같이 경험하였기에 말하지 않아도 그의 진심을 알 수 있었다. 그만큼 쾨니히스베르크의 일은 충격이었고 반복되어서는 안 된다고 요하임은 생각하였다. 그렇기에 일단 가장 큰 목표는 베를린을 사수하는 것에 있었다. 요하임은 잔존 부대원을 체크하고 총참모부에 신규 충원을 요청하는 동시에 배정받은 구역인 베를린 북부 지역을 둘러보았다. 그다지 방어가 용이한 곳은 아니었으나 진지를 구축하며 그는 총참모부와 제국 수뇌부의 지혜로운 판단을 기대하였다. 여러 위기를 극복해 왔던 독일 제국이었다. 그는 이번에도 과거 프랑스 혁명전쟁 당시 독일해방전쟁처럼 각성을 하리라고 기대하였다. 그리고 충분히 그럴 수 있었다. 누구나 위기가 오면 극복을 하기 위해 돌파구를 찾으니 말이다. 그러나 안타깝게도 일은 조금 다르게 흘러갔다. 성공이 계속되는 경우가 역사서에 실리지 않았다는 것을 증명하듯 제국에 적신호가 켜져 갔다.

"설마 여기까지… 여기까지 밀리다니…!! 이럴 수가…."

첫 번째 적신호는 바로 카이저 빌헬름 2세의 병석이었다. 그는 제국 성립 이래로 처음으로 수도 베를린이 전쟁터가 되자 그 충격에 외마디 비명을 지르더니 그만 쓰러지고 말았다. 비록 이제 실권은 없는 인물이지만 제국의 상징이 제 역할을 못 하게 되어 버린 것은 충분히 나라에 충격으로 다가왔다. 빌헬름 2세는 즉위 이후 지난 대전에서까지 활발한 연설로 그 쇼맨십을 보여 준 바가 있었기에 구심점으로서의 역할만큼은 잘하는 양반이었다. 그런 그가 쓰러지니 전반적인 사기는 떨어질 수밖에 없었다. 그나마 다행인 것은 실권자인 하인츠 페르벳은 항전의 의지를 보인 것이었다. 그는 베를린을 떠나지 않기로 마음먹었다. 이 모든 것이 자신의 탓이라며 말이다. 그는 어떤 오래된 보고서를 보며 책임감을 느끼고 있었다. 좋은 자세였다. 그러나 그는 자신의 양부에 비해 능력이 조금 부족한 인물이었고 이 상황을 완전히 제어하지 못하였다. 노력하였으나 다들 두려움에 이런저런 행동을 보이는 것을 완전히 수습하지 못했고 그래서 카이저 빌헬름 2세가 필요했으나 그는 병석에 누워 버려 오늘내일하는 늙은이가 되어 버렸다.

동부 왕국들의 함락, 카이저의 병석으로 다들 사기가 곤두박질쳤다. 그래서 다들 각자도생에 나섰고 이것은 제국의 큰 적신호라고 볼 수 있었다. 대표적인 케이스는 황제의 친구였다.

"이렇게 된 이상 탈출해야 해! 친구 좋다지만 같이 죽을 일 있겠어?"

제국 수상 쿠르트 폰 슐라이허는 베를린이 함락될 것이라고 보고 신대륙으로 탈출할 계획을 세웠다. 그는 제국 황가인 호엔촐레른 가문과 막역한 사이였지만 지금은 목숨을 우선시하였다. 그의 생각이 아주 잘못된 것은 아니었다. 확실히 제국은 무너져 가는 것처럼 보였으니 말이다. 그러나 모범을 보여야 할 상위 계층이 저러하니 다들 눈치를 보며 사는 것에 집중하게 되었다. 뭉쳐야 할 순간 다들 혼란에 빠져 흩어지고 있었다.

이러하니 독일 내부의 식자층이라면 다들 어느 정도 불안한 낌새를 느낄 수 있었다. 지식인들은 자국의 운명을 저울질하였고 이것은 요하임과 모델의 기대와는 정반대인 것이었다. 그나마 다행인 것은 바이에른 국왕의 행동으로 인한 나비 효과와 쾰른 시장 콘라트 아데나워의 활약이었다. 이 두 요소로 베를린의 방어벽은 어느 정도 강화되었다. 요하임의 기대 정돈 아니었다만 그래도 적신호만 있는 것은 아니었다. 청신호도 존재하였다. 모두가 힘을 합치는 모양새는 아직 나오지 않았으나 기대할 만한 요소는 생겨났다.

먼저 바이에른 국왕 루프레히트 폰 바이에른의 행동이 아이러니하게도 베를린에 도움을 주었다. 그는 정보국장 빌헬름 카나리스를 통하여 제3인터내셔널에 접촉하였다. 그가 보기엔 이 나라의 운명은 이미 끝으로 보았기 때문이었다. 그만큼 동부에서의 손실은 컸다. 그는 라인강 좌안이 타격받는 것을 본 직후 프랑스와 협약을 하나 하였다. 바로 베를린이 함락된다면 제국의 몰락은 기정사실이니 모든 군대를 동쪽으로 돌려 최대한 많은 영토를 인터내셔널에게 양도한다는 것이었다. 프랑스 코뮌도 독일의 운명을 좋게 보진 않은 데다가 악독한 러시아로부터 독일을 보호한다는 명분도 생기니 흔쾌히 수락하였다. 이 밀약 직후 서부에서의 전투는 잠시 멈추었다. 사회주의자들은 곧 제국이 망하리라 보았기에 괜히 피 흘리지 않겠다는 판단이었다. 여하튼 이 덕에 서부 전선에서 싸움이 멈추고 안정화되자 물자와 인력 보급을 베를린으로 우선시할 수 있게 되었다.

그리고 이와 같이 거의 비슷한 시기 또 하나의 기적이 있었다. 라인강의 루르 공업지대가 격전지가 되기 시작하자 얼마 안 가 전투가 멈추긴 했지만, 쾰른 시장은 주변 지사들과 협조하여 공업단지를 베를린 좌안 도시로 옮겨 버렸다. 이는 바이에른 국왕의 행동과 맞물려 성공을 거둘 수 있었고 이 덕에 독일의 공업력은 아주 큰 상실을 맞이하지 않게 되었다. 공장을 모두 뜯고 옮기는 것이 말처럼 쉬운 것은 아니나 콘라트 아데나워는 군부가 쓰던 철도 시스템을 적극 이용하여 분 단위로 공업력 사수에 들어가 마침내 성공하였다. 이는 베를린을 방어할 만한 힘을 유지하게 해 주었고 모델의 부대가 안정적으로 무기를 들게 해 주었다.

이러한 요인으로 아주 부정적이기만 한 상황은 아니었으나 전체적으로 봤을 때는 제국은 분열되고 각자도생에 눈이 멀어 있었다. 그래서 아직은 싸울 상황은 됨에도 다들 눈치만 보고 있었다. 그렇기에 모델은 먼저 베를린의 민심을 다스려야 한다고 판단하였다. 모두의 마음을 합쳐야 그나마 이길 가능성이 있으니 말이다.

"여러분 다들 추운데 모여 주셔서 감사합니다."

1940년 초엽 겨울, 베를린의 붉은 시청 앞의 광장. 그곳에서 모델과 요하임은 다른 베를린 방어 사령관들과 힘을 합쳐 시민들을 불러 모았다. 하인츠 페르벳의 허가와 유도 하에 상당히 많은 사람들이 추위 속에서도 광장에 모여들었다. 마치 지난 대전 개전 직후 사람들이 카이저의 말을 듣기 위해 모두들 광장에 모여 왔을 때와 비슷한 규모였다. 다만 그때는 흥분과 열정으로 왔다면 지금은 불안감으로 모였다는 것이 다른 점이었다.

"여러분. 현재 상황을 다들 아실 겁니다. 그렇기에 여러분들을 모은 것입니다. 남녀노소 모두 무기를 들고 싸워 주십시오. 부탁드립니다."

모델은 모인 사람들에게 허리를 최대한 굽히며 고개 숙여 모인 이들의 입대와 전의를 요구하였다. 하지만 모두의 사기가 낮아진 탓에 다들 썰렁한 반응을 보일 뿐이었다. 게다가 얼마 전까지 방탕한 생활을 하여 몸집도 불어나 신뢰감이라곤 보이지 않는 외모를 갖춘 모델을 사람들이 호의적으로 보기 어려웠다. 사람들은 자신들을 고기 방패로 세울 것이라고 보았다. 어차피 제국의 멸망은 코앞, 그렇다면 자신들을 시간 벌기로 쓰는 것이 아니냐고 말이다. 사람들은 모두의 입대 요구에 난색을 표했다.

"어린아이들까지 입대하라니! 어차피 이 전쟁은 끝났는데! 당신 뭐 하는 작자야!!"

군중의 한 사람이 모델을 향해 소리쳤다. 지난 대전의 승리로 인해 얻은 광활한 동부 유럽의 영토와 주둔 중이던 대군이 한 번에 사라져 다들 패배감에 찌들어 있었다. 그러니 다들 싸우기보단 항복을 하자고 소리쳤다. 적당히 항복하면 괜찮을 것이라고 말이다. 이에 모델이 정색을 하며 말했다.

"전 보고 왔습니다. 어린아이들도 죽이는 슬라브인들을. 사빈코프는 항복해도 우릴 죽일 겁니다. 왜냐면 그들은 엄청난 보복심을 가지고 있기 때문입니다. 그러니 모두가 함께 원인으로써 결과를 막아야 할 때입니다. 그렇다면 모두가 힘을 합쳐 싸우는 방법뿐입니다."

"하지만 외교의 책임은 나라의 책임이지 우리가 왜 싸워야 하냐!"

모델의 차가운 말에 사람들은 더 차갑게 대답했다. 서민들이 왜 나랏일에 목숨을 걸어야 하냐면서 말이다. 요하임은 쾨니히스베르크의 일을 보고 왔기에 참을 수 없어 나서려고 했으나 모델이 한쪽 팔로 가로막았다. 모델은 민중의 말도 틀리지 않다고 생각하였다. 전제군주제의 세상에서 모든 책임은 카이저에게 있었다. 민중은 카이저를 잘 따랐을 뿐이니 말이다. 무엇보다 동부 탄압 정책을 펼친 루덴도르프가 가장 큰 책임자였다. 하지만 모델이 보기엔 민중도 어느 정도 책임이 있었다.

"그럼 여기서 슬라브인들에게 착하게 대해 주신 분들은 빠져 주십시오."

모델의 말에 민중들은 말이 없어졌다. 말이 없어 싸해진 분위기가 광장을 메웠다. 루덴도르프의 동부 탄압 이래로 한동안 독일 민중들은 승리감에 고취되어 있어 자신들이 최고의 민족이라 떠들어 댔다. 그 분위기에 편승하지 않은 사람은 없었다. 누군가의 위에 서서 아랫사람을 차등하는 것에서 오는 짜릿함을 다들 거부하지 않았기 때문이었다. 그 역겨운 인간의 본능을 다들 한때 즐겁게 경험했기에 모두 입을 열지 못했다.

"저… 저는 입대할게요…. 어디로 가면 될까요…?"

다들 눈치 보는 이때, 한 소녀가 군중들 앞에 섰다. 떨리는 두 다리를 다잡고 모두의 앞에선 앳된 소녀는 한창 공부하는 나이대의 학생으로 보였다. 소녀는 떨리는 말투로 군복과 소총을 달라고 말했다. 소녀의 반응에 좌우 대중들은 놀랐다. 어른들도 나서고 있지 않기 때문이었다. 모델은 나지막하게 웃으며 소녀에게 이유를 물었다.

"그야, 제 동생은 그런 짓을 당하면 안 되니까요…."

소녀는 그러면서 자신의 과거를 말했다. 소녀도 어른들과 다르지 않았다. 소녀는 좀 더 어릴 적 발트 공국에 놀러 가서 슬라브인들을 괴롭힌 적이 있었다. 타인이 자신과 다른 대우를 받는 것을 보며 우월감을 즐기는 것이 좋았다. 승리자의 권리란 그저 더 많이 가져가는 것일 뿐임에도 소녀는 놀러가서 보인 가난한 슬라브인들을 모멸감을 주며 가지고 놀았다. 그때는 몰랐으나 그 꼴을 자신의 어린 남동생이 당할 거라 생각하면 소녀는 참을 수가 없었다. 자신의 업보를 남동생이 받을 수는 없으니 소녀는 싸우겠다고 말했다. 이에 사람들은 다시금 웅성거렸다. 누구는 맞는 말이라며 자신도 가족을 지키기 위해 싸우겠다고 했고 누군가는 차라리 가족과 해외로 도주하는 것이 상책이라고 말했다. 이에 모델은 덤덤하게 말했다.

"신과 카이저, 이 나라가 중요한 것이 아닙니다. 여러분 스스로와 가족을 지키는 것이 그 무엇보다 소중합니다. 그러니 여러분이 원하는 대로 가시길 바랍니다."

모델은 공동체보단 개인주의적인 발언을 하였다. 그러면서 신과 카이저를 부정하는 발언에 다들 놀라 웅성거렸다. 사실 알게 모르게 독일엔 자유주의가 지난 대전부터 확실히 퍼진 터라 다들 공감을 아주 못 하는 것은 아니었다. 특히 오데르-나이세 라인의 서쪽은 확연히 그 프로이센주의가 지난 시대에 비하면 옅어지고 있었다. 그래도 대놓고 발언한 것은 모두에게 나름 신선한 충격이었고 그 탓에 다들 모델에 발언에 놀라면서도 그의 말에 집중하게 되었다. 그러면서 한번 국가를 떼어 놓고 각자 가족을 지킬 방법에 대해 고민에 빠졌다.

그렇게 얼마나 시간이 지났을까, 모델은 묵묵히 민중의 반응을 기다렸다. 다들 고민에 고민을 하였고 아이러니하게도 국가를 떼어 놓은 생각이 점점 가족과 국가를 결합시켜 가고 있었다. 왜냐하면 모두가 부자나 귀족이 아닌 이상 이 나라를 뜨는 것은 쉬운 것이 아니었기에 결국 단합하여 나라를 지켜 자신이 살아가는 토지를 지키는 것이 가족을 지킬 유일한 해법임을 다들 느꼈기 때문이었다. 단순히 여권을 바꾸기 싫은 것이 아니었다. 자신이 사는 곳을 떠나 문화와 관습을 바꾸는 것은 경제적으로도, 정서적으로도 막대한 비용이 들었기에 말처럼 간단한 것이 아니었다. 그렇다면 현실적으로 할 수 있는 방법은 아이러니하게도 나라를 위해 싸워 자신의 고장을 지키는 것에 있었다.

그렇기에 다들 국가를 위해 입대하는 선택지를 골랐다. 신과 카이저를 위한 것이 아니었다. 오히려 이런 사태를 일어나게 방관하고 조장한 카이저가 이젠 다들 밉기 시작했으니 말이다. 그러나 국가 체제가 유지되지 않는다면, 독일의 법이 무너지고 러시아의 법이 이 대지에 들어온다면 다들 살아갈 수 없음은 당연지사였다. 이번만큼은 이 국가의 체제 유지를 위해 다들 싸울 수밖에 없음을 직감하였다.

"젠장, 그래. 죽기밖에 더하겠나? 무기나 주시오!"

"나랑 달리 잘못 없는 우리 애가 다치면 안 됩니다! 저에게도 기회를!"

진정한 충심이라든지 진정한 애향심은 아니었다. 그저 다들 막다른 길에 몰린 것을 이해하고 있었다. 선택지 따윈 이제 없다. 그러니 남는 걸 택하겠다는 마음이었다. 진정으로 뭉쳤다고 보긴 애매하지만 다들 하나둘 뭉쳐 갔다.

"이걸로 됐군요. 축하드립니다, 장군."

"아니, 지켜야 할 사람들을 사지로 몬 격인데 아닐세…. 실제로 그러하지 않나?"

모두가 싸우는 선택지를 고르자 요하임은 가슴이 벅차오르는 감정을 느끼며 모델에게 말했다. 그는 타인과 사회를 위해 희생하는 정신이야말로 프로이센주의요 독일인 정체성의 핵심이라 생각했다. 그래서 그게 어느 정도 살아나는 것처럼 보이는 이 순간이 나름 감격스러웠다. 하지만 모델이 생각하기엔 지난 대전과 같이 희생정신 같은 것이 아니라 막다른 길에 모인 사람들의 어쩔 수 없는 감정이기에 민중들을 안타깝게 여겼다. 그의 말에 요하임은 숙연해졌다. 맞는 말이었다. 동부 왕국들은 전부 무너지고 프로이센의 발흥지마저 삼켜져 제국이 너무 위태로워졌으니 말이다. 러시아군은 잠시 재정비를 거치고 독일의 남은 영토를 전부 타격할 진격을 하고 있었다. 러시아의 블라디미르 카펠 장군이 이끄는 집단군은 베를린으로, 스테판 코로보프 장군이 이끄는 집단군은 프라하로, 게오르기 메드베드 장군이 이끄는 집단군은 비엔나로 향하고 있었다. 그에 반해 막아야 할 독일의 병력은 동부 손실로 인해 햇병아리들로 채워지고 있으니 대부분 올해 겨울, 그 추운 지옥에서 죽을 것이 자명하였다.

그래서 모델은 모두에게 미안한 감정이 들었다. 그래도 어찌 보면 각자 모두 방만했던 지난날을 책임지는 것이니 그는 애써 그러한 감정을 무시하기로 하였다. 당장 급한 것은 따로 있으니까. 그것은 바로 조만간 적군이 베를린에 당도할 것이라는 사실이었다. 이젠 막는 것에 집중해야 할 터였다.

가장 급한 것은 보급이었다. 아데나워의 활약으로 보급 문제는 이제 해결될 예정이었으나 공장 이동 및 재가동에 드는 시간은 존재할 터이니 당장은 물자가 부족하였다. 다급해진 독일 군부는 잠시만 버티면 된다는 생각에 온갖 징발을 하였는데 모델은 여기에 한술 더 떠서 박물관까지 털어 버렸다. 지난 대전의 영광을 기억하기 위해 박물관 수장고에 넣어 두었던 지난 대전의 소총 Gewehr98들을 전부 꺼낸 것이었다. 모델은 주둔지 근방의 모든 것을 최대한 긁어모았다. 그리고 그것들과 프로이센 전쟁부로부터 받은 물자들을 새로 입대한 모두에게 나누어 주었다. 그는 그렇게 최대한 물자를 모으고 자신이 맡은 베를린 북부 방면 전선에 여러 방어 진지를 구축하였다. 급하게 만들 수 있는 작은 요새들도 여러 군데 설치하였다. 그러면서 적을 기다렸다. 자신이 평소 생각하던 전술을 사용할 생각을 하면서 말이다.

그렇게 얼마 가지 않아 예상대로 러시아군은 베를린에 당도하였다. 베를린 침공군을 이끄는 장군은 앞서 말했다시피 블라디미르 카펠 장군이었다. 그는 지난 적백내전에서 처형 직전의 콜차크 제독을 구한 것으로 명성을 드높인 사람으로 이번 전쟁에선 지난해 말엽 겨울 공세를 성공시켜서 서부 공세에 지대한 공훈을 세운 사람이었다.

"흠…. 이번 적장은 게오르크 도나투스 폰 헤센다름슈타트 대공인가…."

블라디미르 카펠은 도착하고 세운 군영지에서 베를린을 망원경으로 바라보며 그리 말했다. 그는 투하체프스키 총사령의 부탁을 받아 이번 새롭게 재편된 북부 집단군을 맡게 되었었다. 투하체프스키는 동계 공세의 달인인 카펠이 이번 겨울 안에 마지막 타격을 주어 전쟁을 끝내 주기를 원하였다. 카펠은 그런 상사의 요청을 이루어 주기 위해 독일이 한숨 돌리기 전에 봄이 오기 전 확실히 끝내고자 하였다. 그는 조금만 시간을 주면 적이 동계 방어 준비를 완료할 것을 염려하여 쉬지 않고 바로 군대를 움직였다. 그는 약간의 정찰을 통해 적이 생각보다 준비가 덜 되었다는 것을 포착하였다. 실제로 각자 맡은 위치에서 노력했지만 독일은 동부 상실로 안하여 병력과 보급의 공백이 여전했다. 게다가 급히 징집을 한 병력이라 배치가 약간 엉성하였다. 그는 겨울 기간 동안 그 틈을 노려 마지막 타격을 선사해 주고자 판단하였다. 그리하여 갓 도착한 적군은 얼마 안 가 바로 공세를 시작하였다.

"바로 시작한단 말인가?!"

들리기 시작한 포성에 요하임 슈타인 베를린 북부 관구 참모장이 놀라 외쳤다. 바로 배치 전환하고 공격하러 달려가는 게 말이야 쉽지 실제로는 군의 재편성이나 무장 전환엔 상당한 시간이 걸리니 말이다. 도착하자마자 무난히 공세를 이어 가는 것은 웬만한 정예 병력이 아닌 이상 힘든데 러시아군은 지난 공세를 통해 이미 그 경지에 올랐다는 반증이었다. 그에 반해 독일군은 그간 모은 정규병을 동부 왕국들과 함께 잃어버려 매우 불리한 형국이었다.

'과연 버틸 수 있을까….'

모델은 다가오는 러시아 보병을 망원경으로 바라보며 염려했다. 우수한 병력은 동부 영토에서 죽고 남은 이들은 경험 없는 본토 군대거나 직전에 징집된 인원, 그리고 그야말로 방금 들어온 어린 청소년들이었다. 상대방에 비해 잘 싸울 턱이 없었다. 들리는 소문으로는 아프리카의 경험 많은 식민지군이 본국을 향해 달려오고 있다고는 하지만 확인된 사실도 아니고 식민지 군대가 본국을 도울 턱도 없었다. 모델은 막을 생각이지만 현재 거의 모든 국가와 사람들이 독일의 패망을 기정사실화로 보고 있기 때문이었다. 그만큼 러시아의 기세는 하늘을 찌르고 있었고 이를 막을 이들, 징집된 인원은 너무 준비가 되지 않았다.

"모두 막자! 우리의 아들딸들을 위해! 동생들을 위해!"

적이 가시거리 안에 보이자 전선의 장교들이 징집된 장병들에게 모두의 의지를 외치며 발포하였다. 독일의 장병들은 모델의 설득에 지금은 싸워야 하는 배수진임을 깨닫고 참전하였기에 높은 의지와 사기를 가지고 전투에 임하였다. 적들의 포화 속에서도 무서움을 뒤로한 채 적들에게 응사하였다. 총알이 빗발치는 공간에서 장병들은 정말 용감히 싸웠다. 적들의 공격에 숨기보다는 당당히 대지에 일어서 적에게 맞섰다. 러시아의 예상과 다른 이런 놀라운 사기에 러시아 장병들과 장교들은 놀라지 않을 수 없었다. 패배감에 빠져 있을 거라 생각했기 때문이다.

그래도 러시아 장교들의 생각은 크게 빗나가지 않았다. 당당히 맞서 싸우는 자세는 좋으나 전술 명령에 대한 기본적 이해도 안 된 상태로 들어온 사람들이기 때문에 너무 쉽게 적에게 자신들의 목숨을 내주고 있었기 때문이었다. 포격의 경우 너무 아군과 가까워 근접하여 오히려 아군의 손에 독일 장병들이 죽기도 하였다. 은·엄폐와 같은 기본적인 요소도 너무 서투른 나머지 진지를 내주기를 반복하였다.

'예상대로군.'

블라디미르 카펠 장군은 서서히 밀리는 독일군을 바라보며 그리 생각했다. 그는 승리를 확신하였다. 그만큼 독일군은 너무 햇병아리였다. 명목상 베를린 최고 지휘관인 헤센다름슈타트 대공은 그런 자국군을 보며 당황하였다. 밀리기를 반복하니 조만간 베를린은 함락될 것으로 보였다. 그래도 아주 승산이 없는 것은 아니었다. 정규군이 완전 몰살된 상태는 아니니 말이다.

"슈타인. 예비대 준비 상황은?"

"준비 완료입니다."

"그래, 한 방 정도는 먹여 줘야지."

발터 모델의 베를린 북부 관구 방어군은 밀리는 지금이 기회라고 판단했다. 독일 방어 병력은 정말 러시아의 입맛대로 잘 밀리고 있었다. 이러한 위기는 곧 기회가 될 수 있었다. 그 이유는 러시아 병력이 승리를 확신해 병력 간의 공간 공백을 신경 쓰지 않고 마음껏 진격하고 있었기 때문이었다. 모델은 이것이 찬스요 평소 생각하던 교리를 써먹을 시간이라고 생각했다. 그는 징집된 인원들에게 방어 진지에서 최대한 버티라고 소리친 뒤 예비대로 구성된 훈련도가 높은 정규군들에게 출격을 명했다. 출진한 예비대는 반으로 나뉘어 적의 측면의 빈틈과 후방을 공략하였다. 러시아 병력은 그간의 독일의 모습을 떠올리며 손쉽게 진격을 반복하였기에 틈이 벌어지는 것은 크게 신경 쓰지 않고 있었다. 그래서 의외로 어렵지 않게 독일 예비대는 적의 측면을 능히 후릴 수 있었다. 그만큼 너무 러시아는 승리를 확신하였다. 블라디미르 카펠 장군도 마찬가지로 말이다. 그는 적군보다 러시아 병력의 동계 장비 보급에 더 집중하고 있었다. 그래서 벌어진 틈을 크게 신경 안 썼고 모델의 병력은 그곳을 파고들었다.

'적의 후방에도 포격을 가하고 싶지만 지금 우리 상태론 그건 무리겠지.'

모델은 포병의 화력도 집중하여 적을 역으로 포위해 보고 싶었지만 그러진 않았다. 아직 다들 경험이 적으니 말이다. 그래도 전황 자체는 모델의 생각대로 돌아갔다. 마치 프리드리히 대왕 당시 로이텐 전투에서의 오스트리아군처럼 러시아는 독일의 포위망에 빠져 들어갔다. 포대기 안으로 자발적으로 들어온 형국에 모델은 재빨리 들어온 적의 병력을 잘라 먹으라 외쳤다. 이러한 독일의 역공세에 블라디미르 카펠은 포위망에 잘라 먹히는 병력이 더 이상 늘지 않게 군을 재정비하기 위한 일시 후퇴를 외쳤다.

"전부 후퇴! 너무 빨리 달렸다. 숨을 고르고 다시 공격한다!"

모델의 북부뿐만 아니라 다른 부분도 모델을 따라 역공세를 하려 하자 블라디미르 카펠은 바로 후퇴 명령을 내렸다. 당했다는 것에 분노했지만 그래도 더 이상 당해 줄 필요는 없었다. 그는 속으로 총사령관의 명령에 너무 의식해 빠르게 해결하려다가 생긴 문제라고 판단, 어쩔 수 없이 좀 쉬어 가기로 결정하였다. 그는 질서정연한 후퇴를 하며 베를린 외곽으로 군사를 뺐다. 후퇴가 군대에 가장 위험한 순간이지만 반격을 제대로 가할 정도로 독일 방어 병력의 상태가 좋지는 않았다. 그렇게 베를린에서의 1차 방어 전투는 끝났고 살아남은 독일인들은 만세를 외치며 좋아했다.

"모델 장군님, 공세적 방어! 성공했습니다."

"그래…. 다행이야."

요하임은 후퇴하는 적들을 바라보며 그리 말했다. 그러나 모델의 마음은 편하지 않았다. 그는 적이 물러간 뒤 부서진 진지를 돌아보며 눈물을 흘렸다. 그곳에는 죽은 병사들이 널브러져 있었다. 징집된 병력들은 너무나도 미숙하였기 때문에 함부로 나서다가 죽기를 반복하기 때문이었다. 살아남은 인원은 이제 서서히 정예가 되어 가겠지만 그 전에 죽은 이들이 이미 베를린 사방에 널브러져 있었다. 그리고 당연히 어린 소년병들도 죽어서 길거리에 누워 있었다. 아무런 죄가 없는 아이들이 어른의 죄에 죽어 나갔던 것이다. 그는 자신이 지은 죄의 불씨가 엉뚱한 곳으로가 남에게 피해를 준 것 같아 죄책감에 제대로 서 있을 수 없었다. 그저 죽은 어린 장병은 껴안으며 울부짖을 뿐이었다.

'반복되면 안 된다. 더 이상은! 그런데 그걸 누가 이룰까….'

모델은 작금의 작태에 속으로 피눈물을 흘렸다. 러시아 병력은 어린아이라도 용서 없이 처치했다. 이런 전쟁은 지금껏 다들 겪은 적이 없었다. 그만큼 이 전쟁의 요인인 두 민족 간 감정의 괴리는 역사상 유래 없을 만큼 커졌고 그렇기에 모델은 원인은 알아도 해결은 요원하다고 여겼다. 누가 이 실타래를 풀 방법을 알겠는가? 러시아인에 대한 천박한 대우로 인해 러시아에서 강력한 보복주의가 생겼다. 우린 굳이 패배자에게 그럴 필요 없었다. 그저 돈만 가져갔으면 족했다. 그러나 자존심을 건드렸고 러시아인들은 분노했다. 그러니 이젠 되돌릴 방법은 없을 거라며 모델은 탄식하였다.

이미 루비콘강을 건넜는데 어쩌란 말인가….

...

　베를린이 격전지가 된 그해 겨울, 독일의 카이저 빌헬름 2세는 충격에 쓰러졌다. 힘들게 수십 년간 쌓아 온 독일의 영광이 한순간에 무너졌으니 그 충격은 가히 이루 말할 수가 없었던 것이다. 그간 독일은 대선제후 시대 이후로 성공을 거듭해 왔다. 사람들은 프리드리히 대왕 이전은 잘 안 보는 경향이 많지만 이미 그전부터 포츠담 칙령과 같이 놀라운 정책을 통해 꾸준히 성장하던 것이 독일이었다. 물론 사이사이 고난의 시기도 있었다. 대표적으로 나폴레옹의 신임 아래 있었던 독일해방전쟁 시기일 것이다. 그러나 틸지트 조약이 치욕적이긴 해도 나라가 지도에서 사라지는 수준은 아니었다. 이내 나폴레옹을 몰아내고 다시 독일은 성장해 갔다. 그렇기에 개전 초반까지만 해도 전과 같이 위기를 극복하리라고 다들 생각했다. 그러나 무수한 성공 사이에서 있었던 적당한 수준의 실패들과 달리 지금의 상황은 그 격이 달랐다. 프로이센의 성공 스토리를 전부 박살 낼 정도로, 그야말로 나라가 사라질 전무후무한 위기에 다들 엄청난 충격에 빠졌다. 근래 독일은 비스마르크 시대 이래로 성공만을 반복해 온지라 한 번의 실패로 나라와 민족이 사라질 위기를 감정적으로 받아들일 수 없었다.

　대표적으로 앞서 말한 카이저 빌헬름 2세가 그러했다. 저번 대전에서 승리를 맛보았던 그는 베를린의 함락 위기를 도무지 받아들일 수 없었다. 베를린에서 총성이 울리자 그는 어떻게든 억눌렀던 감정을 끝내 터트려 버렸다. 지난 대전 이후로 꼭두각시가 되었지만 동시에 패권국의 군주가 되었다는 사실에 그는 잃어버린 권력에 대한 마음을 나라에 대한 자부심으로 채워 갔었다. 그래서 나름 전후 이성적으로 실권 없는 얼굴 마담 카이저 역할을 잘할 수 있었다. 그러나 자신의 시대에 최고점을 찍은 제국이 이제 사라질 것이라는 생각에 그는 엄청난 마음의 충격을 먹었다. 살아온 이유가 사라지는 느낌에 그는 이성이 무너졌고 연이어 감정이 할퀴이는 감각에 그는 곧 쓰러지게 되었다. 일설에 의하면 베를린 대성당 지하에 있는 대선제후의 관 앞에서 울부짖었다고도 한다. 여하튼 쇼맨십 하나는 잘하던 카이저는 마지막 순간 자신의 장점을 발휘하지 못하고 병석에 누웠다. 그리고 그는 베를린 궁 아래에 신설된 지하 벙커에서 자신의 후대를 정하고 숨졌다.

"미국에 유학 가 있는 황실의 막내에게 물려주겠노라…."

근대 유럽의 마지막 시기를 보낸 군주가 그렇게 말하고 사망했다. 그는 자신의 친척이긴 하지만 조금 먼 친척이었던 자에게 황위를 물려주겠다고 하고 돌아갔다. 조금 먼 친척이니 어찌 보면 의아하긴 했지만 러시아의 공세로 인해 계승권을 가진 빌헬름 왕세자와 왕족들이 거의 몰살당해서 어쩔 수 없는 판단이었다. 현재 생존한 호엔촐레른 황가의 일원은 정말 소수였다. 대부분 빌헬름 왕세자와 함께 전선에 나섰고 그 때문에 전부 사망한 상황이었다.

그렇게 계승권 순위에서 동떨어졌던 자가 카이저가 되었다. 그의 이름은 지크프리트 폰 호엔촐레른, 원래대로라면 카이저가 될 가능성이 지극히 낮아 일찍이 자신의 부모와 함께 미국에 건너가 살고 있었던 평범한 유학생이었다.

"네…? 저보고 카이저라고요…?"

"그렇습니다. 나의 카이저시여. 부디 신속히 귀국하시어 신과 황가, 그리고 사랑하는 우리의 조국을 지켜 주소서!"

뉴욕의 한 대학 도서관, 그곳에서 급히 파견된 본토의 독일의 관료들과 주미대사가 모두가 보는 앞에서 무릎을 꿇고 황제가 되어 줄 것을 간곡히 청했다. 마치 중세시대를 배경으로 한 연극에 나올 법한 장면에 그는 얼굴이 화끈해졌다. 주변 대학 동기뿐만 아니라 민간인들이 신기한 구경을 한다며 주변에서 쳐다보고 있었기에 더욱 그러하였다.

"아니… 전 그저 일개 학생이고… 원래 조만간 졸업해서 여기서 취업해 일할 생각이었는데…."

"하오나 이것은 선대 카이저의 뜻! 부디 받아 주시옵소서!"

독일 제국의 관료들은 주변의 눈치를 보지 않고 도서관 안에서 소리쳤다. 얼마 지나지 않아 미국의 경찰관들이 와 한동안 소란이 있었지만 그들은 물러서지 않았다. 미국에 미리 전하지 않은 모양, 즉 정말 그들로서는 급한 상황이었기 때문에 바로 달려와 모두의 앞에서 눈치 보지 않고 이러고 있던 것이었다. 비록 현재로선 실권은 없다고는 해도 국가의 최고를 비울 순 없는 노릇이었고 전시라 그 중요성은 컸으니 관료들은 어서 귀국하여 모두의 중심점이 되어 주기를 간곡히 청하였다. 모두가 절망에 빠진 이때, 새로운 카이저가 희망이 상징이 되어 주기를 관료들은 바라고 있었다.

그러나 이제 갓 사회 진출을 할 젊은이가 그것을 곧이곧대로 받아들이긴 힘들었다. 애초에 그는 자신이 황족이라는 의식도 옅었다. 프리드리히 대왕 조카의 핏줄을 이은 것은 사실이나 방계 중의 방계인지라 황실과 연락을 아주 가끔 하고 있을 뿐이지 사실상 미국인으로 자란 그였다. 그런데 유럽 군주국의 리더가 되라니? 시민으로 산 그로서는 그것은 너무 상이한 것이었다. 그렇기에 처음엔 단호히 거절했다. 그러나 본국에서 달려온 신하들은 포기하지 않았다. 본디 프로이센은 위에서 아래로의 개혁을 단행한 국가, 최고 정점을 오래 비워 둘 수가 없었다. 리더가 반드시 필요했다. 누군가는 앞서 말했듯이 실권을 잃어버린 군주니 굳이 그럴 필요가 있겠나 싶겠지만 명목상 최종 승인권은 여전히 카이저에게 있다는 점, 현재 실권자인 하인츠 페르벳이 전대와 달리 카이저를 아주 무시하는 사람은 아니었다는 점에서 여전히 카이저는 독일에 필요했다.

여하튼 지크프리트 폰 호엔촐레른을 설득시키기 위해 미국에 있던 카이저라이히 관료들은 그의 집까지 따라가 문 앞에서 무릎을 꿇고 오래된 호엔촐레른 황가의 인장을 들어 올리며 받아 달라 소리쳤다. 그러나 지크프리트는 다시금 단호히 거절했다. 이에 관료들은 그럼 이 편지라도 받아 달라 하였다. 그것은 하인츠 페르벳이 보내온 편지였다.

"이런 빌어먹을…."

그 편지에는 믿기 힘든 이야기들이 적혀 있었다. 이것이 사실이라면 독일인의 멸절은 피할 수 없는 기정사실이었다. 지크프리트 폰 호엔촐레른은, 아니 당대의 누구라도 러시아의 보복 심리는 알았지만 어느 정도에서 끝나리라 추측하였다. 당연히 그것이 합리적이니 말이다. 하지만 편지의 내용은 훨씬 어두운 미래를 그리고 있었고 이는 그의 마음에 동요를 일으키기 충분하였다. 미국으로 온 지 오래되었지만 그래도 자신이 독일인임을 잊지 않은 그였다. 황가 사람이란 느낌은 갈수록 옅어졌지만 독일인이란 정체성은 여전했던 그는 편지의 내용을 무시할 수 없었다. 그곳에는 빌헬름 카나리스 정보국장의 추측도 적혀 있었는데 '독일인에 대한 최종 해결책'이라는 문구가 적혀 있었다. 사실 그것은 여전히 뜬구름 같은 이야기였으나 쾨니히스베르크의 참상으로 이젠 무시할 수 없는 것이기에 편지에 적은 것이었다.

"알겠습니다…. 독일로 돌아가죠."

지크프리트 폰 호엔촐레른은 방문을 열며 문 앞의 동포들에게 그리 말했다. 그러자 다들 기뻐하며 만세삼창을 외쳤다. 그는 이 선택이 잘한 행동인지 스스로에게 의문이 들었다. 학자의 꿈을 접고 갑자기 정치의 최고점이 되는 것이니 말이다. 하지만 그는 생각했다. 편지의 내용이 현실화하는 것을 지켜보기 힘들다고 말이다. 자신이 엄청난 능력을 소유한 사람은 아니지만 차마 지켜볼 수 없었다. 자신이라도 괜찮으면 힘을 보태고 싶다고 그는 생각했다. 갑자기 사람의 생각을 바꾸게 할 정도로 편지의 내용은 정말이지 상상을 초월하였다. 그렇기에 지크프리트는 '반드시 이를 막고 뿌리를 뽑는 것'이 자신의 사명이라고 느꼈다. 그렇게 일순간에 카이저가 된 지크프리트는 독일로 가는 비행기에 탑승하였다. 그리고 동시에 편지의 한 문구를 떠올렸다. 그 문구는 쾨니히스베르크의 참상에서 겨우 생존한 이들이 증언한 것이었다.

'독일어는 이제 지옥에서나 쓰이게 될 것이다.'

러시아에서 온 독일이 키운 악마가 그리 말했다고 적혀 있었다.

...

"카이저께서 오고 계시다고?"

베를린 지하 벙커의 하인츠 페르벳은 새로운 카이저의 등장에 기뻐하였다. 수락해 주리란 기대는 있지만 확신은 없었기 때문이었다. 솔직히 전황이 어두우니 미국에서 취업해서 사는 게 개인으로서는 이득인지라 돌아오지 않을 것 같았다. 잘못하면 죽을 수도 있으니 말이다. 하지만 새로운 카이저는 독일행을 택했다. 이에 독일의 실권자는 새로운 카이저를 맞이할 준비를 하였다. 현재 잠시이긴 하지만 전선이 소강상태였다. 그는 이 타이밍에 새로운 카이저와 합의할 것을 미리 준비하였다. 그 내용을 대략적으로 언급하자면 국난 극복을 위해 쓸 수 있는 자원을 전부 동원하는 것이 골자였다. 다만 융커들과 군부 요인들의 지지 아래 집권하고 있는 만큼 그는 중도적인 입장을 취하고 있었다. 예를 들어 훈장과 작위를 주더라도 일정 이상은 주지 않는다든가 인사에 기존 세력의 요구를 어느 정도 용인하는 것이었다. 이것은 한창 베를린으로 지원군을 이끌고 다가오고 있었던 한 사람을 분노케 하였다.

"아니, 이 친구는 바보는 아닌 거 같은데 바보 같은 짓은 여전히 골라서 하는군!"

10만에 달하는 아프리카 군단을 이끌고 이탈리아 루트를 통해 베를린으로 급히 향하고 있던 레토-포어베크는 자국 최고 권력자의 판단에 한숨을 내쉬었다. 그의 입장에선 여전히 부족한 판단력을 보여 주고 있었기 때문이었다. 그의 생각으론 실패자는 교체되어야 마땅했다. 동부 전선의 패전에 그의 책임이 없을 리가 없었다. 레토-포어베크는 새로운 시대를 맞이할 새로운 거국내각의 필요성을 느꼈다. 그렇다면 하인츠 페르벳은 물러나야 하였다. 그렇기에 그는 베를린에 도착한 직후 자신이 이끌고 온 군을 여전히 자신의 지휘 아래 두었다. 자신의 명령만 따르도록 말이다. 그리고 최측근으로 이루어진 정예병들을 따로 뽑아 하인츠 페르벳이 있는 지하 벙커로 달려갔다.

"장관님, 잘 지내셨습니까?"

"오셨군요."

지난 대전의 노익장은 벙커에 입장하자마자 조금은 비아냥거리며 자국 최고 실권자에게 말했다. 그러나 단순히 비아냥거리기만 하는 것은 아니었다. 그 모습은 사뭇 진지하였다. 게다가 입장하면서 자신과 호위들의 무장을 전혀 풀지 않아서 서로 간에 긴장이 흘렀다. 거의 쿠데타 직전의 상황이나 다름없는 분위기였다. 벙커 안의 사람들은 모두 두려움에 빠졌다. 그러나 모두의 예상과 다르게 하인츠 페르벳은 모든 것을 자신에게 일임하라는 레토-포어베크의 말들에 순응했다.

"그럼 카이저는 장군께서 만나시지요."

예상외의 말에 노익장은 놀랐다. 그러나 하인츠 페르벳은 능력은 부족할지언정 책임감이 없다거나 바보 같은 위인은 아니었다. 어차피 동부전선의 대실패로 자신의 권력은 사실상 끝난 상태였다. 그 상황에서 어느 정도 권한을 유지하면서 과거에 대한 해결책을 추구하고자 하였다. 그것도 자신의 능력이 아니라 타인의 손을 통해서 말이다. 그도 최고 권력자였던 것만큼 정치적인 안목은 어느 정도 있었다. 정치가로서 나라의 미래를 해결하면서 자신은 2인자로 남겠다는 의도가 다분했다. 여하튼 레토-포어베크는 양보의 대가로 자신이 생각하는 거국내각에 하인츠 페르벳이 들어가겠다는 이야기에 일단 수락했다. 애초에 융커들의 반발을 제어하려면 별다른 수가 없긴 하였다. 그리고 합의안의 최종 결정은 둘 다 카이저와의 대화를 통해서 마무리하기로 하였다. 서로에게 모든 걸 넘길 수 없으니 명목상 최고 권력자에게 일임하겠다는 것이었다. 하인츠 페르벳은 이때 편지를 고려하여 새로운 카이저가 자신에 가까울 것이라고 기대했다. 사실 가까운 것은 과거를 염두하고 있다 정도뿐이고 그 경중도 다르지만 여하튼 그렇게 판단했다.

"사진 속 이분이 수상이시고 이분은 전쟁장관, 그리고 이분이 카이저 빌헬름 학회장이십니다."

"그렇군요…."

얼마 뒤, 레토-포어베크가 갓 독일에 도착한 카이저를 찾아갔다. 지크프리트 폰 호엔촐레른은 자신에게 배정된 비서들을 통해 각 부처의 장들이나 주요 인물들에 대해 전해 듣고 있었다. 그는 미국에 살다가 와서 독일에 대해 모르는 정보가 많았다. 그래도 유명인은 알았는지 지난 대전의 영웅이 들어오자 카이저는 반갑게 인사하였다.

"파울 에밀 폰 레토-포어베크 장군이시죠? 반갑습니다. 지크프리트 폰 호엔촐레른입니다."

"만나 뵈어서 영광입니다. 나의 카이저시여."

아프리카의 사자(Der Löwe von Afrika)는 카이저의 인사에 정중히 호응했다. 그리고 바로 본론에 들어가고자 하였다. 옆의 시중은 군인의 다급함을 다그치려 했지만 카이저는 이를 받아들였다. 카이저는 그에게 무엇이 필요한지 무엇을 원하는지 물었다.

"루덴도르프의 유산을 전부 없애 버려야 합니다. 물론 전부 청산이 가능하리라고는 생각하진 않지만 전쟁 승리를 위한 부분은 가감 없이 진행되어야 합니다."

"그게 무엇이죠?"

"루덴도르프에게 밉보여 밀려난 이들 먼저 다 불러들여야 합니다."

그는 대표적으로 군부에선 에르빈 롬멜과 하인츠 구데리안을, 정계에선 콘라트 아데나워를 언급하였다. 그들은 자신의 의견을 피력하다가 한직으로 물러난 인물들이었다. 쾰른 시장의 경우 한직이라 말하기 힘들었으나 그는 입헌적 발언을 일삼다가 루덴도르프 파벌에 의해 사실상 정치에서 배제된 상태였다. 루덴도르프 사후 하인츠 페르벳의 시대에도 군부의 보수적 정책은 유지되고 있었다. 군부는 기본적으로 국가는 군이 이끌어 주어야 한다고 여겼다.

"콘라트 아데나워라…."

카이저는 레토-포어베크의 입에서 나온 정치인을 언급하며 생각에 잠겼다. 콘라트 아데나워는 미국에서 나름 인지도 있는 사람이었다. 지크프리트는 그에 대한 뉴스를 본 적이 있었다.

"염두에 두신 거라도 계십니까?"

카이저가 사색에 잠기자 레토-포어베크는 의아하면서 물었다. 20대 중후반 청년이니 카이저란 자리에 어색하여 어쩔 줄 모를 거라 그는 생각했다. 그런데 눈앞의 카이저는 두 눈을 감고 사색에 빠지고 있었다. 나름은 특이한 모습에 그는 의중을 물었고 카이저는 별거 아닌 듯이 답하였다.

"아뇨. 그저 그에 대한 칼럼을 읽은 적이 있어서요. 무언가를 계획했다기보다는… 생각해 둔 것은 있는데 그것에 써 보는 것이 좋겠다고 생각이 들어서요."

카이저 지크프리트는 편지를 받고 든 생각이 떠올라 그리 답했다.

"생각해 둔 것에 대해 말해 주실 수 있으시겠습니까?"

레토-포어베크는 카이저의 말에 되물었다. 그는 새로운 카이저에 그다지 기대하지 않았지만 나름의 비전이 있는 것처럼 보여 흥미를 느꼈다. 그것에 대해 파고들자 지크프리트 폰 호엔촐레른은 이에 호응하였다. 그렇게 나온 카이저의 말은 기존 체제를 완전히 뒤흔드는 발언이었다. 기본적으로 독일 제국은 황제의 권한이 살아 있을 때도 융커와 군부에 의해 통제되던 나라였다. 자유주의 여파로 인하여 오데르강 서쪽은 사실 다른 국가와 마찬가지로 자유적 사상이 넘치는 지역이 되었음에도 여전히 보수적 권력자들이 힘을 유지하던 나라였다. 그것이 가능했던 이유는 제국 헌법을 사실상 프로이센 헌법이 컨트롤하고 있었기 때문이었다. 그러한 프로이센의 지배에서 독일을 해방하겠다고 카이저는 말했다.

구체적인 방안은 인선이 마무리되면 차차 합의하여 공개 후 추진하겠다고 그는 밝혔다.

간단히 생각하자면 그는 미국에서 공부했기에 미국과 같은 민주적 나라를 만들겠다는 것이었다. 지난 대전까지만 해도 레토-포어베크는 코웃음 쳤을 것이다. 하지만 지난 나날의 경험이 그를 바꾸어 놓았다. 예를 들어 자신이 이끌고 온 지원군인 아프리카 군단 10만 명 중 다수가 현지인이었다. 예전 같았으면 토인이라고 멸칭하고 그들을 개화하는 것이 튜튼족의 운명이라고 말했을 것이다. 그러나 지난 대전을 통해 같이 부대끼며 동아프리카에서 게릴라전을 펼치며 그는 달라졌다. 본디 권리란 의무에서 오는 법. 여성들이 남성들이 싸울 때 공장에 들어가 권리를 얻었던 것처럼 자연스레 확장되어야 하는 순간임을 레토-포어베크는 깨닫고 있었다. 그는 완연한 자유주의자까진 아니더라도 지금의 위기를 고려하였을 때는 변화를 느끼고 있었다. 그저 그런 변화가 아닌 완전히 달라진 독일을 말이다. 그렇기에 바꾸기 위하여 정반대 방향으로 가 보는 것도 좋은 선택지라고 그는 여겼다. 애당초 그런 선택지가 아니면 새로운 인선을 하기가 힘들기도 하였다.

"그럼 먼저 제가 언급한 사람들을 소환하시죠. 그리고 당장의 개혁은 힘들 것입니다. 일단 전쟁을 수행해야 하니까요. 그러니 일단은 군부 인선을 단행하시고 새로운 교리와 전쟁 물자들을 도입하시면 좋은 출발점이 될 것입니다."

레토-포어베크는 먼저 루덴도르프 파벌에 밀려난 군부 사람들을 인선할 것을 요구하였다. 그다음 모든 정치인을 망라하는 거국내각을 세우겠다고 그는 말했다. 분명한 목표가 있었지만 행정과 정치에는 아직 잘 모르는 새로운 카이저는 일단 자신의 생각에 긍정한 레토-포어베크를 신뢰하기로 하였다. 그렇게 먼저 구데리안이 소환되었다. 구데리안 또한 레토-포어베크처럼 아시아에서 자신이 최대한 기르던 부대를 이끌고 독일 본토에 복귀한 참이었다. 독일령 동아시아에서 와신상담을 하며 때를 기다리던 그는 카이저의 부름을 받고 지하 벙커로 향하였다.

"처음 뵙겠습니다. 나의 카이저시여."

그는 마침내 발언의 기회를 얻자 이에 약간은 흥분하며 새로운 카이저 앞에 섰다. 그는 곧이어 전차의 적극적 도입을 주장했다. 러시아가 저번 동부 공세에서 기갑을 통한 기동전으로 득을 보았듯 독일도 득을 볼 차례라고 말이다. 그간 독일 제국은 전차에 대한 연구가 지지부진했다. 지난 대전 당시 영국이 처음으로 전차를 도입했을 때 독일도 비슷한 병기를 만들긴 했다. 하지만 독일은 슈투름트루펜 같은 돌격 부대를 이용한 전술을 더 애용했고 루덴도르프 공세를 통해 이를 입증하였기 때문에 전차는 그렇게 쓸모 있는 것이 아니라는 생각이 전간기 독일을 지배하고 있었다. 그러나 전차의 거듭된 발전으로 보병 위주의 전술에서 탈피할 때가 되었다. 그리고 그 전차를 뒷받침해 주기 위해선 공군의 힘이 절대적으로 필요했다. 구데리안은 이미 러시아가 맛본 것들을 우리도 할 때라고 주장했다.

"이바노프도 한 걸 우리가 못 하겠습니까? 게다가 전 여기서 한 단계를 더 추가하여 전차 부대를 구성하고자 합니다. 예를 들어 전차의 무게 범위를 조종하는 것이 있지요. 그리고 무전기를 통하여 유기적인 움직임을 보일 것입니다. 콜랴 스피리도노프 장군이 대단한 공을 세웠지만 다른 나라 장성들처럼 공, 수, 주의 밸런스의 디테일이 부족한 면모가 보입니다. 고로 우리가 반격할 실마리는 충분히 있습니다."

하인츠 구데리안 장군의 설명에 카이저 지크프리트는 완전히 이해한 것은 아니지만 적극적인 돌파구를 찾아야 한다는 말 자체엔 동의했다. 그러나 이 모든 것은 재원이 필요한 법이다. 게다가 지금은 동부에서의 실패로 사람도 부족했다. 서부의 공장들이 피신을 성공해 살아 있는 것은 다행이지만 모든 것이 부족한 상황이었다. 이에 카이저는 레토-포어베크과 하인츠 페르벳을 불러 의견을 구했다. 레토-포어베크가 카이저의 문의에 답하였다.

"한번 캐나다 연합왕국의 처칠 수상과 접촉해 보는 것이 좋을 것 같습니다. 그는 유럽 탈환에 미쳐 있으니 우리와 손을 잡을 가능성이 충분합니다. 그를 통한다면 미국의 지원도 꿈은 아니겠죠."

카이저는 곧 생길 거국내각의 리더에 말에 동의했다. 그러면서 카이저 지크프리트는 식민지 해방이라는 건수에 대해 언급했다. 그의 생각으론 국내의 자원만으로 국난을 극복하기란 힘들었다. 전쟁 첫해의 동부 공세로 인한 인명 상실이 생각보다 컸기에 부족분을 채워야만 하였다. 급히 신병을 채워 넣고 있지만 지금 상황엔 다다익선이었기에 식민지 사람들을 쓰자고 의견을 냈다. 실제로 지금 식민지 군대가 속속히 오고 있는 상황에서 대가 없이 그들을 부릴 순 없는 노릇이었다. 대가를 준다면 더더욱 몰려들 것이라 그는 말했다. 그리고 이 정책은 미국 유학자로서 식민지 해방에 좋은 명분이 되어 줄 것이었다. 하인츠 페르벳은 이에 부정적이었다. 그의 지지 기반이 이를 용납할 리 없기 때문이었다. 그러나 새로운 정부에서 자신의 자리를 확고히 차지하기 위해선 공이 필요했다. 동부 실패 책임자니 자신의 역할을 보여 주어야 새 정부에 살아남을 수 있었다.

"카이저의 말이 지당합니다. 게다가 식민지는 그 가치를 서서히 잃어 가고 있습니다. 비스마르크 수상의 말이 맞았던 것이죠. 처음에야 이득이 컸지만 서서히 유지비가 상승하고 있습니다. 이를 토대로 융커와 군부를 설득해 보겠습니다."

하인츠 페르벳의 말에 카이저는 감사의 뜻을 표했다. 이로써 그의 생존은 확실시되었다. 그러나 그렇다고 새로운 카이저는 루덴도르프 파벌을 남길 생각은 아니었다. 그는 첫 국정 과제로 루덴도르프 파벌을 물갈이하는 것을 제1순위로 삼았다. 곧 소집할 거국내각의 첫 안건이 그에 대한 특별법일 것이다. 하인츠 페르벳은 이를 유념하며 조율하여야 했다. 하지만 그에게 그것은 큰 걱정은 아니었는데 너무 큰 위기를 독일 제국이 경험하고 있기에 여기서 내분이 일어날 건더기는 없었기 때문이었다. 지금 상황에서 불만은 있을지언정 그걸 무력으로 터트릴 바보는 없었다. 차라리 그 힘으로 해외 도주를 했으면 했지 말이다. 여하튼 그렇게 새로운 카이저의 첫 행보가 끝이 났다. 그의 등장이 독일에 새바람을 부를지는 좀 더 지켜볼 일이었다.

…

새로운 독일 제국 정부의 당면한 목표는 새로운 내각 구성과 해외에의 원조 요청이었다. 그런데 내각 구성에서 기존 융커와 군부 세력을 아주 무시하는 인선은 힘들었기 때문에 인선을 하기 위해 시간이 어느 정도 걸렸다. 그리하여 제국의 요인들은 내각을 준비하며 바로 해외에 원조를 요청하기로 결정하였다. 그렇게 먼저 접촉하기로 결정 난 대상이 바로 캐나다 연합왕국이었다. 그들은 전간기 당시 브리튼 혁명으로 캐나다로 도피한 영국 왕실 세력으로 다시 런던으로 복귀하고자 노력하고 있었다. 그렇기에 같이 브리튼 연방에 대항하자고 하면 구미가 당길 것이라고 판단하였다. 그러나 조금 예상과 다른 것이 있었다면 바로 그들이 먼저 접촉을 시도한 것이었다.

연합왕국을 이끄는 처칠은 지금이야말로 고향으로 돌아갈 적기라고 판단하였다. 그렇기에 독일의 예상보다 더욱 적극적으로 움직였고 먼저 전보를 보내왔다.

'새로운 카이저시여! 제가 당장 베를린으로 갈 테니 한번 만납시다!'

처칠의 적극적 행보에 독일 당국은 놀랐다. 베를린은 위험하니 오타와로 우리가 가겠다고 했으나 처칠은 이미 날아오고 있었다. 그는 자신의 실수를 고치기 위해서라도, 유럽 대륙의 민주주의를 지키기 위해서라도 이번 동맹을 이루겠다고 생각하고 있었다. 지금까지의 독일 제국이 유사민주주의긴 했지만 새로운 카이저의 출신 덕에 변화의 가능성이 있다는 점과 독일이 무너지면 유럽을 차지할 국가들이 민주주의가 거리가 멀다는 점이 행동력의 원인이 되어 주었다. 그는 얼마 지나지 않아 정말로 베를린에 도착하였다. 정상적인 외교 형식이 아니라 경비행기를 타고 말 그대로 단독으로 날아와 베를린에 착륙하였다. 그는 내리면서 오른손으로 브이를 날리며 자신의 존재감을 알렸다.

"전투가 조만간 개시될 겁니다. 그 전에 마무리하죠."

이번 회담 책임자로 나온 하인츠 페르벳은 회의장에서 처칠을 보며 말했다. 원래는 새로운 거국내각의 리더인 레토-포어베크가 나와야 했으나 그는 쾰른 시장을 만나러 갔기에 그에게 역할을 맡겼다. 처칠은 새 사람들이 아닌 기존의 인물이 회담장에 있자 싱긋 웃으며 말했다.

"오늘은 다른 인물을 볼 거라고 기대했는데 아직 실각당하지 않으셨군요?"

"운이 좋아 살아 있습니다."

처칠의 짓궂은 장난에 하인츠 페르벳은 별다른 표정을 짓지 않으며 답했다. 이런저런 감정이 들었지만 사실 자신이 여기에 있다는 것 자체가 용한 것이기에 웃어 넘겼다. 아마 새로운 카이져는 독일의 구시대 질서를 타파하고 싶을 것이다. 그러나 같은 국민인 이상 설득하고 달래야 했다. 그렇기에 오히려 구시대의 존재가 필요했다. 지금 같은 전시엔 더욱 그리하였다. 여하튼 그는 스스로 운이 좋음을 깨닫곤 앞으로 자신의 역할에 집중하자고 생각하였다. 그것이 바로 이번 베를린 회담이었다. 사실 자신이 오타와나 핼리팩스에 가서 회담하고자 했지만 처칠이 적극적으로 나서주어 베를린에서 만나게 되었다. 처칠은 회담장에서 조금은 경박스럽게 이런저런 이야기를 하였다. 아마도 분위기를 풀기 위함이었을 것이다. 어느 정도 사람들이 웃자 처칠은 바로 본 이야기에 들어갔다.

"우리가 원하는 것은 아마 아실 테죠?"

"제가 실권자일 때부터 편지를 보내오셨으니 알다마다요. 그런데 정말 복귀를 위해 전부 포기할 겁니까?"

"예. 그렇게 해야죠. 전부를 드릴 테니 고향을 주십시오."

처칠은 하인츠 페르벳의 말에 호탕하게 웃으며 말했다. 이에 하인츠 페르벳은 일찍 일을 마쳐 쉴 시간이 생겨 좋다는 실없는 농담을 하였다. 둘 다 원래 아는 내용인지 뒤론 정말 일사천리로 진행되었다. 내용은 간단하였다. 지난 전간기 당시 영국은 처칠의 실수로 본토를 혁명군으로부터 상실한 바 있었다. 별것 아닌 시위로 보았으나 강경 진압이 도리어 적들에게 명분을 주었기 때문이었다. 그렇기에 생디칼리스트들로부터 본토를 회복하는 것이 최우선 순위였다. 그러나 그간 영국이 그 혼란 속에서 상실한 영토에 대해 논의가 많았는데 이번에 그것을 전부 포기하였다. 독일은 지난 평화기에 영국이 무너지자 그들의 식민지를 탐한 바가 있었다. 아프리카와 동아시아의 넓은 식민지는 사실 영국이 혼란스러울 때 강탈하여 완성된 바가 있었다. 예를 들어 싱가포르와 브루나이가 그러하였다. 캐나다 연합왕국은 이를 그간 인정하지 않았으나 이번에 지난 대전과 그 후의 독일 영토들을 공식 인정할 테니 본토로의 복귀, 영국 제도에 관한 캐나다 연합왕국의 확고한 지위를 요구하였다. 또한 브리튼 제도 탈환을 위해 대륙은 독일에게 주도권을 넘기기로 하였다. 그간 영국은 유럽의 중개자로 자처하였으나 이젠 복귀를 위해 그것을 던진 것이었다. 이것만 보면 캐나다 연합왕국이 불리해 보이지만 복귀 후 미국과 복귀한 영국의 정략적 교류, 독일과의 경제적 협조 등에 대해 승인받으면서 자신들의 독자적 위치는 확고히 하였다. 만일 전쟁이 끝난다면 처칠은 미국과 독일 두 강국 사이에서 실리를 취하게 될 것이었다.

그러나 그것의 전제 조건이 있었으니 바로 미국의 원조였다. 처칠은 호언장담하며 미국을 아군으로 끌어당기겠다고 말하였다.

"정말 자신 있는 겁니까?"

"그럼요! 무조건 됩니다!"

사실 지금까지의 설득이 루스벨트에게 번번이 거절당해 어느 정도 허세였지만 처칠은 자신 있었다. 아무리 루스벨트라 할지라도 역사의 흐름에서 벗어날 수 없었다고 그는 생각하고 있었다. 러시아 연방이나 일본 제국을 보자면 시대는 극단주의로 흘러가고 있었다. 세상에 분노하여 복수를 하고자 하는 이들이 넘쳐 나는 이때, 민주주의를 지켜야만 하는 순간이 미국을 세상으로 부르리라고 느꼈다. 이제 처칠의 역할은 그날을 위해 미리 명분을 만들며 그들을 조금이라도 세상에 더 빨리 나오게 설득하는 것이었다.

"그럼 빠른 병력 파견 요청하겠습니다."

하인츠 페르벳은 조약문에 서명하며 처칠에게 말했다. 처칠은 본토 복귀를 위한 조약에 따라 독일에 원군을 파병할 의무가 있었다. 그는 베를린에 육군을 파병하면서 동시에 군수품 원조를 위한 북해 루트 수송 호위를 위해 모든 해군을 동원하겠다고 말했다. 이제 캐나다는 그간 준비한 모든 힘으로 독일을 위한 조그마한 공장이 되어 줄 것이었다.

그렇게 회담은 일사천리로 끝났다. 서로 원하는 것이 확실했고 서로의 적이 동일했기 때문이었다. 독일은 지푸라기라도 잡는 심정으로 자신을 도와줄 상대를 원했고 캐나다 연합왕국은 고향으로 돌아가기 위해 유럽에 거점이 필요했다. 많은 힘을 잃은 상태론 대서양을 건너기 힘들었으니 도와줄 상대가 필요하였다. 물론 그 상대가 미국이면 최선이겠으나 현재로선 독일이 위기를 극복하면 그것이야말로 최선이었다. 그리고 그 위기 극복의 열쇠는 아주 사라진 것이 아니었다. 아직은 일부를 제외하곤 모두들 모르는 사실이지만 생디칼리스트들은 베를린 전투까지 유예의 시간을 가지기로 했고 이것은 독일에 숨 쉴 틈을 주었기 때문이었다. 공장들이 베를린 좌안으로 재정비되어 가고 있었고 잠시의 전투 공백을 틈타 속속히 각지의 원군이 베를린과 주요 도시로 향하고 있었다.

이제 처칠이 생각하기에 필요한 것은 미국의 참전, 그는 그새를 못 참고 다시 백악관에 전화를 걸었다.

"루스벨트 대통령님 잘 지내셨습니까?"

"예, 윈스턴. 무슨 일이신가요?"

루스벨트는 자신에게 집착하는 남자에게 상냥하게 대답해 주었다. 형식적이고 의미 없는 말들이 오갔지만 그래도 루스벨트는 인내심을 잃지 않았다. 그는 일상적인 이야기를 다 들어 준 다음에 웃으며 대답하였다.

"하하. 그렇군요. 그런데 윈스턴, 오늘은 좀 다르네요. 슬슬 나올 때가 된 거 같은데…."

"아니, 대통령님. 설마 바라셨나요? 솔직하지 못하시군요. 그래요. 어서 유럽으로 오세요! 같이 지금의 정세에 대해 자세히 이야기합시다!"

루스벨트가 운을 떼자 처칠은 바로 본색을 드러냈다. 그 말은 당연하게도 지원을 해 달란 말이었다. 그러나 루스벨트는 저번에 언급한 것처럼 의회, 특히 공화당을 설득하기 힘들다며 난색을 표했다. 당연한 말이었다. 괜히 미국이 고립주의를 택한 것이 아니었다. 지난 대전 미국은 참전까진 아니었지만 적극적으로 전쟁을 도와주었다. 그러나 영국과 프랑스는 패망했고 그 지원금은 고스란히 빚이 되었기 때문에 모두들 세계 정세에 개입하는 것을 주저하였다. 이에 처칠은 민주주의 수호를 주장했지만 루스벨트는 동감하되 여전히 어렵다고 말하였다. 극단주의가 가져올 공포, 만일 유럽과 아시아가 극단적 보복주의로 가득 찬다면 그 화살은 언젠가 미국을 향할 것이다. 설사 전쟁 의사가 없다고 해도 미국은 양쪽에서 경제, 문화적 공격을 받을 것이다. 장기적으로 처칠의 말에 루스벨트도 동감하였다. 그러나 지난 대전의 여파는 상당했다. 대공황을 불렀으니 말이다. 겨우 그 위기를 극복한 이때, 이야기를 꺼내긴 힘들었다. '무언가 큰 한 방'이 없다면 말이다.

이에 처칠은 탄식했다. 그러나 아무것도 하지 않을 수 없었다. 최소한의 지원이라도 받아야 독일에게 말할 것이 있을 바, 그렇기에 조금 주저했지만 결심에 선 듯 확신에 찬 목소리로 미국 대통령에게 말했다.

"그럼 거래를 하죠. 당장은 구축함이 절실합니다. 버뮤다와 서인도 제도의 해군 기지들을 드릴 테니 최대한 많은 함선을 저희에게 주심이 어떠신가요?"

이 말에 루스벨트는 놀랐다. 가진 것이 적은 캐나다 연합왕국에겐 이 정도의 거래는 국운을 걸었다고 해도 과언이 아니었기 때문이었다. 그 거점들은 미국이 향후 세계로, 특히나 대서양 방면으로 뻗어 나가기 위해 필요한 곳들이었다. 다만 캐나다 연합왕국과의 우호 관계를 위해 대놓고 언급을 자제할 뿐이었다. 만일 미국이 고립주의가 아니었다면 어떤 명분을 써서든 가져가려고 했을 것이다. 확실히 구미가 당기는 요소였다.

"그렇다면 의회에 안건을 올려 보죠. 그 정도는 충분히 이루어 드릴 수 있을 겁니다."

"고맙습니다, 대통령님! 그럼 자세한건 제가 캐나다로 복귀하면 다시 이야기하시죠!"

루스벨트는 대강 50여 척의 구축함을 언급했다. 이에 처칠은 감사 인사를 표하며 웃으면서 전화를 끝냈다. 저번 브리튼 혁명 당시 대부분의 군이 혁명 세력에 합류했다. 그러나 해군은 적지 않은 수가 캐나다 망명에 동참한 덕에 지원받을 함선과 자국 함정, 독일 해군과 합친다면 북해 보급 루트는 충분히 지킬 수 있을 것이라고 처칠은 판단했다. 이제 남은 일은 최대한 보급품을 많이 생산해서 독일로 보내고 미국에서 수입해서 또 독일로 보내는 일이었다. 유럽에 발판이 사라진 지금 처칠에겐 독일이 희망이었다. 영국의 본토 복귀와 전후의 입지를 위해서라도 독일은 생존할 필요가 있었다. 현재로선 독일 말고 대안이 없었다. 당연히 생디칼리스트들이 고향을 돌려줄 리가 없고 러시아는 역적들과 우호 관계이기에 역시 도와줄 리 없기에 독일이 버텨 주기를 처칠은 기도했다.

'다만 새로운 카이저가 루덴도르프의 잔재를 완전히 없앨 수 있을지 모르겠구먼….'

처칠은 현재 독일의 상황에 우려하였다. 그러나 이제 믿는 것 말고 답이 있을 리가 없었다. 그나마 다행인 소식은 복귀한 아프리카의 사자가 다양한 세력과 접촉 중인 것으로 보고되고 있었다. 잘하면 나폴레옹 시기, 독일 해방 전쟁에서 보여 준 혁신성을 다시 보여 줄 수도 있다고 그는 생각했다. 그리고 실제로 카이저 지크프리트의 의도도 그러하였다. 그는 레토-포어베크와 함께 막 쾰른 시장을 만나고 있던 참이었다.

"만나서 반갑습니다. 전 지크프리트 폰 호엔촐레른이라고 합니다."

자유주의를 사랑하는 쾰른의 노인은 새로운 카이저에게 가볍게 인사하였다. 그는 지난 세월 동안 루덴도르프 파벌들에게 탄압을 받았기 때문에 지금의 만남에 나름 희망을 가지고 있었다. 하지만 동시에 경험이 일천한 이 카이저가 무엇을 할 수 있을지 의문에 휩싸이고 있었다.

"저도 만나서 반갑군요. 그래서 절 보자고 하신 이유가 무엇입니까?"

아데나워는 약간 날이 서 있는 반응을 보였다. 이에 옆에 있던 레토-포어베크는 조금 당황하였다. 그러나 새로운 카이저는 의외로 침착하였다. 그는 아데나워에게 새로운 거국내각에 참여해 줄 것을 요청하였다. 그리고 실질적인 내각 운영을 해 달라고 또한 부탁하였다. 물론 내각의 지도자는 레토-포어베크가 될 예정이지만 그는 전쟁에 관련한 것에 몰두할 뿐 국내 정치까지 세밀하게 관여할 생각이 없었다. 전후도 고려해야 하니 루덴도르프 파벌을 제외한 사람 중 가장 정치 경험이 뛰어난 아데나워가 필요했다. 그러나 아데나워는 바로 승낙하지 않았다. 그는 잠시 동안 침묵을 지켰다. 그것은 새로운 카이저가 믿음직하지 못하였기 때문이었다. 미국 유학생인 그가 카이저가 되었다는 이야기에 아데나워는 확실히 긍정적이었다. 앞서 말한 것처럼 희망적이라 볼 수 있었다. 그러나 가진 생각을 현실화하는 것은 또 다른 문제였다. 새로운 카이저의 성향이 이미 은밀하게 모두에게 퍼졌고 보수파들은 벌써부터 카이저를 탐탁하게 보지 않았다. 그저 국가 존망의 위기니 뒤로 밀어낸 것일 뿐 위기를 극복한다면 어찌 나올지 뻔하였다. 그렇기에 그는 새로운 카이저가 철부지 어린아이로 보였다. 마음에 들긴 하지만 융커와 군부가 바보같이 자기 권력을 헌납하겠는가?

"카이저께서 바라는 독일은 무엇입니까?"

"모두가 진정으로 평등한 독일입니다."

지크프리트 폰 호엔촐레른은 어찌 보면 아데나워의 생각처럼 지극히 미국 유학생다운 발언을 하였다. 이에 아데나워는 조금 한숨을 쉬며 말했다.

"혹시 카이저는 헤르만 폰 괴링을 아십니까?"

"네. 현재 중앙아프리카의 총독이죠."

"아시는군요. 그자가 본국을 위해 식민지에 대한 권리를 약속하자 바로 반발에 나서고 있습니다. 어떻게 아프리카 토인들에게 자유를 약속하냐고 말이죠. 그는 귀족 가문 중에서 영향력이 강한 사람입니다. 어찌 다스리실 겁니까?"

아데나워의 말에 새로운 카이저는 주저하지 않았다. 오히려 맑은 눈동자를 보여 주고 있었다. 이에 아데나워는 놀랐다. 주춤할 것이라 생각했기 때문이었다. 지크프리트는 아데나워에게 정부 조직도를 보여 주었다. 아데나워는 의아하였다. 이걸 자신이 모를 리 없기 때문이었다. 하지만 지크프리트는 멈추지 않았다. 그는 제국 조직도와 프로이센의 조직도를 번갈아 보여 주며 말했다.

"이 나라의 근간이자 가장 큰 문제점은 사실상 이 나라가 독일이 아니라 프로이센이라는 겁니다. 시장님 같은 분들이 이미 독일에 많죠. 자유주의는 이미 독일 전역에 퍼졌습니다. 그럼에도 불구하고 융커들이 여전히 막대한 영향력을 가지고 있는 이유는 자유주의적 헌법의 제국 헌법과 달리 프로이센 헌법은 동부 귀족들의 입김 아래 있다는 것입니다. 그리고 그 헌법은 제국을 컨트롤하고 있죠. 당연히 제국에서 가장 큰 부분이 프로이센이니까요. 우린 과거 오스트리아를 비웃은 바가 있습니다. 이중 체제의 허약함을 놀리면서 말이죠. 그들은 그 허약함 덕분에 승전국임에도 결국 전후 무너져 우린 대독일의 꿈을 이룰 수 있었습니다. 지금 비엔나는 우리 영토죠. 그러나 그런 이중 체제는 우리에게도 존재합니다. 이 부분을 수정해 주는 것이 첫 시작일 거라고 저는 생각합니다."

카이저 지크프리트는 이 나라의 근본 문제를 언급했다. 동부의 귀족들이 나라 전체를 먹을 수 있는 비법에 대해 말이다. 융커들은 프로이센의 제국 내 의석수가 절반이 넘는다는 것에 착안하여 제국 헌법은 자유롭게 내버려 두고 프로이센을 철저하게 보수적 현실주의 국가로 만들었다. 이것은 비스마르크에 의해 한동안 잘 돌아갔다. 그러나 루덴도르프 파벌이 정권을 차지하면서 사회 변화를 적정한 수준으로 컨트롤하는 것이 아닌 권력의 수단으로 변화하였다. 그러니 새로운 카이저는 프로이센에 대한 개혁이 필요하다고 말하였다. 그 말에 아직 정확히 보이진 않으나 윤곽이 보이는 발언에 아데나워는 나름대로 만족하였다.

"다 아는 말씀을 하시는군요. 그러나 나쁘지 않습니다. 예전이라면 모를까 루덴도르프 파벌이 힘을 잃은 지금이라면 가능할 것도 같군요."

"제가 카이저를 도우니 충분히 가능할 겁니다."

아데나워의 말에 레토-포어베크가 말했다. 그는 아프리카인들과 더불어 지내며 이번 권리안에 찬성하는 입장이었다. 그렇기 때문에 예전과 달리 괴링의 발언에 분노하고 있었으며 아프리카의 사자가 그를 진압한다면 좋은 본보기가 될 것이었다. 일단 그는 중앙아프리카 총독 헤르만 폰 괴링에게 소환령을 내리겠다고 말했다. 전쟁 중이니 자국인끼리의 지나친 무력 행위는 안 되겠지만 아프리카의 사자는 암살과 같은 극단적 옵션도 고려하였다. 그를 얼마나 빨리 처리하는가에 따라서 앞으로의 길이 달라지니 말이다.

"그럼 그것은 새로운 수상님께 맡기고 지금 가장 급한 것은 보급입니다. 너무 동부에서 잃은 것이 큽니다. 고로 제가 인물 하나 추천하고자 하는데 어떻습니까?"

"그게 누구죠?"

"알베르트 슈페어입니다. 건축가인데 관리에 능합니다. 기회주의적인 인간이라 평소라면 추천하고 싶지 않으나 지금 상황에선 능력을 우선시해야 하니…. 한번 시켜 보는 것이 어떻겠습니까?"

아데나워는 슈페어를 신설기구인 전쟁경제부의 장관으로 추천하였다. 빠듯한 관리를 하려면 그만한 인물이 없었다고 그는 생각했다. 다만 믿음직스러운 인간은 아닌지라 자신이 감독을 철저히 하겠다고 말했다.

"그런데 루덴도르프 파벌이 한번 갈려 나갔는데 전선엔 어떤 지휘관들을 보내실 겁니까?"

아데나워의 말에 레토-포어베크가 답했다. 지금까지 그가 일부러 무시했던, 하인츠 페르벳이 추천했던 인물들을 위주로 속속히 전선에 파견하고 있었다. 대표적으로 서부 전선에는 만슈타인과 구데리안, 그리고 롬멜이라는 인물이, 동부 전선에는 페도어 폰 보크, 프리드리히 파울루스, 빌헬름 리스트, 알베르트 케셀링 같은 인물들이 루덴도르프 파벌을 대체하고 있었다.

"새로운 인물 배치는 이제 시작되고 있습니다. 더 구체적인 사안은 다음에 내각이 공식적으로 들어서면 그때 다시 논의하시죠. 지금 이야기들은 전부 시작 단계라서 시장님이 꼭 필요합니다. 이제 내각에 들어오시는 걸 수락하시는 거지요?"

"뭐, 한번 희망을 걸어 보죠."

아데나워는 아프리카의 사자의 부탁에 호응했다. 아데나워가 아는 에르하르트나 키징어, 슈미트 같은 유능한 자유주의자 정치인들이 자신을 따라 합류할 것이라는 말에 레토-포어베크는 기뻐했다. 아데나워는 아직 새로운 카이저가 완전히 믿음직스러운 것은 아니나 자유의 국가에 온 학생답게 새로운 변화에 희망과 확신, 의지를 지닌 그가 마음에 들었다. 그래서 한번 투신하기로 하였다. 남들 같으면 곧 망할 나라 도망가기 바쁘겠지만 혹시 모르지 않는가? 위기를 극복한다면 이제 프로이센의 반동적 가치는 사라지고 자유의 가치가 들어서 자신이 원하는 세상이 올 수 있다고 그는 생각했다.

그러기 위해선 앞으로의 베를린 전투가 중요했다. 이곳을 지키느냐 마느냐가 모든 것을 가를 것이다.

...

베를린 전투가 재개되기 직전인 1940년 초엽의 겨울. 모스크바 북쪽 오스탄키노라는 작지만 나름 유명한 도시에서 러시아 주요 인물들의 회의가 행해지고 있었다. 과거 제정 러시아 시절의 별궁인 오스탄키노 궁전에서 보즈드 크리스타나 사빈코프는 군 장성과 내각 주요 인물들을 소집하였다. 보즈드는 현재 최전선에 나가 있는 인물들을 제외하고는 급하지 않다면 전부 모이라고 명했다. 그래서 그런지 전선에 여유가 있다고 판단하여 총사령관 투하체프스키도 참가하였다. 공군을 관장하는 세르게이 이바노프도 보즈드의 최측근으로 당연히 참가하였다. 마클라코프나 즈베느프 등등 여러 장차관들도 참가하였다. 전시에 유례없는 움직임이었다. 훗날 '오스탄키노 회의'라고 불릴 이날의 이야기는 그렇게 시작되었다.

"다들 잘 모이셨습니다. 이제 점령지에 있는 독일인들에 대한 관리 방책에 대해 논의해 봅시다."

모인 장성들과 상관들 앞에서 보즈드 크리스티나 사빈코프가 입을 열었다. 그녀는 이제 러시아 연방이 유럽의 절반을 지배함에 따라 급속도로 늘어난 지배하의 독일인들과 그들의 협력 민족들에 대한 대책이 있어야 함을 강조했다. 그녀는 현재 승리에 대한 확신이 있었고 그에 따라 이제 자신들의 발밑에 놓인 독일인에 대해 해결해야 한다고 여겼다.

"우리가 확보한 영토에 많은 독일 놈들이 존재하고 있습니다. 동방 식민 운동이니 뭐니 하면서 계속 우리의 영역으로 들어온 결과지요. 이바노프, 어떻게 하면 좋을까?"

"어차피 독일 제국의 몰락은 확정적입니다. 보즈드가 원하시는 대로 하지요. 독일어는 지옥에서나 쓰게 해 줘야 합니다."

보즈드의 말에 세르게이 이바노프 공군 원수가 답했다. 과거 전간기 당시에 독일 제국이 러시아에 적극 개입하던 시절 소중한 이를 잃은 경험이 있는 그는 그대로 돌려주길 원했다. 사적인 원한도 있지만 전 세계에 교훈을 주기 위함도 있다고 그는 생각하고 있었다.

"우리가 영토를 회복하였으나 오랜 기간 우리와 단절되었기에 재개발할 곳이 많습니다. 차라리 그곳에 투입을 하시죠."

아르세이 즈베느프 재무부 차관은 독일인에 대한 학살보단 노동력 활용을 주장했다. 이 회의에 참석한 사람 중에 독일인에 대해 옹호적인 사람은 거의 없었다. 그러나 다 죽이기보단 전후 노동력으로 사용하는 의견이 나왔다. 보즈드의 최측근이자 즈베느프의 상관인 그레고리 타라소프도 그러하였다. 모든 경제 시스템을 전쟁 승리를 위해 달렸기 때문에 러시아 화폐의 가치는 아이러니하게도 경제 성장 속에서도 높아지지 않았다. 군수 산업을 위주로 성장하였기에 외국과 거래할 땐 항상 대금은 거의 러시아 화폐보단 보유 중이던 외화나 금이었다. 그래서 러시아 경제는 사실상 약탈 경제로 흘러갈 수밖에 없었다. 그렇기에 전후를 생각하자면 러시아엔 노예들이 필요했다. 그것에 독일인이 딱 안성맞춤이라고 타라소프는 독일인에 대한 학살보단 관리를 주장하였다.

하지만 보즈드는 독일인에 대한 복수를 열렬히 바라고 있었다. 이에 타라소프는 이성적 판단보단 보즈드의 눈치를 보며 다시 답하였다.

"그렇다면 관리를 위해서도 어느 정도 독일인의 수를 줄이고 나머지는 수용소에 가두어 노동시킴이 어떻습니까? 독일인의 수가 만만치 않게 많으니 줄이는 편이 관리에 더욱 좋을 듯합니다."

현재 유럽 대륙의 독일인의 전체 인구는 8천만에 가까운 수를 자랑하고 있었다. 러시아 사람들이 더 많은 숫자이긴 해도 마구 쉽게 억누를 숫자는 아니었다. 이에 기인하여 보즈드의 최측근 3인방은 1/4 정도는 죽이는 것이 더 좋다는 말을 하였다. 그것도 지금 당장 말이다. 일단 지금 천천히 수를 줄이고 전후 살아남은 독일인들을 분류하여 노동시키는 가닥으로 이야기가 흘러갔다. 보즈드와 자신들의 기분을 풀기 위해 사람들을 아무렇지 않게 죽이자는 발언에 그걸 보던 투하체프스키는 두 눈을 질끈 감았다. 이를 본 타라소프 재무부 장관이 말했다.

"총사령관께서는 반대하십니까? 다른 의견이라도?"

"그런데 쓸 자원을 전투에 쓰는 것이 어떨지요. 승리자의 우월감을 누리는 것은 나중에 해도 늦지 않습니다."

투하체프스키는 학살을 대놓고 반대하기보다는 우선순위를 주장하며 이를 막고자 하였다. 지극히 상식전인 말이었다. 학살에 당장의 이득이 있을 리가 없으니 일단 논의는 전후에 하자는 것이 그의 요지였다. 그레고리 타라소프의 의견을 돌이켜 보자면 그러한 내용이었다. 그러나 보즈드의 생각을 쉽게 뒤집을 순 없었다. 그녀는 비단 독일인뿐만 아니라 독일에 협조한 민족들 모두를 도려내고자 하였다. 예를 들어 지난 대전에 독일이 승리를 점해 가자 대규모 투자를 하여 독일의 편에선 유대인들이나 독립이 가능해지자 바로 러시아로부터 벗어나 독일로 간 우크라이나인들 말이다. 보즈드는 배신자들을 전부 처단하고자 하였다.

"역겨운 독일 놈들뿐만 아니라 독일의 편에 붙은 것들을 전부 도려내야 에우로파가 아름다워질 것입니다. 다들 동의하시죠?"

그녀는 유대인들과 우크라이나인들을 언급하며 말했다. 그녀의 눈에는 지난 대전부터 독일의 편에선 그들은 빌어먹을 배신자들이었다. 이 말에 투하체프스키는 어차피 자신에게 결정권이 없기 때문에 두 눈을 떴다가 감았다가를 반복하기만 하였다. 안 그래도 보즈드의 측근들은 자신을 좋아하지 않기 때문에 어차피 발언해도 의미 없을 거라고 그는 생각했다. 대표적으로 재무부 장관도 그를 착한 척하는 위선자라고 여기고 있었다. 저럴 바엔 자신처럼 최소한으로 줄이는 것이 양심적이라며 타라소프 장관은 투하체프스키를 째려보고 있었다. 그래서 투하체프스키는 결국 입을 닫았다. 하지만 생각 자체를 닫을 수는 없었다. 그의 생각에 보즈드의 행동은 어리석었다. 예를 들어 보즈드는 우크라이나 사람들을 언급했지만 그들은 독립의 기회를 붙잡은 것일 뿐 독일을 좋아하는 것은 아니었다. 오히려 독립 이후 독일의 간섭에 벗어나고 싶어 하였다. 루덴도르프 파벌은 우크라이나를 독일의 곡창지대로 여길 뿐이어서 대우가 좋지 않았다. 그렇기에 러시아가 해방군이 된다면 괜한 피를 흘릴 리 없이 그들을 흡수할 수 있을 거라고 그는 생각했다. 루덴도르프 파벌이 동부 왕국들을 쥐어짰기 때문에 동유럽에서 독일의 이미지는 좋지 않았다.

하지만 보즈드는 이를 이용할 생각은 없었다. 독일에 협력한 이들도 은근히 많았기 때문이었다. 폴란드의 경우 나라를 되찾을 기회라 여겨 브레스트-리토프스크 조약 이후 바로 독일의 편에 붙었고 괴뢰국이 되긴 했지만 나라를 유지시켜 준다는 보장에 러시아에 칼을 들이댔다. 동부 유럽 민족들은 독일의 수탈에 당하면서도 제정 러시아 시절로 돌아가긴 싫었기에 독일의 주기적인 동부 원정에 적극 참가하였다. 나라라도 있는 것과 없는 것의 차이는 컸다.

여하튼 러시아는 그간의 세월 동안 당한 것을 잊지 않았다. 모두가 그런 것이 아님에도 불구하고 그것을 일일이 구분할 시간은 없다고 판단 내리며 독일에 붙은 것들도 전부 관리할 것을 결정했다.

"일단 수용소를 세웁시다. 관리 방법에 대해선 논의가 있겠지만 관리 자체는 필요할 거라 봅니다."

보즈드는 다른 인물들과는 달리 대놓고 학살을 언급하지 않았다. 그래서 이견을 말하는 이도 분명히 존재하긴 했다. 그러나 대부분 요인들이 동유럽에서 동방 식민 운동의 결과물을 배제해야 한다는 것에 동의하고 있어서 결국 '독일인에 대한 최종 해결책'은 다수결의 지지를 받게 되었다. 그저 해결 정도의 차이만 있을 뿐 투하체프스키 정도를 제외하곤 다들 진지하게 독일인의 배제를 원하였다. 그만큼 러시아 민족들의 독일에 대한 원한, 보복 심리가 강했던 것이다.

결국 절대 권력을 가진 보즈드의 존재로 인해 그리 회의는 길어지지 않고 바로 점령지의 적대국 시민에 관한 처리 방안에 대한 합의문이 작성되었다. 주요 골자는 러시아 연방이 그간 복구한 제정 러시아 시절 영토와 동맹국의 관리 영토에 있는 수백만에 달하는 동부 이주 독일인과 협력 민족을 관리할 수용소를 점령지 곳곳에 세우는 것이었다. 내용에서 보면 알 수 있듯 보즈드는 이 내용을 동맹국도 이행해 주기를 바라고 있었다. 지난 대전은 게르만주의와 슬라브주의의 발칸에서의 충돌이 원인이었다. 패전 이후로도 러시아는 발칸의 슬라브 민족 국가들에게 꾸준히 접촉하였고 그 결과 이번 대전에서 발칸 국가들은 러시아의 든든한 동맹국이 되어 주었다. 러시아의 외교술의 효과라기보단 독일의 업보인 탓에 보즈드는 그들도 자연히 따르리라 보았다. 특히 불가리아는 발칸 전쟁에서의 굴욕을 참고 같은 슬라브가 속해 있는 협상국의 요구에 응했으나 다시 패배해 독일에게 굴욕당한 바가 있어 보즈드의 요구에 순순히 응했다. 독일 계통이던 불가리아 차르 왕가가 지난 대전을 통해 무너져 불가리아 국내에 이를 막을 요인이 없는 탓이었다.

그러나 이 소식을 들은 헝가리는 달랐다. 독일에게 강요받은 트리아농 조약의 피해자였지만 헝가리의 지도자는 보즈드와 친밀하면서도 다른 성향의 소유자였기 때문이었다. 대략 20년 전, 오스트리아-헝가리 제국은 내부 한계를 결국 버티지 못하고 무너진 바 있었다. 비엔나의 붕괴 이후 제국에 속하던 여러 민족은 속히 각자의 나라를 세우기 위한 항쟁에 들어갔다. 헝가리도 이에 발맞춰 헝가리 왕국 건국을 세상에 선포하였다. 그러나 합스부르크의 요청으로 내전에 개입한 독일은 순식간에 봉기한 나라들을 분쇄하였다. 하지만 오스트리아 제국 붕괴는 기정사실인지라 독일 제국은 소독일주의를 넘어 대독일주의를 이룩하는 것으로 목표를 전환하였다. 그리곤 각 민족들에게 독립을 인정해 주는 대가로 이권과 영토 이양을 강요하였다. 이때의 명분은 민족자결주의인지라 헝가리는 독일의 강요로 엄청난 피해를 입게 되었다. 이때 체결된 트리아농 조약으로 헝가리는 7할의 영토를 상실하였다. 민족 구성이란 핑계로 루마니아, 유고, 슬로바키아에 영토가 갈가리 찢겨 나갔다. 이것은 중앙 유럽의 밸런스를 독일의 입맛대로 꾸린 결과물이었다. 독일은 동맹국 오스트리아의 붕괴 원인은 헝가리 때문이라는 시각도 있어 더욱 가혹하게 대하였고 헝가리의 반독감정은 현재 엄청난 수준이었다.

그렇다고 해도 헝가리 왕국의 지도자, 섭정 호르티 미클로시는 러시아의 요구에 응할 생각이 없었다. 왕이 없는 나라의 섭정은 독일인들을 보이는 족족 수용소에 가두어 사실상 죽이겠다는 말에 고개를 저으며 자신의 측근들에게 이리 말했다.

"보즈드는 미친 여자다. 잃어버린 영토만 회복한다면 러시아와 단교해야 한다."

왕이 없는 나라의 섭정은 러시아의 대독일 정책에 학을 떼며 말했다. 그도 독일에 반감이 크지만 일반 백성들까지 손을 댈 생각은 없는 사람이었다. 평민이 무슨 죄란 말인가? 싸잡아 욕하는 건 편할지는 몰라도 진정한 해결책이라 볼 수 없었다. 호르티 미클로시는 제국 시절에 태어난 사람답게 보수성을 띤 사람이었다. 민족주의의 시대에 태어나긴 했지만 현실적 보수성을 기반으로 하여 도가 지나친 분리, 억압 정책에는 반감을 가지고 있었다. 그래서 그는 러시아의 보즈드를 우스꽝스럽게 움직여대는 광대로 여겼다. 그는 크리스티나 사빈코프의 제안에 동의하지 않고 독일 민족을 분리는 하되 수용소에 가두겠다는 것엔 반대하였다. 이 소식이 러시아에 전해지자 보즈드는 머리끝까지 화가 났지만 전쟁 중에 동맹국과 싸우는 어리석은 행동인지라 넘어가기로 하였다. 헝가리와 같이 일부 동맹국은 러시아의 요구에 거절했고 이에 보즈드는 강요하지는 않았다. 그러나 다른 말로 하면 상당한 영역에서 해당 안건이 통과되었다는 것이었다.

얼마 안 가 중앙 유럽과 남유럽, 동유럽 곳곳에 수용소가 지어졌고 독일인들은 하나둘씩 그곳으로 끌려갔다. 독일 정보국은 이 사실을 알아채긴 했지만 정확히 무슨 용도의 수용소인지 알아차리는 것은 상당히 뒤의 일이었다. 하지만 유럽의 그 누구도 바보가 아닌 이상 무슨 용도인지 상상 정도는 가능했다. 훗날 전쟁 기간 동안 동유럽 가정의 부모들은 아이들을 다그칠 때 수용소를 언급할 정도였다.

'혼나고 싶니?! 엄마 자꾸 화나게 하면 너도 수용소에 보내 버린다!'

이 소식은 정보국을 통해 카이저에게도 들어갔다. 정확한 정보가 들어온 것은 아니라서 보고는 매우 추상적이었다. 진상은 몇 년 후에나 밝혀지게 되니 현시점에서는 당연한 것이었다. 그러나 다들 추측은 가능했다. 카이저 지크프리트는 보복주의에 한탄하였다.

'왜 도덕으로 나아가지 못하는가!'

보복이 당장 좋을지 모르나 증오를 시작하면 연쇄는 끊이지 않는 법이다. 그러니 자신을 위해서라도 보복은 포기하는 것이 이로운 것. 진정한 이득을 따지는 길의 끝이 바로 도덕심임을 카이저는 되새겼다. 그러나 안타깝게도 러시아의 보즈드는 그러하질 않았다. 그렇다면 방법은 단 하나, 이 전쟁을 승리로 이끄는 것뿐이었다. 그렇다면 한 줄기 희망은 바로 신대륙에 있었다.

"한 번 더 루스벨트 대통령에게 접촉해 봐야겠습니다."

"과연 받아 주겠습니까? 고립주의의 나라인데…"

"그래도 해 봐야죠. 무엇보다 현명한 루스벨트라면 미국이 초강대국이 될 기회를 놓치지 않을 겁니다."

윈스턴 처칠이 이미 한번 시도했고 카이저가 내세울 논지도 그와 다르지 않으니 힘들 것이라고 측근들은 말했다. 그러나 카이저는 이미 독일 내부에선 전부 쥐어짜 내고 있으니 외부에서도 도움을 받는 것이 중요해졌다고 말했다. 틀린 말은 아니니 독일 외교부는 처칠에게 연락해 루스벨트 대통령과의 자리를 마련해 달라고 부탁했다. 그리고 그 노력 끝에 전화를 통한 회담이 결정되었다. 그러나 다들 그렇게 기대는 하지 않았다. 현재 독일은 식민지 독립을 대가로 걸 정도로 모든 걸 쥐어짜고 있었다. 그것은 역으로 멸망 직전이란 말이었다. 나락으로 가고 있는 채권을 살 멍청이는 없다고 현재 전 세계가 그리 생각하고 있었다. 그것은 미국도 크게 다르지 않았다.

　"오랜 친구의 부탁이라 급히 시간을 내어 봤습니다. 한번 이야기해 보시죠."

　루스벨트는 시큰둥하게 반응하였다. 일전에 처칠의 부탁으로 이런 저런 군사지원을 약속했으나 그 이상의 호의는 원하지 않았기 때문이었다. 카이저는 좀 더 직접적인 개입을 원하였고 루스벨트는 그런 바람을 눈치채고 있었기에 지금의 대화가 조금은 불편하였다. 이를 깨려면 색다른 주장이 필요했다. 미국 시민들의 마음을 움직일 정도로 말이다. 그러나 루스벨트의 예상대로 카이저는 그다지 색다른 주장을 하지 못하였다. 미국 개입 미비와 유럽 전선의 독일 패배 시의 미래를 서술하는 것은 처칠도 말한 바가 있었다. 정론이긴 하나 민주주의 국가인 이상 여론을 무시할 수 없는 루스벨트 대통령으로선 그저 한숨만 나올 뿐이었다. 누가 개입을 하지 않을 시 위험을 모르겠는가? 실제로 미국은 중일전쟁 개시 이후 일본에 대해 금수조치를 취하면서 경제적 압박을 가하고 있었다. 여론 때문에 전쟁과 같은 개입을 못 할 뿐이지 할 수 있는 조치는 취하고 있는 것이다. 실로 미국은 러시아의 극단주의를 우려해 대사관을 철수한 바가 있었다. 조만간 처칠의 요구로 경제제재도 할 예정이었다. 물론 쾨니히스베르크의 소식이 서서히 전해지고 있어 미국인의 여론이 전쟁을 일으킨 쪽에 나빠지고 있긴 하지만 그렇다고 싸워 줄 정도는 아니었다. 애당초 아직까지는 일반인들에게 정확한 학살의 장면이 전해지진 못하였다. 그것은 상당히 나중의 일이었다. 그렇기에 미국의 참전은 무언가 충격적인 사건이 필요했다. 잠든 거인을 잠에 확 깨게 할 만한 사건 말이다. 하지만 그런 사건이 갑자기 터질 리가 없었다. 카이저 지크프리트는 조금 더 직접적으로 참전해 주기를 호소했으나 루스벨트는 난처해하며 답하였다.

"하지만 전 국민들을 설득할 의무가 있습니다. 필요성은 느낍니다. 독일이 멸망하면 다음 패권국은 러시아인데 전 보즈드를 혐오합니다. 그런 여자가 유럽을 차지하면 결국 미국까지 오겠지요. 그들의 경제 시스템을 보면 당연히 그러하겠지요. 그런데 앞서 말했듯 설득해야 합니다. 윈스턴에게 못 들으셨습니까? 우린 이 이상의 함선이나 무기를 드릴 수가 없습니다. 참전은커녕 캐나다를 통한 지금의 무기 대여도 유지하기 벅찹니다."

"이해합니다. 그러나 지금 두렵다하여 미루면 훗날 돌아올 반응을 어찌 대응하실 겁니까? 지금이야 괜찮지만 조만간 우리가 몰락하면 독일인뿐만 아니라 여러 민족들도 연좌제로 죽어 나갈 것입니다. 그러면 미국에 있는 같은 혈통들이 가만히 있겠습니까? 전 지금 미국의 선한 행동을 바라고 있습니다. 무책임하게도 큰 대가 없이 말이죠. 그야말로 도덕심에 대한 갈망…. 그러나 눈앞에 결과가 없다고 피하시면 훗날에 피해가 있으니 지금 도덕을 실행하여 선함이 진정으로 승리하는 길이라는 것을 세상에 알려 주시길 부탁드립니다."

"그거 참 흥미롭네요…."

일반 대중들에겐 상반되어 보이는 실리와 도덕을 연결시키는 것, 그러면서도 여론전을 간접적으로 언급하는 것에 루스벨트는 난처한 기색이 사라지고 카이저의 말에 흥미를 느꼈다. 카이저 지크프리트의 말은 간청으로 보이되 실상은 들어주지 않으면 독일계 미국인들에게 호소하겠다는 말과 다름없었다. 앵글로 색슨 계열의 양키와 딕시 다음으로 많은 독일계 아메리카 사람들의 비중을 봤을 때 단순히 무시할 수 있는 것은 아니었다. 게다가 유태인들도 문제였다. 지난 대전 독일이 승기를 잡자 독일에 붙은 그들은 구미 자본주의 세계의 대세를 잡아 가고 있었다. 그들의 민족이 러시아에게 당한다면 미국 재계의 영향력 있는 유태인들이 미국 정계에 온갖 압박을 가할 것이 분명했다. 물론 유태인이 앵글로 색슨 민족 구성원이 세운 나라를 자기 것으로 만들 정도는 아니나 큰 영향력으로 타격을 줄 정도는 되었다.

'국민들 설득할 수준은 아니지만 의원들 설득할 수준은 되는군….'

개입에는 주저했지만 선제적 조치에 관해선 어느 정도 동의하는 의원들이 많았다. 표가 달아날 것이라고 은연중 협박 아닌 협박을 한다면 설득이 불가능하진 않을 것이다. 무엇보다 루스벨트는 극단주의를 대단히 경계하던 정치인이었다. 진즉에 보즈드를 평가 절하했고 러시아의 동맹국 일본에 대해 할 수 있는 경제 조치를 취하고 있었다. 그러니 세계의 정상화를 위해서라도 평소 개입하고 싶었기에 카이저 지크프리트가 놓은 덫에 기분 좋게 들어가 주었다. 게다가 러시아를 막으면서도 세계에 미국의 영향력을 퍼트릴 기회이기도 했다. 현재 미국은 그 강대한 국력에 비해 평가 절하된 상태였다. 이번 대전에 개입하여 세상에 영향력을 끼친다면 초강대국으로 발돋움할 수 있을 것이었다. 독일과 그 주변국은 무리더라도 전 세계 사방 열국들의 지도자가 될 찬스였다. 여하튼 이렇게 저렇게 생각해도 독일의 말에 어울려 줘도 나쁠 것은 없다고 루스벨트 대통령은 생각했다.

"한번 카이저의 논리를 써먹어 보죠. 실패하면 전 모르는 일입니다."

루스벨트 대통령은 카이저의 선(善)의 논리에 흥미를 느꼈다. 앞서 말했듯 평소 극단주의를 멀리하는 그의 성향에도 맞아떨어졌으니 말이다. 그래서 이 논리로 설득하겠노라 약속하며 전화를 마무리했다. 장기적 이득이 무엇에서 나오는 것인지, 눈앞의 것에 인간미를 잃으면 안 되는 것이 얼마나 현실적으로도 좋게 돌아오는 지를 밝힐 기회라고 그는 생각했다. 그만큼 루스벨트 대통령은 능력으로도 도덕적으로도 훌륭한 사람이었다. 이런 사람이 대통령으로 있다는 것이 미국의 축복일 것이다. 여하튼 루스벨트는 민주당 의원들과 자신에게 호의적인 공화당 의원들을 모아 설득하였고 독일에 대한 무기 대여법이 통과되었다. 그 내용은 제한적이지만 이전보다는 조금 더 많은 양을 독일에 직접적으로 원조하는 것이었다. 군사 파병까진 되진 않았지만 타격을 입은 독일의 공업 능력을 어느 정도 보충해 줄 정도는 되었다.

그렇게 카이저는 나름의 성과를 얻었다. 훗날 세 치 혀로 능숙한 정치인인 처칠이 이룬 것을 갓 정치에 뛰어든 그가 이룩했다고 칭송받았다. 사실은 미국 지도부가 여론의 눈치가 보여서 그렇지 마음은 이미 뛰어들고 있다는 것을 감안하면 과한 측면이 없잖아 있는 평가였다. 무엇보다 이러한 것들이 현시점에서는 큰 성과가 아니었다. 베를린을 지켜야 의미가 있는 것이었다. 저항에 실패하면 미국은 언제든지 발을 뺄 것이 분명했다. 현시점에선 그저 무기를 팔고 있는 것에 불과하니 말이다. 결국 전황을 돌려놓아야 독일 내부의 단결도, 외부의 원조도 확실히 될 수 있었다. 예를 들어 루프레히트는 여전히 생디칼리스트들과 접촉하며 사태를 관망하고 있었다. 따라서 모든 것은 베를린 전투의 승패에 달려 있었다. 이 전투에서 승리하여 러시아의 기세를 막느냐 아니면 그대로 쓰러지냐에 독일의 운명이 달리게 되었고 고로 모델과 같은 장군들이 활약할 순간이 되었다.

　물론 그리 될지는 좀 더 지켜봐야 하지만….

…

　"베를린은 이제 자네 소관이야. 힘내게."
　"제가… 말입니까?"
　"그러네, 발터 모델 소장! 지금 이 순간부터 그대는 중장으로 진급하고 베를린 방어 총괄 사령관으로 임명될 걸세. 부디 최선을 다해 주기를. 그럼 이만 난 바빠서 가 보겠네."
　1940년 초엽의 겨울, 러시아의 공세가 오기 직전 베를린 북부를 담당하던 발터 모델은 적에게 한 방 먹인 것을 높이 사 베를린 총괄 사령관이 되었다. 레토-포어베크 원수는 모델의 얼떨떨한 반응을 뒤로한 채 계급장과 훈장을 달아 주고 바로 사라졌다. 이제 거국내각이 설립 직전이라 그는 실제로 바빴기 때문이었다. 그는 모델이 공을 세웠다는 것도 있지만 쾨니히스베르크의 참상을 보고 온 자이기 때문에 누구보다 열심히 싸우리라고 믿은 것도 있었다. 조금이라도 전선이 밀리면 너도 나도 공포에 어수선해질 것이 분명했다. 누군가는 도망칠 것이고 누군가는 울 것이고 누군가는 세상을 저주하며 자살할 것이었다. 이러한 경험은 지난 대전 프랑스가 전쟁 말기에 대규모 명령 불복종으로 경험한 바 있었다. 독일에서도 그러한 일이 일어나지 않으리라는 법은 없었다. 따라서 최후의 순간까지 병사들을 이끌고 컨트롤해 줄 정신력의 소유자가 필요했다. 레토-포어베크의 생각엔 그럴 사람은 발터 모델뿐이었다.

그의 믿음에 발터 모델은 부담감을 느꼈다. 가장 중요한 책무를 맡은 데다가 전황도 유리하지 않으니 말이다. 실로 현시점 유럽 정세를 보자면 그러하였다. 다행이 이탈리아 왕국은 독일의 편을 들어 주었지만 그 외의 유럽은 전부 적성 세력이 넘어가 버린 상태였다. 영국과 프랑스, 스페인 등등 서쪽은 생디칼리스트들에게 넘어간 지 오래고 동쪽은 러시아와 헝가리, 불가리아가 차지한 지 오래였다. 헝가리의 보이보디나 요구를 거절한 유고는 순식간에 점령당했고 불가리아의 고토 요구를 거부한 그리스와 루마니아 역시 순식간에 점령당했다. 그렇게 남유럽을 점령한 그들은 일부 점령군을 배치하고 군대를 전부 주요 격전지에 추가적으로 파병하였다. 남유럽의 정리로 프라하와 비엔나, 베를린은 더욱 위험에 빠지게 된 것이다. 스위스나 스웨덴같이 중립을 지키는 곳도 있지만 그러한 나라를 제외하면 전 유럽이 독일의 반대파들에게 점거당한 상황이었다.

이러니 발터 모델은 부담이 안 될 리가 없었다. 그러나 그렇다고 이대로 끝낼 순 없는 노릇이었다. 일단 그는 지금의 상황을 체크하며 곧 다시 쳐들어올 적들을 막을 방안을 궁리하기 시작했다. 현재 베를린 방어군이 부족한 것은 당연 공군이었다. 적은 압도적인 공군력으로 지난 침공을 승리로 이끈 바가 있었다. 사실상 지난 승리는 공군의 승리라고 해도 과언이 아니었다. 이에 반해 독일 공군은 지난해 큰 타격을 받아 현재 제공권을 빼앗긴 상황이었다. 따라서 러시아 공군을 막는 것이 첫걸음이었다. 그렇다면 어떻게 막아야 하는가, 모델이 생각하기엔 답은 하나뿐이었다. 그것은 선택과 집중이었다. 그는 지난 전쟁의 전쟁영웅이자 공군총감인

만프레트 폰 리히트호펜에게 찾아가 이리 말하였다.

"폭격기는 전부 창고에 넣고 모든 조종사들은 전투기에 탑승해야 합니다. 만일 충원이 더 되어서 전투기가 부족하다면 폭격기들을 개조할 필요가 있을 겁니다."

"그 말인즉슨 공중 지원을 포기하고 제공권 장악에만 힘을 써라?"

"네. 그렇습니다."

모델은 공군총감에게 모든 인원이 제공권 장악 용도의 전투기에 탑승해야 한다고 말했다. 독일이 유리한 것이 있다면 엄연히 지난 대전의 승리자였기 때문에 비축 물자는 나름 여전히 많다는 것에 있었다. 공군기 총 숫자가 조종수보다 많았기에 한곳에 다 투자하는 방법도 가능했다. 그에 반해 러시아 공군은 엄청난 힘을 발휘하고 있지만 공격군이기 때문에 기본적으로 폭격기를 포기할 수 없었다. 적에게 타격을 주어야 돌파가 가능한데 그 창의 역할을 할 폭격기와 그를 지킬 호위 전투기의 역할이란 구성을 포기할 수 없었다. 물론 독일도 폭격기가 필요 없는 전장은 아니었지만 적에 비해 밀리는 그들로선 무언가를 포기할 수밖에 없었다. 그렇다면 모든 것을 제공권 쟁탈에 걸어 적의 전투기를 밀어내 적의 폭격을 막는 것이 필요했다. 고로 총 공군기의 숫자는 러시아가 앞설지라도 전투기 간의 수는 독일이 앞서게 해 적의 자랑인 공군에 제동을 걸기로 모델은 마음먹었다.

공군은 어느 정도 처리했으니 다음은 병력 동원에 달렸다고 모델은 생각했다. 베를린를 노리고 있는 러시아 군단 병력의 수가 자신 휘하의 방어군보다 많았기에 더 충원될 필요가 있었다. 그래서 카이저는 식민지에 호소해 병력을 끌어다 모았지만 그것으로는 부족했다. 그는 한동안 전투가 이어지지 않는 곳에서 부탁해 보기로 마음먹었다. 의외로 결과는 바

| 베를린 레이스 |

로 좋게 나왔다.

"그래. 가져가게."

"정말 그래도 되겠습니까? 혹여 생디칼리스트들이 그 틈을 노린다면 사령관님이 힘든 싸움을 하게 될 것입니다. 그럼에도 부탁드리는 것은 그만큼 베를린이 위기이기 때문입니다."

"알겠으니 가져가. 나에게도 나름대로 생각이 있으니까. 10사단 차출하고 그중 정예는 베를린으로 보낼 테니 걱정 말게."

서부 전선 총사령관인 바이에른 국왕 루프레히트는 모델의 부탁에 순순히 응해 주었다. 모델은 생디칼리스트들의 움직임을 보아 한동안 나서지 않을 것임을 확신하고 있었다. 그들은 물자를 비축하며 무언가를 준비하고 있는 듯 보였다. 그러나 확신이 있는 것은 아니었다. 그저 제2의 슐리펜 계획이 필요한 순간이라 저번엔 동부가 소수로 막았다면 이젠 서부가 소수로 막아야 할 때라고 생각할 뿐이었다. 그래서 걱정했지만 서부 전선의 지도자는 대수롭지 않게 넘겼다. 이로써 그는 병력을 충원했고 러시아가 예상하지 못하게 은밀히 병력을 움직였다. 없는 자원을 쥐어짜 이번 충원만을 위한 철도를 만들고 이동 후 바로 없애 버렸다. 적의 정찰기에 눈에 띌 수도 있으니 제한된 시간에만 바쁘게 움직이면서 동시에 분산하여 이동시켰다. 독일 영토 내부에서의 움직임이기에 적은 제한된 정보를 가질 수밖에 없었고 그 점을 이용하여 제한된 신속한 이동으로 모델은 충원을 적이 모르게 하였다. 이렇게 동원된 병력과 정보의 차이는 큰 힘이 되어 줄 것이라 모델은 생각했다.

그다음으론 그는 다시금 진지 구축에 최선을 다했다. 예상된 지점에 적을 맞이하고 어느 정도 괜찮은 시점에 측면을 노리는 정석적인 방법을 택한 것이다. 누가 보면 어리석은 판단일 수도 있었다. 대단한 수가 필요한 시점이라고 느낄 테니 말이다. 그러나 모델은 지금은 이 간단한 생각이 대단한 수라고 판단했다.

여전히 적은 강대했으며 아군은 준비는 하고 있지만 여전히 적에 비해 미미했다. 그렇다면 적은 당연히 자신이 가진 우위를 적극적으로 이용하여 빠른 시일 내에 끝내려 할 것이다. 당연한 것이다. 우위를 차지하고 있는데 설렁설렁 놀 작자는 없었다. 저번에 물러난 것은 모델과 방어군의 분전도 있지만 그간 계속 달려와서 노출된 측면이 많고 보급선이 길어져 잠시 정리하는 시간에 불과했다. 그러니 적은 여전히 자신들이 유리하다는 것을 알기에 아군에게 더 힘을 기를 시간을 주지 않고 처절하고 신속하게 다시 끝내려 할 것이다. 모델은 앞서 말한 대로 준비하고 대비하겠지만 완전히 끝내기 전에 몰아칠 것은 당연한 사실이었다.

우위를 차지하고 있으니 그 포인트가 유지되는 순간 안에 끝내겠다는 마인드는 어느 지휘관이나 가질 법하니 말이다. 모델은 그 지점을 이용하고자 하였다. 강렬히 다가와 빠르게 끝내겠다는 것은 달리 말하면 경직된 움직임을 보여 줄 가능성이 크다는 말이었다. 그렇다면 움직임이 예측하기 쉬웠다. 무엇보다 모델의 생각으론 쾨니히스베르크에서 보여 준 보즈드의 모습을 보았을 때 베를린 궁을 우선적으로 노릴 것이라는 확신이 있었다. 확신에 따른 적의 움직임을 예상한다면 방어와 역습은 꿈이 아니었다. 그리고 실로 그러하였다. 동 시간, 보즈드는 베를린 침공 방면 사령관인 블라디미르 카펠을 만나 정치적 요구를 하고 있었다.

"장군. 호엔촐레른 것들이 아직 베를린을 뜨지 않았다는 것을 아시지요?"
"예. 얼마 전 새로운 황제가 베를린을 사수하겠다고 선포한 것은 이미 들어서 압니다."
"그러니 그 황제가 있는 곳을 먼저 점령하여 그를 붙잡아 주셨으면 합니다. 그럼 독일은 바로 무너지겠지요?"

보즈드 크리스티나는 전장 지도에 그려져 있는 베를린 궁과 그 바로 아래 있는 지하 벙커를 지목하며 말했다. 불과 며칠 전 카이저 지크프리트는 베를린에 남아 무조건 수도를 사수하겠다고 선언한 바 있었다. 그렇기에 보즈드는 그를 사로잡아 빌헬름 왕세자처럼 만들고 싶었다. 이에 베를린 방면 사령관은 잠시 침묵했다. 사실 생각에 잠길 필요도 없었다. 바로 거절해야만 했다. 지난 대전에 독일은 파리를 공격하지 않았다. 왜냐하면 파리의 방어는 너무나도 공고하여 곡사포 좀 날려 댄다고 돌파될 도시가 아니었기 때문이었다. 그래서 포위하여 알아서 자멸하는 전략을 채택했다. 파리의 자급자족 능력은 떨어졌기에 보급을 노린 전략이었던 것이다. 그리고 지금 카펠 장군도 그리해야만 했다. 적의 황제가 있는 곳은 방어 진지가 전쟁 전부터 확고히 설치된 곳이라 급히 만든 다른 곳을 타격하고 포위하는 것이 좋았다. 알아서 악어의 입에 머리를 들이댈 수는 없는 노릇이었다. 그러나 지금 러시아는 평범한 민주주의가 아닌 독재 국가, 이 나라의 일인자의 요구에 맞설 용기는 그에겐 없었다.

"그렇게 하겠습니다."

"역시 카펠 장군이십니다. 그럼 기대해 보겠습니다."

그가 부패한 장군은 아니었지만 러시아에서 보즈드의 입지는 너무나도 공고했다. 단순한 독재자가 아닌 나라의 영웅이고 지난 동부 전선의 결과로 그 인기는 더더욱 오른 상태였다. 한때 대독 강경 정책에 모두들 그녀가 나라를 말아먹을 것이라 비난했다. 그러나 의외의 결과가 나왔다. 바로 독일의 어수룩한 대응으로 인한 대성과, 그 성과로 인해 그녀의 입지는 가히 황제나 다름없었다. 그래서 더더욱 반대 의견을 내기 힘들었다. 이성적으로 말하여 보즈드가 받아 주어도 보즈드의 광신도들이 온갖 비난을 해 댈 것이 분명했기 때문이었다.

'그래도 우리가 여전히 유리하다…. 동부 상실로 인한 독일의 병력 손실을 생각하면 우리의 병력이 적을 압도한다. 애초에 우리가 더 인구가 많은 나라였으니…. 너무 걱정할 필요는 없겠지.'

그렇게 블라디미르 카펠은 보즈드의 요구에 합리화하며 수긍했다. 그는 이제 보즈드의 요구에 따라 적의 가장 강한 곳을 집중 타격하기로 결정하였다. 비록 억지 요구였지만 그의 판단으론 러시아 베를린 방면 원정군이 더 우위였다. 게다가 너무나도 길어진 보급 라인을 생각하면 빠르게 끝내는 것을 노려 보는 것도 좋은 판단이라고 그는 생각했다. 적의 우두머리만 잡으면 전쟁은 끝날 테니 말이다. 저번 전투 이후 2~3주 잠시 진군을 멈춘 것도 너무 길어진 보급선 때문이었다. 계속 끌 수 있는 전쟁터는 아니라고 판단한 그는 보즈드의 요구에 응하였다. 우월한 병력으로 강력한 한 방을 날리기로 그는 마음먹었다.

'이제 준비도 끝났다. 충분해. 저들은 약해졌고 우린 과거의 힘을 되찾았다. 돌이켜 생각해 보면 보즈드의 요구에 응해도 무리가 아니야. 이반 그로즈니 공세의 대성공으로 저들은 너무나도 허약해져 있다. 병력이 압도적이니 우리의 승리는 확실해.'

카펠 장군은 상대를 업신여기는 그런 무능하고 부패한 사람은 아니었다. 지난 적백내전 당시 솔선수범하고 일반병들을 독려하며 콜차크 제독을 구출해 낸 바가 있었다. 이번 이반 그로즈니 공세에서도 톡톡히 공을 세운 능력자였다. 그런 그가 생각해도 작년 겨울 공세의 결과로 인하여 참패를 겪은 독일이 러시아를 막을 방도는 없어 보였다. 그 누구라도 그리 생각할 만하였다. 그래서 같은 시각 모델은 적의 침공 루트를 예상하면서도 떨고 있었다. 과연 예상대로 적이 온다고 해도 막을 수 있을까?

베를린 궁을 대놓고 직접 타격하려 달려와도 막을 수 있을는지는 스스로도 의문이 들었다. 그래도 몇 가지 독일 베를린 방어군이 유리한 점이 분명 있었다. 모델은 이 카드들에 모든 것을 걸기로 하였다. 그는 그저 적들이 방심해 주길 바라며 계속해서 진지를 구축해 갔다. 그리고 지원군이 제때 도착하기를 빌었다.

"전군에 명령을 하달하라. 이번 주 안으로 베를린을 먹어 치운다."

모든 준비가 끝난 블라디미르 카펠의 러시아 원정군은 곧바로 작전을 실시하였다. 러시아의 제1목표는 보즈드의 요구에 따라 새로운 카이저가 있는 베를린 궁 지하 벙커였다. 카펠은 빠르게 전차를 진격시켜 적의 진지를 무력화시키고 슈프레강을 도하하도록 공병 부대에 명령을 내렸다. 카펠은 적의 카이저가 도망칠까 봐 걱정하였다. 말로만 수도를 지키겠다고 하고 빠져나가면 보즈드의 요구에 따른 공세가 의미가 사라지니 말이다. 그러나 달리 생각하면 카이저가 말을 바꾸고 도망치고 베를린이 함락된다면 적들의 전쟁 수행 의지는 가파르게 하락할 것이었다.

"장병 여러분, 전 절대 수도 베를린을 떠나지 않을 것입니다! 다 같이 가족을 지킵시다!"

카펠 입장에선 다행이고 사로잡아야 할 상대는 베를린을 떠날 생각을 하지 않았다. 주변 각료들 중에서는 혹시 모르니 대피 루트를 마련하겠다는 사람들도 많았다. 그러나 카이저 지크프리트는 굳이 그럴 필요 없다고 말하였다. 어차피 베를린이 함락되면 제국의 멸망은 기정사실이니 말이다. 만일 베를린이 함락되면 더 저항이야 할 수 있겠다만 서서히 말라 죽을 것이 분명했다. 국제적으로도 지원받기 힘들거니와 국내적으로도 오랜 기간 독일의 분열기를 생각하면 프로이센 왕국에게 있어 비텔스바흐와 같은 구성원들을 설득하기 위해서는 베를린의 중요성은 상당히 컸다.

이에 거국내각 수상 레토-포어베크는 새로운 카이저의 발언에 만족한 듯 조금은 흐뭇하게 웃으며 말했다.

"암, 그래야지요. 우린 우리의 가족을 침략자로부터 지킬 것입니다. 루덴도르프의 멍청한 짓들을 이제라도 바로잡아 가기 위해 우린 반드시 여기서 이겨야만 합니다. 그리고 이기기 위해서라면 카이저가 이곳에 남아 국민들을 이끌 필요가 있습니다."

그의 말에 하인츠 페르벳은 약간 놀라 헛기침을 하였다. 그는 이제 카이저에게 모든 걸 걸기로 했는데도 전후 자신을 내치지 않을까 걱정했다. 그러나 카이저는 이번 전쟁이 모두가 하나가 될 기회라고 여겼다. 고로 그에겐 이번 전쟁은 새로운 독일을 건국하기 위한 전쟁이었다. 그러니 반드시 막아야만 했다. 카이저는 모델이 잘해 주길 빌었다.

"슈타인, 식민지에서 온 사단들은 전부 배치 완료 되었지?"

"예. 시기에 맞춰 완료되었습니다. 이제 라인군이 시기에 맞춰 오면 되겠네요."

"그래, 그러길 바라야지."

모델은 다가오는 적을 바라보며 말했다. 적은 베를린을 흐르는 강 너머의 독일 진지를 강렬하게 타격하고 있었다. 일부는 강에 도달에 가교를 만들고 있었다. 일부 군대는 박물관들이 모여 있는 섬에 상륙하여 방화를 일삼고 있었다. 모델은 침착하게 오는 적들에게 진지에서 응사만 할 것을 명령했다. 그리고 하늘을 바라보았다. 붉은 남작의 항공기가 베를린 상공을 날아다니고 있었다. 그들의 승부에 첫 단추가 꿰매어질 것이었다. 러시아 항공대는 이를 비웃으며 베를린 상공으로 날아들었다. 전쟁이 시작된 이래 러시아 공군은 엄청난 활약을 하였다. 이곳에서도 당연히 그럴 것이라고 판단하고 그들은 적 항공기를 격추해 가며 적극적으로 베를린

| 베를린 레이스 |

을 폭격하였다. 모델은 러시아 폭격기들을 보며 대공포 사격을 명령하였다. 그러나 다른 것도 준비하느라 대공포는 주요 지점 말고는 많이 설치를 못 하여 지상에서의 저항은 큰 효과를 보지는 못하였다. 러시아의 폭격기들은 그러한 독일 지상군을 비웃듯이 저공비행하며 건물들에 폭탄을 날려 댔다. 독일의 포커와 메서슈미트의 전투기들이 이를 최대한 막아 보려고 노력했지만 피해를 완진히 막진 못하였다. 폭탄의 굉음과 화염에 집에서 자국군을 믿으며 공포에 떨던 시민들이 죽음을 맞이하였다. 이에 공군총감 만프레트 폰 리히트호펜는 혀를 찼다. 예상보다 러시아 공군의 숫자가 더욱 많았던 탓에 독일 공군의 분전에도 독일의 가구들이 불에 타기 시작했다. 그렇기에 지난 대전의 수훈자는 조금 한탄했다.

그래도 다행인 것은 독일 공군 역시 러시아 장교들의 예상을 넘고 있었다. 사전 모델의 판단 덕에 러시아가 예측한 것보다 훨씬 많은 제공권 담당 전투기를 가지고 있던 터라 서서히 적의 공격은 둔화되어 갔다. 특히 집요하게 독일의 항공 기지와 방공 시설을 노리던 폭격기들은 서서히 그 목표를 이루기 힘들어져 갔다. 이에 러시아 전투기들은 자신들의 폭격기를 지키기 위해 적극적 공세에서 수세로 바뀌어 갔고 이는 전쟁 초엽에 자주했던 적극적 공세를 스스로 둔화시키는 결과를 만들었다. 러시아 공군은 상황을 모면하기 위해 예비 병력도 차출하여 공중으로 보냈다. 이에 독일 공군은 침착하게 메서슈미트 전투기가 적의 전투기를 막는 동안 포커의 전투기로 적 폭격기를 때리는 작전으로 맞서 갔다. 약간 불안해진 모델은 붉은 남작에게 긴급히 전화를 걸어 모든 예비 전력을 투입하라고 부탁했다.

"이미 단 한 대도 없습니다. 전부 투입시켰습니다."

공군총감은 모두 나갔으니 나가 있는 조종사들을 믿자고 말했다. 모델은 불안했지만 별다른 수가 없었다. 하나 다행인 것은 러시아 공군 장교진들은 독일 전투기 숫자를 오판하고 있었고 그 덕에 제공권 싸움에서 서로 손실되고 있는 숫자도 착각하고 있었다는 것이었다. 그들은 카펠에게 지상 병력을 전진시켜도 될 것 같다고 말하였다. 그 의견에 블라디미르 카펠은 지금까지의 공군의 활약을 돌이켜 보아 큰 의심 없이 슈프레강을 넘을 것을 명령했다. 그리고 강 건너 그리 멀지 않은 거리의 베를린 궁을 향해 기갑 부대를 돌진시켰다.

"모두들 전진하라! 적의 수괴, 자칭 카이저는 코앞의 궁에 처 박혀 있다! 그 자를 잡으면 전쟁은 끝난다! 다들 올해는 집에서 따뜻하게 보내자!!"

사령관의 말에 러시아 군사들은 힘을 내며 베를린을 가로지르는 강을 건넜다. 드디어 육지에서도 대규모 격전이 발생하였다. 물론 그 전에 이미 육지에서 전투가 시작되었지만 그 규모가 유례가 없을 정도였다. 100만이 넘는 대병력이 일제히 강을 넘으려 하자 모델은 침착히 진지와 지리적 이점을 이용해 대응했지만 서서히 밀릴 수밖에 없을 정도였다. 적의 진행 방향이 확연히 예상되기에 대놓고 굴 안으로 넣는 전략을 써도 러시아 병력은 그것을 용인하는 듯이 엄청난 화력으로 베를린의 중심부로 향하였다. 모델은 양옆의 급소를 찌르면서 서서히 물리는 전략으로 대응했지만 효과적이었음에도 불구하고 러시아 병력은 서서히 자신들의 목표로 확실히 전진하였다. 마치 지금의 순간은 지난 대전 독일 제국이 마른 강 전투에서 보여 준 모습과 같았다. 혹자들은 전쟁은 보급이 중요하고 모든 것은 물자가 어느 쪽이 더 많으냐, 즉 국력에 모든 것이 달렸다고들 말한다. 틀린 말은 아니나 인간의 의지, 전쟁 수행 능력을 간과한 말이다. 지난 대전 독일이 프랑스를 밀어낸 것은 초창기 슐리펜 계획을 고집하고 동부 위기를 루덴도르프의 말을 믿고 부대를 파견하지 않고 수적 우위를 이룬 것에도 있지만 장병들의 전쟁 수행 의지가 드높은 덕이었다. 워낙 대병력인 터라 일선 부대까지 보급이 가지 않음에도 장병들은 군화가 헤진 상태에서도 진격하였고 이것이 승리의 열쇠가 되어 주었다. 그리고 지금 그러한 모습을 러시아 장병들이 보여 주고 있었다.

'이런, 이거 위험할지도….'

모델은 적의 드높은 사기에 놀랐다. 사실 이번 전투만 이기면 프라하나 비엔나와 같은 다른 전선의 결과와 상관없이 전쟁이 종결되고 곧 집으로 돌아갈 수 있으니 그럴 만도 했지만 그래도 너무나도 뜨거운 반응에 그는 적잖이 놀랐다. 자신의 몸에 총칼이 들어와도 두 눈을 부릅뜨며 최대한 동귀어진하려고 하는 적의 병사에 그는 무언가 슬픈 감정이 들었다. 그는 지난 시절 동부에서 근무했기에 그들의 마음을 어느 정도 이해하였다. 그만큼 루덴도르프의 짓거리는 끔찍했다. 그때를 생각하자면 보즈드의 행동도 일말 이해가 갔다.

'그렇다고 할지라도 쾨니히스베르크의 일은 용납할 수 없어. 아무리 그때가 끔찍했어도 똑같이 돌려주는 건 아니야.'

모델은 과거 동부 왕국 주둔군으로 근무했던 시절을 생각했다. 너무 떠오르기 싫은 기억. 아마 그 기억은 보즈드 크리스티나와 어느 정도 겹칠 것이다. 아마도, 정말로 아마도 그때 그녀를 보았을 지도 모르는 일이다. 그래서 이해가 갔지만 그렇다고 해도 그건 아니었다.

'제발 누군가가 이 고리를 끊어 주기를.'

모델은 지금의 카이저가 좋은 사람이길 빌며 눈앞의 전투에 임했다. 자신은 정치인이 아니기에 이 보복의 연쇄 고리를, 보복주의가 낳은 슬픔을 어찌 해결할지 몰랐다. 그러나 지금은 한탄할 순간이 아니다. 일단 싸워야만 하였다. 베를린을 쾨니히스베르크로 만들 수는 없는 노릇이었다.

"제발 그들이 눈치를 채지 못해야 하는데….”

"괜찮습니다. 모델 장군님. 아무도 모를 것입니다. 자국군도 모르게 이동 중인 부대를 저들이 어찌 알까요? 정보는 최대한 차단 중입니다.”

"그래. 얼마나 잘 차단되었는가에 달려 있겠지.”

모델은 라인란트에서 오는 바이에른의 병력을 언급하며 말했다. 이것은 극도의 비밀로 자국 군대도 모르게 은밀하게 이동 중이었다. 앞서 말했듯 전용 철도를 만들고 부수는 비효율적인 짓거리를 반복하며 다가오고 있었고 혹여 정찰기에 들킬 수도 있으니 야밤을 틈타 신속히 오고 있었다. 스파이의 눈을 속이기 위해 라인 쪽에 일부러 군사적 행동을 과시하면서 최대한 러시아의 눈을 속이려고 노력하였다. 모델은 알아채지 않기를 기도했다. 할 수 있는 바는 다했으니 평소 믿지 않던 신에게 기도한 것이다. 그는 대략 10년 전 신을 버린 바가 있었다. 그래서 양심이 찔렸지만 지금은 빌었다. 그가 다시 신에게 기댈 정도로 정보의 차단이란 쉬운 것이 아니었다. 관련 인물이나 해당 지역 사람들을 설득하거나 협박하여 동원한 뒤 비밀리에 진행하여도 한 번의 실수로 들킬 수 있는 것이었다. 그리고 적장도 무능한 사람이 아니었다. 그러나 그는 지금 몇 안 되는 실수를 저지르고 있는 덕에 모델은 크나큰 이득을 보게 된다. 블라디미르 카펠의 실수는 바로 보즈드의 청을 들어주었다는 것이다. 적을 얕잡아 보는 사람은 아니었으나 지금 그는 보즈드의 부탁으로 제1목표인 카이저에 집중하고 있었다. 그래서 지난 시간 동안 적의 전체적 동태보단 베를린의 중심부의 정보를 주로 체크하고 있어서 이를 모르고 있었다. 그의 시선은 카이저에게 집중되어 있었고 카이저의 적극적인 전쟁 수행 의지 피력으로 더더욱 시선을 다른 데로 돌리고 있지 않았다. 카이저는 전선의 병사들을 독려하며 항전 의지를 높이려 노력하고 있었다. 각료들의 반대로 완전히 최전선은 아니지만 베를린에 남아 항전하기로 결정한 이상 라디오를 통한 연설뿐만 아니라 직접 부대를 찾아가 병사들의 의지를 세우고 있었다.

"우리의 형제자매들을 위해 싸워 주시길 바랍니다. 다신 쾨니히스베르크의 일이 반복되어서는 안 됩니다!"

그리한 카이저의 행보로 카펠은 다른 곳에 시선을 두지 않았다. 눈앞의 먹잇감이 너무 맛 좋게 아른아른 놓여 있었기 때문이었다. 카이저의 행보는 용감한 것이며 만인의 귀감이나 동시에 너무 무모한 행동이기도 하였으니 말이다. 카펠은 어서 카이저를 포로로 잡아 평화 협상을 이끌 마음에 어느 정도 들떠 있기까지 하였다. 여하튼 카이저의 행보는 어찌 보면 만용이 될 수도 있었다. 그러나 모델은 보즈드의 마음을 잘 이해하고 있었기 때문에 적들의 움직임을 잘 예측하고 있었다. 그렇기에 대놓고 돌진해 오는 적들의 허리를 급습하고 진지로 물러나기를 반복하며 시간을 끌었다. 공군의 활약 덕택에 독일 방어군은 예상보다 적들의 공격을 더 잘 버틸 수 있었다. 러시아의 폭격기들이 독일의 전투기에 발이 묶임에 따라 러시아의 창은 평소보다 약해져 있었다. 그 덕에 진지는 더 오래 버틸 수 있었고 보병들의 움직임도 한결 더 좋을 수 있었다. 진지 밖에서 적을 괴롭히는 양익의 부대는 더욱 활발히 움직일 수 있던 덕에 러시아 병력은 강은 건넌 직후의 사기와 달리 그리 큰 이득을 보지 못하였다. 서서히 밀리기는 하지만 댐이 아주 힘겹게 버티고 있던 것이다.

그래도 서서히 압박하며 밀고 있기에 블라디미르 카펠은 적의 전력이 예상대로 한 수 아래라고 판단하였다. 모델이 유능하다고는 해도 결국 전쟁은 수의 싸움, 이 압도적인 병력에 어쩔 수 없을 것이라고 그는 생각했다. 그리고 이것은 그리 오판은 아니었다. 그의 판단으론 독일은 예비

대도 전부 소모시키고 있었고 적당한 교환비만 보여 주면 베를린 전투는 순조롭게 마무리될 것이라고 생각하였다. 갑자기 다른 병력이 나오는 게 아니라면 말이다. 그는 독일이 생디칼리스트들과도 전쟁 중이고 다른 전선도 있는 와중에 병력이 더 나올 곳이 없다고 생각했다. 눈앞의 독일 병력이 전부라고 판단한 것이다. 무엇보다 적의 병력이 진지에만 박혀 있는 것이 나름대로 별동대가 부대의 허리를 노리며 계속 이런저런 시도를 하고 있는 것이 다른 수가 없어 절박해 보였다. 절박함은 이제 곧 얼마 남지 않았다는 것을 의미했다. 고로 그는 이제 독일의 예비 병력은 소진되었다고 판단하였다.

하지만 저번 전투처럼 부대의 빈틈을 노리며 계속 역습을 시도하는 모습을 보여 주는 것은 모델의 계략이었다. 지금 모든 것을 부어 버리고 있다고 믿게끔 말이다. 서부에서 하나둘 예비 병력이 도착하였고 그들은 이제 진정한 역공을 준비하고 있었다.

"베를린 서부에 집결 중이라고 합니다."

"그래? 그럼 대부분 도착하면 바로 움직여야겠군. 일단 가장 먼저 노려야 할 것은 베를린 북동부에 조성된 적들의 보급 루트야. 그곳을 타격하여 불태워 버리면 제아무리 블라디미르 카펠이라도 답이 없겠지. 적의 공군과 지상 부대가 우리의 눈앞에 묶여 있는 지금이 기회야."

모델은 그렇게 말하며 어서 서부 지원군이 준비를 끝내길 기다렸다. 그리고 적이 서쪽이 아닌 계속 자신을 바라보게 하기 위해서 식민지에서 온 사단들을 전부 투입하며 격렬히 지연전을 펼쳐 갔다. 이에 블라디미르 카펠은 적의 저항에 지금이 마지막 공격의 시기라고 더욱 확신하며 적의 부드러운 부분으로 보이는 식민지 사단들을 위주로 강렬한 공세를 이어 나갔다. 모델은 그러면서 시간을 벌었고 이윽고 모델이 기다리던 시간은 당도하였다.

 그렇게 전투가 시작된 지 보름이 되는 날의 새벽, 해가 뜨기 얼마 전에 루프레히트가 보내온 서부의 병력들이 베를린 좌안에 도착하였다. 이에 모델은 그 소식을 듣자마자 베를린 방어군에 대한 지휘는 잠시 요하임 슈타인 참모장에게 맡기고 곧바로 도착한 지원군을 지휘하기 시작했다. 그 격렬한 통신음을 통해 사태의 심각성을 깨달은 일선 지휘관들은 모델이 말한 전략적 목표 지점을 향해 돌진하였다. 서방 지원군은 깊숙이 베를린 중앙부로 침투해 온 적의 옆구리 빈틈을 강렬하게 타격하며 적의 뒤편을 향해 돌진하였다. 이 절묘한 공격은 정확히 들어갔으며 특히 독일의 경기갑 부대는 선두에서 적의 후방 루트를 신속하게 차단해 갔다. 이 시각 러시아군은 강을 넘어 베를린의 중추로 확실히 들어온 탓에 갑자기 자신의 측면과 뒤를 후려갈기는 공격에 쉽게 대응하지 못했다. 그야말로 빈틈을 제대로 준 것이었다.

 이에 블라디미르 카펠은 놀라 잠시 허둥지둥하였다. 그에게 있어서 있을 수 없는 일이었다. 저 병력이 어디서 튀어나왔단 말인가? 그리고 이는 지극히 당연한 반응이었다. 바이에른 국왕이 생디칼리스트와 밀약을 했다는 것은 모델도 모르는 일이었다. 지원이 가능하다니 받으면서도 어찌 가능한지 스스로 의문이었다. 그런데 전장이란 것이 어떻게 예측할 수 있겠는가. 모델이 정보 자체를 안 새게 하기 위하여 노력한 것도 있지만 생디칼리스트들의 접촉이 예상 밖이었고 이를 미리 파악하는 것은 도박을 좋아하는 이나 가능한 것이었다. 고로 성실한 그로선 비상식적인 이야기를 제외한 것뿐이었는데 패배로 이어진 결과를 만든 것이다. 하지만 그렇다고 모델이 도박으로만 이긴 것은 아니었다. 앞서 말한 것처럼 정보 차단의 결과물이기도 했지만 러시아 침공군이 적의 역량을 함부로 예단하였기 때문이었다. 그는 이제 독일의 여력이 없을 것이라 판단했다. 물론 그럴 만도 했지만 그 섣부른 행동이 모델에게 약점을 보여주는 결과를 만들었고 모델은 이를 바로 파악하여 지원군을 끌어모아 후방을 친 것이었다. 만일 예비대를 조금은 아꼈다면 지원군에 대응할 수도 있었을 것이다.

여하튼 서부에서 온 정예들의 공격은 너무나도 강렬했다. 보급망이 무너져 퇴로가 막히기 직전까지 가자 블라디미르 카펠의 판단은 단 하나밖에 없었다. 더 큰 것을 잃기 전에 후퇴하는 것이었다. 그는 눈앞에 아른거리는 카이저를 잡지 못했다는 사실에 안타까워하며 군을 물렀다. 모델은 이를 강렬히 추격했고 러시아 군대는 베를린에서 급격히 추방당하였다. 그들은 오데르-나이세 라인까지 후퇴하였고 거기서 재정비에 들어갔다.

이로써 베를린은 쾨니히스베르크의 반복에서 피할 수 있게 되었다. 베를린 시민들은 전투의 승리에 기뻐하면서도 다시 러시아가 올 수도 있다는 불안에 떨었다. 하지만 그것은 과도한 걱정이었다. 러시아는 이제 사실상 공세 종말점에 도달했기 때문이었다. 불안하던 보급망이 한계를 드러내고 있었기 때문에 더 이상 멀리 갈 힘이 없었다. 그래서 이번 공세가 중요했다. 한계가 다가오기 전 끝내야 했기 때문이었다. 하지만 결국 실패했고 베를린은 큰 위기에서 벗어나게 되었다. 물론 베를린 점령이 힘들다는 것이지 지금까지의 성과가 사라지는 것은 아니기에 독일 수뇌부는 마냥 기뻐할 수는 없었다. 영토를 되찾는 것은 힘들어 보였기 때문이었다. 거대한 힘이 독일을 도와주는 게 아니라면 말이다.

그래도 승리의 소식은 모두를 기쁘게 해 주었다. 다들 거리에 나와 카이저 만세 삼창을 부르짖었으며 카이저는 러시아가 물러났다는 이야기를 듣자마자 맨몸으로 거리로 뛰쳐나와 사람들과 교류하며 웃음을 나누

| 베를린 레이스 |

고 병사들을 독려하며 희망을 나누었다. 이 모습에 모델은 오랜만에 미소를 지었다. 그러나 보즈드가 살아 있는 한 아직 끝은 아니었다. 무엇보다 모델은 자신의 죄를 생각하면 아직 방심할 때가 아니었다. 오히려 방패를 더욱 열심히 들 때였다. 그런 마음가짐을 되새기는 모습에 요하임은 그 이유를 묻고 싶었지만 지금은 참았다. 그래도 이제 소강기에 들어가니 슬슬 기회를 보아 물어보아야겠다고 요하임은 생각했다. 카이서도 이제 적들이 물러갔으니 개혁을 본격적으로 시작하리라고 마음먹었다.

그렇게 나름대로 희망찬 분위기에서 베를린 전투가 끝났다. 그러나 역시 보즈드는 여기서 끝나지 않았고 독일의 위기는 아직 산재하고 있었다. 과연 전쟁은 어찌 흘러갈 것인가?

...

베를린 전투의 소식은 곧바로 전 세계에 알려졌다. 이로써 러시아의 무적불패의 신화는 사라지게 되었다. 이러한 이야기에 독일 시민들은 패배주의에서 벗어나게 되었고 독일을 지원하는 처칠은 유럽 복귀의 가능성이 오르자 환호성을 질렀다. 보즈드는 겉으로는 크게 문책하지 않았지만 분노에 휩싸여 한동안 식사 분위기가 아주 좋지 못하였다. 바이에른의 루프레히트 서부 사령관은 베를린 전투가 생각보다 더 쉽게, 그리고 더 크게 이기자 놀라워하며 생디칼리스트들과의 밀약을 재검토하기 시작했다.

물론 그렇다고 해도 상황이 좋기만 한 것은 아니었다. 빼앗긴 땅들을 수복한 것은 아니기 때문이었다. 우크라이나에서 폴란드까지 전부 빼앗긴 상태고 동부 프로이센 지방을 상실한 상황이기에 여전히 열세였다.

비록 러시아 군대가 공세 종말점에 도달하긴 했지만 그렇다고 공세를 할 여유가 없는 것은 아니었다. 여전히 그들의 군대는 거대했고 물자는 충분했다. 힘들지만 여전히 공세를 취할 수는 있는 상황이었다. 그래서 카이저 지크프리트는 잠시의 소강기에 재빨리 움직이기로 마음먹었다. 그는 일전에 공식적으로 들어선 전시 거국내각의 인선을 먼저 마무리 짓기로 하였다.

먼저 신설된 전쟁경제부에 콘라트 아데나워가 추천했던 알베르트 슈페어가 장관으로 정식 임명되었다. 그는 앞으로 루덴도르프 파벌이 사익을 위해 경쟁시킨 여러 공업 회사 간의 불협화음을 해결할 임무를 맡게 되었다. 부품들 간의 호환 문제로 인한 보급 문제를 해결하는 데에 현재 독일에서 그만한 인물이 없었다. 그리고 재무부 장관으로는 루츠 그라프 슈베린 폰 크로지크 백작이 유임되었다. 그는 루덴도르프가 득세하던 시절부터 그 자리에 있었는데 그 덕에 현재 독일의 경제 상황을 훤히 들여다보고 있었다. 정치적으로 무당층에 가까운 인물이라 루덴도르프 파벌 숙청에서 그는 살아남을 수 있었다. 이제 그는 슈페어와 협력하여 독일의 우수한 기계공학 수준만큼 산업공학의 질을 올릴 것이고 곧 시작될 적의 전략 폭격을 대비할 것이다. 정치 방면으로는 콘라트 아데나워 사단이 권한을 쥐게 되었다. 대표적인 인물로는 루트비히 에르하르트, 쿠르트 게오르크 키징어, 헬무트 슈미트가 있었다. 다들 젊은 신인으로 에르하르트는 화폐 정책을 담당하게 되었고 키징어는 세워진 연립 내각을 조율하는 역할을 맡게 되었다. 헬무트 슈미트의 경우 탁월한 행정 능력이 있어 전반적인 국정 사무를 컨트롤하면서 거국내각 수상 레토-포어베크와 부수상 아데나워의 지휘를 도울 것이다. 루덴도르프 파벌의 정치 인물들은 대부분 쿠르트 폰 슐라이허와 같이 정리되었다. 다만 실무진들까지 쳐 낼 수는 없기에 하인츠 페르벳을 살려 두어 새로운 내각에 흡수하도록 하였다.

한편 베를린 전투의 승리 여파로 붉은 남작 리히트호펜 공군총감은 공군성 장관으로 승진되었다. 그는 루프트한자의 사장인 에르하르트 밀히의 도움을 받아 제공권 장악과 전술 비행에 한층 더 집중하여 이바노프의 러시아 공군을 막을 중책을 맡게 되었다. 이번 전투의 가장 큰 공은 발터 모델에게 있었기에 그는 상당한 승진을 하게 되었다. 무려 대장보다 위인 상급대장까지 바로 승진을 한 것이었다. 그는 이제 동부 전선의 절반을 책임지게 되었다. 하지만 모두가 둘처럼 승진한 것은 아니었다. 지난 겨울 공세로 인한 동부 손실은 너무나도 막대하여 대부분의 장군들이 사임하게 되었다. 그렇게 빈자리는 페도어 폰 보크, 프리드리히 파울루스, 빌헬름 리스트, 알베르트 케셀링과 같은 신인들이 차지하게 되었다. 그리고 일전부터 기갑전을 주장했던 하인츠 구데리안은 기갑대장이 되어 롬멜과 만슈타인과 같은 신인들과 함께 서부 전선에 배치되었다.

"러시아보다 우리가 더 잘할 수 있습니다. 제가 만족할 만한 전차만 충분하다면 말이죠."

구데리안은 레토-포어베크의 파격적인 지원을 약속과 함께 전차 개발과 양산에 대한 권리를 위임받았다. 그는 기갑 부대를 창설하고 곧바로 방위산업체인 라인메탈사과 접촉하였다. 그는 기존에 구상하던 전차가 있었기에 바로 설계 구상을 보여 주어 현실에 맞게 조율한 뒤 곧바로 생산에 들어갔다. 말 그대로 그가 원하는 대로 하게 해 주어 이제 전쟁의 양상은 어떻게 흐를지 모를 정도였다. 마지막으로 해군도 인물들이 교체되었다. 대표적으로 에리히 레더 제독과 카를 되니츠 제독이 전면에 나서게 되었다. 다만 한동안 육군에 주로 투자할 수밖에 없는 현실에 해군의 방향은 잠시 보류토록 하였다. 그 외에도 그대로 정보부를 맡은 빌헬름 카나리스 등등 기본적인 인선이 베를린 전투 이후 얼마 안 가 공식적으로 마무리되었다.

새로운 거국내각은 정파에 관계없이 모든 힘을 뭉치기로 전투로 인해 반절쯤 무너진 제국국회의사당에서 맹세하였다. 카이저는 그 광경을 보며 조금은 희망을 느꼈다. 평소라면 뭉치지 않을 위인들이 한자리에 모였으니 말이다. 그 불꽃을 이어 가기 위해 그는 바로 다음 스텝으로 넘어갔다. 카이저는 바로 각 식민지의 대표를 초청하여 회담을 가졌다.

현재 독일 제국은 정말로 광활한 식민지를 보유하고 있었다. 전성기 영국과 맞먹는 영토로 카메룬에서 나미비아, 마다가스카르, 대양을 넘어 베트남과 싱가포르와 브루나이까지 차지하고 있었다. 지난 대전의 결과물과 영국 붕괴로 인한 습득으로 인해 현재 독일 식민 제국은 대영제국에 이어 해가 지지 않고 있었다. 그러나 카이저는 이제 그렇게 얻은 식민지를 더 이상 유지할 필요가 없다고 생각했고 이번 기회에 지원을 받으면서 독립시키고자 하였다. 시대가 흘러 식민지는 유지비가 더 많이 나오는 상황이었다. 비도덕적이며 이제는 효율적이지도 않으니 카이저의 생각은 식민지 사람들에게 적극적인 지원을 받고 그 대가로 평화로운 독립 조약 체결을 원하였다. 물론 베트남의 호치민과 같은 무장 투쟁만이 답이라고 여기는 지역들은 초청에 응하지 않았지만 공식적으로 독립을 언급하는 식민 제국은 처음이었기에 대부분의 식민지 대표가 반신반의하면서 베를린으로 모였다.

"반갑습니다. 지크프리트 폰 호엔촐레른입니다."

카이저는 반쯤 부서진 베를린 궁에 모인 수십 명의 대표들 앞에서 고개를 숙이며 인사했다. 카이저는 이번 베를린 전투에 원군을 보낸 식민지 대표들에게 감사함을 표했고 앞으로도 그렇게 해 주기를 바란다고 말했다. 베를린 전투에 참가한 식민지 사단의 절반 이상은 레토-포어베크가 이끌던 동아프리카 군단과 같이 독일의 병력들이기도 했지만 적지 않은 수의 식민지인들이 일전의 새로운 카이저의 호소로 참가한 바가 있었다. 그러한 덕택에 베를린은 버텨 낼 수 있었고 카이저는 이것을 기점으로 평화로운 관계를 맺어 가자고 말하였다. 대부분의 식민지 대표들은 이에 동의하였지만 절대 독립을 허용하지 않았던 전대 카이서와 다른 지금의 카이저를 아직 신뢰하긴 힘들었다. 갑자기 돌아서서 전후 탄압을 하지 않을까? 그런 걱정이 들었다.

"다들 걱정이 있으신 것은 압니다. 하지만 전 여러분이 독립하여 독일과 협력 관계가 되기를 원합니다. 그것이 더 도덕적이고 더 효율적이니까요. 독일 연방 계획에 대해 들어 보시죠."

옆에 서 있던 파울 폰 레토-포어베크 거국내각수상은 만일 모두가 동의할 시 선언될 포츠담 헌장의 내용을 직접 들려주었다. 그 내용을 간략히 요약하자면 독일과 독립될 속령들은 서로 법적으로 완전히 동등한 자치적 공동체를 수립한다는 것이었다. 여기서 서로 경제적으로 교류하여 커다란 시장을 만들어 서로에게 이득을 주는 경제 공동체를 구축하는 것이 주 골자였다. 이 계획에 따르면 처음에는 자치령으로 자주권을 얻기 시작하여 몇 년 안에 독립하여 독일 연방에 가입, 공동체로서 서로 도움을 주는 관계가 될 것이었다.

"경제 공동체라…. 말이 좋지 결국 허울뿐인 독립을 주고 경제적으로 계속 지배하겠다는 거 아닌가? 역시 카이저답군."

"뭣이? 말을 가려 하시오!"

카메룬 대표의 말에 회담에 참석 중이던 하인츠 페르벳이 조금은 발끈하며 말하였다. 하인츠 페르벳은 엄연히 독일이 내려놓고 있다고 생각하여 발끈하였다. 하지만 식민지 대표들은 구시대의 잔재의 상징이라고도 할 수 있는 그가 여전히 내각에 남아 있다는 것에 의문을 표시하며 독일의 진정성을 인정하지 않았다. 수상의 입장에서는 실무진을 전부 쳐 낼 수는 없으니 어쩔 수 없는 노릇이었다. 실제로 하인츠 페르벳이 루덴도르프 파벌의 충성심을 카이저에게 일원화시키고 있어서 뺄 수 없는 사람이었다. 그가 실각한다면 루덴도르프에 의해 등용된 사람들은 극심한 불안감을 느끼며 내란의 시초가 될 수도 있었다. 루덴도르프 파벌들 중에서 부정부패하거나 위험한 자들은 이미 쳐 냈으니 과한 걱정일 수 있지만 다들 자신들의 시작점이 루덴도르프였기에 그의 존재는 확실히 중요하였으나 그것을 식민지 대표들이 이해해 줄 리가 없었다. 이에 카이저는 그런 설득보단 다른 이야기를 하였다.

"여러분들은 이것에 독소 조항이 있는 것인지 걱정하는 것인가요?"

"당연합니다. 우리가 당한 게 얼만데요?"

나미비아 대표가 주먹을 불끈 쥐며 말했다. 수십 년 전 그들에 대한 탄압은 독일 식민지 중 가장 심하였다. 특히 헤레로족이 그러하였다. 그래서 나오는 기본적인 의심, 조약 내용은 큰 문제없으니 마음의 불안함을 지워야 했다. 그래서 지크프리트는 솔직하게 말했다.

"여러분. 제가 이득을 위해 나쁜 것을 좋게 포장할 거라 생각하시는데, 여러분이 독립하는 게 오히려 독일에 좋습니다. 앞으로 세상은 달라질 것입니다. 도덕적 선택이 가장 좋은 선택이 될 세상입니다."

"흥, 말만 그런 거겠지. 겉으로 좋게 말하고 단물을 빨아먹을 생각 아니오? 도덕이 어찌 이득이란 말인지…. 그런 몽상과 같은 말로 우릴 속일 생각이시오?"

"몽상이 아닙니다. 선함이야말로 승리입니다. 그 이유는 지난 역사가 증명하고 있습니다. 우리는 그간 당장의 이득에 눈이 멀어 행동해 왔습니다. 그리고 그 결과가 지금의 전쟁입니다. 우리가 눈앞의 이익에만 전전하지 않았다면 모든 것이 이 모양이지 않았을 겁니다."

카이저 지크프리트는 돌아감으로써 얻는 결과물들에 대해 이야기하였다. 사람들은 목표점을 위해 일직선으로 달리는 것을 선호한다. 그게 가장 빠른 길이라고 믿으면서 말이다. 그러나 그 길에는 사실 함정이 너무나도 많다. 그것을 피해 가며 돌아가는 길이 사실 도리어 가장 빠른 길임을 이제 다들 알 때가 되었다. 당장은 남을 착취하는 것이 좋을지도 모른다. 비겁한 선택을 하는 것이 달콤할 수도 있다. 하지만 상대방이 감정 없는 목각 인형일 리가 없다. '카르마'란 말이 괜히 있겠는가? 나쁜 판단을 하게 되면 상대방도 그 나쁜 판단에 영향을 받아 행동하게 되어 어두움으로 자신에게 돌아오게 되어 있다. 그 말은 역으로 생각하면 선함을 순환시키면 그만큼 서로에게 이득인 것도 없다는 것이었다. 물론 원론적이고 공허한 이상일 수도 있다. 그러나 그걸 어겼기에 지금의 순간이 생긴 것이다. 러시아는 보복주의에 눈이 멀었고 식민지 사람들은 독일에 대한 증오를 감추지 않았다. 내버려 두면 그 증오가 이젠 독일을 집어삼킬 것이다. 그렇다면 이제 독일이 눈앞의 이득에 눈이 멀어 만든 증오를 거둘 필요가 있었다. 물질적 이득에 눈이 멀어 버리면 안 좋게 된다는 것을 인정하고 이젠 도덕적인 선택을 고려해 봄 직하였다. 카이저는 이제 그 첫 선택이 지금이라고 말하였다. 완전히 동등한 공동체를 만들어 좋은 결과를 보여 줌으로써, 모두가 이득인 결과물을 반드시 만들어 이전까지의 역사가 완전히 틀린 것임을 증명하겠다고 그는 말하였다.

"의도는 알겠지만 그리될까요?"

"네. 반드시 그리됩니다. 남을 속이거나 쥐어짜 내지 않고 얻는 결과물이야말로, 도덕이야말로 진정한 이득을 가져다줄 것이니까요. 착취는 착취를 낳는 것뿐임을 저는 쾨니히스베르크의 일로 확실히 깨달았습니다. 이젠 우린 달라질 것입니다."

 자신만 이득을 보는 세상이 좋을지도 모른다. 그러나 그런 세상을 유지하기 위해서라면 꾸준히 남을 탄압해야 한다. 미끄러질 수도 있다는 불안에 계속 남을 착취해야 한다. 그런 불안함 속의 경쟁을 계속하며 1등을 누리느니 공평함을 가져 평온에 사는 것이 더 좋은 이익이라 카이저는 천명했다. 독일 역사와도 결부시키는 논리에 식민지 대표는 조금씩 카이저의 진정성을 느끼기 시작했다. 그러나 조금은 부족한지 다들 말을 선뜻하지는 못하였다. 이때 보고 있던 독일의 새로운 수상이 앞으로 나오면서 외쳤다.

 "만일 이 약속이 지켜지지 않으면 내가 반역을 해서라도 지킬 것이니 모두들 걱정 마시오!"

 아프리카의 사자 레토-포어베크는 식민지 대표들에게 반드시 독립은 지켜질 것이라고 말하였다. 그는 본디 전형적인 프로이센 군국주의자였으나 지난 대전을 거치며 식민지 사람들에 대한 생각이 바뀐 인물이었다. 아프리카에서 그들과 직접 숙영하고 도망 다니고 싸우면서 같은 사람임을 강하게 느끼고 있었다. 그래서 전간기 동안 아프리카 사람들에 대해 온화적인 정책을 폈고 그렇기에 그는 다른 독일인과 달리 식민지인들의 존중을 받고 있었다. 그런 그가 카이저가 들으면 불쾌할 수도 있는 말을 눈치 보지 않고 외치며 말하니 대표들은 하나둘 일단 신뢰해 보는 것으로 가닥을 잡았다. 식민지 대표들은 독립을 대가로 인적 자원을 독일로 보내 같이 싸우거나 노동을 대신 해 주기로 선언하였다.

 이렇게 식민지 문제는 일단락되었다. 앞으로 갈 길이 멀지만 일단 합의가 되었다는 것이 중요하였다. 여전히 식민지인들은 자신들을 착취했던 독일을 의심스럽게 보았지만 새로운 돌파구가 될 수 있다는 점을 고려하여 새로운 카이저를 믿어 보기로 결정하였다. 그러나 모두가 이것에 동의하는 것은 아니었다. 독일 내부에서의 반발도 존재하였다. 대표적으로 여러 번 언급된 헤르만 폰 괴링이 그러하였다. 독일의 모든 아프리카 식민지를 통괄하는 미텔 아프리카 총독이었던 그는 광분하며 독립 안건에 반대하였다.

"어떻게 아프리카 토인들에게 권리를 주는가! 무조건 반대한다!"

다급히 베를린으로 온 그는 자신의 인맥들에게 접촉하며 그리 말하고 다녔다. 그러나 그의 연줄인 쿠르트 폰 슐라이허는 이미 실각한 이후였고 그나마 남아 있는 루덴도르프 파벌들은 하인츠 페르벳과 함께 카이저에게 충성하기로 맹세하여 그의 말을 들어 주는 자는 없었다. 그러나 괴링 총독은 여기서 포기하지 않고 자신의 가문의 인맥을 총동원하여 카이저의 정책을 비난하였다. 그의 인맥은 상당한 수준을 자랑하는지라 이것은 그냥 넘기기 어려웠다. 독일 내 레토-포어베크와 같은 사람들보단 강경한 보수주의자들이 더 많았기 때문에 그들을 위주로 정국이 흔들릴 수도 있었다. 고로 카이저는 미리 괴링을 처단하여 분란을 막고자 하였다.

"수상님. 괴링을 어찌 처리하면 좋을까요?"

"안 그래도 그는 털면 먼지가 많이 나올 인간입니다. 한번 털어 보겠습니다."

아프리카의 사자는 웃으며 카이저에게 답했다. 같이 아프리카에 있었던 경험 덕에 그에겐 확신이 있었다. 수상은 자신이 평소 수집하던 정보를 토대로 비리 안건으로 괴링 총독을 고발하였다. 괴링 총독은 안 그래도 평소 온갖 추문에 휩싸인 상태였는데 아니 땐 굴뚝이 아니었던 것이다. 괴링이 가진 탐욕의 증거들은 순식간에 흘러나왔고 유죄가 확실시되는 분위기가 형성되자 괴링은 초조함에 빠져 버렸다. 그는 극단적 옵션을 취하려 했고 이를 예상한 수상은 먼저 급습을 하는 선택을 하여 괴링을 붙잡는 데 성공하였다.

"헤르만 폰 괴링, 그대를 매관매직과 세금 착복, 식민지인에 대한 약탈과 살상 등등 여러 부패 혐의와 반인륜적 혐의로 처벌한다!"

"나를 처벌한다고?! 융커들이 가만히 있지 않을 것이다!"

괴링은 붙잡혔지만 믿는 구석이 있는지 고래고래 소리치며 끌려갔다. 그러나 괴링의 기대와는 다르게 프로이센의 동부 지역이 죄다 날아간 덕택에 융커들의 힘은 평소보다 훨씬 약해졌고 발언권도 그에 따라 하락한 상태였다. 그렇기에 하인츠 페르벳의 전향 결정과 그에 따른 카이저에 대한 절대 충성에 다들 큰 불만을 표시하지 않고 따르고 있는 것이었다. 평소라면 물자를 그냥 내놓을 리가 없지만 동부에서의 타격으로 융커들은 그 세력이 약해졌기에 묵묵히 카이저의 요구를 따르고 있었고 자연스레 괴링을 도와줄 귀족도 존재하지 않았다. 결국 괴링은 지금까지 나낸 것과 다르게 큰 활약을 하지 못하고 그대로 카이저의 의도에 따라 정계에서 은퇴당하고 말았다. 괴링은 그렇게 아무것도 할 수 없으면서 기고만장했던 허풍쟁이가 되어 버리며 역사 속에서 퇴장하였다. 그러나 그가 그렇게 허풍을 쳤던 것에는 나름대로의 근거가 있었다. 괴링은 자신이 귀족이기도 하니 여러 융커들과 연이 닿아 있었다. 이를 달리 생각하면 괴링의 의견에 동조하는 융커들이 은근히 많았다. 지난 공세로 인한 동부 프로이센 영역의 상실로 기반이 사라져 다들 말을 안 하고 있는 것일 뿐 근래의 기조에 불만을 품은 이가 은근히 많다는 것이었다.

이것은 프로이센 군국주의자들의 의무감과 특권 의식에서 나온 발로였다. 이제 새로운 카이저는 그것이 지난 시대의 유물이라는 것을 모두에게 각인시켜 줄 필요가 있었다. 그는 바로 전시내각수상을 불러 이 일에 대해 논의하였다. 카이저는 융커들의 시대가 끝났음을 보여 줄 필요가 있다고 언급했다.

"일전 식민지 대표들에게 도덕의 진정한 이득에 대해 언급한 바 있습니다. 이것은 장난이 아닙니다. 우리 독일에 좋은 세상은 그런 선함 아래 하나 된 유럽이기 때문에 전 반드시 그리 만들 것입니다. 그렇게 만들기 위해서라면 우리 정치 생태가 그것을 받아들이고 선함으로 달려갈 준비가 되어 있어야 합니다."

"그렇군요. 혹시 좋은 방안을 가지고 계신 게 있으십니까?"

"네. 미국에서 배운 것을 행동으로 옮길 것입니다. 그를 위한 내각 회의를 준비해 주세요."

카이저는 프로이센 왕국의 투표제도에 대해 언급하며 말했다. 독일 제국의 헌법은 의외로 자유주의적이고 평등하였다. 그러나 실질적으로 제국을 다스리는 프로이센 왕국의 법은 신분과 재산에 따라 투표권이 달랐다. 호엔촐레른 왕가와 융커는 프로이센을 통하여 독일을 다스려 왔고 그 비결에는 이러한 차등적인 투표권이 있었다. 아무리 독일의 헌법이 좋아도 제국의 절반 이상을 차지하는 프로이센이 불평등하면 국민의 다수는 소수의 융커에게 끌려다닐 수밖에 없었다. 이제 이것을 수정하는 것을 시작으로 진정한 도덕적 민주주의를 실현시키리라고 카이저는 마음먹었다. 물론 지금은 전시니 상황이 안정화되기 전까진 파격적으로 시행은 힘들겠으나 운을 뗄 필요가 있었다.

"알겠습니다. 회의를 소집하도록 하지요. 아마 무난히 통과될 것입니다. 미국과 같이 1인 1표가 되는 것에 융커들이 거부감은 들겠지만 지금 그들이 카이저에게 맞설 힘은 없으니까요. 아이러니하게도 보즈드 덕분이군요. 그럼 전 바빠서 이만."

레토-포어베크 수상은 웃으며 말하곤 밖으로 나갔다. 이에 카이저는 자신의 집무실에서 사색에 잠겼다. 그가 미국으로 유학을 간 이유는 미국의 시스템이 만족스러워서였다. 그래서 그것을 독일에 도입하고 싶다고 평소에 생각해 왔다. 하지만 지금껏 생각해 오기만 한 것은 융커들의 반발이 심할 것이라 생각했기 때문이다. 그러나 이제 그들의 힘은 동부 영토 상실로 사라졌고 그건 아이러니하게도 루덴도르프의 부메랑이란 것을 생각하면 그는 역사의 아이러니함에 빠졌다. 그러나 그렇다고 보즈드에게 고마워할 필요는 없었다. 그녀는 악인을 연기하고 있는 것이 아니라 악인이니 말이다. 그녀는 역사가 만든 괴물이었다. 카이저는 역사는 반복되는 경향이 있고 그 굴레에서 일어난 참극과 인간의 욕망 때문에 만들어진 것이 보즈드라고 생각했다. 그러나 깊게 생각하면 역사는 진일보하는 경향 또한 존재했다. 이제 노예제가 없는 것처럼 분명히 나아지는 방향성을 띠고 있었다. 그렇기에 카이저는 다짐했다. 그녀의 이야기와 같은 것이 이젠 역사의 반복에서 없어지게 할 것이라고. 카이저는 다시 역사의 반복이 벌어지지 않기를 빌면서 괴링의 처분에 대한 최종 승인과 투표권 개혁안에 대한 초안을 작성하며 하루를 마무리하였다. 다짐하고 또 다짐하면서.

...

"어떻게 저 도시 하나를 나에게 바치지 못하는 겁니까! 왜?! 도대체 왜요?! 그 넓은 서쪽 영토를 탈환했으면서 어찌 저 자그마한 도시를 주지 못하는 겁니까?!"

"죄송합니다. 보즈드시여. 하오나 아직 끝난 것은 아닙니다. 새로운 작전을 준비 중에 있습니다."

폴란드 바르샤바, 그곳에 설치된 간이 회의소에서 러시아의 주요 각료들과 장군들이 모여 한창 보즈드를 달래고 있었다. 보즈드 크리스티나 사빈코프는 베를린 함락의 실패에 크나큰 분노를 하고 있었다. 게다가 베를린에 이은 주요 거대 도시인 프라하와 비엔나도 함락되지 않아 독일군의 사기가 크게 증진되었다는 사실에 그녀는 더욱 분노하였다. 사실상 공세 종말점에 도달한 것이지만 그녀는 인정하지 못했다. 모스크바와 전장까지의 길이가 엄청나게 길어진 것을 생각하면 자연스러운 결과라 볼 여지가 컸다. 다른 지도자였다면 그동안의 전과를 앞세우며 자신들에게 유리한 평화 협정을 요구했을 것이다. 그러나 보즈드 크리스티나 사빈코프의 전쟁 목적은 독일의 멸망이었기 때문에 다시금 베를린으로 치고 들어가라고 윽박질렀다.

"지난날 우리가 쾨니히스베르크를 부숴 버리고 모스크바로 돌아갔을 때 시민들의 반응을 잊었습니까? 우리 슬라브인들의 염원을 풀기 위해서라면 베를린은 반드시 함락되어야 합니다."

보즈드는 작년 말 모스크바에서의 퍼레이드를 언급하며 말했다. 베를린 전투 시작 전 모스크바에서 보즈드와 각료 일행들은 엄청난 환영을 받은 바가 있었다. 국민의 지지를 기반으로 하는 독재 체제인 만큼 보즈드 개인의 욕심도 있지만 민족 전체의 기대에 부응해야 한다는 논리로 다시금 베를린 침공을 명령했다. 공군 원수 세르게이 이바노프가 이에 거들며 장군들을 질책하였다. 회의에 참석하여 묵묵히 듣고 있던 투하체프스키는 반대 의견을 내고 싶었다. 자신도 빠른 전쟁 종결을 위해 베를린의 함락을 원하긴 하였다. 그러나 더 이상의 공세는 오랜 준비 기간이 없다면 이젠 무리라고 판단되었다. 고로 이제부턴 어설프게 공세를 할 바엔 점령한 영토를 지키며 협상에 들어가는 것이 더 좋다고 그는 생각했다. 하지만 독재자에게 대드는 것은 힘들었고 결국 원치 않았지만 블라디미르 카펠의 군대를 재편성해 곧 다가올 여름에 공격을 다시 해 보겠다고 말하였다.

"급보입니다!!"

그렇게 회의가 마무리되어 갈 즈음, 통신병이 회의소에 들어와 다급히 외쳤다. 이에 회의에 참석 중이었던 투하체프스키의 참모장 바실렙스키가 통신병의 어깨를 다잡아 주며 차분히 말하라고 하였다. 이에 통신병은 후방에서의 사건을 보고하였다. 바로 우크라이나에서 파르티잔이 들고 일어나 후방을 대대적으로 괴롭히고 있다는 것이었고 키이우를 중심으로 수많은 시민들이 독립 항거를 벌이고 있었다는 것이었다. 그 규모가 실로 어마어마하였다. 러시아에 다시 복속된 지 몇 달 정도 지난 상태였지만 그간 독일의 협력 민족이었다는 이유로 엄청난 탄압과 착취를 가한지라 벌써부터 반응이 튀어나온 것이었다.

"안 그래도 전방의 일이 화가 나는데 후방에서 소요 사태가?! 투하체프스키 사령관님. 당장 진압하세요!"

"알겠습니다."

"아니, 이 일은 다른 사람에게 맡기겠습니다. 우리 총사령관님은 베를린 진공 준비나 철저히 하세요. 이바노프. 누굴 우크라이나로 보내면 좋을까?"

"프라하에 가 있는 스테판 코로보프 장군을 보내 진압하면 될 것 같습니다. 베를린 전선을 위해 다른 전선은 방비에 들어가니 잠시 빠져도 큰 무리는 없을 것입니다. 무엇보다 철저한 진압에는 그 사람만 한 인물이 또 없지요."

러시아 공군 원수 세르게이 이바노프는 크리스티나 사빈코프의 말에 중부 전선에 배치되어 있던 스테판 코로보프 장군을 언급하였다. 그는 이바노프 파벌의 한 사람으로서 보즈드의 절대적인 충신이었다. 그러나 그 정도가 조금은 도가 지나쳐 보즈드의 최측근들도 가끔은 멀게 대하는 위인이었다. 고로 그가 후방에 간다면 강경 진압은 불 보듯 뻔한 일이었기에 투하체프스키는 반대 의견을 내었다.

"차라리 전쟁 종결까지 복구된 영토에 대한 정책을 중지하시지요. 그곳에 쓸 총알을 독일로 보내는 것이 더 좋을 것으로 사료됩니다."

투하체프스키는 전체적인 전황을 언급하며 말했다. 현재 러시아 군대는 사실상 공세 종말점에 도달한 상태였다. 그렇다면 왼편에서의 공세에 희망을 걸어야 했다. 여기는 모스크바에선 멀지만 파리에서는 그래도 가까운 거리니 말이다. 그러나 왼편에서 적을 두들겨 주어야 할 생디칼리스트들은 지금껏 무슨 연유인지 가만히 있다가 이제야 움직이기 시작했다. 생디칼리스트들이 안 움직이던 사이 루프레히트는 라인강을 중심으로 한 방어 라인을 구축하였다. 그리고 거의 모든 군대를 끌고 와 준 캐나다 연합왕국과 연합해 적에 맞서는 바람에 생디칼리스트들의 군대는 큰 효과를 거두지 못하고 있었다. 왜 이제야 공격해서 그런 추태를 부리는지 투하체프스키는 이해할 수 없었다. 사실 그간 공세가 없던 것은 밀약 덕분이었고 사실상 자포자기하고 있던 루프레히트와 달리 휘하 참모진들이 혹시 몰라 강을 따라 진지를 구축해 둔 것이 타이밍 좋게 효과를 보고 있는 것이었지만 투하체프스키가 그걸 알 턱이 없었다. 그야말로 운의 결정체였지만 현재로서는 그것이 현실이 되었으니 투하체프스키는 서부 전선의 결과에 기대하기 힘들었다. 따라서 베를린을 정말 차지하려면 모든 힘을 집중할 필요가 있었다.

그러나 의외로 보즈드의 분노는 상상 이상이었다. 독일인들과는 달리 그래도 살려 두었던 것에 고마움을 느끼지 못한다고 화내며 우크라이나인들에 대한 계획을 노예 수준에서 절멸과 추방으로 바꾸어야 한다고 말하였다. 그를 통한 후방의 안전을 도모하자고 그녀는 말했다. 이는 정치가의 말이 아닌 진심이었다. 아니, 어찌 보면 정치의 극도에 도달한 말이기도 하였다. 그녀는 러시아의 마음을 대변한 존재였고 현재 러시아는 복수에 미쳐 있었다. 그렇기에 거슬리는 것은 치워야 했으며 지금은 우크라이나가 그러하였다. 보즈드는 후방의 안전을 도모해야 한다고 부르짖었다. 이에 투하체프스키의 참모장 바실렙스키는 마음속으로 고개를 저었다. 저런 미치광이가 이 나라의 지도자라니? 그는 한탄했다. 하지만 독재자를 상대로 뭐 어쩔 수 있겠는가. 명령을 따를 수밖에 없었다. 이내 각각 2개의 보안 사단과 보병 사단이 우크라이나로 향하였다. 당연히 철저한 무장을 한 상태로 말이다.

"파르티잔으로 보이기만 하면 전부 묻어 버려라. 아무런 상관없는 그런 무고한 현지인 따윈 없다. 어느 마을이건 의심스러우면 전부 죽여 버려도 괜찮다."

키이우 근방에 도착한 프라하 방면 사령관이었던 스테판 코로보프는 파르티잔의 활동으로 불타고 있는 러시아의 연락소를 바라보며 싸늘하게 말하였다. 코로보프 장군은 우크라이나인들이 스스로 기회를 버렸다며 전부 쓸어 버리라고 연이어 말했다. 현재 러시아 입장에서는 독일은 유럽에서 청소되어야 할 존재였다. 그것은 그들에게 있어 인과응보, 권선징악에 가까운 것이었다. 코로보프 장군은 우크라이나처럼 러시아에 대한 절대적 협력으로 그것을 면죄받았던 자들의 거부는 독일과 같은 대우를 받고 싶다는 것으로 인식하였다. 그렇기에 후방의 파르티잔을 없애는 본 목적과 다르게 그 범위가 매우 넓어졌다. 무기를 든 자들만 없애면 될 문제였고 그저 피켓이나 들며 대우를 바꾸어 달라는 일반 시민들은 집에 가두는 정도면 충분하나 전부 같은 처리를 하게 되었다.

"죽여! 독일에 붙었던 더러운 것들이다! 수백 년을 우리 러시아와 함께 살았으면서…. 여전히 만족을 모르는 자들이다! 전부 죽여라!"

코보로프 장군의 말에 병사들은 철저히 기계적으로 움직였다. 얌전히 집에만 있는 사람들을 제외하곤 눈에 보이는 모두를 바로 총으로 쏘거나 칼로 찌르는 행위가 시작되었다. 파르티잔과 같은 무장 항쟁의 세가 크긴 했으나 평범히 자신의 주장을 부르짖는 민간인들도 많았다. 그러나 둘을 구분하지 않고 벌이는 행동에 우크라이나인들은 기겁을 하며 도망치거나 맞섰다. 하지만 아무리 무장하였다고 해도 정규군 앞에서는 한낱 파리 목숨에 불과하였다. 러시아군은 양치기와 같은 움직임을 띠며 사람들을 한 장소로 도망치게 했고 모인 장소에 기름을 부어 불태워 버리는 행동을 반복하였다. 민가를 불태우고 농지를 불태우고 교회를 불태우며 우크라이나 사람들을 말 그대로 청소해 갔다. 이것은 말 그대로 야만의 재래였다. 사람이면 당연히 분노해야 할 일들의 연속이었으나, '무엇이 사람인가'에 대한 인식의 차이가 러시아와 세상은 너무나도 달랐다. 그들은 마치 물건을 치우는 느낌으로 작업을 이어 갔고 이에 무장 봉기를 하던 우크라이나인들은 엄청난 분노를 느꼈다. 무기를 든 자신들은 그렇다고 쳐도 민간인들까지 건드리고 있는 작태를 참을 수 없는 것이었다.

하지만 민간인들이 무기를 들고 모였다고 한들 다수의 정규군을 이길 수 있을 리가 없었다. 키이우와 주요 도시에서 몇 번의 전투로 그들은 말 그대로 쓸려 나갔다. 아주 일부의 파르티잔들은 살아 해외로 도피했으나 대부분은 죽거나 잡혔고 잡힌 이들은 모진 수모 끝에 길거리에 본보기로 매달려지며 죽어서도 수모를 당했다. 우크라이나인들의 봉기는 그렇게 아주 빠르게 진압되었다. 하지만 러시아는 여기서 멈추지 않았다. 이미 철저한 보복주의 아래 민간인까지 건드린 만큼 다시는 봉기가 일어나지 않게끔 해 줄 필요가 있다고 러시아 수뇌부는 판단했다. 원로인 표트르 브란겔이 홀로 보즈드 크리스티나 사빈코프를 말렸지만 소용없었다. 그는 한탄하며 이리 외쳤다고 한다.

"결국 보리스의 걱정이 맞았구나…!"

그리 한탄했으나 바뀌는 것은 없었다. 결국 절멸 계획은 계속 진행되었다. 그러한 결과 파르티잔은 거의 전멸했고 길거리의 시민도 없어졌지만 본보기가 필요하다는 이유로 일방적인 살인을 멈추지 않았다. 계속 마을은 불태워졌고 인권 유린은 이어져 갔다. 이러한 행태는 훗날 전쟁이 끝날 때까지 이어졌다. 보즈드의 명에 따라 절멸 계획으로 잡혔는지라 러시아 군대는 우크라이나인들이 보이는 족족 조금이라도 거슬리면 죽이는 것을 반복했다. 대지는 불타고 그 위에 사람들은 구워져 갔다.

러시아 군대는 정말 태연하게 이러한 행동을 이어 갔다. 하지만 이런 일이 외부로 알려지지 않을 리가 없었다. 나름 정보 차단을 했지만 이 행동 자체에 도덕적 거리낌이 없었기에 차단 행동은 그렇게 철저하지 않았다. 곧 탈출에 성공한 극히 일부가 이 사실을 베를린에 알렸다. 독일 제국은 브레스트-리토프스크 조약에 의한 우크라이나 보호 책임이 있는 나라였다. 이 소식은 카이저를 아연실색하게 만들었다. 미국에서 올 때 받은 충격을 다시 받는 느낌이었다. 그는 보복주의의 추악함을 다시금 깨달았다. 그러나 엎질러진 물은 주워 담을 수 없는 법. 이미 일어난 사건이었다.

중요한 것은 앞으로 이런 일이 없어야 한다는 것이었다.

그렇다면 원인 분석이 중요했다. 지난 시절 독일은 승리자로서 즐거움을 너무나도 누렸다. 그것을 러시아가 지금 따라 하고 있는 것이었다. 독일이 러시아를 어떻게 대했는가? 그것은 철저한 차등 대우였다. 사람이 사람을 사람대접해 주지 않았다. 이겼으니 더 많이 가져가는 것은 당연지사, 하시만 패배자를 장난감 취급하는 행동에 러시아인들은 분노했다. 불필요한 행동으로 지나친 패배감을 심어 주었고 이것은 복수심을 심어 주었다. 그 복수심은 비이성적인 결과를 낳았다. 그런 대우를 당한 대로 고스란히 돌려주어야 한다고, 그래야 세상이 반성한다는 미명하에 러시아는 지금 우크라이나에서 끔찍한 짓거리를 하고 있었다. 이것은 괴물이 괴물을 낳은 결과였고 이제 승리자의 오만함과 도덕적 타락을 고칠 필요가 있었다. 그렇기 위해 카이저는 서열을 부수고자 노력했다. 그는 이것의 시작점이 서열을 나누는 것에서 비롯되었다고 생각했다. 더 많이 가졌다는 것에서 나오는 우월감이 인간을 타락시켰다. 도덕적 타락이 이 모든 참사를 낳았다. 이를 해결하는 방법은 교육을 통한 도덕의 회복뿐이라고 카이저는 생각했다. 그래서 지난 투표 안건에 이어 반성, 예의, 인간미와 같은 도덕에 대해 반드시 가르치도록 교육 제도를 수정하는 안건도 추가하였다. 그리고 그 안건들은 말 그대로 시간의 문제일 뿐 순탄히 진행되었다. 전쟁 기간인 만큼 두 안건 모두 바로 시행은 어렵겠지만 전후 확실히 실시될 것이었다. 그만큼 베를린을 지켜 낸 카이저의 위상은 컸다. 다만 앞으로는 그렇다 해도 지금까지 당한, 살아 있는 사람들에 대한 대가가 필요했다. 그래야 미래 세대가 전진할 수 있으리라 생각했다. 그렇기에 카이저는 마음먹었다. 만일 승전을 한다면 전 세대와 다른 모습을 보여 줄 것이라고 말이다. 이긴다면 모스크바로 갈 것이다. 그는 그곳에서 이전 독일과 다른 모습을 보여 주는 것이 해결의 시작점이라고 생각하며 이 참담한 소식을 되새기고 또 되새겼다.

…

　1940년 여름, 이윽고 다시 러시아 군대는 베를린으로 진격했다. 보즈드의 강력한 요구가 있어서였다. 투하체프스키는 이제 점령은 무리라고 판단하여 굳히기에 들어가고 싶었지만 독재자의 말은 따를 수밖에 없었다. 투하체프스키는 블라디미르 카펠의 남은 군대를 다른 방면에서 활약 중인 미하일 드로즈돕스키의 군대에 합류시켜 미하일 드로즈돕스키로 하여금 베를린으로 진공하도록 명령했다. 이번 공격을 맡은 미하일 드로즈돕스키는 적백내전 당시 안톤 데니킨 장군 휘하에서 큰 공을 세운 인물로 1939년 겨울 공세 때 중앙 집단군에서 맹활약을 한 인물이었다. 그의 다분히 공격적인 면모를 높이 사 투하체프스키는 베를린 전선을 카펠이 아닌 그에게 맡겼다. 그러나 베를린에 도착한 미하일 드로즈돕스키는 전망을 그리 좋게 보진 않았다. 처칠의 원조와 독일 내부의 정리, 개선의 효과로 베를린은 단단해져 있었기 때문이었다. 게다가 알베르트 슈페어 장관의 전쟁경제부 취임 이후로 기계공학에 비해 부실했던 독일의 산업공학 부분이 보완되고 있어 독일이 크게 물자가 부족하다는 느낌을 받지 않았다. 러시아가 더 많은 수이긴 했지만 과거에 비해 동부가 날아갔음에도 아주 뒤처진다는 느낌이 사라진 것이다. 실제로도 그러하였다. 여전히 러시아가 우세긴 했으나 이젠 초반의 기세를 이어 가긴 힘들어진 것이었다. 그렇다고 해서 군인이 포기할 순 없었다. 미하일 드로즈돕스키는 베를린 우안에 강렬한 공세를 가하는 작전안을 고안하였고 이내 곧

| 베를린 레이스 |

바로 시행하였다.

"모두들 전진해라! 러시아의 백만 장병이 모였는데 저 도시 하나 못 넘을 이유는 없다!"

무수한 포탄의 소리와 함께 러시아의 장병들은 적들을 향해 진격했다. 매서운 공격에 수리 중이던 여러 독일의 시설들은 다시금 흔들리며 쓰러져 갔다. 멀리서 와 준 구원병들은 전투를 시작하자마자 낙엽처럼 사라져 갔고 독일의 장병들은 거센 폭풍이 어서 지나가길 빌며 전투에 임했다. 다들 무서운 적의 군세에 공포에 빠질 정도였다. 충원이 완료되었다고 해도 여전히 적이 배의 수를 가졌으니 당연한 일이었다. 그러나 정작 모델은 아무렇지도 않은 표정으로 대응해 갔다. 그는 저번과 같은 적극적 방어보단 무난한 방어를 택했다. 그야 지금 급한 것은 그들이지 자신이 아니란 판단에서였다. 공세에도 요새에 박혀 대응 사격을 줄기차게 이어 갔다. 모델은 적이 공세 종말점에 도달했다고 판단했다. 저번 전투에서 자신이 성공하긴 했으나 적이 생각보다 더 빠르게 그리고 멀리 후퇴해 재정비했다는 것은 그들의 보급이 한계에 도달했다는 뜻이었다. 고로 빠른 시일 내에 결과를 얻지 못하면 알아서 물러날 것이라고 그는 판단했다.

그리고 그 생각은 크게 틀리지 않았다. 미하일 드로즈돕스키는 베를린을 이렇게 저렇게 때려 보고 다양한 방법을 강구해 보았지만 껍질 안에 숨은 거북이는 도통 나와서 머리를 깨 줄 생각을 하지 않았다. 전쟁 초엽과 달리 제공권을 완벽히 잡고 있는 것이 아니기에 요새와 진지, 특히 강력한 방어력을 자랑하는 베를린 궁을 깨트릴 방법이 없었다. 카이저가 있는 곳은 최고의 방어력을 자랑하는 곳이었고 지난 전투 이후 베를린 전역이 요새화되어 밀어 버리기가 참으로도 곤란하였다. 그렇다고 열차포를 가져오기엔 시간도 오래 걸리고 보급도 원활하지 않았다. 후방의 소요 사태, 그것을 막기 위한 비용 증가로 더더욱 보급은 비명을 지르고 있었다. 그래서 병력이 얼마 없을 지난 전투 때 점령했어야 했으나 모델에 막히고 말았다.

　미하일 드로즈돕스키는 며칠을 두들겨 댔지만 큰 효과를 보지 못하였다. 결국 그는 투하체프스키에게 연락해 다른 루트를 찾아야 한다는 의견을 보냈다. 차라리 독일에 대한 강공보단 다른 나라를 먼저 치는 것이 어떻겠느냐고 말이다. 이에 투하체프스키는 동의하며 독일에 대한 랜드리스의 흐름에 이어지고 있는 이탈리아와 아프리카를 먼저 타격하는 방안을 구축하기로 계획을 잡았다. 해당 방면도 모스크바에서 멀리 떨어진 곳이지만 방어력이 확연히 차이 나니 독일 방면과는 달리 공세 종말점이라는 상황은 아니라는 판단에서였다. 그렇게 결국 허무하게도 베를린의 여름 전투는 별다른 이변 없이 싱겁게 마무리되었다. 이내 러시아 군대는 물러나고 독일의 장병들은 만세삼창을 외치며 이를 반겼다.

　"드디어 끝났군요. 베를린에서의 전투가."

　"그렇지. 그동안 고생 많았네. 전투 내내 실무는 다 자네 담당이었으니 나만 너무 편했어."

　모델은 물러가는 적들을 바라보며 자신의 참모장 요하임에게 말했다. 지시를 실제로 옮긴 것은 참모장이었던 요하임의 몫이었고 생각의 구현을 잘해 준 것에 그는 고마움을 표한 것이다. 군인이 제 일을 한 것이니 어찌 보면 과한 표현이었으나 모델은 쑥스러워하며 최대한 고마움을 연속으로 표현했다. 그도 양심이 있는 사람이었기에 지난날에 대한 부끄러움이 있어 이 기회에 좋은 말을 해 주고 싶었던 것이다. 이러한 마음을 잘 알았던 요하임은 그러면 술이나 사 달라고 말하였다. 모델은 이에 웃으며 적들이 완전히 물러가면 좋은 술집에 초대하겠다고 답하였다. 그렇게 며칠 뒤, 적들이 물러나고 베를린 안정화 작업이 어느 정도 마무리되자 모델은 정말로 요하임을 초대하였다. 비록 술집은 아니고 그냥 자기 숙소였지만 오히려 요하임은 이를 반겼다. 어쩌면 속내를 듣기엔 개인적인 장소가 더 좋다고 생각했기 때문이었다. 그는 궁금했다. 지난날이 말이다. 자신의 상관은 갑자기 변모하였다. 거기까진 이해가 가나 그전에 엘리트였던 그가 왜 쾨니히스베르크의 일 전까진 막장으로 살았는지 너무나도 그는 궁금했다.

"지난날, 쾨니히스베르크에선 미안했네. 자네 덕분에 그래도 많은 시민들이 구출되었지. 부끄러울 따름이야."

모델은 손님에게 먹을 것을 내어주며 말했다. 그는 지난날 요하임과 레더 제독의 활약으로 그나마 살린 쾨니히스베르크의 시민들을 언급하였다. 모델은 도시가 불타는 순간에도 정신을 차리지 못하였기에 이에 대한 죄책감이 심하였다. 그에 반해 요하임은 사람들을 구출했으니 이에 대한 부끄러움을 표했다. 이에 요하임은 당황하며 손을 저으며 괜찮다고 말했다. 모델은 요하임의 말에도 거듭 미안함을 표하였다. 확실히 언급하고 짚고 넘어가야 할 문제라고 생각했기 때문이었다. 요하임은 철두철미해야 할 프로이센 장교답지 않은 모습에 조금은 당황했지만 지난날을 생각하면 사람이라면 당연히 바뀌어야 할 변화임을 생각하며 거듭 받아 주며 눈앞의 상사를 달래었다. 그렇게 민폐를 끼쳤던 과거에 대해선 마무리 짓고 둘은 앞으로의 일을 언급하기 시작했다. 요하임은 그를 만나기 전 과거를 알고 싶었지만 남의 과거를 대놓고 묻는 것은 예의가 아니었다. 그래서 두 소재를 은근히 합쳐서 이야기하였다.

"그렇습니다. 앞으로의 독일을 이제 생각해야 할 때입니다. 모델 장군님이 바라는 우리의 미래와 그 이유가 궁금하네요."

요하임은 근거를 말하면서 그의 과거를 듣기를 바랐다. 일단 모델은 이 나라의 미래에 대해 언급하기 시작했다. 모델은 먼저 승전에 대해 언급하였다. 이기지 못하면 변화도 뭐도 못 하니 당연한 말이었다. 모델은 일단 이겨야 하며 이긴 뒤의 독일을 그려 보았다고 말하였다. 모델이 바라는 이긴 뒤 독일은 강한 독일이 아닌 상냥한 독일이었다. 그는 그러지 못한 독일이 싫었다고 말했다. 요하임은 그 포인트를 듣고 싶었지만 모델은 조금 얼버무리며 말을 이어 갔다. 모델이 바라는 독일은 정말 간단했다. 사람이 사람을 사람 취급해 주는 세상이었다. 가진 수준이 달라도, 소유한 공간이 달라도, 지위나 형편의 차등이 있어 누리는 것은 다를지언정 사람으로서 대하는 태도는 다르지 않은 세상을 그는 원하였다. 그리고 이러한 태도가 담긴 행보를 보이는 새로운 카이저의 움직임에 그는 희망을 걸고 있다고 말하였다.

"가진 게 달라도 권리는 같게라…."

"그래. 우린 동방에서 그걸 못했고 그래서 이 전쟁이 일어난 거니까. 이젠 그렇게 바뀌어야 한다고 보네."

모델은 회상에 잠기며 그리 말하였다. 모델은 대략적으로 루덴도르프 파벌이 전간기에 러시아인들에게 혹독하게 대하였다고 언급하였다. 요하임은 그의 말에 대강의 그림이 그려졌다. 러시아 사람들을 비인간적으로 대하는 독일의 관료와 군인들이 말이다. 전쟁에 승리하여 상대방보다 우위를 누리고 있다는 것에 취하여 패배감을 주고 멸시하며 즐거워하는 행태가 지금의 전쟁을 만든 것이리라. 아마 그 현장에 그도 있었을지 않았을까? 요하임은 그렇게 생각하며 이리저리 돌려 가며 물어보았지만 모델은 못 들은 척 답하지 않았다. 더 이상 유도하는 것은 예의가 아니라고 느끼고 요하임은 술잔을 기울이며 이제 진지한 이야기보단 잡담으로 넘어갔다. 조금 아쉽긴 했지만 요하임은 그래도 기쁜 감정에 취하였다. 무슨 연유인지는 모르겠으나 중요한건 지금 이 순간 아닌가? 여전히 나쁘면 모를까 이제 자신의 상관은 변했다. 그렇기에 굳이 원인에 집착하지 않았다. 물론 궁금했고 기회가 되면 여전히 알고 싶지만 중요한 건 눈앞의 사람이니 말이다. 그렇다면 이제 남은 것은 승리까지 힘을 모으는 것이었다. 모델이 말하는 세계를 위해서라면 독일을 지키고 더 나아가 승리할 필요가 있었다. 보즈드가 승리한다고 독일을 배려해 줄 리가 없으니 전쟁에서 이겨 다른 독일을 보여 줘야만 하였다. 그렇기에 둘은 앞으로 더욱 힘을 내자고 이 자리에서 맹세했다. 다가올 달라질 유럽을 위하여.

3장

: 전환점

전쟁은 위대한 서사시와 위대한 영웅을 남기는 게 아니라 욕심과 자만에서 탄생되며 눈물과 고통, 피만 남게 되는 비참한 것임을 우리는 깨달아야 한다.

― 클라우제비츠

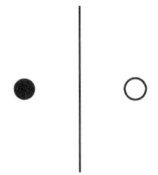

1940년 초가을, 러시아군은 베를린에서 물러났다. 미하일 투하체프스키 러시아 총사령관은 베를린뿐만 아니라 다른 전선도 전진을 멈추고 대대적으로 재정비에 들어갔다. 미하일 드로즈돕스키의 의견에 따라 다른 곳을 노리기로 결정하였으나 사실 그는 이대로 전선을 굳히길 바랐다. 베를린에서 패퇴하였고 후방의 소요가 있긴 하지만 여전히 러시아의 입지는 압도적이었다. 큰 실수를 하지 않는 이상 이 구도가 달라질 것이 아니기에 굳이 적이 유리해질 여건 자체를 주지 않고 협상에 들어가는 것이 현명하다고 여겼기 때문이었다. 그러나 보즈드 크리스티나 사빈코프와 공군 원수 이바노프의 압박으로 그럴 순 없었다. 결국 그는 다른 방안을 구체적으로 마련하기 시작했고 그렇게 포착된 새로운 전장은 다름 아닌 이탈리아였다. 독일이 단단한 벽이라면 이탈리아는 부드러운 속살로 여

겨졌기 때문이었다. 실로 생디칼리스트와 러시아의 부대가 거의 독일로 가고 있는 반면 이탈리아 방면으로는 소수의 부대만 침공 중이지만 이탈리아 북부 방위군은 처참한 실력을 보여 주고 있었다. 다행히도 이탈리아 해군의 활약이 돋보이긴 해서 지중해 방위는 괜찮았으나 지상군의 활약이 너무 아쉬웠다. 그러한 전적을 보아 육군으로 이탈리아를 치는 것은 좋은 판단으로 여겨졌다.

"보즈드시여. 다음 작전의 목표는 이탈리아 왕국의 베네치아로 결정하였습니다. 최종 승인 부탁드립니다."

"그래요? 계획안 주세요. 보고 바로 사인해 드리죠."

미하일 투하체프스키는 보즈드 크리스티나 사빈코프를 찾아가 작성한 안건을 보고하였다. 보즈드는 해당 문서를 받아 천천히 읽어 내려갔다. 그녀는 만족해 가며 문서를 읽어 내려갔다. 하지만 이와 반대로 투하체프스키의 표정은 좋지 못하였다. 지난 베를린의 총 3번에 걸친 공세 이후로 그는 이젠 그만 전투보단 협상에 나서고 싶었다. 겉으로 보기에는 부하의 의견을 받아 계속 공세를 짜내는 사령관으로 보였지만 그건 그저 독재자의 의견을 거부할 수 없었기에 그랬던 것뿐, 이번 작전을 스스로 짜내면서도 탐탁지 않아 했다. 투하체프스키의 불만스러운 표정에 보즈드의 옆에 서 있던 '보즈드의 세 고리'라 불리는 세르게이 이바노프 공군 원수와 외교관 겐나디 게라시모프, 그리고 러시아 은행 총재 그레고리 타라소프가 동시에 총사령관에게 시비를 걸어 댔다.

"뭐가 그리 불만이십니까? 우리 총사령관님은?"

"그야 머리에 협상이 가득해져서 그런 거 아니겠나? 그런데 협상의 기미가 있으면 내가 직접 나섰지."

"우린 아직 여유가 있는데 무슨 불만이 그리 있는지…."

3명은 차례대로 투하체프스키에게 비아냥거렸다. 이에 투하체프스키는 참기 힘들었는지 얼굴을 붉혔다. 전쟁 개시 첫해에 벌어진 겨울 공세의 전공을 세운 게 투하체프스키인 것을 생각해 보면 이것은 무례한 대우였다. 물론 다른 이들도 공을 세우긴 했으나 당연 일등공신은 투하체프스키였다. 그러나 3명 중에서 특히 보즈드의 소꿉친구인 세르게이 이바노프 공군 원수는 오히려 적반하장으로 총사령관을 몰아세웠다.

    "그렇게 하기 싫으시면 이번 작전에서 손 떼시던가! 보즈드, 이번 작전 제가 지휘하겠습니다. 이번 작전은 중요한 전환점이 될 터인데 저런 빨갱이에게 맡길 수는 없습니다."

    "이바노프, 말이 심하잖아."

    이바노프의 격한 발언에 보즈드 크리스티나 사빈코프는 그를 나무랐다. 그러나 자신의 감정을 감추지 못한 총사령관에도 그녀는 실망하였다. 그래서 그녀는 진지하게 투하체프스키에게 물어보았다.

    "이번 작전 마음에 안 드시나요?"

    "아닙니다."

    "탓하지 않을 테니까 솔직하게 말해 주세요."

    "음…. 솔직히 제가 마련해 온 것이긴 하지만 무의미하다고는 생각합니다."

    보즈드의 질문에 투하체프스키는 순간 고민했지만 담담하게 말했다. 하라는 대로 따르면서 여기까지 왔지만 그래도 그녀는 자신을 아예 무시하는 사람은 아니었기 때문이었다. 애초에 크리스티나 사빈코프가 부탁하여 등용된 인물이 투하체프스키였다. 이 정도로 눈치 볼 필요는 없었다만 문제는 주변의 반응이었다. 세르게이 이바노프는 길길이 날뛰며 상관의 생각에 불만을 표시하고 있다며 우겨 댔다.

| 전환점 |

"이것이 반역을 원하고 있는 것이 아니고 무엇입니까?! 이놈을 당장 수용소로 보내야 합니다!"

공군 원수는 어린 시절 보즈드와 함께 경험한 내전기를 떠올리며 말했다. 다른 이들도 이와 비슷한 반응을 보이자 보즈드도 조금은 기분이 언짢아졌다. 그러나 그렇다고 진짜 수용소에 보낼 정도로 보즈드는 바보는 아니있다. 그래도 원치 않은 것을 행동으로 옮기라고 강요하는 것도 좋지 않다고 그녀는 생각했다. 무엇이 병사를 효율적으로 움직이게 하는지 그녀는 잘 알았다. 사람을 다루는 것에는 일가견이 있는 사람이었다. 사령관같이 상위층의 사람도 이와 크게 다르지 않았다. 그녀는 차라리 원하는 이에게 맡기는 것이 더 진취적인 행보를 보여 줄 수 있고 그로 인해 더 좋은 결과를 가져다줄 것이라고 생각하였다. 무엇보다 기본적으로 투하체프스키에 대한 내부 여론이 좋지 않기 때문에 꾸준히 있던 반발을 이번에 수용해 줄 필요가 있다고 정무적 판단도 겸하였다. 투하체프스키의 의견을 수용하는 선택지도 있었으나 그것은 독일 붕괴라는 목표가 있는 그녀로서는 받아들이기 힘들었다.

"그럼 이번 공세의 지휘권은 이바노프에게 맡겨 보죠. 다만 계획 자체는 투하체프스키 사령관님이 세운 것을 토대로 진행시키겠습니다."

보즈드의 말에 이바노프 공군 원수는 웃으며 감사함을 표하였다. 이로써 이번 전역의 총괄은 공군 원수인 그가 맡게 되었다. 그러나 실질적 지휘는 총사령관의 입김이 많이 닿아 있는 육군의 장성들이 맡기로 하였다. 그는 엄연히 공군이요 지원가이지 지상의 일엔 전문가가 아니니 말이다. 이미 공훈을 세운 총사령관과 장성들이 있는데 그를 세우는 것은 올바른 선택이 아니었다. 하지만 러시아에게 있어 독일 멸망은 포기할 수 없는 옵션이었고 그것을 가장 크게 주장한 사람이 힘을 가지게 되는 것은 당연한 수순이었다. 고로 그렇게 안건은 확정되었고 정확한 공세의 디데이는 내년 초엽으로 결정되었다. 그전까진 반년 동안은 힘을 비축하면서 소규모 공세만 꾸준히 하는 것으로 마무리되었다. 독일 내부 피로는 낮추지 않으면서도 이탈리아를 노리겠다는 것이었다. 다른 방면을 노리는 것이기에 독일에 집중되어 있는 병력을 차근차근 재편성하는 것이라 당장 이탈리아를 공격하는 것은 무리라 판단하여 공세는 내년 초봄으로 결정된 것인데 이것으로 독일은 어느 정도 숨을 고를 수가 있었다. 공세 자체가 멈춘 것은 아닌지라 힘들었지만 번 시간을 카이저는 아낌없이 좋은 곳에 쓰자고 판단하였다. 그는 지금까지 빌헬름 카나리스 정보국장을 통해 얻은 소스를 이용하여 미국에 대한 여론전을 펼쳤다. 이 정보를 들은 처칠은 자신이 카이저 대신 미국으로 날아가 루스벨트 대통령을 만나 이야기하였다.

"들으셨습니까?! 러시아의 점령지에서 일들이요! 비단 독일 사람뿐만 아니라 여러 민족들이 탄압받고 있다는 사실 말입니다! 미국 여러분들이 자유 국가라고 떠들어 대면 누구의 편을 들어야 하는지 너무 자명한 게 아닌가요?!!"

"윈스턴, 듣긴 했지만 이렇게 불쑥 찾아와서…. 일단 흥분을 가라앉히고 천천히 이야기해 봅시다."

미합중국의 대통령 루스벨트는 오랜 지인의 반응에 조금 당황하며 그를 맞이하였다. 이미 카이저의 설득에 호응하여 제한적이긴 하지만 군수 물자 지원을 이미 해 주고 있는데 더 떼쓰는 사람의 말을 들어주기는 곤란했기 때문이었다. 물론 이는 처칠도 카이저도 아는 사실이었다. 미국에게 더 받아 내는 것은 힘들었다. 그러나 둘은 언젠가 미국이 참전할 것이라고 믿고 있었다. 여론을 신경 써서 그렇지 미국 수뇌부들도 은연히 바라는 일이니 말이다. 그래서 일전에 제한적 무기 대여법을 통과시켜 준 것이었다. 그렇기에 개입을 위한 예열 작업을 조금이라도 더 미리미리 해 두자는 것이 처칠이 노리는 포인트였다.

"얼마나 많은 독일인들이 수용소에서 핍박받는지 아십니까? 미국인의 대부분이 독일계 아닙니까?"

"물론 그렇긴 하나 우린 미국인으로서의 정체성이 확고하답니다. 그걸로 국민을 설득하긴 힘들어요."

전쟁이 일어나자 독일군으로 입대하는 독일계 미국인들이 있었다. 독일에서 넘어와 아직 독일에 대한 감정이 살아 있었기 때문이었다. 하지만 그러한 사람은 소수였다. 몇 세대를 거치면서 어디에서 왔건 이미 미국인이라는 정체성이 다들 확고하였다. 그래도 대부분 자신의 핏줄에 대해 신경을 쓰긴 하기에 처칠은 이 부분을 집요하게 물고 넘어갔다.

"하지만 충분히 기분이 상할 만한 사건이죠! 사람들이 이러한 일에 눈을 깜짝도 하지 않을 거라고는 보지 않습니다!"

확실히 독일계 시민들은 신경을 쓸 만한 사안이었다. 그렇기에 루스벨트 대통령은 이를 완전 무시할 수 없었다. 물론 당장 참전할 것은 절대 아니었다. 그래도 처칠의 행동에 먹이를 줄 필요는 있었다. 결국 요구 하나를 들어주게 되었다. 바로 독일 난민들을 위한 대규모 정착지 마련이었다. 독일 멸망을 대비할 준비를 미국에게 부탁한 것이었다. 이로써 사실상 미국은 독일을 지지한다는 입장을 가지게 되었다. 미국은 무수한 독일계 시민들이 있기에 시민들도 참전은 싫어도 반대로 참전만 안 한다면 적당한 선에서 도와주어야 한다고 생각하였다. 처칠은 그것을 빌미로 물고 늘어졌고 결국 독일인 정착촌을 만들어 줄 것을 요청하고 이를 수락받았다. 루스벨트가 딱히 원하는 것은 아니었으나 극단주의를 막기 위한 개입을 꾸준히 원하고 있었던 그였기에 개입의 가능성을 위해 들어주었다. 이로써 미국은 사실상 독일의 사이드에 섰고 이에 생디칼리스트 해군들은 미국 함선에 대한 경계를 강화하였다. 카이저는 이 과정에서 분란이 터져 미국이 참전하길 기원하였다. 다만 아쉽게도 한동안 브리튼 연방 함대는 검문은 해도 선은 넘지 않는 한에서 행동한지라 기대의 결과는 당장 나오지 않았다. 그래도 전쟁이 계속 이어진다면 변수가 생길 것이라 독일 수뇌부는 판단했다. 그러면서 미국에서 여러 캠페인을 벌이면서 독일에 대한 이미지 작업을 이어 갔다. 이러나저러나 그들의 참전만이 독일의 살길이었다. 이런 외교 작업 이후에는 역시 러시아에 대한 탐문이 이어졌다. 여름을 넘어 가을, 늦가을이 되어 가자 확실히 전선에서의 러시아 규모가 줄어들어 갔다. 정예 부대가 다른 곳으로 이동하였기 때문이었다.

　러시아 공군 원수 세르게이 이바노프는 측근이라 할 수 있는 육군 장성들과 함께 그전까지 주둔하고 있던 곳에서 보다 남쪽으로 이동하였다. 그들은 새로운 작전을 '수보로프 작전'이라 명명하고 총 250만의 대병력을 동원하여 이탈리아 방면으로 서서히 움직여 갔다. 보급 루트를 확실히 하고 그를 위한 대규모 자원을 동원한지라 이러한 일련의 움직임은 정말 대단하였다. 이러한 대대적인 군의 움직임은 이내 독일 정보부의 귀에 들어가게 되었다. 빌헬름 카나리스 정보국장은 적의 움직임을 수상에게 보고하였다. 그러나 적들의 작전 내용, 그 목표에 대해서는 알아내기 힘들었다. 이번 병력의 움직임은 그 숫자가 너무 거대해 물류의 흐름을 통해 파악하기 쉬웠다. 그러나 내부 기밀 정보는 빼내는 것이 쉽지 않아 결국 추측의 영역으로 남게 되었다. 이에 전시내각수상은 장성들을 모아 의견을 구했다.

　"적이 어디를 노리는 것 같은가?"

| 전환점 |

"비엔나 아닐까요?"

"이탈리아 왕국일 가능성도 있습니다."

"아니, 여전히 엄청난 병력이 베를린 앞에 있습니다. 저것은 속임수고 다시 베를린으로 올 것 같습니다. 2차 베를린 전투 때 우리의 방비가 좋은 것을 보아 우리의 힘이 다른 곳으로 분산되길 원하는 것입니다."

장성들의 의견은 분산되었다. 이 회의에는 모델도 참가하고 있었고 모델은 이탈리아 왕국 방면을 말하였지만 확신은 없었다. 베를린 방면도 신뢰 높은 이야기였다. 각 전선에서 병력이 빠져 남쪽으로 가고 있다고는 하나 여전히 러시아 북부 집단군은 엄청난 수를 자랑하고 있었다. 도저히 독일의 예비 전력을 빼내 남쪽으로 보내기에는 부담스러웠다. 서쪽의 생디칼리스트도 신경 써야 했다. 결국 독일 수뇌부의 판단은 기동 방어를 하자는 것으로 가닥이 잡혔다. 발맞춰 남쪽으로 보내지 말고 정말로 침공이 시작되면 해당 방면으로 예비 전력을 보내기로 말이다. 일단 예비 전력들이 바로 움직일 수 있게 후방으로 빼내 준비만 하자는 것으로 마무리되었다. 하지만 이러한 신중은 결국 참극을 불러들였다. 기동 방어라고는 거창하게 말했지만 적극적으로 기동 방어를 행한 것이 아닌지라 결국 한발 느리고 말았다.

"이탈리아는 썩은 문짝이다. 우리가 발로 한번 뻥 차면 그대로 무너질 것들이다!"

1941년 초봄, 이바노프가 이끄는 새로운 남부 집단군은 남유럽의 동맹국 군대와 함께 크게 세 갈래로 나뉘어 베네치아를 향해 진격했다. 이탈리아 왕국군은 예상치 못한 적의 공격에 속절없이 무너져 갔다. 이탈리아 왕국은 지중해 방위에 거의 모든 힘을 쏟고 있는 중이라 프랑스 코뮌과 싸우기도 힘든데 러시아까지 쳐들어오자 감당하기 어려웠다. 바로 독일에 구원 요청을 했고 레토-포어베크 수상은 베를린 전투에서 방위를 맡았던 발터 모델과 중부 전선에서 활약을 하고 있는 왕당파 장군 페도어 폰 보크에게 미리 편성해 놓은 부대를 맡겨 이탈리아로 급파하였다. 둘은 최대한 빠르게 이탈리아로 향하면서 이탈리아 왕국군이 최대한 버텨주길 빌었다. 그러나 류블랴나 서부와 트리에스테 전역에서 이탈리아 군대는 그야말로 처참히 패배했다. 이탈리아 왕국은 숨어서 버티기보단 공세를 통한 방어를 택했다. 그러나 이바노프는 여전히 대부분 방면에서 제공권이 유리한 점을 톡톡히 이용, 공군을 통해 적의 진격을 무력화시키고 발을 묶을 동안 지상의 병력으로 유유히 적을 포위하여 공세를 무력화시킨 것이다. 결국 이탈리아 군대의 허리는 잘려 나가고 공세를 위한 병력은 순식간에 박살 났다. 이바노프 러시아 공군 원수는 이에 기뻐하며 자신의 공군을 찬양하는 동시에 빠르게 베네치아로 진입하라 외쳤다. 현재 독일이 소비하고 있는 곡물과 알루미늄, 강철, 압연, 석탄 등등 여러 자원이 이탈리아 방면을 통해 식민지와 미국으로부터 수입되고 있었다. 그리고 그 대부분이 베네치아를 통하여 흐르고 있었다. 이 도시를 점령한다는 것은 독일을 말려 죽일 수 있다는 것이었다. 러시아 수뇌부들도 바보는 아니었기에 이제 무작정 베를린이나 주요 도시를 노리는 것보다 말려 죽이는 방안을 선호하고 있었다. 이 도시를 점령하는 것은 독일이 싫어도 평화 협상을 구걸하게 되니 이바노프 원수는 이번 작전의 모든 병력을 동원하여 도시를 점령하라고 명령했다.

    그렇게 가동 전력의 대부분이 도시 내로 밀려들어 왔다. 지나치다고도 볼 수 있는 이 병력의 집중으로 도시는 말 그대로 시간문제일 뿐 서서히 점령되어 갔다. 보크와 모델의 군대가 도착했을 때는 이미 시가전이 개시된 지 3주 후로 도시 대부분이 함락된 상황이었다. 이탈리아 왕국군이 온 힘을 짜내어 겨우겨우 버티고 있는 형국이었다.

"세르게이 이바노프 원수가 허풍만 부리던 인물은 아니군요. 벌써 이 정도라니."

"그러게 말입니다. 바로 달려왔는데 전투의 끝이 보일 정도군요."

모델의 말에 이번 원정군의 총괄을 맡은 페도어 폰 보크 장군이 약간 씁쓸해하며 말했다. 그만큼 상황이 좋지가 않았다. 물론 둘은 이탈리아 왕국군을 탓할 생각은 없었다. 오히려 이탈로 발보 이탈리아 총사령관은 류블랴나-이스트리아 전역 이후 절대 사수 정책을 버리고 유연한 전술로 질서 정연하게 베네치아까지 후퇴하여 병력을 보존해 항전을 이어 가고 있었다. 그리고 시가전인 상황을 적극 이용하여 적의 제병합동 전술을 무력화시키며 집요하게 전투를 이어 가고 있었다. 비록 대부분 함락된 상황이긴 했으나 독일 원군이 도착할 때 쯤 러시아 침공 병력은 이탈리아의 분전으로 상당히 지친 상황이었다.

"그래도 이대로 가다간 베네치아의 함락은 피할 수 없겠군. 만일 함락된다면 러시아는 비단 이곳 베네치아뿐만 아니라 트렌트나 볼차노까지 점령하여 독일과 이탈리아를 분단시켜 우리 본토를 굶겨 죽일 겁니다. 그렇다고 도시를 탈환하자니 다시 시가전을 치르면 우리의 피해도 만만치 않을 텐데…. 모델 장군. 좋은 생각이라도 있습니까? 도시를 탈환하기 위한 좋은 방안 말입니다."

"제가 보기엔 적들 도시에서 몰아내긴 힘듭니다. 이번 침공을 위해 재편된 러시아 6군은 정예들로 구성되어 있습니다. 엄청난 전투력의 소유자들이고 이미 대부분 점령된 도시에 완벽히 안착되어 있습니다. 그들을 밀어내려고 도시에 들어갔다간 우리만 크게 당할 것입니다."

"그렇다고 도시가 함락되게 놔둘 수는 없는데…."

긴장감 속에서 빚어진 페도어 폰 보크의 힘겨운 말에 모델은 싱긋 웃음으로 화답하였다. 이에 페도어 폰 보크 장군은 놀라 무슨 방안이 있느냐 말하자 모델은 현재 도시에 진입해 있는 러시아 6군의 강력함을 언급하며 말했다.

"이들은 너무 강하고 너무 많습니다. 도시 점령을 위해 전력의 대부분이 투사되어 베네치아 안에 과도하게 밀집된 상태입니다. 어느 정도는 밖에서 측면과 후방을 보호해 주고 있으면 좋을 텐데 말이죠. 도시를 점령해야 한다는 이바노프의 집착이 우리에게 기회를 주었습니다."

병력의 집중은 병법의 기본이었다. 이바노프는 이를 충실히 이행하고 있었다. 육군에 대해 큰 지식은 없지만 군에 대한 지식이 없는 사람은 아니었다. 하지만 목표에 대한 집착은 결국 실수를 낳았다. 앞서 말했듯이 이바노프 러시아 연방 공군 원수는 빠르게 도시를 점령하고 적에게 강렬한 타격을 가하기 위하여 병력을 도시에 집중하였다. 그러다 보니 도시 외곽, 베네치아의 오른편에서 측면과 후방을 지키고 있는 부대는 러시아의 부대가 아닌 불가리아같이 지원 온 러시아의 남유럽 동맹국 군대였다. 이들은 지난 전투에서 여러 경험을 쌓아 와 강해진 러시아에 비하면 확실히 연약한 상대였다. 숫자도 적어 달려온 독일의 구원군이 격파하기 안성맞춤이었다.

"지금 베네치아의 측면을 지키는 군대는 몇 개 사단에 불과합니다. 베네치아로 들어가면 적이 우리의 두 배인데 측면으로 가면 1/4 수준으로 떨어집니다. 경험의 차이를 생각하면 더더욱 쉽지요. 정면으로 맞서지 말고 측면을 후려갈겨 그대로 후방까지 달려가 도시를 포위해야 합니다."

발터 모델은 페도어 폰 보크 장군에게 요하임 슈타인 참모장과 의논하며 나왔던 싸우지 않고 승리하는 길에 대해 언급하였다. 러시아의 정예들을 상대로 싸우면 승리를 장담하기 힘들었다. 그렇다면 그들과 싸우기보단 적이 알아서 죽어 갈 길을 택해야 했다. 러시아가 베네치아를 원하듯 말이다. 페도어 폰 보크 상급대장은 모델의 의견에 동의하며 도시는 지나치고 도시의 외곽과 적의 후방을 치기로 결정했다. 선봉은 자신이 맡아 후방까지 돌격하기로 하였다. 모델은 측면 포위를 맡기로 하였다. 그렇게 두 상급대장은 의외로 의견을 다투지 않고 빠르게 합의하는 것에 성공하였다. 사공이 많으면 배가 산으로 갈 수 있으나 사공들은 눈앞에 바로 바다가 보여 그러지 않았다. 러시아 원정군의 행보 덕에 레토-포어베크 수상의 의도대로 모델의 방어와 보크의 공격이 잘 어우러지게 되었다. 그만큼 복수에서 이어진 러시아의 적극성이 화를 부른 것이다.

그렇게 '프리드리히 작전'이 결정되자 독일 구원군은 바로 진격하여 헝가리와 불가리아의 사단을 공격하였다. 구데리안으로부터 빌려 온 기갑 부대가 우레와 같이 적에게 타격을 가하였다. 러시아의 동맹군들은 자신들이 타격을 받을 것이라고는 예상하지 못하여 허둥지둥하였다. 그렇게 갈피를 못 잡고 있을 때 페도어 본 보크 장군은 더욱 가열하게 진격하였다. 그러면서 작전대로 이탈로 발보와 모델에게 전방과 측면에서 적을 붙잡아 달라고 부탁하였다. 보크의 요구에 이탈리아 왕국은 모든 가용 병력을 이용하여 눈앞의 적들에게 달려들었다. 현장을 지휘하고 있던 이바노프의 심복들은 적의 대대적인 공격에 대해 보고하였다. 그리고 이 소식은 투하첵스키와 참모장 바실렙스키의 귀에까지 들어갔다. 바실렙스키는 이바노프와 달리 적의 공격에 우려하였다. 아군이 너무 한군데에 몰려 있었기 때문이었다. 그러나 측면과 후방에 대한 보강을 하라는 그의 의견을 이바노프는 무시했다. 개인적 감정도 있었지만 모델의 움직임에 제대로 기만당했기 때문이었다. 모델은 시선을 끌기 위해 빌헬름 카나리스 국장에서 거짓 정보를 뿌려 달라고 요청하면서 자신의 부대엔 베를린에서처럼 방어를 위주로 한 전술을 행하라고 명했다. 그래서 이바노프는 적이 공격해 오는 척하면서 이득을 취하려고 하는 것이라 판단하였고 이번 공세 자체가 적의 커다란 기만책이라고 생각하였다. 하지만 그는 오히려 기만이라는 심리전에서 당해 버렸고 결국 참극이 일어났다. 경험과 실력이 상대적으로 부족한 불가리아의 군대가 결국 한 번에 박살 나 버린 것이다. 페도어 폰 보크의 부대는 기갑을 적극 이용하여 전방과 측면에 강렬한 타격을 주면서 주력으로 적의 후방을 차단하고 잘라먹는 것을 반복하며 눈앞의 허수아비를 도려냈다. 이번에 모델과 같이 군대를 끌고 온 그는 다른 원로 장성들과는 달리 후배들의 생각을 존중하며 잘 수용할 줄 아는 사람이었고 그 덕에 구데리안이 준비한 부대는 매우 날뛰면서 자신의 존재 가치를 증명하였다. 구데리안의 기동전 교리는 불가리아와 헝가리의 부대에 잘 먹혀들어 갔다. 이제 시대는 참호가 아닌 기동의 시대로 변한 것이다. 그리고 이것은 러시아에서 배운 것이나 다름없었다. 결국 러시아는 자신들이 가장 잘하는 것에 도리어 당해 버린 것이었다. 그렇게 서서히 포위되어 가자 세르게이 이바노프 공군 원수에게 빌붙었던 육군 장성들은 다급히 퇴각을 하자고 요청했다. 하지만 이 소식을 들은 보즈드 크리스티나 사빈코프는 이리 외쳤다.

"후퇴는 절대 안 된다! 현재 위치를 반드시 사수하라!"

독일 멸망의 기회를 놓칠 수 없었던 보즈드는 후퇴를 금지했다. 그러면서 차선책을 장성들에게 어서 짜내라고 윽박질렀다. 이내 베네치아의 6군을 구하기 위한 '겨울 폭풍' 작전이 개시되었다. 유고슬라비아에 주둔하고 있던 예비 전력과 베네치아에 들어가지 않고 류블랴나에 잠시 주둔해 있던 원정 병력이 가용되어 베네치아로 향하였다. 계획 자체는 나쁘지 않으나 문제는 보급이었다. 포위망이 완성되어 가고 있기 때문에 보크의 군대를 치워 버리지 않는 이상 원활한 보급은 힘들었다. 이에 세르게이 이바노프 공군 원수는 공중을 통해 보급을 하겠다고 큰소리쳤다. 100대에 가까운 수송기를 통해 하루에 수백 톤의 보급품을 나르겠다고 말이다. 그는 이 과정을 자신이 직접 체크해야 한다며 자신의 측근 육군 장성은 베네치아에 남기고 류블랴나로 공군기를 통해 빠져나갔다. 그러면서 원군이 오기 전까지 무조건 버티라고 명령했다. 발터 모델의 참모장 요하임 슈타인은 이러한 광경을 포착하고 모델에게 보고하였고 모델은 보크에게 알려 결국 포위망을 완성시켰다. 적들이 후퇴할 생각이 없었기 때문에 러시아 동맹국 병력만으로는 보크의 부대를 막기 힘들었다. 그렇게 고작 3일 만에 포위망이 형성되었고 러시아는 베네치아 우안을 탈환하기 위해 진격했다. 러시아의 구원군은 지난 전쟁을 통해 단련된 경험 덕에 보크의 부대에 수월하게 큰 피해를 입히며 베네치아로 향했다. 구원병력의 포격이 베네치아 안의 부대에게 들릴 정도로 강렬한 타격을 입혔다. 러시아 구원군은 베네치아의 병력에게 일부 부대를 보내 왼쪽에서 공격하라고 전보를 보냈다. 러시아의 군대는 지난 전쟁을 통해 강해졌기에 만일 양옆에서 공격하면 보크의 군대는 위험에 빠질 수밖에 없었다. 물론 독일도 지난 전쟁 기간 동안 경험이 늘었지만 루덴도르프의 잔재 덕에 러시아의 맞수까지는 아직 성장하지 못하였다. 고로 돌이켜 생각하면 베를린 전투는 모델의 공훈이 컸다.

"뭐, 돌격하라고? 이곳 사정을 알긴 하는가?!"

세르게이 이바노프가 떠나고 베네치아 러시아 6군을 총괄 지휘하고 있는 드미트리 스미르노프는 자신이 처한 현실에 분노를 표하였다. 그렇게 자랑하던 공중 보급이 생각보다 별로였기 때문이었다. 목표로 한 양의 절반도 오질 않았다. 포위된 6군은 독일의 공격전부터 연이은 시가전으로 이미 지쳐 있었고 휴식과 대대적 보급이 필요했다. 그러나 휴식은 고사하고 피복도 제대로 오지 않아 서서히 공세 능력을 상실하고 있었다. 돌이켜 보면 처음부터 그들은 오른쪽으로, 구원군은 왼쪽으로 향하여 처음부터 중간 지점을 향해 달렸으면 포위망은 결국 형성되지 않았을 것이다. 러시아 군대의 역량은 독일의 생각보다 더 높았다. 물론 힘들게 얻은 땅은 사라지겠지만 아예 기회를 날리는 것보다는 나았으니 다시 쳐들어가면 모를 일이었다. 하지만 보즈드의 철수 금지 명령 덕에 포위된 러시아 6군은 공격력을 상실하였고 진격은 힘들었다. 이러한 상황이니 포위된 러시아 6군은 결국 움직이질 못했다.

"지금이 싸우지 않고 이길 때입니다. 항복을 요구하시죠."

이 상황을 유심히 바라보고 있던 요하임 슈타인 참모장은 자신의 상관인 발터 모델 장군에게 말했다. 발터 모델은 이를 받아들여 사람을 보냈고 세르게이 이바노프는 이 소식에 길길이 날뛰며 드미트리 스미르노프 장군을 육군 원수에 임명해야 한다고 보즈드에게 말하였다. 보즈드 크리스티나 사빈코프는 이를 받아들였고 세르게이 이바노프에게 잘 보이려던 육군 장군은 이제 동급인 원수가 되었다.

"내가 보즈드의 소꿉친구, 아니 애완견 때문에 죽을 수는 없지."

사실상 항전하다 죽으라는 승진에 드미트리 스미르노프는 이 결정에 비웃으며 독일과 이탈리아에 항복하였다. 그렇게 150만에 달하는 러시아의 정예 병력이 항복하였다. 러시아 6군은 항복의 대가로 먹을 것을 요구했고 보고를 받은 카이저는 이를 받아들였다. 이 소식에 보즈드 크리스티나 사빈코프는 민족의 배신자라며 욕을 하며 소리쳤지만 소용없는 짓이었다. 이미 끝나 버린 사안이었고 그렇게 허무하게 베네치아 공방전이

두어 달 만에 빠르게 마무리되었다. 이번 러시아 병력은 각 방면에서 뽑은 경험 많은 정예들이었기에 러시아의 타격은 매우 컸다. 모델이 앞서 베네치아의 러시아 병력은 무서우니 그들을 공격하지 말자고 한 것엔 그만한 이유가 있을 정도로 강군이 모인 병력이었다. 특히 실무를 맡은 위관급 장교들과 부사관들의 능력이 출중하였다. 지난 전쟁으로 러시아군이 전체적으로 노하우가 높은 군대가 되었는데 그중에서도 정예이니 무서운 부대였으나 보즈드의 고집, 세르게이 이바노프의 자만과 실수로 별다른 전투 없이 정예들은 항복하게 되었다. 고로 정말 큰 타격이었고 이 소식을 들은 미하일 투하체프스키 사령관은 큰 충격에 빠졌다. 그는 이번 작전에 참가하지 않아 경질되지 않았고 손가락질을 받진 않았지만 이 정도 타격이면 공세가 또 가능하긴 해도 전쟁 초엽의 힘은 보여 주기 힘들다고 생각하였다. 독일도 이러한 사실을 알아서 이 보고를 들은 카이저는 스스로 만세를 부르짖었다.

"좋았어!! 이제 승전이 꿈만은 아니다!!"

"그렇게 좋으십니까?"

카이저의 웃음에 수상도 웃으며 물었다.

"당연한 거 아닙니까? 내용을 들어 보니 이번에도 발터 모델 장군이 힘써 주었군요. 베를린에 이어 베네치아까지! 그야말로 나의 소방관입니다!"

이번 승리는 세르게이 이바노프의 집착과 오판, 자만이 큰 요인이 되긴 했지만 적의 허점을 정확하고 빠르게 찌르는 것도 엄연히 능력이었다. 사람의 이성을 마비시키는 전쟁터에서 그러기란 쉬운 일이 아니기 때문이었다. 카이저 지크프리트 폰 호엔촐레른은 그를 '카이저의 소방관'이라 칭송했고 이 소식은 금세 유명해졌다. 물론 카이저는 바로 페도어 폰 보크 장군도 칭찬하였다. 불가리아 군대를 금방 밀어내고 포위망을 형성시킨 것은 그가 현장에서 시기적절하게 적극적으로 공세한 덕이었으니 말이다. 무난하게 포위망을 형성시키는 데 성공했지만 반대로 생각하면 그의 전술이 제대로 먹혔기에 그 시간에 형성된 것이었다. 이러한 두 장군의 활약으로 전쟁의 균형추가 어느 정도 맞아지게 되었다. 러시아는 공세 능력을 완전히 상실한 것은 아니었으나 이번 실패로 한동안 주춤할 수밖에 없었고 독일 제국은 큰 피해 없이 새로운 기회를 얻게 되었다. 고로 이제 무조건 방어가 아닌 여러 개의 옵션을 취할 수 있게 되었다.

"그럼 동부전선에서의 대대적인 반격을 할까요? 아니면 다른 루트를 원하십니까?"

독일 참모부가 반격에 대한 여러 안건을 카이저와 수상에게 올렸다. 둘은 만슈타인의 안건과 보크의 안건 중 하나를 고르기로 하곤 고민에 빠졌다. 한동안 전쟁의 키는 독일로 넘어왔다. 어느 길로 갈 것인가? 카이저는 조금 고민했지만 이내 싱긋 웃으며 둘 중 하나를 골랐고 이것은 얼마 안 가 바로 시행되었다.

...

"드디어 한숨 돌리게 되었습니다. 한동안 휴가도 다녀올 수 있겠어요."

"그러기엔 자네에게 미안하지. 우리 참모장은 부모님이 베를린에 계셨지? 그리 멀지도 않은데 한번 다녀오게."

"아닙니다. 가정이 있는 장군께서 가심이 어떻습니까?"

"아니. 난 부인에게 미안해서 볼 면목이 없어. 뒷바라지는 하되 전쟁이 끝나기 전까진 책무에 충실하고 싶네. 가정에도 나라에도."

| 전환점 |

베네치아 공방전 이후 모델의 부대는 베를린 방면으로 복귀하였다. 정확히는 오데르-나이세 라인으로 이동하였는데 지난 전투 이후 러시아가 강과 산을 경계로 한 걸음 뒤로 물러남에 따른 결과였다. 미하일 투하체프스키 러시아 연방 총사령관은 지난 전투의 결과로 발언권이 강해져 점령지 일부를 포기하는 안건을 승인받았다. 그렇게 아주 많은 영역은 아니지만 독일은 각 방면에서 베를린과 오데르까지의 영역만큼 회복하게 되었다. 발터 모델과 요하임 슈타인은 그렇게 새로이 정해진 곳으로 가면서 신변잡기와 같은 이야기를 나누었다. 이러한 이야기 속에서 요하임은 모델의 변화에 놀라고 또 놀랐다. 마치 휴가를 다녀와 사회 물이 잔뜩 들어간 사람 같았다. 그는 충성과 복종보단 어떻게 하면 독일인 스스로가 아름답게 변할 수 있을 지에 대해 이야기하였다.

"난 새로운 카이저에게 희망을 걸고 있네. 전쟁에 집중해야 하니 당장의 변화는 무리겠지만 그분의 의지가 마음에 들거든."

"저도 그러합니다. 쾨니히스베르크의 참사는 다신 일어나면 안 됩니다."

발터 모델 정도의 변화는 아니지만 지난 참사를 경험하며 요하임도 변화의 필요성을 느꼈기에 모델의 말에 동감을 표하였다. 모델이 파격적이게 되었다면 요하임은 독일이 온고지신을 이룩하기를 빌었다. 독일이 원래 가졌던 헌신의 가치와 자유주의가 잘 어우러지길 바랐다. 그는 기존의 독일의 장점을 사랑하던 남자였기에 밸런스 있는 발전을 원하였다. 물론 일단 전쟁에서 이겨야 가능한 일이긴 하였다.

"그건 그렇고. 슈타인 자네가 보기엔 한동안 동부 전선은 확실히 조용할 것 같나? 만에 하나란 게 있으니까."

"미하일 투하체프스키가 저번 전역에서 제외된 덕에 힘을 얻게 되었으니 그러할 것입니다. 투하체프스키의 성향을 고려하면 제 생각엔 조만간 후방에 거대한 방어 라인을 구축할 것으로 사료됩니다. 그렇다면 한동안 독일을 노리지는 않겠지요."

"그렇다면 중요한 것은 서부 전선이군. 이번에 카이저의 승인을 받은 만슈타인 장군이 뭔가 획기적인 걸 꾸미고 있다는데, 내용은 기밀이라 모르겠다만 제발 잘되어야 할 텐데…."

"그런데 들리는 소문에는 그 인간 모델 장군님을 시기한다고 합니다. 카이저께서 장군님을 크게 띄워 준 것에 불만을 품은 이가 몇 있다던데 그중 하나랍니다."

"그런 말 하지 말게. 나야 원래 부족한 사람 아닌가…. 지금 이 자리에 있는 것도 다 그대 덕분인 걸…."

발터 모델은 자신의 참모장과 말하다가 쓸쓸한 미소를 지으며 대화를 마무리하였다. 이에 요하임 슈타인 참모장은 조금 당황했지만 그래도 첫 만남과 달리 살도 많이 빼고 사람들을 지키기 위해 싸우는 사람이 된 모델을 이해하였다. 그전까진 방황하였다는 것은 그만한 사연이 있다는 것이기에 자격지심이 있는 것을 이해 못 할 것도 아니었다. 오히려 부끄러움을 가졌기에 모델은 반성을 위해 달리고 있었고 요하임은 그런 모습이 앞으로 변할 독일에 어울린다고 생각하였다. 여하튼 둘은 이런저런 이야기를 계속 이어 가며 서쪽에서 좋은 소식이 들리길 기대하였다. 그리고 얼마 안 가 정말로 좋은 소식이 들려왔다. '6주 작전'이 성공하였다는 소식이 독일 전역에 울려 퍼진 것이다.

사실 프랑스를 향한 대규모 공세 작전이 개시될 때까지만 해도 발터 모델은 이번 전역에 긍정적이지 않았다. 이것은 다른 장성들, 더 넘어서 타국 장성들도 비슷하였다. 그렇기에 후방에 이른바 '투하체프스키 라인'이라는 거대한 방어선을 구축하고 있던 미하일 투하체프스키는 만슈타인의 작전에 큰 반응을 보이질 않고 내부의 일에만 몰두하였다. 이미 고착화된 전선이 단기간 만에 끝날 리가 없다는 판단에서였다.

그러나 모두의 예상과 다른 결과물이 튀어나왔다. 처음 서부 전역이 시작될 땐 에리히 폰 만슈타인은 기본적으로 지난 대전의 슐리펜 계획과 유사한 움직임을 보이며 진군하였다. 알자스-로트링겐 방면으로 조공을 취하며 거대한 우안이 네덜란드와 벨기에를 거쳐 프랑스를 우회하였다. 이를 예상하고 있던 프랑스 코뮌 군부는 점령한 벨기에 방면으로 힘을 주며 이를 막고자 하였다. 그러한 순간 만슈타인이 숨겨 둔 구데리안이 직접 이끄는 기갑 부대가 룩셈부르크 방면으로 또 하나의 공세를 퍼부었다. 그들은 라인강을 넘어 기갑 부대가 지나가기 힘들다는 숲 지대를 지나 벨기에로 향한 적의 주력의 후방을 철저히 유린하였고 역으로 프랑스 주력을 포위하는 것에 성공하였다. 여러 파벌로 나뉘어 있던 프랑스 수뇌부는 시기적절한 대응을 하지 못하였고 결국 그렇게 프랑스의 주력은 벨기에와 프랑스 북부에서 파괴되었다. 그 뒤론 정말 말 그대로 시간 문제였다. 저지대와 프랑스 북부를 차지한 독일군은 북부를 유린하며 파리로 향했다. 주력이 파괴되어 이를 막을 부대가 없던 레옹 블룸 수상은 끝까지 저항하다가 결국 프랑스 남부로 도피하였다. 그러나 프랑스 북부를 쉽게 넘겨준 여파로 프랑스 남부도 얼마 버티질 못하였고 결국 프랑스 수뇌부는 자신들이 독립시킨 북 아프리카 연방으로 다시 도피하였다.

그렇게 그 서쪽의 강국이 불과 6주 만에 쓰러졌다. 비록 프랑스 완전 점령을 위해 재편성을 하던 과정에서 브리튼 연방의 육군이 탈출에 성공해 서부 전선이 완전 끝난 것은 아니었다. 하지만 바다가 막아 주고 있으니 서부 전선은 이로써 엄청난 안정을 찾게 되었고 세계는 충격에 빠졌다. 독일 수뇌부는 러시아가 저번 전투로 힘이 빠져 있으니 이때 빠르게 서부를 끝내 양면 전선을 해소한다는 생각으로 만슈타인을 지지하였다. 그러나 러시아와 정전 상태는 아니니 대규모 병력을 오래 동부 전선에서 빼 올 수 없었다. 고로 단기간에 끝내야 하는 과제였다. 쉬운 과제가 아니었으나 만슈타인의 허를 찌르는 판단과 프랑스 수뇌부의 파벌 문제로 인한 느린 판단과 대응으로 의외로 빠르게 서부 전역은 마무리되었다.

수뇌부들 중 이 소식에 가장 기뻐한 것은 재무부 장관 크로지크 백작과 해군 원수 에리히 레더 제독이었다. 점령한 프랑스 본토의 무장 해제 과정에서 쓸 만한 것은 전부 압수하였는데 이 과정에서 해군 양도는 에리히 제독의 숨통을 트게 해 주었다. 그간 육군과 공군에 밀려 잠수함 정도를 제외하곤 아무런 지원이 없었던 그에게 항공모함 1척과 전함 여러 척, 각종 구축함과 호위함들은 너무 귀중한 선물이었다. 크로지크 백작은 양면 전선의 해소로 경제적 부담이 덜어졌다며 기뻐했다. 물론 카이저는 새롭게 세워진 프랑스 본토 임시정부와 협상하며 군사 해체를 제외하곤 수탈은 없을 것이라 약속했기에 획기적인 변화는 당장 없었지만 서쪽의 위험이 사라진 것만 해도 물자를 상당히 절약할 수 있었다.

"절대 약탈하지 마세요!! 파리에 손상을 가한다면 불문곡직 처형입니다!!"

카이저는 파리를 방문하면서 독일 장병들 앞에서 그렇게 외쳤다. 프랑스 임시 정부는 군사력이 완전히 해체당한 것에 불만을 품긴 했지만 독일 입장에서는 위험을 안고 갈 순 없었다. 이젠 러시아로 향해야 하니 만일을 대비해 서쪽엔 자국군만 존재하길 바랐다. 고로 반대급부로 카이저는 프랑스에게 매우 온건하게 대하였다. 독일 장성들은 배상금을 요구하고 군사 물자만 아니라 각종 물자를 죄다 뜯어 와서 고생하고 있는 독일 시민들을 위해 내부에 퍼부어야 한다고 말했지만 한사코 거절하였다. 도리어 일시적으로 파리에서 식량 문제가 생기자 독일의 보급품을 풀 정도였다. 카이저는 브리튼 연방에 대비해 프랑스 북부 해안가에 독일군이 주둔하고 프랑스 군대를 전쟁 기간 동안에 해체하는 것만 체결하고 조건 없는 평화에 사인하였다. 힘들게 얻은 파리에서 바로 철수하자 프랑스인들은 놀랐고 독일 내부에서는 반발이 일어났다.

"승리자의 권리를 주장해야 합니다! 그런다고 저들이 고마워할 것 같습니까?!"

"무기는 빼앗긴 했으나 결국 일은 사람이 하는 것. 이대로 프랑스에서 물러나 준다면 몰래 준비하여 우리 뒤를 칠 수도 있으니 파리에도 군을 주둔시키든가, 수탈하든가 해야 합니다!"

루덴도르프 파벌이 물갈이됐음에도 구시대적인 발상은 여기저기서 튀어나왔다. 특히 왕당파 장성들은 카이저에게 충성한다며 진정성을 알아달라고 소리쳤다. 이에 카이저 지크프리트는 화를 내며 말했다.

"승리자의 혜택을 요구하다가 벌어진 게 이번 전쟁 아닙니까? 오히려 새로운 프랑스 정부가 힘들다고 도와 달라고 하면 난 우리 것이라도 내줄 것이니 그렇게 아세요!"

카이저는 프랑스를 독일의 공장으로 쓸 생각이 전혀 없음을 밝혔다. 그저 앞으로 경제 공동체가 되어 주길 바란다면서 새로운 공정한 무역 조약을 체결하며 프랑스를 동등하게 대우해 주었다. 평화 조약이 체결되고 얼마 안 가 프랑스 본토 신정부와 경제 부문 여러 조약을 체결하였고 이 과정에서 시장의 확대만을 원하였지 여러 이권을 강탈하는 짓은 하지 않았다. 이에 새로운 프랑스 정부는 독일에 대한 적대감을 어느 정도 털어 버렸다. 물론 앞으로의 길이 많이 남아 있지만 화해의 첫 단추가 좋게 끼워진 것이다. 그런 덕에 오히려 프랑스 신정부 대통령 조르주 퐁피두가 베를린으로 날아가 카이저에게 고마움을 표했다.

"우릴 탄압할 수도 있을 텐데 그러지 않으니 고맙습니다."

"하하, 대가 없는 것은 없습니다. 제가 생각하는 유럽 공동체에 참여해 주셔야 합니다."

해안가를 제외한 프랑스에서의 전면 철수는 프랑스인들을 놀라게 하였고 이 과정에서 카이저는 자신이 구상하고 있는 유럽에 대해 신정부 리더 조르주 퐁피두에게 말하며 호감을 사고자 노력하였다. 물론 전쟁이 끝나고도 한참 후의 일이나 카이저는 하나가 된 유럽을 이야기하였다. 제국이 식민지를 거느리는 그런 형태가 아니라 구성원이 동등한 그런 유럽을 말이다. 그렇기에 먼저 프랑스와 관세 동맹이나 석탄과 철강을 공유하는 공동체 조약을 체결하고 싶었다고 말했다. 프랑스 대통령은 여러 조약 체결에 관한 진의를 아직 모두 믿는 것은 아니었다. 그러나 거부하기엔 실질적으로도 명분상으로도 어렵다고 판단하여 최종적으로 베를린에서 이를 수락하였다.

여하튼 일단 승리했으니 독일 내부 분위기는 좋게 흘러갔다. 이번 작전을 총괄한 에리히 폰 만슈타인 장군은 단숨에 독일의 영웅으로 급부상하였다. 이와 반대로 러시아 내부의 분위기는 좋질 못하였다. 사람들은 미하일 투하체프스키를 비난했으며 멍청하게 방관했다고 부르짖었다. 투하체프스키도 프랑스 함락에 놀랐지만 이것은 그의 무능이라기보단 적이 잘한 것이며 동시에 베네치아 전역으로 인해 한동안 공격은 무리임이 자명한 사실이었다. 그러나 이러한 사실은 무시되었다. 러시아군부 내에서는 그를 퇴출시켜야 한다는 말이 나오기 시작했다. 투하체프스키는 러시아의 미래를 위해 후방 방어 라인이 전부 구축될 때까지만 기다려 달라고 했지만 프랑스 함락의 책임을 질 사람이 필요했기 때문에 무시되었다. 미하일 투하체프스키 사령관은 주변의 반발에도 자신을 등용한 보즈드를 믿었다. 그녀가 자신을 그래도 보호해 줄 것이라고 말이다. 하지만 보즈드 크리스티나 사빈코프는 다른 것은 용납해도 복수를 포기하는 것은 용납할 수 없었기에 방어보단 공세를 원하였다. 결국 투하체프스키를 경질되고 그의 방어 라인은 완성 도중 멈춰져 버렸다. 그의 참모장 바실렙스키는 이 결정에 반발하며 대놓고 불만을 표시하였고 결국 그는 시베리아로 좌천당하였다. 비단 그뿐만이 아니라 무수한 장교들과 부사관들이 투하체프스키 파벌로 찍혀 군에서 도려내졌다. 보즈드의 세 고리는 이번 일을 통해 자신의 세력을 확고부동하게 만들기 위해 조금이라도 거슬리는 이는 잘라 냈고 이 일로 인하여 러시아 연방의 질은 그만큼 하락되었다. 결국 새로운 총사령관으로는 스테판 코로보프가 원수가 되어 맡는 걸로 정리되었다. 그는 보즈드에게 올해는 베네치아 전역 여파로 공세는 힘들고 내년을 노리겠다고 보고하였다. 그러면서 보즈드를 만족시키기 위해 산발적으로 다방면에서 소규모 공세를 펼쳤다. 이것은 나름의 성과를 거두어 독일은 각 방면에서 여러 도시를 점령당했다. 의미 있는 전선의 변화까진 아니지만 1941년 가을의 짧은 공세는 보즈드를 만족시켰고 전쟁은 잠시 소강상태에 이르게 되었다.

"러시아의 움직임이 노골적이군요. 우리도 준비해야겠어요."

"그렇습니다. 그러니 나의 카이저시여, 내년엔 저희도 움직이시죠."

베를린 궁의 집무실, 그 방 안에서 카이저는 전체적인 전황이 그려져 있는 지도를 바라보며 말했다. 옆에 서 있던 서부 전선의 영웅 에리히 폰 만슈타인은 계획서 하나를 카이저에게 건네며 답하였다. 서부 전선이 안정화되었으니 적의 공격을 기다리기보단 영토를 회복할 작전을 실시하자고 만슈타인은 어필하였다. 카이저는 이를 적극 검토하겠다고 말하였다. 만슈타인이 인사 후 밖으로 나가자 카이저는 옆에 같이 있던 수상 레토-포어베크에게 말했다.

"군사 부문은 저대로 하죠. 다른 것은 제 뜻대로 하고자 하는데 수상님 생각은 어떠십니까?"

"저야 불만 없습니다. 내용이 마음에 들었거든요. 그럼 카이저의 안건들을 의회에 정식 제출하고 논의에 들어가시죠. 겨울 동안에는 소강상태일 테니 지금이 기회일 것입니다. 융커들의 발언권이 약할 때 전부 해치우는 것도 좋은 선택지겠지요."

전시내각수상 레토-포어베크는 턱을 쓰다듬으며 싱긋 웃고 말했다. 그는 아프리카에서 뒹굴면서 느낀 것이 많았다. 그것들을 구현시키고 싶었으나 그걸 구현할 능력은 없었다. 그러나 이제 그것을 구현시킬 기회가 왔으니 거절할 리가 없었다. 수상은 자신의 생각으론 아데나워도 반대하지 않을 것이라고 연이어 말하였다. 그 말대로라면 내각에선 카이저의 일을 방해할 세력은 딱히 없었다. 전시인 특수성 덕에 융커들도 기업가들도 카이저의 눈치를 보고 있는 형국이라 지금이 개혁의 시기기도 하였다.

"자, 그럼 시작합시다. 일단 아데나워 당수를 불러와 주세요."

카이저의 부름에 수상과 함께 거국내각을 이끌고 있는 쾰른의 정치인은 바로 집무실로 향하였다. 그리고 도착하자마자 카이저의 따뜻한 인사를 받으며 부름의 이유를 물었다.

"일단 제가 교육과 투표 안건에 대해 의회에 상정하여 일말의 개혁을 시도한 바 있습니다. 독일 제국이 안정되어 가는 이때, 이제 본격적으로 개혁을 시작하고자 합니다. 그 전에 아데나워 님과 이야기해 보고 싶어 불렀습니다."

"그렇군요. 그럼 내용을 들려주시겠습니까? 카이저가 꿈꾸는 세상과 그곳으로 향하는 길을."

"제가 바라는 독일은 과거와 달라진 독일, 더 나아진 독일입니다. 그러기 위해선 대략적으로는 다음과 같이 해 볼까 합니다."

일단 카이저는 제국 국방부를 신설하는 국방 개혁을 먼저 언급하였다. 독일은 프로이센이 지배하고 프로이센은 군이 지배한다는 말은 공공연한 사실이었다. 그렇기에 아이러니하게도 독일 제국은 국방부가 존재하지 않았다. 프로이센 전쟁부가 군을 관장하였고 군부는 프로이센을 통해 제국을 지배하는 독일 특성을 이용하여 권력을 취하였다. 통상적인 국가라면 민과 군이 통합되어 군이 민의 지배를 받아야 했지만 통합이 되다만 형태였기에 군이 민의 통제를 벗어나고 있었다. 독일 제국은 지금까진 형식적으로 군은 민의 통제가 아닌 프로이센의 지배자인 카이저의 지배를 받았다. 물론 예산 심의 덕에 민간의 통제가 아예 없다고는 할 수 없었지만 기본적으로 군은 카이저의 통제만 받으면 되었다. 이것을 역이용하여 루덴도르프는 사임 협박을 해 대어 카이저를 꼭두각시로 만들고 군부 독재를 확립시켰다. 고로 카이저 지크프리트는 민에 군을 완전히 종속시켜 군의 폭주를 막고자 하였다. 이번 전쟁의 원인이 군의 폭주, 루덴도르프 파벌의 참극에서 나온 것을 고려하자면 가장 우선시되어야 할 개혁이었다. 따라서 민-군 지휘체계의 병렬 구조 통합을 하기로 결정하였다. 예를 들어 육군성의 프로이센 전쟁장관은 지금까진 황제가 임명하였는데 이젠 새롭게 설립될 제국 국방부로 통합되어 민간에서 선출한다. 그런데 참모부, 장군참모부의 경우엔 제국 장군참모부가 이미 있긴 하였다. 그러나 다른 부분과 같이 프로이센 참모부가 제국 각국 참모부를 이끄는 방식이었다. 즉 다를 바 없었기에 이제 프로이센 참모부가 아닌 제국 국방부에 귀속될 제국장군참모부가 총괄하는 것으로 변경되었다. 이러한 방식으로 민군은 병렬구조가 아닌 직렬구조로 개혁되었고 더 이상 군대가 지배하는 프로이센, 독일이 아닌 민간의 컨트롤로 바뀌었다. 고로 총참모부인 제국장군참모부는 신설될 제국 국방부를 통하여 앞으로 민간 의회의 컨트롤을 받고 루덴도르프에 의해 군에 침식된 프로이센 국왕 직속 행정 보조기관인 군사내각이나 군사참의원 같은 국왕사정기구는 폐지되었다. 당연히 그 기관들이 가지던 인사권은 국방부나 민간 행정부로 넘어갔다. 그리고 가장 중요한 것은 군주 특유의 명령권, 그것을 제국 국방부로 통폐합하는 것이었다. 이는 기존 프로이센의 특징으로 헌법이 군을 완전히 컨트롤하는 것을 막는 요소였다. 절대주의 왕정 시절 후반부 지배 체제의 핵심 요소가 이어진 것으로 구시대의 잔재였다. 이러한 군주의 명령권은 군대의 행정권 영역과 공존하였으며 실질적으로 군이 의회의 감시를 피할 수 있게 해 주었다. 철혈 재상 비스마르크 시대에는 이것은 큰 문제가 되진 않았다. 비스마르크 재상이 헌법에 육군 장관을 위한 조항을 빼거나 특권적 지위를 옹호하되 정치적 경쟁을 통해 적절한 견제를 하였기 때문이었다. 하지만 이것은 뛰어난 정치력으로 문제를 덮은 것에 가까우며 루덴도르프가 역이용하자 꼭두각시 카이저는 군이 원하는 대로 해 주는 도구가 되었다. 고로 국왕의 명령권 자체는 없애 버리고 필요한 부분은 국방부로 일원화하였다.

 국방부 신설을 다음으로 이어 말한 것은 참정권의 확대였다. 미국에서 유학한 사람답게 프로이센 3계급 투표제를 넘어 모두에게 투표권을 동등하게 개방하자는 것이 주요 골자였다. 따라서 여성 참정권도 포함된 것이었다. 이에 대해 앞선 안건보다 아데나워는 쌍수를 들며 환영했다. 그가 인기 있는 정치계의 신성임을 생각하면 모두가 고르게 1표를 가지고 그 영역이 모든 성인으로 퍼지는 것은 좋은 일이었다. 이어서 카이저는 사회제도를 언급하였다. 불과 얼마 전인 빌헬름 2세 시대까지는 중산층까지만 생활 조건이 좋았다. 이를 서민들까지 부상시킬 필요를 언급하였다. 지금까진 사회보험을 통한 사후 케어 위주로만 하였다면 이제 전반적인 사회보장제도를 도입하여 적절한 분배를 통해 평시에도 삶의 질을 높이는 것을 추구하였다. 지금까진 자유주의 경향에 심해지는 독일 사회의 분위기를 우려한 경제계가 루덴도르프 파벌과 유착하여 더 나은 대우를 거부하고 있었다. 그러나 이젠 공장 관리 감독을 배치하고 임금을 상승시키며 비인간적 대우를 막는 것으로 노동친화적인 정책을 펴기로 하였다. 전쟁으로 참전한 서민들에 대한 보상이 필요했거니와 이은 조세제도에 언급할 것이지만 서민의 삶이 생각보다 좋질 못하여 케어할 시기가 왔기 때문이었다.

연이어 카이저는 조세 제도를 언급하였다. 카이저는 이제 부유한 자들에게 직접세와 상속세를 걷겠다고 말하였다. 이에 수상과 아데나워는 반발이 심할 것이라고 만류했지만 카이저의 고집은 강력했다. 그는 과거 비스마르크 시절에 있었던 미크벨의 조세 개혁을 참조하여 적당히 알맞게 고칠 것이라고 답하였다. 직접세와 상속세를 신설하는 대신 소비세와 관세를 적당히 낮추어 밸런스를 맞출 것이라고 하였다. 일단 기본적으로 부유한 자들에게 더 걷겠다는 것은 확실히 하고자 하였다. 지난 역사를 돌이켜 보자면 1880년대 말엽부터 1914년까지 국민 소득이 180억에서 500억 마르크로 늘어날 때 하류층들은 연 1% 이하 성장을 하였다. 대부분의 부가 부유층에게 돌아갔다. 그간 독일 제국은 이러한 불평들에서 나오는 불만을 국가의 위신에 의한 보상으로 버텨 갔다. 가령 훈장을 내려 주며 자존심을 세워 주는 것으로 복지를 피하는 방향으로 버텨 왔으나 이제 보상이 필요하였다. 물론 독일 제국은 엄연한 후발 주자로서 선발 주자들을 잡으려면 국민의 피가 필요하였으나 카이저는 이제 그것을 끝내야 할 시기라고 말하였다.

"언제까지 희생을 강요할 것입니까? 이제 서민들은 더 이상 버티기 힘듭니다. 우린 우리의 사람들에게 보상을 해야만 합니다. 그것이 도덕적으로도 옳습니다."

카이저는 이미 수십 년 전부터 이어진 독일 사회에서의 자유주의 바람을 무시하면 안 된다고 말하였다. 생디칼리스트들에게 국민이 넘어가기 전에 선제적 조치를 취함과 동시에 국민 다수의 부를 증진시켜 국민들의 구매력에 활력을 돋게 하자고 말하였다.

"너무 도덕적인 선택이 아니십니까? 기업가들이 반발을 일으킬 것입니다."

아데나워는 카이저의 각오를 떠보기 위해 말했다. 이에 카이저 지크프리트가 답하였다.

"누군가는 선한 선택을 하는 것이 바보짓이라고 말합니다. 눈앞의 이익이 최고다, 물질주의가 당연한 것이라고 말이죠. 그것이 현실이라고. 하지만 그거야말로 세상의 이치를 모르는 생각입니다. 도덕이 무너져 상호 신뢰가 사라지면 불신에 의한 사회 비용이 어마어마하게 증가하게 됩니다. 가령 더 값싸게 사는 선택지가 있는데도 불신에 상대방을 믿지 못해 더 비싼 선택지로 가는 것이 비일비재해지면 무엇이 이득이겠습니까?"

카이저는 기업가들이 원했던 임시직 고용을 증진하기 위한 규제 완화, 소규모 소득의 일자리 창출에 관한 안건을 거부하며 말하였다. 기업가에 대한 보상은 전후 군부에 대한 투자를 줄여 가면서 생긴 이득을 나누어 주기로 하였다. 과거 루덴도르프 시절 군부에 대한 투자는 너무 과도하여 일시적으로 예산의 3/4에 도달한 적이 있었다. 1913년에도 그러한 적이 있었는데 루덴도르프는 한술 더 뜬 적이 있었다. 이러한 과투자를 전후 줄이는 안건도 언급하였다. 그리고 독일 동부 지방의 독일화 정책을 공식 폐기하기로 하였다. 포젠 지방의 폴란드인에 대한 탄압은 프로이센 왕국 시절부터 이어져 왔는데 카이저는 제2의 러시아를 없앤다는 명분으로 폴란드인에 대한 차별을 폐지하기로 하였다. 반발은 있었지만 카이저는 듣질 않고 고집하였다.

"전후 우린 반성하는 독일이 되어야 합니다. 겸손해지는 방향으로 갔으면 합니다. 우리 모두 겸손한 사람이 됩시다."

카이저는 그러면서 일전에 언급된 식민지 문제를 다시 언급하였다. 독립시켜 주기로 확정한 문제를 다시 재확인하였다. 카이저는 과거 식민지가 거의 없던 시절 독일이 가졌던 것들을 언급하였다. 독자적 판매 시장이 없어 가졌던, 아니 가질 수밖에 없었던 독일의 장점인 혁신과 그를 통한 경쟁력, 튼튼한 내수시장, 그러한 흐름에서 나온 뛰어난 공업기술을 말하였다. 그 시절 독일은 적은 소유 덕에 강함을 가질 수 있었다.

"비록 나쁜 사람이긴 했지만 프리츠 하버가 그러한 경우죠. 이제 그런 사람들을 다시 양성해야 합니다."

혁신을 위해 카이저 빌헬름 학회와 같은 각종 연구회 지원을 늘리고 기초 과학 인재 양성이나 기업들의 연구 개발 자금을 더욱 지원키로 하였다. R&D를 전문적으로 다루고 총괄하는 부처를 신설하여 예산을 집중 투자하기로 결정하였다. 그리고 지원에는 신분과 지위, 민족 구분을 없기로 하였다. 일례로 카이저는 아인슈타인이라는 사람을 언급하며 그를 독일에 충성하게끔 회유하고 지원하자고 말하였다. 유대인에 대한 거부감은 비단 독일만이 가진 문제는 아니었으나 카이저는 프리드리히 대왕 시절과 그전 프로이센 시절을 언급하며 말했다.

"우리의 선조가 위그노를 받아 컸던 것을 기억 못하십니까? 사람을 가리면 안 됩니다."

그러면서 식민지 철폐 후 동유럽 공동시장에 대해 언급하였다. 정말 나중의 일이 되겠지만 준비는 하자면서 말이다. 승리로 끝나면 해방될 동유럽 국가들과의 사실상 식민지 관계는 철폐하고 그들과 공정한 경제 조약을 체결하여 시장을 개척하고 과거도 해결해 보기로 하였다. 그렇기 위해 그들의 망명정부를 초대해 만찬을 가지기로 하였다. 다만 이것은 너무 뒤의 일이라 대략적인 구도만 잡고 끝났다.

"여하튼 투표, 교육, 복지, 조세, 국방, R&D에 대해 대략 언급하였는데 다른 부문도 언급해야겠지만 전체적인 방향은 이와 같도록 하였으면 좋겠습니다. 너무 퍼 주는 방식이라 힐난하실 수 있겠지만 앞서 말했듯 제가 바라는 독일은 겸손하고 반성하는, 그런 도덕적인 나라입니다. 그게 더 이득이니까요. 그러니 전후 러시아인들에게도 타당하게 대우하기로 합시다. 그들이 왜 분노했는지 우린 잊으면 안 됩니다. 다시는 오만한 태도를 유지하면 안 됩니다. 그저 부를 조금 더 많이 가져가는 정도에서 그쳐야 합니다. 도덕이 승리해야 불행이 반복되질 않습니다."

"그렇군요. 알겠습니다. 하지만 나의 카이저시여, 그것도 다 이겨야 가능한 소리입니다. 우리가 패배하면 그것은 어린아이의 투정에서 끝날 것입니다."

"수상님. 너무 걱정하지 마세요. 미국은 반드시 참전할 것입니다. 캐나다 연합왕국의 처칠 수상님이 안 그래도 전력으로 도와주고 있으니 반드시 그리될 것입니다."

전시내각수상 레토-포어베크에 카이저 지크프리트 폰 호엔촐레른은 확신이 가득한 표정으로 대답하였다. 이에 아데나워는 무슨 근거인지 궁금하였다. 이 궁금증을 참지 못한 아데나워가 솔직하게 묻자 카이저는 최근 재밌는 책을 보았다고 말하였다.

"어느 아시아인이 쓴 『Japan inside out: The Challenge of Today』란 책을 보았습니다. 그 내용을 간단히 말하자면 아시아에서의 일본의 군사적 야망과 미국의 경제적 야망은 양립할 수 없기 때문에 결국 부딪힐 수밖에 없다는 것입니다. 물론 그대로 된다는 보장은 없지만 일본이 미국을 자극해 주리라고 난 믿습니다."

카이저는 시간 나면 한번 보라고 웃으면서 말했다. 아데나워는 너무 희망적인 분석이 아닌지 걱정하였다. 생디칼리스트들이 미국이 독일을 돕는 것을 불쾌해하면서도 건들지는 않은 것처럼 일본도 그러할 것임을 염려하였다. 현실적으로 일어나지 않을, 독일만 원하는 변수처럼 보였다. 그러나 현재로서는 미국의 참전이 독일의 살길이었기에 카이저의 또 다른 희망이 맞길 바랐다. 프랑스의 항복으로 여유로워진 것이 사실이나 미국이 참전을 하지 않으면 독일 멸망은 이제 피할 수 있어도 동부 수복은 힘들었다. 러시아가 실수를 연발해 주면 또 모르나 그런 것에 희망을 걸 바엔 차라리 강력한 미국의 참전에 아데나워도 희망을 걸었다.

그리고 아이러니하게도 그것은 현실이 되었다.

...

"모, 모델 장군님! 들으셨습니까?!"

"봤네. 일본이 큰일을 해 주었군. 이제 우리 독일은 살았어. 일본 덕에 내년에 보급품이 미어터지겠구먼. 잘하면 전차도 각 부대에 수백 대씩 보내 주겠는걸?"

1941년 겨울, 일본이 미국의 하와이를 기습 공격하였다. 이 일은 순식간에 장안의 화제가 되어 독일 모두가 언급하게 되었다. 요하임은 이 소식에 호들갑을 떨었고 모델은 속으론 자신도 흥분한 상태였지만 겉으로는 아무렇지 않게 받아 주었다. 그야말로 초특급 뉴스였다. 일본이 미국과 독일을 비롯한 서방 국가들의 아시아 식민지를 타격한 덕에 자연스레 독일과 미국은 군사 협력을 시작하게 되었다. 제한적이지만 기존의 공조도 있었던 덕에 둘의 협력은 빠르게 구축되어 갔다. 한편 같은 세력이었던 일본의 요청으로 사실상 미국과 적대하고 있던 러시아가 대미 선전포고를 하게 되었다. 이로써 미국은 유럽 전선에 참전하게 되었고 독일과 공식적인 군사 조약을 체결하게 되었다. 이미 미국이 사실상 유럽에서 생디칼리스트들과 강철 조약 가맹국에게 거부감을 표시하며 독일을 돕고 있었기에 러시아의 입장에선 그저 사실 확인에 불과하였다. 달라질 것이 없다며 말이다. 하지만 그 덕에 독일과 미국은 공식적으로 동맹을 체결하였고 미국이 독일의 전쟁에 참전하게 되었다. 독일이 미국의 참전을 바라며 언제인지는 몰라도 미국이란 음식을 받을 그릇을 준비하고 있었기에 정말 그 속도와 정확성은 빨랐다. 미국은 모두의 생각보다 더 빠르게 움직여 갔고 이러한 소식에 처칠과 카이저는 환호성을 질렀다. 기회가 드디어 왔다면서 말이다. 이 소식은 모델과 요하임까지 알려지게 되었고 그래서 둘은 한창 들떠 하며 이야기하고 있던 것이다.

"이제 정말 승전이 꿈이 아니게 되었습니다. 일본이 왜 그런 선택을 했을까요?"

"들리는 이야기로는 석유 문제라고 하던데…. 금수조치에 일본이 막다른 길에 몰렸다는 이야기를 들었네. 대충 들은 이야기라 잘은 모르지만…."

"뭐든 간에 우리로서는 행운입니다."

"그렇지. 러시아와 같은 세력인 일본이 미국을 공격해 준 덕에 우리의 부담감은 엄청나게 낮아지게 되었으니까. 총참모부에서 내년 공세를 준비하고 있다더군. 원래라면 러시아의 공세를 한차례 더 막고 움직일 요량이었는데 말이지. 물론 병력이야 대부분 우리 독일군이겠지만 물자를 채워 주는 것만으로도 엄청난 도움이지. 이제 경력이 있는 부대는 갖추어졌어도 공세하기엔 물자가 부족했으니까. 전차나 야포도 더 필요한 형국인데 이번 기회에 받을 수 있고 아니면 그것들을 만드는 재료만 받아도 이득이고. 여하튼 아주 좋게 되었어."

모델은 대서양을 건너 보르도를 거쳐 독일 본토로 오거나 북해를 통해 함부르크로 올 미국의 랜드리스를 언급하며 말했다. 현재까진 지중해 루트가 대부분의 보급 루트를 담당하고 있었지만 미국의 정식 참전으로 이전과는 다른 거대한 물자의 흐름은 대서양을 건너 넘어올 것으로 예상되었다.

"그럼 내년이 기대되군요. 아 참, 모델 장군님. 이번에 개혁안 들으셨습니까?"

"아, 카이저가 의회에 올린 온갖 안건들? 들었지. 안 그래도 그게 화젯거리 아닌가."

"장군은 어떠십니까? 이번 안건들이."

"미국 유학생다운 발상이라고 생각하네."

"오호? 그럼 찬성이신가요? 반대이신가요? 너무 간단하게 말하면 오해 사십니다."

모델의 말에 요하임이 능청스럽게 말하였다. 이에 모델은 약간 더듬거리며 답하였다.

"아… 나는 좋다는 쪽이야. 내용 자체는 몰라도 반성이라는 테마는 좋앉거든. 그럼 자네는?"

"저도 나쁘진 않습니다. 모델 장군님과 비슷하달까…. 뭐 그렇답니다. 굳이 따지자면 찬성하는 쪽이지요."

요하임의 대답에 모델은 약간 의아해하며 말하였다. 자신과 다른 성향, 책임감이 충실한 프로이센의 군인이라면 어느 정돈 보수적일 것이라 생각했기 때문이었다. 그러나 전쟁으로 인해, 특히 쾨니히스베르크의 일을 거치며 요하임 참모장은 예전과는 조금 달라졌다. 그는 여전히 독일이 지녔던 전통적 가치를 사랑하지만 동시에 좋은 결말을 위한 길이 있다면 다른 곳도 용인할 수 있는 수준으로 변하였다. 모로 가도 서울만 가면 된다 했던가? 그런 의미에서 요하임은 카이저가 자신의 생각과 완전 일치하는 길은 아닐지라도 자신도 바라는 더 나은 독일이라는 종착지에 도착할 것이란 믿음에 카이저를 지지하였다.

"이거 우리가 마음이 맞았구먼."

"그래도 동고동락한 지 한 해를 넘겼는데 안 그렇게 되면 오히려 제가 섭섭하지요."

요하임 슈타인 참모장의 말에 발터 모델 사령관이 나지막하게 웃으며 넘겼다. 둘은 이런저런 말들을 이어 하면서 내년에 어떻게 돌아갈지 이야기하였다. 나름 군사부문 종사자답게 이들의 이야기는 크게 틀린 것이 없었다. 하나 틀린 것이 있다면 미국의 분노에서 나오는 진정성과 그들이 가진 힘이었다. 그야말로 잠자고 있던 거인이었다. 예상과 달리 물자는 더 많이, 그리고 더 빠르게 독일로 넘어왔다. 고작 한두 달 만에 보급품이 찍혔고 그것은 곧바로 독일로 보내졌다. 러시아와 일본의 강철 조약을 부숴 버릴 수 있다면 독일에 적극 협조하겠다는 루스벨트 대통령의 뜻이었다. 그렇게 1942년 봄, 엄청난 숫자의 보급품이 베를린에 도착하였고 이는 각 부대에 보내졌다. 비단 보급품만이 아니라 군대도 유럽에 파병되었다. 마크 클라크의 보병사단이 독일의 요청에 따라 프라하-비엔나 방면으로 보내졌으며 조지 패튼의 기갑사단이 도주한 프랑스 코뮌을 상대하고 있던 롬멜의 아프리카 군단이 있는 곳으로 보내졌다. 미국은 독일에게 지원을 다할 것을 약속했고 그 대가로 아시아로 해군 파병을 요청하였다.

"당연히 도와야죠. 일본에게 우리의 영역을 그냥 줄 수는 없습니다."

카이저는 해군 원수 에리히 레더 제독에게 미국의 요청에 따르라고 전하였다. 이에 레더 제독은 대규모 대양 함대를 아시아로 파병하였다. 그러나 원정함대는 오자와 지사부로 제독이 이끄는 일본의 연합함대에게 말레이해에서 무참히 격멸되어 버렸다. 일본은 독일을 비웃으며 독일과 네덜란드, 그 외 서구 열강의 아시아 식민지를 순식간에 점령해 버렸다. 소위 '남방작전'이라 불리는 일본의 움직임에 다들 당해 버렸고 이 소식은 세상을 놀라게 하였다. 이러한 덕택에 독일은 미국의 요구에 부응하지 못하고 아시아 전선에서 바로 후퇴하였다. 브리튼 연방이 살아 있기에 더 이상 함대를 파병할 순 없었다. 이제 남은 함대는 전부 대서양으로 집결하여 보급 루트 유지에 힘쓰기로 하였다.

"프랑스에서 얻은 함대가 바로 사라지다니…."

에리히 레더 제독은 침울한 표정을 지으며 그리 말했다고 한다. 카를 되니츠 제독의 잠수함대가 브리튼 제도 고립 작전에 나름 성과를 거두어 레더 제독은 경질되지는 않았지만 해군의 발언권은 이로써 상당히 하락하게 되었다. 하지만 레더 제독은 이 일로 안 그래도 부족한 해군 예산이 줄어들기를 원하지 않았다. 그는 직접 책임을 지겠다며 해군 총사령관의 직에서 내려오면서 카이저에게 말하였다.

"카이저시여. 부디 해군을 지켜 주십시오."

에리히 레더 제독의 부탁으로 해군 예산 감축은 다행히도 일어나지 않았다. 그러나 독일은 미국에게 도움의 대가를 보여 주어야 했기에 곧 이어질 러시아와의 전투에서 반드시 이겨야만 하였다. 그렇기에 증액은 대부분 육군과 공군으로 갔으며 작년에 비해 비대해진 지상군은 미국의 도움과 함께 여름에 러시아로 진공할 계획을 세우게 되었다. 전시내각수상은 장성들을 모아 이에 대해 논의하였다.

"현재 전차 생산 증진 계획 무난한가? 구데리안 기갑총감?"

"예. 슈페어 장관의 계획 덕분에 안 그래도 증가하던 차에 미국의 도움으로 지금 신형 전차인 판터의 생산량이 놀라운 수준으로 증가하고 있습니다. 달마다 천 대에 가깝게 나오고 있습니다. 중전차인 티거도 예상보다 높은 생산량을 뽐내고 있습니다. 미국이 보내 주는 전차와 자원들도 포함하면 여름까지 무난하게 목표치를 달성할 것으로 보입니다."

"그렇군. 우리 붉은 공군 총감님도 무난하신지요?"

"당연합니다. 후배들이 잘해 주는데 제가 뒤처지겠습니까? 특히 융커스사의 폭격기가 준수하게 뽑히고 있답니다."

공군총감 만프레트 폰 리히트호펜이 지난 대전에서 같이 활약했던 수상의 말에 웃으며 답했다. 수상의 말에 모인 장성들도 지난 1910년의 대전을 경험한 바 있었지만 다들 그땐 위관급 장교 정도에 불과하였다. 예를 들어 모델도 당시엔 중위였다. 지난 대전의 영웅인 둘은 과거의 기억에 웃으며 모인 후배들에게 미래에 대해 당부하였다.

"이제 그대들의 시대니 그대들이 활약해 주어야 한다. 작전 개시는 6월 중순에 한다. 비단 독일군만 아니라 여러 동맹국의 군대가 이 작전에 참가할 것이다. 우리 독일군의 경우 총 3개의 거대한 집단군이 구성될 것이다. 북부, 중부, 남부 집단군으로 조성되어 동맹국의 군대들과 함께 러시아로 진격할 것이다. 먼저 북부 집단군은 발터 모델, 그대가 맡는다."

"제가 집단군 사령관을…?"

"뭐, 마음에 안 드나? 그럼 자네 참모장인 슈타인 대령을 진급시켜 맡겨야겠구먼."

"아, 아닙니다. 분에 넘쳐서 그만…. 최선을 다하겠습니다."

"그래, 그래. 발트를 해방시켜 주게나."

수상 레토-포어베크의 말에 모델은 내심 많이 놀랐다. 겉치레가 아니라 자신은 그런 자리에 어울리는 사람이 아니라고 생각했기 때문이었다. 자신이 그런 영광을 누려도 되는지 그는 마음이 조였다. 그러나 그도 일단 군인이니 명령에 복종하였다. 임명의 이유는 사실 간단하였다. 수상은 이번 작전의 중요한 포인트가 우크라이나 회복에 있다고 보았기에 남부 집단군을 북부 집단군에 비해 강화시켰다. 그래서 적의 역습에도 적은 수로 잘 막아 낼 수 있는 모델을 북부 집단군에 올린 것이었다. 베를린과 베네치아에서의 활약이 점수를 얻은 것이다.

"다음 중부 집단군은 페도어 폰 보크, 중앙은 가장 능력 있는 선배인 그대가 맡는다."

"최선을 다하겠습니다."

"마지막 남부 집단군은 지난 프랑스 전역에서 활약한 에리히 폰 만슈타인, 그대가 맡는다. 프랑스에서 보여 주었던 모습으로 재빨리 우크라이나를 해방하길 바란다."

"길어도 10주 이내에 우크라이나를 해방토록 하겠습니다."

수상은 각 집단군의 편제를 이어 말하며 다가올 작전의 개요를 장군들에게 말하였다. 내용을 간단히 말하자면 프랑스에서 보여 준 6주 작전의 확장판이었다. 발트와 우크라이나의 주요 도시를 해방하면서 적의 반격에 역으로 카운터를 가해 주력을 파괴한다. 그리고 러시아와 헝가리 사이의 길을 분단, 러시아와 남유럽 간의 연결을 끊고 일부 군대로 남유럽을 막으며 주력은 모스크바까지 달린다는 것이었다. 다만 시기가 애매하였다. 보통 러시아와 같은 영토 대국을 공격한다면 봄이 안성맞춤이었다. 애매하게 출발하다가 겨울이 빨리 오니 말이다. 따라서 내년 봄까진 국지전을 하는 것이 속 편하였다. 몇몇 장성들이 이를 언급하자 만슈타인 장군이 장성들 앞에 나와 러시아의 지난 인선을 통한 공격성을 언급하며 말했다.

"투하체프스키 실각 이후 그들도 대규모 작전을 준비 중입니다. 이를 이용하여 사실상 기습 전쟁의 효과를 보려면 애매한 시점이 좋습니다. 정보국의 판단으론 겨울 공세에 능한 그들은 가을 중으로 작전을 개시하려고 준비 중입니다. 만일 우리가 봄을 넘겨도 움직이지 않는다면 그들은 우리가 어쩔 수 없이 이번 연도까진 방비를 하는 선택지를 고른 것이라고 판단하여 더욱 공세 준비에 박차를 가하며 자신들의 방비는 적당히 할 것입니다. 자신들이 움직일 시점인 가을까지는 괜찮다고 말이죠. 상식적으로 우리가 움직이기엔 봄이 좋으니 틀린 판단은 아닙니다. '여름의 방심'이 발생한다면 전시 상태임에도 기습의 효과를 누릴 수 있을 것입니다. 물론 그들을 속이는 데 성공한다는 것이 전제 조건이지만 브리튼 연방이 아직 살아 있고 서부 해안가에서 전투가 이어지고 있다는 사실은 조금은 방심하게 해 줄 것입니다."

만슈타인의 말은 사실 도박성이 짙은 의견이었다. 하지만 다들 모험이 필요한 때임을 느끼고 있었기에 일단 그의 주장을 받아들였다. 언제까지 러시아를 상대로 방어만 할 수는 없는 노릇이었다. 그렇게 대략적인 구도가 그려졌고 독일군은 동부 공세를 위한 총 300여만의 대병력을 편성하게 되었다. 미국의 파병 병력 80여만, 캐나다의 파병 병력 30여만, 동맹국 이탈리아의 군대 70여만, 네덜란드나 해방된 벨기에 등 기존의 동맹국이나 이번에 새로 동맹국이 된 국가의 도합 50여만의 군대가 이번 작전을 돕기 위해 독일 동부로 오기로 결정되었다. 다만 러시아가 이러한 군세의 흐름을 모를 리 없으니 일부러 봄을 넘어 여름에 도착하기로 하였다. 이러한 덕에 도착하자마자 그 순간 바로 움직여야 하니 독일 참모부는 엄청난 고생을 하였다. 분 단위로 계획을 작성하였고 이는 연관된 민간 부문도 그리해야 하기에 조율에 엄청난 희생을 하였다. 그래도 그럭저럭 일은 굴러갔다. 잠자는 거인의 지원으로 인해 갑작스레 여러 방면에서 부유해진 덕이었다. 비단 물자만의 이야기가 아니었다. 특히 우수한 기계공학에 비해 부족했던 산업공학 방면의 테크닉이 점점 늘어나고 있었다.

여러 노력 끝에 이윽고 대망의 1942년 여름, 6월이 다가왔다. 다행히 러시아는 생각대로 방심해 주고 있었다. 그 이유는 여러 가지가 있지만 큰 것은 브리튼 연방 해군의 활약 덕분이었다. 그들은 그간 카를 되니츠 제독의 잠수함대의 봉쇄작전에 혼쭐나고 있었다. 그러나 시간이 흐르면서 그들의 구축함대는 잠수함정을 탐색하는 것에 달인이 되어 갔고 서서히 독일 잠수함대는 공적을 올리지 못하게 되었다. 브리튼 연방은 이 기세를 몰아 봉쇄를 사실상 풀어 버리고 점령된 프랑스 해안에 꾸준한 타격을 입혔다. 이러한 공격에 적지 않은 부대가 프랑스 방위에 묶여 버리게 되었다. 이러한 상황에서 봄을 넘겨 버리니 러시아는 독일이 가진 서쪽의 위험 부담 때문에 쉽게 오지 못할 것이라 판단하였다. 그러나 독일 수뇌부는 도박사 기질이 있었다. 돌이켜 보면 미국이 독일의 편이 되었기에 굳이 그럴 필요는 없었다. 오히려 도박사 기질은 강철 조약 측의 몫이었다. 그렇기에 러시아가 안심한 것이기도 하였다. 굳이 독일이 여름에 움직이진 않을 것이라는 판단이 미국 덕분에도 섰던 것이다.

그렇게 러시아는 안심하고 여름을 보내기로 하였고 이것은 독일에게 행운이 되어 주었다. 독일은 전시임에도 기습 전쟁과 같은 효과를 얻게 되었다. 대부분의 동맹군 군세가 작전이 개시되자 러시아를 향해 출진하였다. 점령당한 유고슬라비아의 독립 부대와 같은 남유럽 해방을 주목적으로 두고 있는 부대는 발칸 방향으로 향하였다. 레토-포어베크 수상은 이들이 단독으로 영토 복구를 하는 것은 힘들다는 사실 알기에 적당히 견제를 하고 있어 달라고 부탁하였다. 수상은 남유럽 방면의 부대들에게 러시아 방면에서 독일군이 적의 주력을 격파한다면 바로 원군을 보내 주겠다고 약속하였다. 이렇게 여러 방면에서 강철 조약 국가들이 타격을 받기 시작하자 러시아 수뇌부는 엄청난 혼란에 빠졌다. 지금 이 시점에 오리라고는 판단하지 않았기 때문에 처음엔 거짓 정보임을 의심하였다. 조르게와 같은 첩자들이 작전 개시 날짜까지 보내 주어도 러시아 수뇌부는 이를 믿지 않았다. 앞서 언급하였듯 아직 서부 전선과 아프리카 전선이 완전히 종료되지 않았는데 이정도 군세를 투사할 것이라고는 믿어지지 않았기 때문이었다. 실제로 독일은 두 전선에 부대를 거의 투사하지 않고 보유하고 있는 부대와 물자로 알아서 버티라는, 어찌 보면 무책임한 짓을 하고 있었기 때문에 러시아의 판단이 아주 틀린 것은 아니었다. 그러나 독일은 아시아 전선 패배 이후 돌파구를 원했고 앞서 언급한 두 전선은 바다가 지켜 주고 있기에 결국 러시아 공격만이 답이었다.

여하튼 러시아는 판단을 늦게 하였고 이 덕에 러시아가 자랑하는 무수한 공군기가 뜨기도 전에 박살 나 버렸다. 전차들은 기동을 제대로 하기도 전에 독일의 전차 부대에 고립되었고 부서져 버렸다. 갑작스러운 공격에 남유럽 발칸의 러시아 동맹국들은 돕기보단 굳건히 지키며 사태를 관망하였고 이는 더더욱 러시아를 힘들게 하였다. 그렇게 '기사단 작전'은 초반은 순탄하게 흘러갔다. 전방에 집중되어 있는 부대를 무리 없이 집어삼킨 덕에 한동안은 별다른 저항 없이 진격을 반복할 수 있었다. 억압받고 있던 발트와 우크라이나의 주민들은 독일과 동맹국의 부대를 반겼고 독일군 수뇌부는 파르티잔과 협력하며 앞뒤로 공방을 해 가며 진군해 갔다. 그러나 계속 이렇게 당할 러시아가 아니었다. 독일은 이미 러시아에 엄청난 타격을 입혔다고 좋아하고 있었지만 러시아의 동원력은 상상 그 이상이었다. 러시아는 바로 모스크바를 비롯한 대도시에서 각각 수십만 병력을 뽑아 단시간에 그들을 무장시켜 전선으로 보냈다. 그간의 전쟁으로 단련된 그들의 행정, 보급 능력은 단연코 독일보다 한 수 위였다. 러시아는 스테판 코로보프 원수의 지휘하에 안심하고 달려오는 적들에게 반격을 가하였고 예상보다 더 많은 군대에 독일군은 판단 미스를 여러 부분에서 보여 주며 결국 패퇴하게 되었다. 러시아는 그대로 적을 몰아붙였고 우크라이나 서부에서 독일과의 공방전에서 승리, 해당 전투로 우크라이나 서부를 독일에게 상당 부분 빼앗겼다가 대부분 복구하는 데 성공하였다.

"역시 러시아의 저력은 상당하군요."

"러시아의 영토는 생각보다 더욱 광활해. 프랑스처럼 단기간에 끝낼 상대가 아니었어. 결국 키이우에서 주력을 포위하기도 전에 이 모양 이 꼴이라니…. 작전대로 안 가는데 만슈타인 장군, 어쩔 생각인가?"

"후후, 걱정 마십시오. 이럴 때를 상정한 2안이 있습니다. 다들 주목해 주세요."

혼자 이번 작전을 계획한 것은 아니지만 상당 부분 기여해 사실상 이번 작전의 총책임자는 에리히 폰 만슈타인 상급 대장이었다. 그렇기에 여러 장군들은 현황에 대해 언급하며 그에게 대안을 요구하였고 만슈타인은 이를 기다렸다는 듯이, 마치 스포트라이트를 즐기듯 답변하였다.

"일단 지금 우리의 남부 집단군은 우크라이나 서부에서 후퇴 중입니다."

"그걸 누가 모르나? 어서 대안을 말해 주시게나."

"후퇴하면서… 최대한 돌출부가 형성되게끔 부대 간 속도에 차이를 두면서 움직여 주십시오."

"돌출부야 원래 어느 정도는 자연스럽게 형성되는 것이 아닌가?"

"예. 그런데 그걸 좀 크게 만들 생각입니다. 먹음직스럽게 말이죠."

에리히 폰 만슈타인 장군은 우크라이나 회복지에서 후퇴하면서 고의적으로 돌출부를 형성하였다. 양옆에서 강한 공세를 취하기 좋게 말이다. 추격하던 러시아의 입장에서는 이러한 움직임에 이상함을 느꼈지만 더 출혈을 낼 수 있었기에 이에 어울려 주었다. 스테판 코로보프 원수는 대강 적의 의도를 눈치채고 남부는 이제 적당히 밀어냈으니 막으면서 발칸과의 연결을 계속 이어 가고자 하였다. 그는 보즈드의 열렬한 충성파였지만 그렇다고 무능한 인사는 아니었다. 마음에 들지는 않지만 투하체프스키가 남기고자 한 것을 이해하며 적의 출혈을 강요하는 방어를 하고자 하였다. 그는 전쟁 첫해의 겨울에 공을 세운 사람들 중 하나였다. 만슈타인의 농간에 놀아날 정도로 바보가 아니었다. 하지만 만슈타인은 애초에 그를 노린 것이 아니었던 것이 화근이었다.

"이 리비우 돌출부를 잘라 내는 것이 좋지 않겠습니까?"

키이우에 조성된 지휘소에서 작전 회의 중에 보즈드가 자신의 육군 원수에게 그리 의견을 표하였다. 보즈드 크리스티나 사빈코프는 남부 집단군의 주력을 파괴할 호기라면서 이를 추진하라고 말하였다. 베네치아 공방전 이전의 러시아라면 모를까 피해가 계속 누적된 현재로서는 그것을 단기간에 잘라 내기엔 무리가 있었다. 그때에 비해 병력이 꾸준히 감소하고 있는 상황이었다. 평범한 병사 생활을 했던 그녀에게 전략적 시각이 부족했던 것이다. 하지만 러시아에서 가지는 그녀의 절대적 입지는 결코 무시할 수 있는 것이 아니었다. 러시아를 독일의 영향력에서 해방하고 제정 러시아 영토를 탈환한 지도자의 입지는 정말 대단하였다. 그렇기에 모두가 그녀를 사랑했고 원수 스테판 코로보프도 열렬한 충성파였던 것이다. 결국 해당 돌출부를 잘라 내는 작전을 입안했고 그렇게 '리비우 전차전'이 개시되었다.

"정말 이 짓을 할 텐가? 이건 바보 같은 짓이야!"

"그래. 하지만 난 이미 보즈드의 포로야. 그래서 온갖 짓거리를 마음껏 해 댔지. 거기에 이 바보짓 하나 더 추가한다고 뭐 달라질 게 있겠나?"

스테판 코로보프 원수는 콜리야 스피리도노프 장군의 비관적인 발언에 실없이 웃으며 말했다. 무한 충성을 통해 원수까지 올랐으니 보즈드의 말을 어길 수는 없다고 생각했다. 그는 반드시 성공시켜 보즈드의 웃음을 보리라 마음먹었다. 이바노프 공군 원수의 자리가 항상 자기 자리길 원했으니 말이다. 그리고 달리 생각해 보면 이 전역에서 이긴다면 러시아는 베네치아 공방전과 기사단 작전 초엽에서 입은 피해들을 바로 메울 수 있었다. 적지 않은 병력을 집중할 것이라 돌파에 필요한 타격력만큼은 엄청나니 승산이 아예 없는 것은 아니었다. 러시아의 기갑 전력은 우수하였다. 그렇기에 가능성은 부족해도 엄연히 존재하였고 스테판 코로보프 원수는 그것에 걸어 보겠다고 마음먹었다. 그는 그렇게 결정하고 돌출부를 잘라 내기 위해 기갑 전력을 남부로 모아 갔다. 이에 독일 제국의 만슈타인 장군은 북부와 중부 집단군에게 방어를 위한 병력을 남기고 주력 부대를 이끌고 남부 전선으로와 도우라고 전보를 보냈다. 이에 모델과 보크의 군대도 움직였고 우크라이나 서부의 리비우에 양쪽의 병력이 집중되었다.

"쾨니히스베르크가 코앞이었는데 아쉽군."

"그래도 폴란드 왕국은 거의 해방해서 만족스럽습니다. 조만간 바르샤바처럼 동부 프로이센도 탈환되겠지요. 리비우는 쾨니히스베르크 탈환을 위한 발판이니 어서 다녀오십시오. 무운을 빕니다."

모델은 참모장 요하인 슈타인에게 북부 전선을 맡기고 정예 병력을 이끌고 리비우로 향하였다. 그가 리비우에 도착하자 양쪽의 병력은 거의 집결에 마친 상황이었다. 각자 200여만의 병력과 5~6,000대의 전차, 만 개가 넘는 포문이 우크라이나 서부의 평야 지대에 집결하였다. 합치면 만 대가 넘는 전차가 한 장소에 집결하는 진풍경이 벌어진 것이다. 그야말로 역사에 남을 전차전이었다. 공군기도 각자 적어도 3천 기씩 모아 베네치아 공방전은 우습게 보일 정도였다. 그야말로 러시아는 남은 것을 전부 모은 상황이었고 독일도 그에 어느 정도 준할 정도였다. 패배한 쪽은 전장의 키를 넘겨줄 판이었다.

"걱정들 마세요. 반드시 이깁니다. 러시아가 가장 피해야 할 소모전을 지금 할 거니까요."

만슈타인 장군은 모인 장군들과 장병들에게 확신이 가득 찬 표정을 지으며 말했다. 공격이 방어보다 훨씬 많아야 하는 것은 당연한 사실이었다. 그런데 지금까지와는 다르게 러시아는 그 광활한 영토에서 모든 힘을 쥐어짜도 비슷한 수준이니 성공 가능성이 낮은 것은 자명한 사실이었다. 게다가 이젠 독일군의 숙련도도 상당히 올라온 상황이었다. 무엇보다 이번 작전을 유도했던 만슈타인이 형성된 돌출부에 여러 대비를 해 놓았기에 지금까지의 전투와 달리 독일군은 해 볼 만한 상황이었다.

"그래도 전진해야 한다. 돌출부를 잘라 낸다. 모두들 진격하라!!"

반대로 유리한 상황이 아님에도 불구하고 러시아의 육군 원수 스테판 코로보프는 당차게 진격을 명하였다. 미국이 참전한 이상 버티는 것도 능사는 아니었기에 무리한 보즈드의 요구에 그는 담담히 임하였다. 엄밀히 따지면 미국은 참전 전부터 러시아보단 독일의 편이었다. 처칠의 활약 덕이긴 하지만 러시아의 정부 형태에 미국은 혐오하고 있었고 언젠간 붙을 수밖에 없었다. 고로 스테판 코로보프 원수는 보즈드의 뜻은 그들이 오기 전에 끝내라는 것으로 이해하였다. 너무 좋은 해석일 수도 있지만 그는 그렇게 생각하기로 하고 리비우의 돌출부 북쪽과 남쪽을 강렬하게 타격하기 시작했다. 리비우 전역 초반에는 상당히 순탄하게 일이 흘러갔다. 러시아군의 사기는 드높았고 예상대로 러시아 전차들의 돌파력은 준수하여 적의 방어 진지를 손쉽게 격파하였다. 순두부마냥 잘려 나가는 적들의 모습에 러시아 병력은 더더욱 기세를 높이며 목표 지점으로 향하였다. 이대로 리비우 북부와 남부의 러시아 부대가 중앙에서 만나면 작전은 기분 좋게 끝날 예정이었다.

그러나 만슈타인은 이를 가만히 보지 않았다. 그는 모델과 보크의 부대를 각각 리비우 돌출부의 북부와 남부로 보내고 축차를 투입하면서 서서히 물러나는 방식을 택하였다. 그러면서 본격적으로 돌출부 내부에 형성된 방어 진지를 이용하기 시작했다. 엇갈리며 교차하는 토루가 침공해 오는 러시아 병력을 본격적으로 괴롭혀 갔다. 그리고 이번 전투를 위해 독립적으로 편성된 대전차포 중대가 달려오는 러시아 전차에 일제히 집중 포격을 개시하였다. 미리 깔아 둔 지뢰나 공군의 지원이 돌진해 오는 적들을 방해하였다. 적의 돌파력 소모를 최우선으로 하는 전략에 돌파하고 있던 러시아의 기갑 병력은 커다란 손상을 입기 시작하였다. 물론 독일도 엄청난 피해를 입고 있긴 하였다. 스펙상 러시아의 전차가 독일의 전차보다 압도적으로 우수한 것은 아니었으나 숙련의 차이는 여전히 러시아가 앞서고 있었다. 그 때문에 독일군은 적 전차 하나에 아군 전차 세 개가 날아 가는 피해를 입고 있었다. 에리히 폰 만슈타인은 피해가 누적되고 있지만 안 좋은 교환비에도 병력을 꾸준히 투입하였다. 그는 아군의 피해보단 적의 기갑 전력을 부수는 데 더욱 전력을 집중하였다. 결국 빠르게 기갑 전력과 돌격 부대가 소모되자 코로보프 원수는 예비 병력을 투입하기 시작하였다. 코로보프는 무리가 있기는 하지만 예비 병력까지 전부 동원한다면 돌파가 가능할 것이라 보았다. 이러한 러시아의 움직임에 발맞춰 만슈타인은 간직해 둔 기갑 예비 병력을 투입해 돌파해 오는 적의 측면을 타격하였다. 이렇게 양측에서 전력이 더욱 집중되자 북부와 남부, 특히 리비우 남부에서 엄청난 대규모의 전차전이 발발하였다. 리비우 남부에서 양측 도합 1,500여 대의 전차가 얽히고설켰다. 무수한 전차의 포격에 사방이 귀가 찢어질 듯한 괴성으로 뒤덮였다. 서로를 가리는 것이 없는 드넓은 평지에서 서로 포격을 해 대며 커다란 불길을 뿜어 댔다. 양측의 전차들은 서로의 앞보단 측면을 노리기 위해 기동을 하거나 회전포탑을 이리저리 돌려 댔고 그 덕에 전장은 더더욱 아수라장이 되었다. 그렇게 난전으로 양상이 흘러가자 양측 전차 부대의 피해는 꾸준히 누적되어 갔고 둘 다 커다란 피해를 입게 되었다. 초원에 부서져 있는 양측의 전차는 수백 대에 달했고 나머지 절반이 얼마 안 가 고장 나게 되었다. 양측은 서로에게 무시무시한 징벌을 주고받았고 그 결과 리비우는 전차들의 무덤이 되었다. 전차 사이사이에서 전차의 보호를 받으며 전차를 돕던 보병들이 피해도 상당하였다. 이러한 비극적인 피해 누적에 결국 러시아의 돌파력은 떨어져 갔고 독일은 큰 피해를 입어 전술적으로는 사실상 패하였으나 전략적인 목표는 지킬 수 있게 되었다. 조금만 더 교환비가 좋아서 기갑 부대가 조금만 더 살아 있었으면 아마 돌파당했을 것이다. 하지만 독일도 과거에 비해 성장한 상황이었다. 우스운 군대가 아니었다. 결국 돌파를 위해선 비슷한 전력이니만큼 더 좋은 교환비가 필요했다. 또한 형성된 돌출부가 예상보다 컸기에 독일은 이를 이용하여 적극적으로 시간을 끌었다. 예상보다 더 많이 형성된 여러 방어 진지가 계속 적에게 피해를 누적을 강요하였고 결국 예상보다 더 빨리 러시아 기갑전력은 주저앉게 되었다. 독일도 큰 피해를 입었으나 남은 진지와 포격 부대를 통해 방어를 계속 이어 나갈 형편이 되긴 하였다. 이에 반해 러시아는 더 이상 돌파하기 힘들었기에 이젠 작전을 멈춰야 하였다.

그러나 보즈드 크리스티나 사빈코프는 작전의 실패를 받아들이기 힘들었다. 이는 원수 스테판 코로보프도 마찬가지였다. 이곳에서 물러난다는 것은 전쟁의 패배를 인정하는 것이나 다름없었다. 하지만 그 둘을 제외하면 다들 실패를 받아들였다. 더 큰 화를 부를 순 없는 노릇이니 말이다. 돌파가 실패했는데 더 이상 전력을 소모하면 훗날의 방어가 힘들어진다는 것은 모두가 알았다. 콜리야 스피리도노프 장군이 총대를 메 보즈드에게 방어가 쉬운 드네프르강까지 전면 후퇴해야 한다고 주장했고 결국 이는 받아들여지게 되었다.

"결국 러시아가 후퇴를 하군요."

"뭐, 당연한 결과지요. 전차가 박살 났는데 보병으로 진격할 수는 없는 노릇이니 말이죠."

물러가는 적을 바라보는 페도어 폰 보크 장군의 말에 에리히 폰 만슈타인이 입꼬리를 올리며 답하였다. 그리곤 자신의 선배에게 깍듯이 대하며 노고에 고마움을 표했다. 그는 북부를 맡았던 발터 모델에게도 고마움을 표하였다.

"모델 장군님도 고생 많으셨습니다."

"아닙니다. 전 지키기만 했는 걸요."

"하지만 그 덕에 보크 장군님의 부대가 남부에서 날뛸 수 있었습니다. 정말로~ 고맙습니다."

그의 익살스러운 말에 모델은 조금 당황한 웃음을 지었다. 그리곤 북부로 어서 돌아가야 한다고 말하며 자리를 떴다. 그렇게 보크와 달리 재빨리 자리를 뜨는 그를 바라보며 만슈타인은 조금 혀를 찼다.

"이 나라의 공격은 만슈타인, 방어는 모델이라는 소리를 듣고 있는데 사이좋게 지내시게."

"아니, 갑자기 무슨 소리십니까? 보크 장군님."

"혀 차는 소리가 조금 들리는걸."

"들리셨습니까? 선배님 앞에 부끄러운 모습을 보였군요."

"알면 됐네. 무슨 서로 간에 악감정 있을 만한 일 있는가?"

"그건 아니지만 저도 귀가 있기에 '들었던 이야기'가 있어서 말이죠. 저런 자보단 제가 선배님을 이을 군의 1인자가 돼야 하지 않겠습니까?"

보크는 무슨 이야기인지 이해가 안 되었으나 공명심 싸움으로 보아 그러지 말라 하였다. 아군이니 누가 최고가 되든 신경 쓰지 말라고 말이다. 만슈타인은 이에 적당히 대답하며 이런저런 만담을 이어 갔다. 보크는 이를 적당히 받아 주며 승리의 여운을 즐겼다. 그러면서 동시에 속으로 생각했다. 과연 무슨 이야기일까?

...

1942년 여름, 리비우 전차전은 독일의 승리로 끝났다. 독일도 크나큰 피해를 입었지만 비율로만 따지면 러시아가 입은 피해가 더욱 컸다. 독일은 미국의 도움도 받을 예정이니 더더욱 그러하였다. 독일은 리비우 전차전 직후 바로 후속 반격 작전을 실시하였고 리비우에 집결되었던 러시아의 주력 상당 부분이 후퇴 과정에서 파괴되었다. 결국 러시아는 전선을 크게 뒤로 물러 강을 끼고 버티는 전략을 취하였다. 예를 들어 남부 전선은 드네프르강을 끼고 싸우기로 하였다. 투하체프스키는 이를 예견하여 드네프르강에 진지를 구축 중이었는데 취소당한 바가 있었다. 이러한 행보가 결국 선견지명으로 인정받아 지금이라도 투하체프스키 라인을 구축해야 한다고 보즈드에게 보고가 올라갔다. 보즈드는 자신의 잘못을 인정하기 싫었지만 여러 전선이 독일의 반격으로 서서히 밀려나자 이를 받아들였다. 특히 독일의 쾨니히스베르크 탈환으로 러시아의 사기가 하락함에 따라 일단 공세보단 방어를 택하기로 하였고 이로 인해 투하체프스키를 불러들이기로 하였다. 이로써 스테판 코로포브 원수는 패전에 책임을 지고 일선에서 물러났고 미하일 투하체프스키가 총사령관으로 복귀하였다. 바실렙스키 참모장이나 비엔나 파괴 명령을 거부한 것으로 유명해진 게오르기 메드베드 장군도 복귀에 포함되었다.

하지만 그가 복귀했다고 바로 전선이 안정되는 것은 아니었다. 모델의 북부 집단군은 쾨니히스베르크 복구에 만족하지 않고 발트를 향해 진격에 박차를 가하였다. 러시아의 북부군은 다른 부분에 비해 허약했기에 모델의 집단군은 순탄하게 적을 격파해 갔다.

"결국 투하체프스키가 복귀했군요."

"그래. 그자라면 얼마 안 가 공세가 둔화될 거야. 그전에 최대한 발트를 해방해야겠어."

"옳으신 말씀입니다. 발트엔 동방식민운동의 여파로 우리 독일 시민들이 많으니까 아마 많은 환영을 받겠지요. 벌써부터 뿌듯해집니다."

"하하, 우리 참모장이 어린아이 같은 구석이 있었구먼."

둘은 기분 좋게 웃으며 밝은 전망을 가지고 전진을 거듭하였다. 베를린 전투 이후 연이어 일이 잘 풀렸기 때문에 둘은 고비는 있겠지만 얼마 안 가 독일이 승전할 것이라고 믿었다. 따라서 앞으로는 기분 좋은 일만 있을 것이라고 생각하였다. 그러나 전쟁 자체가 좋은 일이 아니었던 덕에 둘은 순식간에 기분을 잡치게 되었다. 발트 해방 과정에서 러시아의 수용소들이 드러났기 때문이었다. 해당 독일인 수용소는 독일인의 노동을 착취하고 있었을 뿐만 아니라 제대로 배급도 안 해 주고 학대를 하고 있었다. 마치 즐겁다는 듯이 말이다.

"이, 이게 무엇인가?"

"끔찍하군요…. 역시 러시아의 보즈드는 미친 여자가 분명합니다."

모델과 요하임은 수용소 내부를 보며 참담함을 느꼈다. 피골이 상접한 사람들이 넘쳐 났고 모델은 굶어 죽기 직전의 사람들에게 먹을 것을 다급히 나누어 주었다. 그리곤 수용소장을 끌고 와 총구를 겨누며 말했다.

"바른대로만 말하면 목숨은 살려 주지. 정식으로 재판도 받게 해 주겠다."

"꺼져라, 독일 놈! 자비 따위 바란 적 없다!"

"여기서 정확히 무슨 일이 있었지? 말해라."

"알려 줄 거 같나? 문건도 이미 태워 버렸다. 멍청한 독일 것아."

장전까지 하며 총구를 겨눔에도 묵묵부답이자 모델은 머리를 날려 버리고 싶었다. 하지만 참고 정말로 궁금한 것을 하나 물어보기로 하였다.

"그럼 왜 이런 짓을 했지? 왜 수용소까지 만들며 우릴 학대한 거야? 우리가 전쟁 중이라고 해도 최소한 사람대접은 해 주어야 되는 거 아닌가?"

| 전환점 |

"하하, 사람대접이라…. 너희 독일 놈이 우릴 사람 취급해 주었던 적은 있고?"

나이가 어느 정도 있어 보이는 러시아인 수용소장은 과거를 회상하며 분노를 표출했다. 이에 모델은 두 눈을 질끈 감았다. 상대방이 하는 말을 이해했기 때문이었다. 그날을 돌이켜 보면 독일은 러시아에 지나친 패배감을 안겨 주었다. 사람을 고기처럼 급을 나누어 대하였던 것이다. 더 많이 가져가는 것에 만족하지 않고 그들을 놀리는 맛으로 살아 왔었다. 모델은 그날을 기억하기에 한숨을 내쉬며 옆의 장병들에게 이자를 구금하라고 말하였다. 전후 재판을 받게 하기 위해서 말이다.

"불쌍한 영혼이군요. 과거에서 헤어나질 못하다니."

"그렇지. 하지만 나도 그렇다네…."

요하임 슈타인의 말에 발터 모델은 힘없이 담배를 입에 물며 답하였다. 요하임은 모델의 반응에 부하로 상관의 기분이 나쁘지 않게 최대한 그를 위로하였다. 앞으로가 중요하다면서 말이다. 똑똑한 그는 상관의 과거를 모르나 대강 추측은 가능했다. 아마 두 국가의 갈등에 휘말린 것이리라. 하지만 증오에서 끝날 것인가? 대안 없이 갈등에 살아갈 것인가? 요하임의 답은 달랐다. 그는 새로운 카이저에 희망을 걸고 있었고 그것은 그릇된 서로 간의 인식을 부수는 것에 있었다. 가져가는 것은 달라도 서로를 도덕적으로 대우한다면 달라질 것이라고 요하임은 생각하였다.

"발트도 이 정도라면 다른 곳은 어떠할지…. 걱정이군요."

"그래. 하지만 일단은 최대한 영토를 탈환하는 것만이 답이니 싸우는 것에 집중해 보세."

모델은 최대한 빨리 수용소 사람들을 구출한 뒤 다시 진격을 실시하였다. 하지만 투하체프스키 라인이 다시 재가동되기 시작했기 때문에 진격

속도는 서서히 느려져 갔다. 투하쳅스키는 남은 러시아의 장점인 우수한 동원 능력을 활용해 소모전으로 적을 막아 갔고 목표만큼 막지는 못했지만 결국 전선은 나르바-민스크-키이우-하르코프-마리우폴 라인에서 소강상태에 이르게 되었다. 겨울도 다가와 빠르게 진군을 멈춘 점도 있었다. 레토-포어베크 수상은 러시아의 전력이 상당 부분 상실되었다고 판단하였다. 그리곤 내년 봄까지 전력을 충원하기로 하고 방한용품을 보급하며 진군을 멈추었다. 모델은 이 기간 동안 수용소에 대해서 알아낸 것들을 정리해 본국에 전달하였다. 이 소식은 카이저에게까지 들어갔다.

"알던 내용이지만 모델 장군이 직접 찍어 준 사진을 보니 더더욱 참담하군요."

"나의 카이저시여. 이것들은 모두 사형에 처해야 합니다."

"그건 저도 어느 정도 찬성합니다."

카이저의 집무실에서 재무부 장관 크로지크 백작이 사진을 보며 분노를 표하였다. 옆에 있던 아데나워 당수도 이에 동감을 표하였다. 카이저는 이에 관련된 인물을 법으로 엄격히 처벌할 것이라고 말하였다.

"하지만 보복심을 가지면 안 됩니다. 러시아가 그러한 마음을 지닌 덕에 이런 일을 벌인 것입니다."

"하지만 그러기엔 너무 끔찍합니다."

"모두가 그러지 않다는 것을 증명해야 합니다."

카이저 지크프리트는 각료들의 원성에도 전후 러시아에 가혹한 행보를 보이지 않을 것임을 말했다. 카이저의 입장에서는 그것은 당연한 것이었다. 이미 여러 번 자신의 생각을 말한 바가 있었다. 유럽은 오로지 선함만이 구원할 수 있다고 그는 믿고 있었다. 그는 보복주의를 넘어 상대방에 대한 예우가 당연한 세상만이 독일에 좋은 세상이라고 생각했다. 전후 유럽을 이끌기 위해 외교를 어찌해야 할지 이번 전쟁을 통해 그는 너무나도 뼈저리게 느끼고 있었다. 여러 장관들은 참혹한 수용소의 사진에 이런저런 불만을 품었지만 전쟁 기간 동안 카이저의 입지는 대단하였기에 결국 받아들이기로 하였다. 장관들은 카이저에게 예를 다하며 밖으로 나갔다. 카이저는 집무실에 혼자 남아 창밖에 달빛을 바라보며 생각했다.

'아무래도 전쟁이 끝나면 정말로 러시아에 가 봐야 하겠군. 증오의 연쇄를 끊는 것이 독일의 희망이 될 것이야…'

그렇게 생각하며 그는 내년의 전황을 기대하였다. 잘만 하면 내년에 전쟁은 끝날 수도 있을 것이다. 이미 참모부에서 내년의 '블뤼허 작전'을 계획 중에 있었기 때문이었다. 러시아는 리비우 전차전의 패배 이후로 공세 능력을 완전히 상실하여 이제 전쟁에서 이기기 힘든 상태였다. 투하체프스키가 복귀하여 버티고는 있지만 그것이 한계였다. 그에 반해 독일은 피해가 꾸준히 누적되었지만 미국을 통해 물자는 부족함이 없었다. 인력이 어느 정도 문제였는데 그래도 러시아보단 훨씬 상황이 나은 상태였다. 독일 내부에서도 꾸준히 입대 병력이 충원되고 있었고 식민지와 동맹국의 부대가 계속 동부 전선으로 차출되고 있었다. 러시아 전선의 다수는 독일군이었으나 적지 않은 수가 동맹국의 군대로 채워지고 있었다. 이 과정에서 가장 독일을 돕는 자는 단연 처칠이었다. 그는 캐나다 연합왕국의 인력을 최대한 징병하여 보내 주고 있었다. 카이저는 그 대가로 전후 브리튼 제도에 영향력을 행사하지 않는 것은 물론 전후 복구도 지원해 줄 것을 약속하였다.

'결국 내년이 관건이군.'

카이저는 그리 생각하며 업무를 마무리지었다. 내년 공세의 결과물이 카이저의 기대를 현실화시켜 줄 것이었다. 그는 그것에 희망을 걸며 당장의 일들을 끝내었다. 그렇게 기사단 작전의 첫 파도가 마무리되었다.

...

 1942년 겨울은 크나큰 전투 없이 넘어갔다. 기사단 작전 초엽 기습으로 인한 피해와 리비우 전차전의 피해로 러시아는 기진맥진한 상황이었고 독일도 은근히 힘든 상태였기 때문이었다. 그러나 회복 속도가 큰 차이를 보였다. 1943년 봄이 되자 독일은 다시 움직일 준비를 하였다. 러시아에 앞서 독일은 미국과 공조하여 아프리카 전선을 마무리지었다. 패튼과 롬멜의 군단이 알제리를 함락함에 따라 프랑스 코뮌 정부는 완전히 끝나고 말았다. 두 국가의 아프리카 군단은 그대로 동부 전선으로 이동하였다. 그리고 얼마 후 모스크바를 향한 최종 작전인 '블뤼허 작전'이 실시되었다. 최대한 동맹국의 가용 부대를 모아 러시아와 발칸의 강철 조약 가맹국을 향해 전면적으로 전진하되 모스크바를 우선시하는 작전이었다. 패튼은 남유럽은 자신이 정리하겠으니 모스크바를 빠르게 함락하라고 독일에 요구하였다. 아프리카에서 동고동락했던 롬멜은 모스크바는 자신의 것이라고 외쳤다. 모델의 경우 그대로 북부 집단군을 맡아 상트페테르부르크를 함락시키거나 적당히 포위시킨 뒤 모스크바에 합류하는 것으로 결정되었다. 그렇게 각자의 역할이 정해졌고 그에 따라 움직임이 분주해져 갔다.

 "물자가 풍족하다 못해 흘러넘치는군. 잘하면 올해 끝날 수도 있겠어."
 요하임 슈타인은 어느 정도 복구된 쾨니히스베르크의 항구에서 자신의 부대에게 오는 보급품을 체크하며 그리 말했다. 말 그대로 물자가 넘쳐 길바닥에 이리저리 치일 정도였다. 요하임은 부족함을 넘어 너무 풍족하였기에 아직까지도 도시에 살아남아 있는 독일인들에게 생필품을 적당히 나누어 주었다. 그럴 정도로 독일 자체적인 수습과 미국의 원조로 동부 전선의 군대는 여유로웠다. 이러한 상황이 다가올 전역에 커다란 영향을 주게 되었다. 얼마 안 가 4월, 본격적으로 작전이 개시되었는데 어느 방면이든 대대적으로 공세를 들어갔다. 그러면서 러시아의 중부 집단군을 노렸는데 러시아가 가진 유일한 힘이 사실상 중부에 있었기 때문이었다. 그를 위해 독일 수뇌부는 남부와 북부에서 적의 이목을 끌 만한 전술적 공세를 하면서 주공이 마치 중부가 아닌 다른 곳으로 판단되게끔 유혹하였다.

이 당시 동부 전선의 양측 군대 숫자는 나름 비슷하였다. 미국이 대대적으로 부대를 보냈지만 독일인의 인력이 개전 초기에 비해 은근히 감소한 탓이었다. 하지만 러시아도 더 이상 차출할 인력은 없었기에 과거와 달리 압도적인 군세를 보유하진 못하고 있었다. 여러 전역의 여파로 우수한 장교진들도 갈려 나가 과거에 비해 정예라고도 하기 힘들었다. 그래도 여전히 엄청난 인력을 자랑하며 적과 비슷하게 수백만 군대를 유지 중이었지만 가장 문제는 물자의 차이에 있었다. 나름 상황이 좋은 중부 집단군을 제외하면 이 시점의 러시아군은 물자를 지원받아 넉넉한 독일과 달리 계속 손실을 입어 물자가 상대적으로 부족한 상황이었다. 러시아의 공업력은 러시아 본토와 시베리아에 아직 많이 유지되고 있었지만 미국의 참전으로 독일과의 공업력 대결은 의미가 없어진 상황이었다. 만일 미국이 오지 않았다면 독일도 여러 노력에도 불구하고 러시아보다 어느 정도 더 나은 정도의 상황이었을 것이다. 그러나 미국의 참전의 효과는 실로 강대하였다. 이러하자 여러 전선의 러시아 군대는 부족한 상황이니 신중하게 전투에 임할 수밖에 없었고 여유롭게 사방에서 두들기는 독일과 동맹국 군대를 막기 힘들어하였다. 그것은 곧 전선에 균열을 일으켰고 각 전선의 집단군과 중앙의 연결을 흐리게 하였다. 독일군을 이를 놓치지 않았다. 적이 주공을 오판하여 남부에 집중하는 동안 그 틈을 파고 들어 중부 방면을 집어삼켰다. 투하체프스키는 사전에 이를 나름 의심하긴 했으나 별다른 행동을 보이질 못하였다. 그만큼 러시아의 힘이 빠진 상태였다. 모든 전선을 어느 정도 틀어막는 것이 힘들 정도로 떨어진 것이었다. 거짓 주공이라 하더라도 무시할 수 없는 정도로 남부에도 몰려왔었다. 투하체프스키는 눈물겨운 돌려 막기를 하며 이를 버티려고 애썼지만 결국 밀리는 결과를 만들고 말았다. 이에 그는 한탄하며 이리 말했다.

"중간에 실각되지만 않았다면 달랐을 것이다. 방어 라인만 구축이 완료되었어도 이리 쉽게 밀리진 않았을 것이야. 일이 이 지경이 되고 나서야 내가 원하던 협상의 길이 보이기 시작하니 어찌 애석하지 않겠는가!"

사실상 전쟁이 마무리가 되어 가는 분위기가 되자 카이저는 러시아에 항복을 요구하였다. 적의 수장인 보즈드와 전쟁 범죄에 가담한 수뇌부들만 재판에 넘기면 국경은 전쟁 전과 같을 것이라고 전하였다. 그들만 처벌하고 전후 두 국가는 같은 공동체에 가입하여 화합할 것이라고 말했다. 그렇게 된다면 전후 복구에 도움을 주겠다고 온화한 조건의 제안을 하였다. 물론 독일도 복구에 힘써야 하니 퍼 주긴 힘들었으나 패전임에도 동등한 국가로서 대우하겠다는 것은 투하체프스키에겐 상당히 반가운 이야기였다. 그러나 보즈드 크리스티나 사빈코프는 항복은커녕 각 전선에서 후퇴 명령도 허가하지 않았다. 그녀는 최후의 항전을 부르짖었다.

"단 한 명의 러시아인이 남을 때까지 포기하지 않겠다!!"

이에 그와 같이 복귀한 참모장 바실렙스키가 자신의 상관에게 말했다.

"이대로 가다간 모스크바까지 자동문인데 왜 저러는지 모르겠습니다.

아, 재판받으면 사형받을 걸 알아서 그런가?"

"그럴지도 모르지. 하지만 더 큰 이유는 상대방의 진의를 믿지 못해서 그런 걸 거야. 나도 독일의 지도자를 아주 신뢰하는 것은 아니거든. 전후 잘 대해 주겠다는 것이 너무 달콤하게 들리니 거짓말 같기도 하고…. 물론 보즈드가 그런 합리적 의심을 하고 있는 건 아니겠지. 그저 못 믿는 것이야. 지난 내전과 독일의 동부 견제를 생각하면 당연한 반응이지. 그녀는 불쌍한 여자야. 자신의 판단이라고 생각하며 항전을 부르짖고 있겠지만 그저 자신의 과거에 의해 결정된 사실을 그대로 읊고 있는 것에 불과하지…."

투하체프스키는 군대를 모스크바로 서서히 물리며 자신의 참모장의 말에 한숨을 쉬며 말했다. 이미 보즈드는 자아를 잃어버린 상태나 다름없었다. 그래서 투하체프스키 사령관은 잠시나마 독일에 투항하는 것을 고민하였다. 그러나 주변의 반발에도 보즈드가 자신의 능력을 높게 사 주었던 사실을 기억하며 그러지 않았다.

'독일에게 마지막까지 우리 러시아의 분노의 근원을 보여 주는 것도 나쁘지 않겠지….'

투하체프스키는 그리 생각하며 독일의 공격에 살아남은 부대를 모스크바로 집중시켰다. 이에 독일 수뇌부는 주요 거점을 포위하면서 각 방면의 주요 부대를 차출해 모스크바로 병력을 집중시켰다. 그렇게 1943년 늦가을 동부 전선의 최후의 공방전이 발발하였다. 모델은 상트페테르부르크를 포위시키고 정예 병력을 차출하여 모스크바로 향하였다. 보즈드가 모스크바에서 도망치기 않기로 결정하여서 이곳만 함락된다면 그대로 전쟁은 종결될 수 있었다. 그렇기에 독일 수뇌부는 사방팔방 군대를 모아 모스크바로 보낸 것이었다.

"요새화가 잘되어 있긴 하지만…. 딱 봐도 지쳐 있는 상태군. 물자가 부족하긴 한가 보군."

"그렇습니다. 천천히 밀고 들어가면 무난히 이길 것 같습니다."

"다만 전차 부대는 주의를 소홀히 하지 말라고 전하게. 시가전이 쉽지 않겠어. 잘못하면 그대로 먹힐 거야."

모델은 모스크바의 전장을 바라보며 요하임과 이야기하였다. 모델의 부대는 모스크바의 북쪽을 맡았는데 둘이 보기엔 모스크바의 전장은 어려워 보이질 않았다. 그만큼 러시아의 정예는 이미 많이 소진되었고 병력은 예전에 비해 형편없었다. 하지만 항전의 의지는 확고해 보였다. 러시아인들은 부서진 건물들을 참호 삼아 싸웠다. 일부 건물은 적의 진격을 막기 위해 자신들의 손으로 부수었다. 제공권을 빼앗겨 큰 쓸모가 없어진 대공포는 지상에 고정시켜 다가오는 적 전차를 향해 날려 댔다. 일부 사람들은 폭탄을 들고 전차에 뛰어들어 같이 폭사하기도 하였다. 이렇게 온갖 방법을 동원해서 적을 막으려 하자 모델과 요하임은 놀라 어찌 반응을 하지 못하였다. 하지만 블뤼허 작전 이래로 독일이 러시아로부터 제공권을 확실히 빼앗는 데 성공하였기에 천천히 공군 지원을 통해 방해물을 치워 갔다. 러시아가 약한 것은 아니었으나 이 시점에서 두 국가의 차이는 크게 벌어졌기에 서서히 밀리는 것은 어쩔 수 없는 숙명이었다.

"무의미한 짓입니다. 저런 짓을 왜 하는 걸까요?"

요하임 슈타인이 자신의 상관 발터 모델에게 말했다. 이에 모델은 무언가에 생각이 잠겼는지 한동안 말이 없다가 나지막하게 답하였다.

"보여 주는 것이지. 자신들을."

"보여 주다니요?"

"분노를 통해 세상을 바꾸겠다는 바보 같은 생각에 빠진 거니. 불쌍한 피해자들이 이상한 가해자가 된 거야. 결국 어느 한쪽이 다 죽을 때까지 멈추려 하지 않을 걸세."

발터 모델은 죽을 줄 알면서도 달려드는 러시아 사람들을 바라보며 조금은 희망을 버렸다. 양쪽의 골을 생각하자니 모든 것이 의미가 없어 보였다. 이에 요하임도 어느 정도는 공감을 표하였다. 그러나 자신이 저번에 말한 것처럼 그는 카이저를 믿고 있었다.

"그래도 달라질 거라 생각합니다."

"어떻게?"

"카이저의 정책과 연설들을 보면 알 수 있습니다. 그분은 겉치레가 아닌 마음을 사고자 노력하고 있습니다. 프랑스에서 그러했지요. 물론 우리 대에는 기억이 남아 있기에 힘들지만 다음 대에는 분명 달라질 것입니다. 당장은 힘들어도 화해할 수 있을 것입니다."

"그런가? 이리도 끔찍한데? 희망이 넘치는 자네가 부럽군. 난… 솔직히 여전히 과거에 묻혀 있다네. 그렇게 믿고 싶지만 정말 그럴까 싶어. 어디서 그런 확신을 얻나?"

모델은 무언가에 잠기며 조금은 침울하게 답하였다. 요하임은 그의 과거를 대강 추측하고 있었으니 이해를 하였다. 하지만 그럼에도 모델도 러시아인들도 시간이 지나면 괜찮아질 것이라고 확신을 하였다.

"그야 그게 모두에게 이득이니까요."

그는 카이저의 연설에 나온 선함에서 나오는 것들을 말하였다. 카이저는 반발하는 관료들을 상대로 의회에서 연설한 바 있었다. 여기서 카이저는 일방적으로 퍼 주며 착한 척하는 것이 아니라고 밝혔다. 일례로 시장에서 가난해져 구매력이 떨어진 이들이 갈 곳은 어디겠는가? 거기에 소외까지 받으면 폭동 말고는 답이 없다. 그런 이들을 만들지 말자는 것이었다. 같은 선상에서 귀를 기울여 주어야 독일도 다른 이들도 안심하고 어디든 다닐 수 있는 환경이 조성된다는 것이었다. 요하임은 그 말을 믿었다.

"자네가 부럽군."

"아닙니다. 전 전쟁이 일어날 즈음 베를린에 잠시 다녀온 적이 있었습니다. 거기서 우리 독일 사람들을 지킬 가치가 있다고 느꼈지요. 그걸 위해 그리 생각한 것입니다."

"그래. 그렇게 우리를 지키고 적들도 지켜 주고 다시 우리도 지킴받고 그래야지…."

발터 모델은 그렇게 말하며 다시금 전장을 쳐다보았다. 전장은 보즈드의 명령에 더욱 혼란에 빠지고 있었다. 독일군은 도시 내부에 진입하여 전부 박살 내 버리려 노력했지만 들어갔다가 격퇴당하는 것을 반복하였다. 뒤를 보지 않고 오늘만 싸우는 방식을 택한 러시아군에 이상적으로 접근하는 독일군은 당장은 패퇴할 수밖에 없었다. 독일은 계속 병력을 차례대로 투입하여 적의 군세를 소진하기로 하였다. 하지만 그 과정에서 못 봐줄 것은 복수심에 너무 인명이 경시되고 있다는 것이었다. 러시아는 싸우기 싫어하는 일부 러시아인들을 거리에 목매달며 모두에게 죽음을 강요하였다. 이에 비엔나에서 보즈드에게 반항해 본 경력이 있는 게오르기 메드베드 장군은 발터 모델에게 접촉하였다.

"내가 관장하고 있는 곳을 통해 시민들을 탈출시키고자 합니다. 시민들을 받아 주시겠습니까?"

"알겠소. 무기를 들지 않으면 전부 받아 주겠으니 다 북부로 보내시오."

대부분의 러시아인들은 보즈드의 뜻을 따랐지만 그렇지 않은 이들도 있었다. 그들은 게오르기 메드베드와 발터 모델의 밀약에 따라 남몰래

도시를 탈출하였다. 모델은 모스크바에서 벗어나 자신에게 당도한 사람들에게 먹을 것을 주고 후방까지 안전하게 보내 주었다. 병사들에게 절대 일반 시민들에게 손대지 말라고 엄명하였다. 그는 손대지 말 것을 정말로 지나칠 정도로 강조하였다. 뭔가 있나 싶을 정도로 말이다. 요하임은 그 임무를 완벽하게 수행하였다. 군국주의자에서 민주주의자로 어느 정도 변한 참모장은 러시아인들을 독일 사람처럼 대우하며 물자를 나누어 주었다. 본국의 활약과 미국의 도움으로 모델의 부대 물자는 넘쳐흐르고 있었다. 달리 말하면 모스크바의 함락과 러시아국의 종말도 그렇게 멀지 않았다는 것이다.

"이제 마지막인가."

"여전히 우리에겐 300여만의 병력이 있지만 아직도 많은 부대가 다른 전선에 흩어져 있어. 더 이상 모스크바에는 방위할 만한 병력이 없어. 항복하지 않을 거면 탈출해야 해."

"그럼 자네가 보즈드를 설득하겠나?"

"왜 나에게 넘겨? 자네가 말해."

모스크바의 함락 위기에 러시아의 장군들은 지하의 사령실에서 이런저런 이야기를 하며 고민에 빠지고 있었다. 여기에 있는 이들은 진심으로 보즈드에게 충성한 장군들이었기에 보즈드의 마음을 잘 알고 있었다. 그래서 탈출은 입에 못 꺼내고 그러자니 가만히 죽긴 싫은 상황에 이러지도 저러지도 못하고 있었다.

"사내들이 뭘 그리 쫑알쫑알대고 있습니까? 난 이미 판단이 섰으니 절 따라올 사람은 따라와 주세요."

보즈드는 자신의 마지막 집무실에서 나와 장군들을 보며 말했다. 그녀는 소총을 어깨에 짊어진 상태였다. 마치 일개 소총병 같은 모습에 다들 의아해하며 묻자 그녀는 싱긋 웃으며 말했다.

"전 모스크바를 포기할 생각도, 저들에게 붙잡힐 생각도 없습니다. 그러니 마지막으로 싸우다 갈 것입니다."

"미치셨습니까? 차라리 탈출하세요! 지금이면 예카테린부르크까지 무사히 가실 수 있습니다!"

그녀의 소꿉친구이자 전역이 역전되게 만든 원흉인 세르게이 이바노프가 눈물을 흘리며 외쳤다. 이에 그녀는 그의 눈물을 닦아 주면서 말했다.

"러시아 연방을 승리로 이끌겠다는 약속을 지키지 못해 모두들 미안합니다. 하지만 무리하게 이 전쟁을 이끌었던 것엔 나름대로 이유가 있습니다. 다들 '그날'을 기억하실 겁니다. 그렇기 때문에 그들이 죽든지 우리가 죽든지 할 수밖에 없었습니다."

보즈드는 전쟁 전, 러시아가 독일의 압제로부터 벗어나기 전까지의 시기를 언급하였다. 자신이 권력을 잡기 전까지 러시아는 독일의 노리개였다. 정육점 고기처럼 등급 나뉘어 살아야만 하였다. 그렇기에 러시아는 돌려줄 필요가 있었다. 싸구려 고기가 보여 주는 맛을 말이다.

"세상이 변하려면 그대로 보여 주는 수밖에 없습니다. 그러니 난 마지막까지 싸우다 갈 것입니다. 최대한 저들을 질리게 만들어야 살아남은 우리 아이들이 편해집니다. 한 놈에게라도 더 복수해 주어야 합니다."

"그렇다면 우리도 가겠습니다."

보즈드 크리스티나 사빈코프의 말에 모두들 소총을 하나둘 집어 들었다. 이에 크리스티나 사빈코프는 웃으며 앞장서서 지하의 사령실에서 나갔다. 밖은 온갖 총성과 포성으로 한창 모두의 귀를 끔찍하게 해 주고 있었다. 널브러져 있는 시체와 파편들이 지금의 전황이 얼마나 어려운지 알려 주고 있었다. 이에 크리스티나 사빈코프는 동포들의 시체에 죄책감을 느꼈다. 동포에게만큼은 그녀는 따뜻한 사람이었다. 그렇기에 전쟁을 일으키지 않았으면 좋았을 것이라는 마음이 한편 들었다. 하지만 그녀는 전쟁을 택했다. 왜냐면 앞서 말했듯 지나친 방법을 통해서라도 세상이 들어주기를 바랐기 때문이었다. 패배자이기 때문에 끔찍한 일을 당해야 하는 이들을 누군가는 대변해 주어야 했고 그것이 형상화된 인물이 보즈드 크리스티나 사빈코프였다. 그녀는 앞으로 악인으로 기록될 것이고 실로 그러한 삶을 살았다. 그녀는 악마. 옹호할 가치는 없다. 하지만 그러한 악마가 왜 튀어나왔겠는가. 바로 복수심 때문이다. 아무 일도 당하지 않았다면 러시아인들이 악마가 될 리가 없었다. 다들 선하게 살았을 것이며 누구나 편안하게 살기를 원한다. 그렇기에 보즈드 크리스티나 사빈코프는 패배자를 캐치하지 못하는 세상이 스스로 잘못을 깨닫길 바라며 마지막까지 잘못된 수단을 택하며 전장을 향해 달려갔다.

"여러분과 싸워 후회는 없다! 독일 놈들을 하나라도 더 잡고 가자!!"

러시아 수뇌부들은 그렇게 소총 한 자루만 들고 일개 보병이 되어 전쟁터로 향하였다. 자신들의 수뇌부들의 움직임에 러시아 보병들은 다 같이 참호 밖으로 뛰쳐나갔다. 이러한 광신도들의 움직임은 금세 독일군에게 포착되었다. 갑자기 소리 지르며 다가오는데 이를 이상하게 여기지 않을 사람은 없었다. 해당 방면에 있던 중앙 집단군 소속의 기갑 부대를 이끌고 있던 기갑총감을 겸임하고 있는 장군인 하인츠 폰 구데리안이 이를 처음 발견하였다.

"뭐, 뭐야? 저거 보즈드 아니야? 내가 잘못 본 건가?"

구데리안은 자신의 눈에 보이는 것에 놀라 주변 장교들에게도 관측해 보라고 말하였다. 모두의 망원경에 보즈드가 선명하게 보였다. 저런 휘황찬란한 옷을 입고 있는 것은 한 사람뿐이었기 때문에 다들 놀라 어쩔 줄 몰라 하였다. 구데리안은 카이저가 그들을 재판장에 올리고 싶어 하는 것을 알기에 당장 사격 중지 명령을 내렸다. 그리곤 무조건 생포하라고 명령하였다. 초급장교들은 이러한 명령에 당황했지만 눈앞의 적들의 총탄이 떨어지길 기다리면서 아주 천천히 접근하였다. 수백 명의 독일병사들이 튼튼한 진압용 방패를 들고 보즈드를 둘러싸며 다가갔다. 무조건 생포하란 명령 때문에 독일 병사들이 여럿 상하게 되었다. 그러나 모두들 그들을 심판대에 올리겠다는 열망이 더욱 강하였다. 이윽고 팔을 뻗으면 닿는 거리까지 도달하자 독일 병사들은 수뇌부들의 복부를 강타하며 그들의 총기류를 강제로 빼앗았다. 이 과정에서 보즈드는 끝까지 저항하여 눈앞의 병사들의 머리를 여럿 날렸지만 결국 포승줄에 강제로 묶이게 되었다. 최후까지 한 명이라도 더 잡겠다는 신념에 총을 한 번 더 쏘려고 하다가 머리에 총을 박을 타이밍을 놓쳐 버린 탓이었다.

"희대의 악녀가 잡혔군. 정중히 대해 주되 절대 놓치지 말도록!"

하인츠 구데리안은 붙잡힌 크리스티나 사빈코프의 앞으로 달려가 그녀가 맞는지 확인하고 웃으며 외쳤다. 그렇게 러시아의 리더가 붙잡히자 러시아군은 혼란에 빠지게 되었다. 여전히 대부분 항전을 부르짖었지만 최고위 지휘계통이 날아갔기 때문에 어찌해야 할지 몰랐다. 이런 혼란을 캐치한 독일 수뇌부는 아직 남아 있는 러시아 수뇌부와 접촉하여 협상을 시도하였다. 미하일 투하체프스키와 러시아의 웃어른인 표트르 브란겔은 곧 임시 정부를 수립하였고 끝내 독일에 무조건 항복을 하였다.

"표트르 브란겔 원수가 모두에게 고한다. 이제 전쟁은 끝났다. 모두들 무기를 버리고 집으로 돌아가라. 반복한다. 이제 모두들 집으로 돌아가라. 전쟁은 끝났다. 보즈드도 이제 그대들의 곁을 떠났다. 이제 나라의 싸움터가 아닌 여러분의 싸움터로 돌아가 행복을 추구하라!"

러시아의 장갑차에 달린 확성기가 거리를 떠돌며 표트르 브란겔 명예 원수의 목소리를 사방에 알렸다. 그곳에서 퍼지는 보즈드의 신변에 관한 소식에 다들 결국 무기를 버렸다. 이제 정말 끝인 것을 다들 깨달았기 때문이었다. 이 소식은 금세 다른 전선에도 퍼져 나갔고 모든 전선에서 무장은 해제되고 전투 행위는 종결되었다. 독일군은 남은 군장비를 인도받고 각 도시의 치안을 맡으며 전후 처리에 나섰다. 그렇게 1944년 2월, 러시아와의 질긴 전쟁이 끝났다. 길었던 동부 전선에 마무리된 것이다. 물론 브리튼 연방과 일본 제국이 남아 있으니 아직도 갈 길이 멀었으나 모델과 요하임이 겪은 지옥은 드디어 끝이 난 것이다.

"드디어 끝났군요."

"그렇네. 참으로 힘들었어. 다신 경험하기 싫을 정도야. 하지만 더 중요한 것이 남아 있지. 쾨니히스베르크의 참사가 또 다시 일어나지 않게 하는 거지. 과연 카이저께서 잘하실 수 있을까?"

"네. 카이저께선 그야말로 모두를 대변하실 것입니다. 승리자도 패배자도 말이죠. 그러니 잘하실 겁니다."

둘은 희망차게 앞날을 전망하였다. 물론 앞으로가 더 문제였다. 전후 처리를 제대로 하려면 앞으로도 몇 년은 더 지옥 같을 것이었다. 그러나 둘은 잘 해결되리라 믿었다. 카이저의 연설의 내용을 진심으로 믿었기 때문이었다.

"우리가 이 시대에 위기를 겪고 있는 이유는 간단합니다. 승리에 취해 남을 하등하게 보았으며 그들의 생각을 듣지 않았기 때문입니다. 왜 그러는지 이해하지 않았습니다. 그저 괴물 보는 듯이 대했습니다. 이제 선함을 취해야 합니다. 세상에 따뜻한 환경을 조성해야 합니다. 그래야 우리도 안심하고 따스하게 지낼 수 있습니다."

둘은 그 말을 믿고 웃었다. 앞으로 어찌 될지 모르는 일이다. 오히려 틀린 길일 수도 있다. 하지만 변화를 하며 자신의 믿음을 성실히 따르는 것이 각자가 할 수 있는 최선이기에 그 의지를 믿기로 하였다. 그렇게 한동안 둘은 기쁨에 잠겼다. 얼마 후 독일 수뇌부는 발터 모델을 러시아 통치 사령관으로 임명하였다. 모스크바에 주둔하여 러시아 임시 정부와 협력하여 한동안 러시아 전역을 총괄하는 자리였다. 뽑힌 이유로는 게오르기 메드베드와의 일이 카이저의 귀에 들어갔는데 이에 흡족하였기 때문이었다. 카이저는 그가 러시아 통치의 적임자라고 여겼다. 최소한 사람들을 해치지 않을 것이라는 믿음에서였다. 발터 모델은 전쟁이 완전히 종료된 것은 아니었으나 동부 전선의 종료로 한창 여유로웠으니 본국에 요청하여 물자를 베풀며 러시아 사람들의 민심을 사고자 노력하였다. 그러면서 순찰을 수시로 돌며 병사들이 사람들을 건들지 못하게 하였다. 기회가 된다면 모스크바에서 먼 도시까지 방문하여 장교진들을 독려하였다. 그는 가족을 빼앗긴 독일인의 분노를 이해했지만 그는 모스크바가 쾨니히스베르크가 되길 바라지 않았다.

"모두들 참아라. 같은 쓰레기가 되고 싶은가? 우리 부모 형제가 복수로 저승에서 기뻐할 것 같은가?"

모델은 독일인을 달래고 러시아인을 달래며 시간을 보냈다. 그는 다른 장성들과 달리 모스크바에서 바쁘지만 그래도 나름 한가한 생활을 하였다. 일례로 에리히 폰 만슈타인 장군은 미국의 요청으로 한창 만주국 침공 준비에 있었다. 구데리안과 롬멜 장군은 캐나다와 미국의 해군과 협조하여 런던 상륙 준비에 박차를 가하고 있었다.

"빨리 브리튼과 일본이 항복해야 할 텐데 말이죠."

"그러길 바라네."

둘은 여러 전선의 소식을 들으며 1945년에는 전쟁이 끝나길 빌었다. 그리고 다행이도 이것은 얼마 안 가 이루어지게 되었다. 대망의 1945년 4월, 캐나다 연합왕국과 독일 제국의 연합 함대가 포츠머스 상륙에 성공한 것이다. 상륙한 독일의 기갑 부대와 캐나다의 보병들은 미공군의 지원을 받으며 런던으로 진격하였다. 브리튼 연방 수뇌부들은 런던을 포기하고 에든버러로 도피했으나 결국 그곳마저도 함락되었다. 그렇게 기나긴 서부전선의 막이 내렸다. 브리튼 연방 수뇌부는 사로잡혀 결국 항복을 선언하였으며 이제 남은 전선은 아시아 전선이었다. 일본 제국은 절대 항복하지 않겠다며 저항했지만 1945년 8월, 미국의 신무기로 인하여 히로시마와 나가사키가 박살 나자 결국 서방국가에 항복하였다. 그렇게 기나긴 전쟁이 마무리되었다. 강철 조약과 생디칼리스트들의 군대는 해체되었고 한동안 그들의 치안은 동맹국들의 군대가 맡게 되었다. 미국과 독일, 캐나다의 합의로 국경은 카렐리야 회담 이후, 전쟁 전까지의 국경으로 돌아가게 되었다. 프랑스의 임시정부는 전후 얼마 안 가 독일의 지원으로 국제사회로부터 공식정부로 승인되었다. 러시아와 일본에도 신정부가 들어섰으나 한동안은 동맹국 점령하의 체제가 유지되기로 하였다. 브리튼 제도는 기존의 연방 정부가 붕괴되고 캐나다 연합왕국이 약속대로 귀환하기로 결정되었다. 처칠은 런던으로 돌아와 눈물을 흘리며 이리 외쳤다.

"과거든 현재든 내가 한 선택은 틀리지 않았다!"

처칠은 그렇게 기뻐하며 캐나다에 피난 갔던 영국인들과 함께 고향으로 돌아왔다. 전쟁이 끝나자 여러 국가의 피난민들과 군인들이 자신들의 고향으로 돌아갔고 이는 모델과 요하임도 그러하였다.

"이제 끝났군. 우리도 돌아가세. 고향으로."

"네, 장군님. 그간 고생 많으셨습니다."

둘은 웃으며 모스크바에서 고국으로 떠날 채비를 하였다. 이제 정말 전쟁이 끝난 것이다. 이젠 적어도 전장의 화염과 포성은 더 이상 보거나 듣지 않을 것이다. 그 사실이 둘을 기분 좋게 해 주었다. 적어도 싸움보단 평화 속에서 더 좋은 일이 많을 것이니 말이다. 그렇게 둘은 좀 더 좋은 미래를 상상하며 치안을 위한 점령군 부대에 지휘권을 양도하고 고향으로 돌아갔다. 그렇게 전쟁이 끝났다.

4장

: 카이저의 무릎 꿇기
(Kaiser Kniefall)

눈에는 눈을 고집한다면
모든 세상의 눈이 멀게 될 것입니다.

— 마하트마 간디

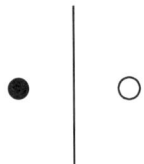

전후, 한동안 세상은 평화 속에서 바쁘게 돌아갔다. 다들 복구에 여념이 없었다. 대표적으로 파괴되었던 쾨니히스베르크는 부서진 건물들이 대부분 다시 세워져 사람들이 하나둘 모여들고 있었다. 발터 모델과 요하임도 나름 바쁜 일상을 보내고 있었다. 발터 모델은 그간의 공을 인정받아 독일군 내에 몇 없는 현역 육군 원수의 자리에 오르게 되었다. 요하임 슈타인의 경우 총참모부로 발령받아 소장임에도 이례적으로 참모차장에 임명되었다. 발터 모델과 베네치아 공방전에서 활약한 덕분이었다. 둘은 종종 연락하며 쾨니히스베르크에 방문해 복구를 지원하고 도움을 사방에 알리며 나름대로의 참회를 하였다. 그러면서 둘은 한 가지 소식을 기다리며 바쁜 나날을 보냈다. 그것은 바로 도쿄 재판과 런던 재판에 이은 포츠담 재판의 소식이었다. 동맹국은 일본과 생디칼리스트들의 전쟁범죄자들을 1945년 말엽 재판을 통해 처벌한 바 있었다. 반전을 위한 국

| 카이저의 무릎 꿇기(Kaiser Kniefall) |

제기구인 국제연합을 설립하면서 미국과 독일, 캐나다 등등 여러 나라가 다시 이러한 크나큰 전쟁이 일어나지 않게 선례를 남기고자 하였다. 그를 위한 마지막 재판이 1946년의 가을에 열릴 예정이었다.

소위 '동부 재판'이라 불리는 이번 재판의 주요 피의자는 다음과 같았다.

「러시아 보즈드 크리스티나 사빈코프, 러시아 공군 원수 세르게이 이바노프, 러시아 외무장관 겐나디 게라시모프, 러시아 재무부 장관 그레고리 타라소프, 러시아 육군 원수 미하일 투하체프스키, 헝가리 섭정 호르티 미클로스, 헝가리 국방장관 카롤리 베레그피, 불가리아 국왕 보리스 3세」

이 외에도 도합 총 34명의 군인과 민간인이 반평화적 범죄를 공모한 죄, 침략전쟁을 계획하고 실행한 죄, 전쟁법을 위반한 죄, 반인륜적 범죄를 실행한 죄로 기소되었다. 미국, 캐나다, 독일, 이탈리아의 판사들이 이들을 재판할 예정이었다. 발터 모델과 요하임 슈타인은 이 재판의 증인으로 참석할 예정이기에 일상 속에서도 꾸준히 유념하며 기다리고 있었던 것이다.

그리고 이윽고 1946년의 가을, 포츠담에서 열리는 것이 확정되고 그날이 오자 모델과 요하임은 오랜만에 만나 같이 재판장으로 향하였다. 슈판다우 형무소 근처의 재판소에 가니 그야말로 사람들이 엄청나게 모여 있었다. 이번 전쟁의 가장 큰 규모를 자랑했던 동부 전선인 만큼 그 이목이 집중되어 있었다. 그렇게 사람들이 많은 덕택에 모델은 금방 모두에게 발견되어 환호를 받았다. 베를린 전투의 승리가 아니었으면 미국이 오기 전에 독일은 망했을 것이다. 그렇기에 베를린의 생존자들은 누구보다 모델을 환영하였고 모델은 부끄러워하며 웃음으로 화답하곤 재판장 입구로 향하였다. 그러나 재판장의 입구에 다가갈수록 그의 낯빛은 어두워져 갔다.

"무슨 일 있으십니까?"

"아니, 아닐세. 왜 그러는가?"

"표정이 안 좋으신 거 같습니다."

"기분 탓이겠지. 얼른 들어가세."

재판장 안으로 들어가자 독일의 리더, 카이저 지크프리트 폰 호엔촐레른이 보였다. 그는 자신의 소방관에게 반갑게 인사하였고 모델은 예를 갖추며 화답하였다.

"오랜만입니다. 모델 원수. 서임식 이후로 처음인가요?"

"그렇습니다. 나의 카이저시여. 강녕해 보이시니 참으로 다행입니다."

"그렇나요? 요새 업무에 시달렸는데 그리 보이다니 기쁘군요. 나름 관리를 한 덕이랄까? 그런데 옆에 분은…?"

"과거 저의 참모장이었던 현 참모차장 요하임 슈타인 소장입니다."

"아참, 그랬지. 미안합니다. 기억하고 있었는데 깜빡했습니다. 제가 요새 정신없이 삽니다."

"아닙니다. 나의 카이저시여."

카이저는 두 사람을 반갑게 맞이해 주었다. 카이저가 모델에게 반갑게 인사하자 근래 수상 자리에서 내려온 레토-포어베크가 다가와 둘에게 반갑게 인사하였다. 카이저에 아프리카의 사자까지 오니 주변 사람들이 이 광경을 포착하고 너도 나도 모델을 둘러싸 인사하였다. 모델은 이에 반갑게 인사하였지만 조금은 불편함을 느꼈다. 그는 스스로 자신은 이런 자리에 어울리지 않는다고 생각하였다. 이를 남들보다 먼저 캐치한 요하임 슈타인은 모두에게 양해를 구하고 과거처럼 모델을 안으로 모셨다.

| 카이저의 무릎 꿇기(Kaiser Kniefall) |

"고맙네. 이런 인기는 아직 익숙지 않아서….”

"아닙니다. 고마우면 재판 끝나고 술 한잔 사 주십시오."

그 말에 모델은 나지막하게 웃었다. 조금은 불안감이 떨쳐진 모양이었다. 요하임은 굳이 아까부터 왜 그러는지 이해는 가지 않았지만 전직 상관을 지정된 자리까지 예의 바르게 모셨다.

'굳이 추측하자면 예전 일에 대해 떠오르신 듯한네…. 자신의 죄를 벌하는 자리도 아닌데 왜 저러시지?'

요하임 슈타인 참모차장은 모자를 벗고 자리에 앉으면서 그리 생각했다. 이내 배심원들과 여러 증인이 착석하고 죄인들과 판사들이 들어오자 재판이 개시되었다. 미국의 수석판사 프랜시스 비벌리 비들이 판사들의 대표로서 이번 재판의 중요성에 대해 먼저 언급하였다. 이것은 전례가 없는 재판이며 앞으로도 전쟁범죄에 대해서는 1928년 켈로그 브리앙 조약에 따라 소급 적용 될 것임을 알렸다. 그리고 전쟁 지도자들은 현시점의 각국 정부와 별개로 국제법상 개별적 형사책임을 부담한다고 언급하였다. 이 두 가지 전제를 기본 삼아 재판할 것을 알렸으며 이를 통해 앞으로 국제사회가 전쟁 그 자체를 막긴 힘들어도 온갖 범죄 행위를 가만히 놔두지 않을 것을 선언하였다. 그렇게 이런저런 기초적인 발언이 끝나고 판사는 피의자들에게 자신의 죄에 대해 항변의 기회를 주었다. 물론 그 누구도 죄를 인정하는 사람은 없었다. 너무 뻔히 예상된 반응에 다들 아무 말도 하지 않았다. 말할 가치도 없다는 뜻에서였다. 그러한 분위기가 재판장을 지배하였고 곧 이어 검사들이 그들의 범죄 사실들에 대해 판사에게 보고하였다.

"여기 있는 모두, 특히 러시아 연방의 지도자였던 크리스티나 사빈코프는 명백한 유죄입니다. 존경하는 재판장님. 크리스티나 사빈코프는 민족 간의 차별을 넘어 수용소를 설치하여 타민족을 계획적으로 살인하였습니다. 또한 우크라이나와 폴란드, 특히 폴란드 바르샤바와 우크라이나 키이우에서의 봉기 탄압은 그 수준을 달리합니다. 이것은 끔찍한 혐오 범죄로 그녀에게 사형을 언도하시지 않으면 세계 질서는 붕괴될 것입니다. 그간 모은 자료를 제출하니 검토 부탁드립니다.”

 독일의 수석감사가 자신들의 군에서 모은 정보를 재판부에 넘기면서 말하였다. 그 보고서엔 시체들을 찍은 사진도 포함되어 있었는데 수용소에서 살기 위해 몸부림치는 독일인 시체들이 모두의 눈을 찌푸리게 만들었다. 살아남은 사람들의 사진도 찌푸려지긴 매한가지였다. 피골이 상접한 사람들이 눈물을 흘리며 먹을 것을 요구하고 있었다. 이에 재판부는 이 사실에 대해 피의자들에게 해당 사실을 인정하냐고 물었다. 이에 다들 인정한다고 답하였다.

 ‘생각보다 순순히 인정하는군. 증거가 확실하니 굳이 부정은 하지 않겠다는 것인가?’

 프랜시스 비들 판사는 속으로 그리 생각하였다. 그러나 피의자들은 그러한 행위 자체를 인정할 뿐 죄는 아니라며 꾸준히 무죄를 주장하였다. 기본적으로 이들은 전쟁 기간에서 자연스레 나올 수 있는 행위들이라며 지금까지의 인류 역사의 모든 지도자들을 처벌할 것이냐며 도리어 당당하였다.

 “정말 모두들 이것이 잘못이 아니라고 생각합니까?”
 “그렇다. 자연스레 일어날 수 있는 일들이다.”
 “정말로 피의자 전부 그리 생각합니까? 신중하게 답변하십시오.”
 “그렇다. 이것은 자연스러운 일이다. 왜냐면 그들은 모두 죽어 마땅하기 때문이다.”

| 카이저의 무릎 꿇기(Kaiser Kniefall) |

"뭐, 뭐라고…?"

러시아 장성들의 당당한 발언에 좌중은 놀라 웅성거리기 시작했다. 물론 투하체프스키나 타국 지도자들은 그렇게 행동하지 않았지만 대부분 러시아 지도자들은 당당하게 정당방위임을 주장하며 일어났던 일 자체는 부정하지 않으나 그것이 자신들의 죄는 아니라고 말하였다. 전면 부정할 것이라는 예상과 달리 인정하고 더 나아가 피해자들의 죽음에 대해 스스로 적법하다는 듯한 태도를 유지하자 판사들은 기겁하였다. 기소한 검사들은 분노에 빠져 엄숙한 장소임을 까먹고 러시아 지도자들에게 덤벼들 정도였다. 특히 독일의 검사가 보즈드에게 달려들며 가족의 죽음에 대해 언급하자 보즈드는 이를 비웃었고 타국 검사들의 만류로 겨우 재판장이 진정되었다. 너무나도 당당히 범죄 사실을 인정하는 태도에 재판부는 전략을 바꾸어 범죄 행동의 원인에 대해 묻기 시작하였다.

"크리스티나 사빈코프. 당신이 대표로 말씀해 보십시오. 왜 이러한 전쟁을 일으켰습니까?"

"향후 러시아 민족과 친구 민족들의 독립과 안전 때문입니다."

"하지만 전쟁범죄로 인해 당신의 가족들은 더욱 위태롭게 되었습니다. 전쟁범죄로 인해 향후 오랜 기간 러시아 민족은 세계에 눈초리를 받게 될 것입니다. 이건 설사 그대들이 승전했다고 해도 변하지 않는 사실일 겁니다. 범죄는 감출 수 있는 것이 아닙니다. 오히려 나쁜 선택이라고 생각하지 않으십니까?"

"물론 그렇게 생각하실 수 있지요. 그러나 적극적으로 행동함으로써 세계만방에 니즈니 노브고르드의 복수를 행했으니 이제 러시아 인민들과 친구들은 평안해질 것이오!! 그 누구도 함부로 우리를 대하지 못할 것이니까!!"

그녀의 말에 다시금 좌중이 웅성거렸다. 그들의 만행을 참고 보고 있었던 카이저는 그녀의 말을 이해하지 못하고 갸우뚱거렸다. 자신이 비판해 온 바보 같은 보복주의를 왜 저리 당당하게 말하는지 정말 이해가 가지 않았다. 그는 저게 무슨 말이냐고 같이 참석한 각료들에게 물었지만 대부분 의문만 표할 뿐이었다. 다만 단 한 사람은 정적을 유지하고 있었다. 아니, 그것을 넘어 온갖 땀을 흘리며 아연실색에 빠지고 있었다.

"모델 원수님. 왜 그러십니까?"

요하임 슈타인은 벌벌 떨고 있는 자신의 옛 직속상관에게 물었다. 그러나 그는 대답하지 못하였다. 모델만 이상하게 반응하고 있던지라 이내 모델에게 이목이 집중되었다. 그렇게 되자 그의 표정은 더욱 창백해졌다.

"모델 원수, 왜 그러십니까? 어디 몸이 불편하십니까?"

카이저가 직접 다가와 그에게 물었다. 이에 발터 모델은 극도의 불안감에 입술을 부르르 떨며 대답하지 못하였다. 이에 러시아의 지도자였던 크리스티나 사빈코프는 그 꼴을 보며 비웃음을 지으며 말했다.

"아, 저자라면 알겠지. 내 말의 뜻을. 그야 우린 구면이니까. 안 그래 발터 모델? 그때 너도 있었잖아. 그 자리에 말이야…. 그러니 발터 모델, 네가 직접 말해 보는 게 어때?"

"그게 무슨 말이오? 사빈코프. 우리 모델 원수가 알 거라니?"

그녀의 말에 좌중이 다시금 웅성거렸다. 재판부는 전쟁의 진실에 근접하기 위해 예정보다 빠르게 발터 모델의 증인 순서를 앞으로 당겼다. 사실 수용소에 관한 이야기를 하기 위해 그를 부른 것이지만 이제 재판부는 그것늘은 그늘이 인성했으니 부시하고 크리스티나 사빈코프가 말하는 것이 무엇인지 이야기를 들려 달라고 말하였다. 전쟁의 이유, 그 원인이 뭔지 가해자가 아닌 사람의 이야기를 듣고 싶다고 말이다.

| 카이저의 무릎 꿇기(Kaiser Kniefall) |

"객관적인 사실을 알기 위해 당사자가 아닌 사람의 말을 듣고 싶습니다. 말해 주시겠습니까?"

"…. 오히려 제가 당사자입니다. 하지만 최대한 성심성의껏 말씀드리겠습니다…."

발터 모델은 여전히 벌벌 떨고 있었다. 문자 그대로 말을 하기를 너무 힘들어하고 있었다. 마치 유아기로 퇴행을 한 것만 같았다. 하지만 스스로 운명의 순간, 자신의 죗값을 치를 순간이 왔음을 직감하고 있었다. 더 이상 도망칠 수 없었다. 이제 요하임에게 하지 않았던 이야기를 해야 하는 순간임을 깨달았다. 그렇기에 최대한 입술을 떼며 그는 발언을 시작하였다. 그날의 진상에 대하여. 모든 것의 원흉이 된 그날에 대하여.

…

1923년, 니즈니 노브고르드. 루덴도르프 파벌이 독일을 강하게 잡고 있던 시절, 그 시절 발터 모델은 장군참모 과정을 마친 엘리트 육군 대위로서 새로운 임무를 받아 동료들과 함께 러시아의 상업도시에 파견되었다. 대외적인 명분은 브레스트-리토프스크 조약에 따른 배상금 문제였다. 이른바 돈을 받기 위해 군대가 타국의 부유한 도시에 당도한 것이었다. 일전 독일 정부는 러시아 정부에게 도저히 갚을 능력이 안 되면 현물로라도 내놓으라고 강요하였고 러시아 정부는 이에 응한 바 있었다. 그러나 각종 현물들도 부족하자 러시아 정부는 이마저도 지급하지 못하였고 이에 독일 정부는 군대를 파견하여 직접 거두어 가겠다고 한 것이었다.

"모두들 지급받은 서류에 적힌 목록들의 물품을 가져오면 된다. 이것은 아주 간단한 임무다. 모두의 노력의 결과를 기대하도록 하겠다."

막 도착한 모델은 동료들과 함께 직속상관으로부터 온갖 품목에 적힌 서류를 받았다. 이 도시에 온 그의 임무는 여기 있는 것들을 전부 수거해 가는 것이었다. 그의 동료들은 마치 휴가라도 왔다는 것처럼 간단한 임무라며 즐거워하였다.

"정말 여기 있는 것들을 다 가져가도 될까요? 그러면 이 도시 사람들은 대부분 굶어 죽을 텐데…."

"자넨 너무 양심적이어서 탈이야. 그게 우리 책임인가? 진즉에 갚을 것이지 러시아 것들 잘못이야. 제발 우리 독일만 생각하게. 우리 독일만!"

모델의 말에 직속상관은 조금은 한숨을 쉬며 말했다. 이에 동료들도 은근슬쩍 모델을 나무랐다. 루덴도르프 파벌의 추천을 받은 대부분의 동료들과 달리 발터 모델은 왕족의 추천으로 장군참모 과정을 지낸지라 친해지긴 했어도 서로 어느 정도 벽을 느끼고 있었다. 모델의 동료들은 이 기회에 그 벽을 허물자며 모델에게 너무 샌님처럼 굴지 마라고 장난을 쳐댔다. 모델은 겉으로는 사과했지만 속으로는 이번 임무에 대해 걱정스러운 마음이 컸다. 하지만 프로이센 군인으로서 명령은 따라야 했고 모델은 평소처럼 '불만은 있되 명령에는 따르는' 상태가 되었다.

"그럼 먼저 다들 의류공장으로 향하도록… 어? 하하, 저 자식이?"

직속상관은 모델이 속한 그룹에게 향할 곳을 말해 주다가 지나가던 러시아인을 발견하였다. 그는 그 러시아 시민에게 다가가 바로 욕설을 퍼부으며 주먹으로 러시아인의 머리를 가격하였다. 예를 표하지 않았다는 이유에서였다. 그 러시아인은 독일군을 보고 표정을 찡그렸는데 그것이 포착된 것이었다. 러시아인의 입장에선 자신들의 대지에 타국인이 부상한 상태로 온 것에 불만을 품을 만하였다. 하지만 독일군에겐 용납할 수 없는 것이었고 모델의 직속상관은 그를 무자비하게 폭행하였다.

| 카이저의 무릎 꿇기(Kaiser Kniefall) |

"어디서 잡것이 그따위로 행동해?! 더러운 슬라브놈 주제에 말이야!"

"맞습니다. 중령님의 말이 지당하지요. 어이, 슬라브놈. 더러운 슬라브놈이 감히 위대한 게르만 민족에게 대들어서 죄송하다고 복창해. 그럼 살려 주지."

상관의 행동에 모델의 동료들은 단체로 몰려가 러시아인을 같이 폭행하며 그리 말했다. 그들은 기분이 풀릴 때까지 폭행했고 러시아인이 살려 달라며 시키는 대로 하자 겨우 보내 주었다. 모델의 동료들은 재밌는 장난감을 가지고 놀았다며 좋아하였다. 그들은 자신과 러시아인이 엄연히 다른 서열에 놓여 있다고 생각하였다. 그렇기에 아무렇지도 않은 표정을 지으며 의류공장으로 향하였다.

"이것들아. 오늘 생산분 전부 다 내놔. 알겠어?"

"그럼 저희는 뭘 먹고 삽니까…?"

"그걸 우리가 신경 써야 하냐? 죽고 싶지 않으면 하라는 대로 하는 게 좋을 거야."

공장에 들어간 모델과 동료들, 독일의 장교들은 러시아 노동자들에게 총을 겨누며 그리 말했다. 러시아인들은 속으로는 분노했지만 총구를 들이대는 독일인들에게 일단은 굴복하였다. 모델과 동료 장교들은 반나절 지켜보며 노동자들을 감시했고 저녁이 되자 생산된 물품을 죄다 가져갔다. 그다음 날에도 가져가고 또 그다음 날에도 가져갔다. 1주일이 지나자 모델과 동료들이 속한 부대는 다른 공장에 배속되었고 그곳에서도 같은 행동을 반복하였다. 2~3달간 계속 약탈에 가까운 배상금 조치를 취하자 러시아인들은 슬슬 이에 강한 불만을 가지게 되었다. 나라가 디폴트 상태에 빠져 안 그래도 굶어 죽기 직전인데 독일인들이 죄다 가져가니 이리 죽나 저리 죽나 이젠 뭘 해도 다를 게 없는 상황이었기 때문이었다. 그렇기에 이왕 죽을 바에 대항이라는 선택지를 고른 러시아 노동자들은 일제히 총파업에 들어갔다.

"하하, 저것들이 죽고 싶어 안달이 난 모양이군."

이러한 총파업에 독일 수뇌부는 비웃음으로 화답하였다. 이내 러시아 노동자들의 정당한 요구를 사보타주 혐의로 탄압하기 시작하였다. 독일 수뇌부는 본보기를 보인다는 명분으로 조금이라도 불손해 보이면 가진 것을 전부 빼앗고 혼쭐을 내라고 명령하였다. 여기서 혼쭐을 내라는, 명령서에는 들어가면 안 되는 모호한 표현 때문에 독일 병사들은 매우 날뛰었다.

"이거, 이거. 아주 아름다운 보석이군! 내놔!"

"제, 제발 그것만은….".

"죽고 싶지 않으면 내놓으란 말이야!"

영관급 장교들부터 부사관을 넘어 말단 병사들까지, 모든 독일 병력이 허가되었다는 미명하에 온갖 약탈을 감행하였다. 민간인들이 가지고 있던 결혼 예물들은 기본적인 약탈 대상이었고 집 안의 가구들도 전부 가져가 트럭에 실어 본국으로 보냈다. 어떤 이들은 러시아 사람들을 장난감처럼 가지고 놀기도 하였다. 병사 넷이 모여 러시아 여인을 둘러싸 이리저리 밀치며 놀아 대곤 하였다. 모두들 승리자의 권리를 마음껏 즐겨 댔다. 발터 모델은 이 광경에 참담함을 느꼈지만 그렇다고 막지도 않았다. 그저 이 행동에 참가하지 않고 관망하는 것으로 자신의 알량한 양심을 챙겼다.

"어이, 모델. 뭐 해? 너도 하나 가져가. 집안에 보태야지. 이것들 은근히 털어먹을 거 많다니까?"

모델이 쳐다만 보고 있자 그의 동기인 장교가 모델에게 훔친 목걸이를 건네주며 말했다. 와이프에게 선물하라면서 말이다. 동기에게 명품 목걸

이를 빼앗긴 러시아 여인은 발밑에서 조용히 울음을 삭이고 있었다. 하지만 그의 동기는 러시아 여인의 기분을 조금도 신경 쓰지 않았다. 그야 게르만과 슬라브는 동등하지 않다는 생각이 모든 독일인을 지배하고 있었기 때문이었다. 국가 간 서열, 민족 간 서열, 더 나아가 사람 간의 서열 문화는 당연하다고 생각하고 있었다. 같은 사람이라 보지 않았기 때문에 독일군인들은 아무렇지 않게 행동하고 있었다. 모델은 그러한 분위기를 거스를 수 없었기에 눈치를 살피며 목걸이를 받았다. 동기는 이에 웃었고 목걸이를 빼앗긴 여성에 온갖 조롱과 비아냥거림을 해 댔다. 그간 쌓인 스트레스를 폭언을 통해 푸는 시간을 갖고 있는 것이었다. 그는 패배자에 대한 조롱이 승리자의 당연한 권리라고 생각하고 있었다. 경쟁에서 자신들보다 밀렸다는 이유로 욕할 권리를 얻었다고 생각한 독일인들은 마음껏 러시아인들의 마음을 후벼 팠다.

"하하, 재밌네. 자 그럼 다음 코스로 가볼까?"

모델의 동료들은 마음껏 약탈하고 인간 장난감을 가지고 논 뒤 할당량을 채우기 위해 분주하게 움직였다. 물건이란 물건은 죄다 트럭에 실어 본국으로 보내 버렸다. 총파업을 하던 러시아인들은 생존을 위해 가두행진을 넘어 일부는 무기를 들었다. 이로 인해 한동안 시내에서 총격전이 벌어졌다. 하지만 제대로 된 무기도 없는 일반 시민이 정규군을 상대로 이길 수 있을 리 없었다. 정말 순식간에 진압되었고 무기를 든 자들과 시위 주동자들은 잡혀서 길거리에서 교수형에 처해졌다.

"대롱대롱 잘 걸렸네."

모델의 동료들은 작은 교회의 첨탑에 걸린 시체를 보며 그리 말했다. 그러면서 러시아인들을 비웃었다. 이러한 약탈과 살인은 한동안 계속 이어져 갔다. 독일군인들은 물건을 훔쳐 댔고 저항하면 쏴 죽이기를 반복하였다. 처음엔 그저 폭행에서 끝났지만 러시아인들이 생존을 위해 반항하자 죽이는 선택을 하였고 이러한 행동은 서서히 모두에게 퍼졌다. 그러한 행동의 반복이 여러 날이 이어졌다. 나중에 가면 일일이 죽이기 귀찮다는 이유로 재화를 주지 않은 사람들을 교회에 모아 교회를 통째로 불태워 버리는 짓거리를 하기도 하였다. 이렇게 탈탈 터니 러시아인들에게 남은 것은 그야말로 목숨 말곤 없게 되었다. 더 이상 가져갈 것이 없으니 반항만 하지 않으면 이제 물러갈 것이라고 일부 러시아인들은 기대하였다. 하지만 독일군인들은 아무것도 없으면 몸으로 때우라는 생각을 품기 시작했다. 앞서 대한 것처럼 처음엔 가지고 놀고 희롱하는 것에서 시작하였다. 하지만 욕망을 채우지 못한 이들은 슬슬 선을 넘었고 강제로 러시아 여인들은 덮치기 시작하였다.

"씨발! 얌전히 벌리란 말이야!"

모델의 동료들은 마을을 순회하며 예쁜 사람들을 납치하여 부대 야영지에서 조금 떨어진 폐공장에 데려갔다. 그리고 옷을 강제로 벗기고 일자로 줄 세운 뒤 희롱하였다. 처음엔 나체 상태로 장기자랑을 시키더니 이내 재미가 없다며 신체를 강제로 범하였다. 이런 꼴에 아무도 양심의 가책을 느끼지 않았다. 발터 모델은 속으로 경악했지만 그렇다고 막지도 않았다. 앞으로의 남은 일생의 평탄함을 생각하고 있었기 때문이었다. 하지만 강제로 범하는 것만큼은 양심에 찔렸던 모델은 결국 동료들에게 이런 행동만큼은 하지 말자고 말하였다.

"다들 가정도 있는데 뭔 짓이야. 그만 돌아가자고."

"어이, 왜 샌님처럼 구는 거야? 이럴 때가 또 올 거 같아? 즐길 때 즐겨야 하는 거야. 우리가 이런 어린 것들을 또 언제 즐겨 보겠어?"

사람을 물건으로 바라보는 발언, 그것은 사람에 등급이 있다는 생각의 발로였다. 발터 모델은 이것이 잘못됨을 앎에도 동료들의 기분을 신경 쓰며 어쩔 줄 몰라 하였다. 그저 돌아가자는 말을 되풀이할 뿐이었다. 이러한 애매한 태도에 동료들은 그를 숙맥이라 놀려 댔고 사실은 원하는 것이라고 멋대로 추측하며 모델의 앞에 어린 여인을 끌고 왔다.

"괜찮아. 즐겨, 즐겨. 어차피 기록에도 안 남아. 발터 모델 넌 너무 진지해서 탈이야."

그러면서 모델의 동료는 끌고 온 어린 여인에게 어서 접대하라고 소리쳤다. 하지만 인격체라면 그런 추악한 짓을 원할 리가 없었다. 그 어린 여인은 방금 전 모델의 행동에 희망을 품고 제발 그러지 말아 달라고 애걸복걸하였다.

"저, 저도 사람이에요. 제 이름은 크리스티나예요. 저, 전 배우가 꿈이에요. 로맨스극의 주인공이 되고 싶어요. 그런데 여기서 이런 연극은 하기 싫어요…. 그, 그러니 제발…."

이제 10대 후반으로 보이는 아이의 울음소리를 듣자 모델은 양심에 찔려 돌아 버릴 지경이었다. 그는 당장 외투를 벗어 알몸을 가려 주고 싶었다. 하지만 루덴도르프 파벨의 눈치를 신경 쓰지 않을 수 없었다. 이 나라의 권력을 쥔 자의 눈 밖에 날 용기가 그에겐 없었다. 그렇기에 그는 비겁한 선택을 하였다.

"나, 나는 오늘 흥미가 없으니…. 그대들은 즐기고 오게…."

그는 어린 여인, 그 앳된 소녀의 간청을 뿌리치고 폐공장의 입구로 발걸음을 옮겼다. 이에 모델의 동료들은 웃으며 알겠다고 말하곤 모델에게 더 이상 신경 쓰지 않았다. 그의 비겁한 행동에 곧 순결을 잃을 것이라는 두려움에 어린 여인은 울부짖으며 저항했다. 하지만 승리자는 더러운 욕망을 숨기지 않았다. 모델이 모두의 시야에서 보이지 않을 때 쯤 더러운 욕망을 채우기 시작했다. 그들은 여기 모인 여인들의 입을 강제로 막고 자신들은 온갖 이상한 소리를 내며 욕구를 채웠다. 그리고 한두 번으로 끝나지 않고 계속 즐겨 댔다. 그리고 이윽고 모든 것이 끝나자 그들의 만족한 웃음소리가 공장에 울려 퍼졌고 여인들의 울음소리도 나지막하게 울려 퍼졌다.

"적당히 재밌게 즐겼군. 그럼 마무리를 해야지?"

모델의 동료 장교들은 사이코패스처럼 싱긋 웃으며 여인들의 목에 칼을 들이밀었다. 목숨만큼은 뺏지 않을 것이라고 생각했지만 증거를 없애겠다는 미명하에 그들은 여인들을 향해 칼을 들거나 소총을 겨누었다. 이에 여인들은 살려 달라고 소리쳤지만 철저히 무시되었다. 여기서 가장 어린 여인이었던 크리스티나는 눈물을 흘리며 누군가 구해 주길 기도하였다.

그리고 그 기도는 이루어졌다.

"쓰레기 같은 독일 놈들. 한 놈도 살려 두지 않을 것이다."

모델의 동료들이 분위기에 취했을 때 폐공장 안으로 무기를 든 러시아 장정들이 들이닥쳤다. 그들은 스스로를 러시아 인민 해방전선이라고 밝히며 모델의 동료들을 순식간에 제압하였다. 발정이 나 사주경계를 전혀 취하지 않은 덕에 저항도 못하고 무기를 빼앗기자 돌변하여 모델의 동료들은 살려 달라고 빌었다.

"살려 달라고? 아까 너희들은 무슨 짓을 하려 했지? 비단 이곳뿐만이 아니다. 도시가 불타고 있어. 여기까지 오면서 방화되지 않은 곳이 없었다. 살인이 안 일어난 곳이 없었다. 그리고 더러운 강간도…. 고로 너희들은 살려 둘 수가 없다."

자신을 보리스 사빈코프라고 밝힌 러시아 장정들의 대장은 모델의 동료들의 머리에 총알을 박아 주었다. 그리곤 옷을 나누어 주며 여인들의 슬픔을 다독였다. 충분히 달랜 후 보리스 사빈코프는 폐공장에 있는 사람들에게 말했다.

"여기 계속 있을 수는 없소. 이 도시를 탈출해야만 하니까. 힘든 감정을 잘 이해하지만 여기 있으면 결국 다 죽을 거요. 그러니 우리 대원들의 도움을 받아 가족들과 함께 어서 이 도시를 탈출하시오. 탈출 루트는 이미 있으니 안심하고."

보리스 사빈코프는 하나하나에게 온화하게 말했다. 모두들 감사함을 표하며 자신의 가족들의 위치를 말하였다. 이 지옥을 가족과 빠져나가기 위해서였다. 하지만 모델에게 간청했던 어린 여인은 아무 말도 하지 않았다. 이에 보리스 사빈코프가 다가가 상냥하게 말을 건넸다.

"예쁜 아가씨. 왜 말이 없어? 가족들은?"

"…. 이미 전부 죽었어요. 엄마와 아빠가 제가 끌려오는 것을 막다가 총에 맞으셨어요…."

크리스티나라는 이름의 소녀에게서 나온 말에 보리스 사빈코프는 잠시 한 손으로 얼굴을 가렸다. 참담함을 감출 수 없었으니 말이다. 이 소녀에겐 다른 형제자매는 없었고 친척도 물어보니 이미 학살에 휘말린 상태였다. 고로 그녀는 혼자였다. 이를 두고 볼 수 없었던 러시아의 차기 리더는 그녀에게 갈 곳이 없다면 함께 가자고 말했다.

"괜찮아. 너 하나 책임질 힘은 있는 사람이란다. 그래, 이름이 크리스티나라고?"

"…. 네…."

"그래. 앞으로 넌 크리스티나 사빈코프란다. 이제 넌 나의 가족이야. 힘들겠지만 함께 살아 보자꾸나. 그러니 부디 앞으로 씩씩하게 살기만

해 다오….”

보리스 사빈코프는 그녀가 앞으로 살아만 달라고 기도하였다. 온갖 참혹한 일을 겪은 그녀가 앞으로는 제발 밝게 살아 주기를 기도하였다. 그러면서 그는 자신의 외투를 벗어 그녀에게 덮어 주었다. 이러한 따뜻한 온정과 진심 어린 마음에 크리스티나는 감정에 복받쳐 울었다. 부당함에, 자신이 겪은 일에 분노하며 울었다. 그렇게 한동안 둘은 한참을 울었다.

"자, 그럼 가자. 시간이 없단다."

"네."

이내 둘은 눈물을 닦고 손을 잡으며 밖으로 향했다. 발터 모델은 동료들이 복귀하지 않자 폐공장을 찾았고 거기서 남긴 러시아 해방 전선의 글귀로 사건의 전말을 알게 되었다. 하지만 그는 평생 이 사실을 누구에게도 알리지 않고 숨겼다. 그리고 그는 한동안 도망자로 살게 되었다. 추악한 길에 자기만족을 하면서. 그렇게, 그렇게 지내 왔다.

…

"그, 그게 사실 입니까?"

"말해 보시오, 모델 원수! 그게 사실인가?!"

모델의 증언이 끝나자 카이저와 전직 수상 레토-포어베크가 그를 몰아붙였다. 요하임 슈타인 참모차장은 이 발언을 듣고 어안이 벙벙하였다. 믿어지지 않았기 때문이다. 자신의 상관은 그런 비겁자는 아니라고 생각하고 있었다. 물론 의심은 하고 있었다. 모델과의 첫 만남은 아주 좋지 않았었다. 예전의 이야기를 은근히 자제하고 있었다. 그 덕에 대강 추측은 하고 있었다. 하지만 그런 도망자라고는 생각하지 않았기에 그는 잠

| 카이저의 무릎 꿇기(Kaiser Kniefall) |

시 충격에 휩싸였다. 그리고 이것은 여기 있는 모두가 그러하였다. 독일의 소방관이요 방어의 명수이자 베를린의 구원자가 더러운 방관자였다는 사실에 모두들 역겨운 감정을 주체하지 못하였다. 당혹스럽기는 판사들도 마찬가지였다. 이 이야기가 범죄자들에게 정당성을 부여하고 있었기 때문이었다. 그렇기에 판사들은 합의하여 서둘러 오늘의 재판을 마무리하였다. 카이저 지크프리트는 재판이 끝나자마자 모든 각료들과 장성들을 궁전의 집무실로 소환하였다. 당연히 발터 모델도 포함되어 있었다.

"오늘들은 이야기는 사실이겠지요. 아무도 반박하지 못했으니까! 그렇다면 다들 알고 계셨습니까? 알고 있으면서 나에게 숨긴 겁니까?!"

카이저 지크프리트는 미국에 살았던 덕에 독일의 숨은 이야기를 잘 알지 못하였다. 니즈니 노브고르드의 약탈과 방화, 살인, 강간에 대해 그는 아는 바가 없었다. 그리고 이것은 거의 웬만한 사람들도 그러하였다. 그러나 이 나라의 꼭대기들도 모르는 것은 아니었다. 지금까지 매우 철저히 잘 감추고 있던 것뿐이었다. 카이저의 분노에 루덴도르프의 양자였던 하인츠 페르벳이 조심스레 말하였다.

"여기 있는 사람들은 아마 대강 알고 있을 것입니다. 하지만 제 양부의 명령으로 제대로 아는 이는 저뿐일 겁니다. 그렇습니다. 나의 카이저시여. 전간기 시절 우리는 승리자의 권리를 너무나도 맛있게 즐겼고 그 도시에서 온갖 짓거리를 다 했습니다. 그리고 재밌게 즐긴 다음 우린 정보를 철저히 통제했습니다. 그 덕에 본토 사람들은 알지도 못하고 지나가게 되었습니다. 해외 사람들은 더더욱 그러하였지요. 그러니 여기 있는 이들을 책망하지 말아 주십시오. 진실을 제대로 알고 있던 것은 저와 정보국장 정도입니다. 부디 절 비난해 주시길 바랍니다."

하인츠 페르벳은 카이저에게 진실대로 말하면서 자신도 이 사실을 루덴도르프 사후 계승 과정에서 알게 되었다고 말하였다. 자신의 양부에게 모든 책임을 전가하는 태도에 카이저는 더욱 화를 냈다. 오히려 알면서 지금까지 숨겼냐고 그를 책망했고 바로 발터 모델을 죽일 듯 바라보며 말했다.

"모델 원수님. 그 자리에 있으셨다지요?"

"…네."

발터 모델은 떨리는 목소리로 답했다.

"그럼 왜 막지 않으셨던 겁니까? 어차피 그곳엔 다 같은 계급의 사람들 아니었습니까? 못 막을 건 아니라고 보입니다. 왜 앳된 소녀가 그런 더러운 짓을 당하게 놔두신 겁니까? 모델 원수님께서는 베를린에서 가족을 수호하기 위해 신과 카이저도 생각하지 말라고 외치셨지요? 전 그 발언을 문제 삼지 않았습니다. 사람을 위한 마음이 먼저니까요! 그런데 그 사람을 위한 마음은 전부 거짓이었습니까? 대답해 보세요!!"

카이저 지크프리트 폰 호엔촐레른은 분노에 가득 차 말하였다. 발터 모델은 자신의 죄를 인정한다고 말하며 고개를 숙였다. 옆에 서 있던 에리히 폰 만슈타인 원수는 경쟁자를 제거할 기회임을 깨닫고 그를 군에서 퇴출시켜야 한다고 말했다.

"그건 당연한 겁니다. 난 도저히… 나의 소방관을 용서할 수 없습니다. 다음 명이 있을 때까지 모델 원수는 자택에서 근신하세요! 꼴도 보기 싫으니 어서 나가세요!!"

카이저의 말에 발터 모델은 눈물을 흘리며 알겠다고 대답하며 밖으로 나갔다. 이에 아데나워 수상이 카이저에게 조심스레 말을 걸었다.

"일개 장교가 루덴도르프 파벌에 대들 수 있었겠습니까…? 그 더러운 짓거리에 동참하지 않은 것으로도 용한 것입니다…."

| 카이저의 무릎 꿇기(Kaiser Kniefall) |

"할 거면 확실히 선을 긋던가요! 결국 그는 방관했습니다. 그 덕에 악마를 만들었습니다! 전 그간 보즈드였던 크리스티나 사빈코프를 증오했습니다! 그러나 이제 그녀에게 미안합니다! 어찌 사람이 사람을 노리개로 삼는단 말입니까!"

카이저는 독일의 명예 이전에 독일의 도덕이 이토록 추락했었냐며 진심으로 분노하였다. 카이저의 분노에 모두들 그의 눈치를 보며 어쩔 줄 몰라 하였다. 극히 대노하는 것은 처음 보는 광경이었기 때문이었다. 분노하던 카이저는 서서히 머리가 냉정해지자 중요한 것은 지금이라도 독일의 죄를 밝히고 뉘우치는 것임을 깨달았다. 그는 아데나워 수상과 하인츠 페르벳 의원에게 니즈니 노브고르드 사건의 모든 것을 보고하고 진상을 밝히라고 말하였다. 아울러 여전히 살아 있는 당시 학살극의 주범들을 잡아들이라고 말하였다.

"용서할 수 없습니다. 전부 잡아들이세요."

카이저는 진심으로 분노하였다. 그는 동부 재판과 동시에 베를린에 새로운 재판을 열며 동시에 일을 진행하였다. 자료 자체는 이젠 정치인이 된 하인츠 페르벳 의원이 가지고 있었기에 일사천리로 진행되었다. 그 범죄에 가담한 사람 중 살아 있는 자들은 순식간에 체포되었다. 조금이라도 약탈을 벌인 인물은 지휘고하를 막론하고 잡아들였다. 이렇게 재판이 동시에 진행되자 독일 내부에선 러시아에 대한 동정 여론이 일어났다. 다들 전쟁 전까지만 해도 러시아인에 대한 차별을 당연시 여겨 왔다. 그러나 전후 자신들도 당해 보면서 그들을 괴롭혔던 사실을 분명히 떠올리며 이를 다르게 보기 시작했다. 특히 보즈드였던 크리스티나 사빈코프에 대한 동정심이 강하게 생겨났다. 처음엔 가족을 죽인 보즈드에 강하게 분노했지만 그녀가 먼저 가족을 잃고 몸도 마음도 농락당했다는 사실을 알자 다들 벌을 주되 적당히 주자는 방향으로 여론이 흘러갔다.

"비들 판사님. 적당히 종신형으로 끝내면 안 되겠습니까? 영원히 사회에서 격리시키는 것이면 충분하다고 봅니다."

카이저 지크프리트 폰 호엔촐레른은 미국 수석 판사를 직접 만나 그리 이야기하였다. 그는 마음이 약해져 크리스티나 사빈코프를 개인 형무소에 가두어 그곳에서 사회와의 연락을 차단하고 편안하게 지내게 해 주고 싶다고 말하였다. 그러나 동정 여론이 판치는 독일과 다르게 미국의 여론과 지식인들의 의견은 단호하였다. 미국은 독일이 지난날에 했던 행동에 대한 원죄로 도가 지나치게 미안함을 느끼고 있다고 판단하였다. 아무리 그래 봤자 그녀가 했던 학살극은 사라지지 않는 진실이었다. 수용소를 설치하고 학살한 사람이 누구인가? 반발하고 들고 일어난 이들을 학살한 이가 누구인가? 자신이 당한 대로 행하던 인물을 봐줄 수는 없는 노릇이었다. 그녀는 철저히 보복주의를 행하였다. 보복주의는 절대 용인되서는 안 될 행동이었다. 보복주의를 넘어 도덕주의로 가기 위해서 이를 반드시 처벌해야만 하였다. 결국 미국은 다른 나라 판사들을 설득하여 전쟁 범죄를 수행한 인물들에 대해 사형을 언도하였다. 미하일 투하체프스키 같이 전쟁 수행만 하여 10년 형을 받은 몇몇 인물들을 제외하고는 전부 교수형에 처해졌다. 카이저는 그래도 미안한 감정이 들어 크리스티나 사빈코프의 마지막을 보기 위해 교수형 날짜에 맞추어 형무소를 찾았다. 그녀의 마지막 순간을 카이저는 담담하게 지켜보았다. 마지막 순간에도 크리스티나 사빈코프의 눈빛에는 증오심만이 있었고 카이저 지크프리트는 이에 나지막하게 안타까운 한숨을 내쉬었다. 그리고 조금 뒤 그녀의 차례가 되자 전직 보즈드는 교수형대로 올라갔다. 그녀는 마지막으로 국가와 민족에 대한 자신의 사랑을 말하였다. 신에게 러시아의 운명을 맡

| 카이저의 무릎 꿇기(Kaiser Kniefall) |

기며 그녀는 목이 매달려 얼마 후 사망하였다. 전쟁 범죄자의 말로가 이리 허무하게 끝났다. 하지만 여기서 끝나면 안 된다고 카이저 지크프리트 폰 호엔촐레른은 생각했다. 이 기회에 변해야만 하였다. 그는 먼저 모델의 자택에 방문하여 그의 은퇴를 만류하였다.

"모델 원수님. 지난날 내가 너무 과하게 말했습니다. 은퇴시킬 마음 없으니 같이 사죄를 합시다."

카이저는 고작 대위였던 그가 어쩔 수 없었음을 이해한다고 말하였다. 이는 거짓이 아닌 진심이었다. 카이저는 모스크바 전투에서 사람들을 모델이 최대한 구출했던 것을 언급하였다. 그 마음을 믿는다며 말이다. 그러니 같이 정부 인사로서 화해정책을 필 때 같이 행동하자고 말하였다. 하지만 모델은 허심탄회하게 웃으며 말했다.

"아닙니다. 전부터 그만두고 싶었습니다. 애초에 이 나라의 최고는 저에게 어울리지 않는 자리였습니다."

"그럼… 군을 그만두시면 무엇을 하실 작정이십니까?"

"저 나름대로의 참회를 할 생각입니다. 독일을 대표하여 사죄하는 것은 카이저의 몫입니다. 부디 착한 독일을 만들어 주시길 바랍니다. 저는 이제 제 참모장이었던 요하임 슈타인의 도움을 받아 저 같은 쓰레기가 아닌 부당한 권력에 맞설 인재를 기르고자 합니다."

모델은 자신이 구상하는 학교에 대해 카이저에게 언급하였다. 진실을 고백하고 나서 그에겐 제2의 꿈이 생겼다. 자신과 달리 불의에 바로 맞설 용사들을 기르는 학교를 건립하는 꿈이 말이다. 물론 힘든 길이다. 하지만 그에겐 자신과 달리 용기가 있는 사람을 발굴하고 싶었다. 공동선을 추구하는 도덕적 엘리트를 위한 학교, 그것이 이제 남은 그의 마지막 꿈이었다. 카이저 지크프리트는 이 결정에 존중하며 그의 퇴역을 승인하였다. 모델은 카이저의 허가가 떨어지자 전 재산을 모아 고향으로 돌아갔다. 그리고 그곳에서 작은 학교를 세우니 훗날 '발터 모델 스쿨'이라 불릴 명문 학교의 시작이었다. 그렇게 그는 교장으로서 제2의 인생을 시작하였다.

...

"앞으로 중요한 것은 민주공화정으로의 이정, 모든 식민지의 독립 이행, 그리고 화해 프로젝트의 본격적인 가동입니다. 다들 이를 명심해 주세요."

몇 달 뒤, 카이저 지크프리트 폰 호엔촐레른은 각료 회의에서 새로운 '동부 정책'에 관해 언급하였다. 그것은 일전 전쟁 기간 동안 행했던 폴란드인에 대한 탄압을 멈추고 그들을 포용했던 것의 확장 버전이었다. 비단 러시아뿐만 아니라 독일이 세운 동부 왕국의 구성원들과도 도덕적 교류를 행하자는 것이었다. 아데나워 수상은 카이저의 뜻을 받아들여 대규모 사절단을 준비하였다. 그리고 얼마 안 가 47년의 가을, 카이저의 외교 사절은 동부 왕국들을 순례하기 시작했다. 그리고 이윽고 마지막으로 새로운 민주주의 정권이 자리 잡은 러시아를 방문했다. 카이저는 모스크바로 가지 않고 곧장 니즈니 노브고르드로 향하였다. 그 학살의 장소로 말이다. 그곳엔 세상에 알려지지 않은, 러시아인들이 직접 세운 희생자들의 위령탑과 묘비가 모여 있는 곳이 있었다. 카이저는 그곳으로 향했다. 해당 장소로 가자 시장이 카이저를 직접 안내해 주었다. 시장은 이 도시에서 죽은 수천 명의 사람들에 대해 카이저에게 설명해 주었다. 1923년의 그날, 독일군인들은 약탈에 멈추지 않고 누구는 재미에, 누구는 입막음을 위해, 누구는 돈을 주지 않았다는 분노에 사람을 죽였다. 그렇게 죽은 사람이 수천이었다. 그들이 러시아의 분노가 되었고 그것은 여전하였다. 독일의 카이저가 온다는 소식에 러시아인들은 이를 보기 위해 몰려와 있었다. 그리고 모인 사람들의 눈빛은 증오심으로 가득하였다. 다들 카이저를 죽이고 싶어 했다. 그저 전쟁에 졌으니 참고 있는 것뿐이었다.

'감히 여기가 어디라고 오느냐!'

'다음 전쟁에서는 반드시 전부 없애 주마!'

'반드시 보즈드의 복수를…!'

다들 그리 생각하고 있었다. 갑자기 누군가 돌발 행동을 해도 이상하지 않을 분위기였다. 카이저, 아니 인간 지크프리트는 이를 잘 알았다. 같은 사람으로서 분노의 근원을 이해하였다. 어쭙잖게 그들을 달랠 수 있다고는 스스로도 생각하지 않았다. 그러나 언제까지 독일과 러시아가 이렇게 지낼 수는 없었다. 언제까지 불안 요소를 품고 살수 없었다. 앞으로 나아가야만 했다. 그러니 그는 자신이 할 수 있는 바를 했다.

"죄송합니다."

그는 눈물을 흘리며 위령비 앞에서 무릎을 꿇었다. 마치 패배자처럼 말이다. 이를 본 러시아 사람들은 눈앞의 광경을 믿지 못했다. 자신들이 승리자도 아닌데 자신들 앞에서 패배자처럼 구는 사람을 이해하기 힘들었다. 하지만 카이저는 단순히 패배자처럼 군 것이 아니었다. 그 전에 인간처럼 군 것이었다. 비록 누군가는 가식이라고 볼 수 있었다. 당장 두 민족이 화해를 할 수 있을 리 없었다. 감정의 골이 깊은 승리자와 패배자가 진심으로 좋은 관계가 되는 것에는 오랜 시간이 걸릴 것이다. 그렇다고, 결과물이 아주 오랜 시간 뒤에 나온다고 하여 안 할 수는 없었다. 당장 이익이 안 된다고 가만히 있다간 언젠간 다시 폭탄으로 돌아오는 법이었다. 그 증거가 이번 전쟁이었다. 그러니 다시 전쟁을 막고 싶으면 눈앞의 이익을 버릴 필요가 있었다. 카르마란 그저 하는 말이 아니다. 실제로 존재하는 이 세상의 진리인 것이다. 그저 돈이 된다고 선을 버린다면 누구나 분노하여 보복을 택하기 마련이다. 그러니 선을 행하라는 것이다. 영원한 권력은 없는 법이다. 그때 누가 자신을 지켜 줄 것인가? 그것은 오로지 도덕만 가능한 것이다. 그러니 러시아인의 분노를 풀어 주는 것이 독일의 이득이었다. 그래서 카이저는 그들의 분노를 이해하고자 노력하였다. 왜 그들은 분노했는가? 그걸 이해해 주지 않는다면 답은 싸움뿐이다. 평화를 원한다면 들어 줄 필요가 있었다. 아무리 천박한 이유라 할지라도 근원은 있는 법이다. 그것을 들어 주느냐 마느냐에서 모든 것이 갈리는 법이다. 그래서 카이저는 무릎을 꿇었다. 그들의 마음을 조금이라도 달래고 그들의 이야기를 듣고 알리기 위해서 말이다.

"그렇습니다. 우리 독일이 그간 여러분들을 같은 사람으로 보지 않았습니다. 민족 간 서열을 두었습니다. 정말, 정말 죄송합니다. 앞으로는 그런 일은 없을 것이며 우리 아이들에게 제대로 이 도시의 사실을 알리겠습니다."

지크프리트 폰 호엔촐레른은 시장에게서 이 도시의 이야기를 전부 듣고 자리에서 일어나 그리 말하였다. 분노의 가장 큰 근원은 사람이 사람을 같은 사람 취급하지 않았다는 것이었다. 더 성공했다는 이유로 패배자인 그들을 멸시했다. 더 많은 부를 가져가는 데 그치지 않고 모멸감을 주는 데 몰입하였다. 카이저는 눈물을 흘리며 다신 그런 일이 없을 것을 천명하였다. 독일의 교과서에 이 도시에 있었던 비인격적 대우, 약탈, 학살 전부 기재하고 가르칠 것이라고 말하였다. 이에 러시아 사람들은 큰 충격을 받았다. 일부 사람들은 그가 진심이라는 것을 느껴 지금이라도 사

| 카이저의 무릎 꿇기(Kaiser Kniefall) |

죄해 주어 고맙다고 말하였다. 대체적으론 러시아 사람들은 평생 이러한 광경을 보지 못했던 터라 어안이 벙벙하면서 순간의 분노를 잊어버렸다. 그 덕에 카이저는 생각보다 큰 반발을 받지 않고 이 장소를 뜰 수 있었다.

하지만 이번 한 번의 행동으로 세상이 바뀔 리는 없었다. 그저 다들 놀라운 행동에 잠시 할 말을 잊은 것뿐이었다. 이는 지크프리트도 잘 알고 있었다.

'아마 대부분 가식이라 여기겠지. 내가 죽기 전에 두 민족의 화합은 이루어지지 않을 수도 있다. 하지만 우리가 먼저 내려놓는다면 언젠가 진심은 닿을 것이다. 잃어버린 우리 시대의 도덕심을 되찾을 수 있을 것이야. 그렇게만 된다면 비단 우리 독일뿐만 아니라 모두에게 좋은 유럽이 탄생할 것이다. 따뜻함에 위험 요소가 사라져 언제든 아무런 걱정 없이 사는 그런 유럽이…. 아무리 부자라도 위험한 길을 계속 걷고 싶지는 않으니까. 반드시 그리될 거야. 눈앞의 부보다 공동선이 더 좋은 세상이….'

인간 지크프리트는 그리 생각하며 다음 장소로 향하였다. 앞으로의 미래에 기대를 걸면서.

에필로그

: 우리가 가야 할 길

전쟁이 터지면 법은 침묵하기 마련이다.

— 마르쿠스 툴리우스 키케로

"그렇게 전쟁은 끝났습니다. 그럼 여기서 우리는 어떠한 교훈을 얻어야 할까요?"

21세기 초, 독일 수도 베를린의 훔볼트 대학교의 한 강의실. 이제 크리스토퍼 랑케 교수의 강의는 막바지에 이르고 있었다. 자신이 겪은 전쟁을 설명한 교수는 학생들에게 이번 시간에 얻은 것을 이야기해 보라고 말하였다. 어린 학생들은 대부분 두루뭉술한 답변을 내놓았다. 착하게 지내야겠다는 식으로 말이다. 교수는 이에 웃으며 그것도 좋지만 더 깊게 생각해 주기를 바란다고 말하였다.

"여러분, 앞으로 여러분에게 남은 날은 많습니다. 그러니 이 주제에 관해 많은 생각을 해 보시길 바랍니다. 기본적으로 보복주의에서 도덕주의로 가야 하는 것이 이번 강의의 핵심입니다. 차등적 대우가 아닌 실질적

평등의 시대로 가야 하지요. 하지만 아직도 그러한 시대는 오지 않았습니다. 과거보단 확실히 좋아졌지만 여전히 가야 할 길이 많습니다. 그렇다면 중요한 것은 무엇일까요?"

"저희들이 계속 잘하는 것…?"

"그래요. 여러분들이 계속 우리가 했던 화해 정책을, 그 길을 잊지 않고 꾸준히 이어 가는 것입니다. 부당하게 괴롭힘 당하는 약한 아이를 지켜 준다든지 말이죠. 그러한 불의에 맞서는 용기를 가지고 세상을 꾸준히 더 좋은 방향으로 이끌어 가야 합니다. 우리 시대의 과제를 완수할 수 있는 것은 바로 여기 있는 여러분입니다."

교수는 학생들에게 내일의 희망을 말하며 강의를 끝냈다. 교수는 강의에 힘을 너무 뺐는지 기진맥진한 상태로 힘들게 자신의 연구실로 돌아갔다. 그리곤 책상 옆에 있는 TV를 켰다. TV에서는 근래 미국에서 국민들의 좌우 정치 성향이 점점 더 양극단으로 벌어지고 있다는 내용이 나오고 있었다. 그 덕에 지난 대선에서는 극단적 발언을 일삼는 후보가 이길 수 있었다는 리뷰가 흘러나왔다. 교수는 세계정세에 불안한 눈빛을 보냈다. 하지만 동시에 약자들에 대한 대변이 부족했다는 자성의 목소리도 같이 나오자 그는 다시 희망을 가졌다. 물론 앞으로도 세상은 힘들 것이다. 서로 이해하기 힘들고 싸우기를 반복할 것이다. 하지만 역사 전체적으로 보았을 때는 인류는 차별과 부패를 서서히 줄여 가고 있었다. 적어도 이젠 노예제란 없어지지 않았는가? 물론 비공식적으로 있는 경우도 있지만 확실한건 인류는 서서히 나아지고 있었다. 조금씩이지만, 느리지만, 과거보다 더 나아지고 있었다. 그러니 아직은 희망을 품을 만하였다.

"힘들지만 그래도 날씨 하나는 좋구나."

교수는 힘겹게 방금 스스로 만든 차를 마시며 창밖을 바라보았다. 따뜻한 봄의 햇살이 그를 따스하게 안아 주었다. 언젠간 세상도 이리 따뜻해질 것이다. 그는 그리 굳게 믿으며 하루를 마무리하였다.

The End.